BESTSELLER

Douglas Preston y **Lincoln Child** son coautores de una veintena de novelas aunque también escriben por separado.

Lincoln Child es un apasionado de las motos, los loros exóticos y la literatura inglesa decimonónica.

Douglas Preston, en cambio, prefiere los caballos, el buceo, el esquí y la exploración de la costa de Maine en un barco de pesca.

Ambos autores invitan a sus lectores a visitar su página web:
www.prestonchild.com

Biblioteca

PRESTON & CHILD

Sin una gota de sangre

Traducción de
Efrén del Valle

DEBOLS!LLO

Papel certificado por el Forest Stewardship Council®

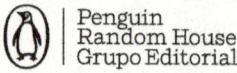

Título original: *Bloodless*

Primera edición en Debolsillo: abril de 2025
Primera reimpresión: octubre de 2025

© 2021 by Splendide Mendax, Inc. and Lincoln Child
Publicado originalmente en 2021 por Grand Central Publishing
una división de Hachette Book Group, Inc.
© 2023, 2025, Penguin Random House Grupo Editorial, S. A. U.
Travessera de Gràcia, 47-49. 08021 Barcelona
© 2023, Efrén del Valle, por la traducción
Diseño de la cubierta: Adaptación de la cubierta original de Head of Zeus:
Penguin Random House Grupo Editorial / Ghost
Imagen de la cubierta: © Shutterstock

Printed in Spain – Impreso en España

ISBN: 978-84-663-7241-1
Depósito legal: B-2.632-2025

Compuesto en La Nueva Edimac, S. L.
Impreso en Liber Digital, S. L.
Casarrubuelos (Madrid)

P 3 7 2 4 1 1

*Lincoln Child dedica este libro
a su hija Veronica*

*Douglas Preston dedica este libro
a Brady Nickerson y Mike Requa*

1

Miércoles 24 de noviembre de 1971

A Flo Schaffner no le gustaba nada el nuevo uniforme que Northwest Orient Airlines había impuesto a las azafatas, sobre todo esa absurda gorra con visera y orejeras con la que se parecía al Pato Donald. Aun así, se encontraba junto a la puerta del vuelo 305 —de Portland a Seattle— saludando a los pasajeros y comprobando sus tarjetas de embarque con una amplia sonrisa. No le molestaba el número relativamente escaso de viajeros. Ella creía que el avión iría lleno porque era la víspera de Acción de Gracias, pero solo estaba ocupada una tercera parte de la cabina principal, lo cual, por su experiencia, significaba que sería un vuelo tranquilo.

Cuando la gente empezó a ocupar sus asientos, ella y Tina Mucklow, la otra azafata, se dirigieron cada una a un extremo de la cabina para ofrecer bebidas. Schaffner eligió la parte trasera. Uno de sus primeros clientes fue el pasajero del asiento 18 C del Boeing 727, un caballero educado y afable de mediana edad que llevaba gabardina, traje gris, camisa blanca y corbata negra. La azafata sabía su nombre; una de sus responsabilidades era intentar memorizar la identidad de todos los pasajeros y sus asientos mientras comprobaba las tarjetas de embarque. Normalmente resultaba imposible, pero, dado que el avión iba tan vacío, ese día lo había logrado.

—¿Le apetece tomar algo, señor Cooper?

El hombre le pidió educadamente un bourbon con Seven Up y, cuando Schaffner se lo llevó, él le entregó un billete de veinte dólares.

—¿No tiene un billete más pequeño?

—No.

Schaffner le dijo que tendría que devolverle el cambio más tarde.

El piloto, William Scott, a quien todos llamaban Scotty, anunció por megafonía el cierre inmediato de las puertas, ya que estaban listos para despegar. Schaffner izó la escalerilla trasera y se acomodó en un asiento plegable ubicado cerca del pasajero de la plaza 18 C. El vuelo despegó puntualmente a las 14.50 para cubrir el trayecto de treinta minutos hasta Seattle.

Cuando el avión se hubo estabilizado y se apagaron los indicadores del cinturón de seguridad, el pasajero del asiento 18 C le hizo una seña a Schaffner. Esta se acercó, imaginando que querría otra bebida, pero el hombre le puso un sobre en la mano. Era algo que le sucedía a menudo: un viajero solitario le escribía una nota proponiéndole una cita para tomar una copa, para cenar o para algo más. Había aprendido que la mejor manera de gestionar tales situaciones era no entrar en el juego, así que le dio las gracias amablemente y se guardó el sobre en el bolsillo sin leer la nota.

El hombre se inclinó hacia ella con una sonrisa cordial y susurró:

—Señorita, será mejor que le eche un vistazo a esa nota. Llevo una bomba.

Schaffner no estaba segura de haber oído bien, así que cogió el sobre y sacó la nota, que estaba escrita con rotulador en pulcras letras mayúsculas y, en efecto, aseguraba que el hombre llevaba una bomba y que mientras todo el mundo cooperara no ocurriría nada malo.

—Siéntese a mi lado, por favor —dijo el pasajero, que cogió la nota y se la guardó en el bolsillo de la camisa.

Schaffner hizo lo que le indicaba, y el hombre abrió el maletín que tenía en el regazo y levantó la tapa unos centímetros. Dentro, la azafata pudo ver una maraña de cilindros rojos con cables conectados y una batería grande.

El pasajero cerró el maletín y se puso unas gafas oscuras.

—Apunte esto.

Schaffner sacó el bolígrafo y anotó una serie de instrucciones.

—Entréguelo en la cabina de mando —dijo el hombre.

La azafata se levantó, recorrió el pasillo y entró en la cabina. Cuando hubo cerrado la puerta, informó al piloto de que un hombre que llevaba una bomba había secuestrado el avión. Después recitó en voz alta su lista de exigencias.

—¿De verdad tiene una bomba? —preguntó Scotty.

—Sí —respondió ella—. La he visto y parecía real.

—Dios mío.

El piloto llamó a operaciones de vuelo de Northwest Orient en Minnesota y sus palabras fueron resumidas en un teletipo.

PASAJERO HA ADVERTIDO QUE ESTO ES UN SECUESTRO. VOLANDO A SEATTLE. HA ENTREGADO UNA NOTA A LA AZAFATA. EXIGE 200.000 DÓLARES EN UNA MOCHILA A LAS 17.00 H. QUIERE DOS PARACAÍDAS TRASEROS Y DOS DELANTEROS. QUIERE EL DINERO EN DIVISA ESTADOUNIDENSE TRANSFERIBLE. EL VALOR DE LOS BILLETES NO IMPORTA. LLEVA UNA BOMBA EN UN MALETÍN Y LA USARÁ SI NO CUMPLIMOS SUS PETICIONES.

El secuestrador también exigió que hubiera un camión de combustible esperando en la pista de aterrizaje del aeropuerto de Seattle-Tacoma, donde el avión repostaría para emprender un nuevo trayecto que especificaría más adelante. Asimismo, pidió que subiera a bordo un ingeniero de vuelo para la siguiente etapa.

No dijo por qué.

2

En la cabina del vuelo 305, Scotty y el copiloto, Bill Rataczak, debatieron cómo manejar la situación. Por el momento, los pasajeros no tenían ni idea de que el avión había sido secuestrado, y Scotty quería que siguiera siendo así.

Tras la llamada a Minnesota, operaciones de vuelo de Northwest Orient había contactado con Don Nyrop, el presidente de la aerolínea, y con el FBI. El Servicio de Seguridad quería asaltar el avión, pero Nyrop dijo que prefería cooperar con el secuestrador, que la compañía tenía seguro y que pagaría el rescate. El FBI aceptó a regañadientes. Pero satisfacer las exigencias del secuestrador llevaría su tiempo.

Entretanto, el 727 había llegado a Tacoma y estaba volando en círculos. El FBI y la compañía aérea se apresuraron a conseguir el rescate y los paracaídas.

El piloto anunció a los pasajeros que el avión tenía un pequeño problema mecánico, que no había motivo para preocuparse y que aterrizarían aproximadamente en una hora. Mientras tanto, Dan Cooper, el secuestrador, había estado fumando un cigarrillo tras otro en la parte trasera y le ofreció uno a Schaffner, que lo aceptó para templar los nervios, aunque había dejado de fumar hacía tiempo.

Fuera estaba formándose una tormenta y pronto empezó a llover.

La aerolínea contactó con el Seattle National Bank, con el

cual había hecho negocios anteriormente, y la entidad se mostró dispuesta a ayudar. De hecho, contaba con una reserva de dinero para ese fin: un depósito de billetes de veinte dólares que habían sido microfilmados y cada número de serie registrado por si se cometía un robo. Diez mil billetes de veinte dólares en fajos de cincuenta fueron entregados al FBI en un saco que pesaba unos nueve kilos.

Los paracaídas los proporcionó un centro de saltos situado al este del aeropuerto: dos paracaídas delanteros, o de reserva, y dos paracaídas traseros, o principales. Tal como había insistido Cooper, eran paracaídas civiles, no militares, y también fueron entregados al FBI.

Entretanto, el avión continuó sobrevolando el aeropuerto de Seattle-Tacoma, y Tina, la otra azafata, recorrió el pasillo tranquilizando a los pasajeros. Dan Cooper le explicó a Schaffner cómo se desarrollarían los acontecimientos.

—Cuando aterricemos —le dijo—, quiero que salga a buscar el dinero y lo traiga aquí.

—¿Y si pesa demasiado?

—Tranquila, podrá con él. Luego irá a por los paracaídas y los subirá al avión. —Cooper sacó un frasco de pastillas de bencedrina del bolsillo—. Llévelas a la cabina por si a la tripulación le entra el sueño durante el siguiente vuelo.

Schaffner le preguntó si su intención era llevar el avión a Cuba, que en aquel momento era el destino más habitual para los secuestros.

—No —repuso él—, a Cuba no. A un sitio que le gustará.

Le preguntó si había secuestrado el avión porque le guardaba rencor a Northwest.

—No le guardo rencor a su aerolínea, señorita —dijo—. Simplemente guardo rencor.

En tierra firme, el aeropuerto había sido cerrado y todos los vuelos salientes cancelados. Los que llegaban fueron desviados o dejados en espera. Poco después de las cinco, control de tierra contactó por radio con el avión y dijo que tenía el dinero y los paracaídas y que había un coche al final de la pista, tal como les habían indicado.

Los pilotos aterrizaron y, siguiendo las instrucciones del secuestrador, dirigieron el 727 hacia una zona remota de la pista. Había oscurecido y la lluvia persistía, acompañada de algún que otro relámpago. La zona estaba iluminada con varias hileras de focos.

El avión se detuvo.

—Vaya a buscar el dinero —le dijo Cooper a Schaffner.

La azafata enfiló el pasillo hacia la puerta de salida, bajó las escaleras y fue tambaleándose con sus tacones hasta un vehículo que la esperaba. Un agente del FBI sacó el dinero del maletero y se lo entregó. Schaffner volvió al avión, subió las escaleras y le llevó el saco a Cooper, que miró dentro y sacó varios fajos.

—Para usted —dijo.

Schaffner se mostró sorprendida.

—Lo siento, señor, pero no puedo aceptar propinas. Es la política de Northwest Orient.

Cooper pareció esbozar una tímida sonrisa.

—De acuerdo. Vaya a por los paracaídas.

Una vez más, Schaffner bajó las escaleras y, tras realizar dos viajes, le llevó a Cooper los cuatro paracaídas.

El hombre se inclinó hacia ella.

—Flo, esta es la parte más importante. Escúcheme usted atentamente. Ahora el capitán debe dirigirse a todos los pasajeros para decirles que el avión ha sido secuestrado y que el secuestrador lleva una bomba. Tiene que ordenarles a todos que bajen. Deben salir directamente sin abrir los compartimentos ni llevarse el equipaje de mano ni nada de lo que hayan subido a bordo. Si no siguen esas instrucciones al pie de la letra o si un héroe intenta entrometerse, haré estallar la bomba. Por favor, transmítaselo al capitán. Solo el piloto, el copiloto y usted deben permanecer a bordo.

—Sí, señor.

Schaffner fue a la cabina y trasladó las exigencias del secuestrador. Momentos después el capitán habló por megafonía.

—Presten atención y mantengan la calma, por favor —anunció Scotty con voz neutra—. En el avión hay un secuestrador con una bomba.

Se oyeron protestas, jadeos y un par de gritos.

—No teman. Todos los pasajeros deben desembarcar de inmediato. No abran los compartimentos superiores. No se lleven el equipaje de mano. Deben bajar con las manos vacías.

Hubo más gritos ahogados y murmullos.

—Inicien el desembarco ahora. No corran. Salgan caminando.

Los pasajeros se levantaron en masa, con una mezcla de confusión y voces alborotadas, y se dirigieron a las escaleras delanteras. Varios de ellos extendieron el brazo hacia los compartimentos superiores y uno consiguió abrir el suyo.

Al verlo, Cooper se levantó de su asiento y sostuvo en alto el maletín como si fuera un arma.

—¡Usted! —gritó, repentinamente furioso y señalando al pasajero que estaba incumpliendo sus exigencias—. ¡Atrás! ¡Tengo una bomba y la haré estallar si no sigue las instrucciones!

El pasajero, un hombre de edad avanzada, retrocedió con semblante aterrado entre los gritos y reprimendas de los viajeros que lo rodeaban. Tras recibir un empujón, dejó el compartimento abierto y salió a trompicones con los demás. Al cabo de unos minutos, en la cabina solo quedaban Schaffner y Tina.

—Usted baje también —le ordenó Cooper a Tina—. Y dígale al ingeniero de vuelo que suba. —Entonces cogió el teléfono de cabina—. ¡¿Cuánto van a tardar en repostar?! —gritó.

—Ya casi hemos terminado —respondió el copiloto.

El ingeniero de vuelo de Northwest subió las escaleras y esperó órdenes en el compartimento delantero del avión. Cooper se volvió hacia Schaffner.

—Cierre las ventanillas de ambos lados.

Ahora Schaffner estaba realmente asustada. La versión tranquila y educada de Cooper había desaparecido y se había visto reemplazada por un hombre nervioso e irascible.

—Sí, señor.

Mientras Schaffner cerraba las ventanillas, Cooper habló con el ingeniero de vuelo.

—Escúcheme bien. En cuanto terminen de repostar, quiero que pongan rumbo a Ciudad de México. Mantengan la altitud por debajo de los diez mil pies. Extiendan los *flaps* a quince grados, mantengan el tren de aterrizaje bajado y no presuricen la cabina. Vuelen a la velocidad más baja que permita esa configuración, que no debería superar los cien nudos. —Tras una pausa, añadió—: Mi intención es bajar la escalera trasera y despegar con esa configuración. ¿Es factible?

—Todo lo que ha dicho es factible —respondió el ingeniero de vuelo—, pero sería peligroso intentar el despegue con la escalera trasera desplegada. Y con la configuración que especifica tendremos que repostar al menos una vez.

Tras un breve intercambio de palabras, Cooper accedió a que subieran la escalera trasera e hicieran escala en Reno para poner combustible.

—Ahora vaya con la tripulación de cabina y cierre la puerta —le dijo Cooper al ingeniero—. Y que empiece el espectáculo.

Cuando el ingeniero de vuelo hubo desaparecido en la cabina de mando, el camión cisterna se retiró y los motores empezaron a acelerar mientras el avión viraba para enfilar la pista.

El secuestrador se volvió hacia Schaffner.

—Enséñeme a manejar la escalera trasera.

Schaffner le mostró el funcionamiento y le entregó una tarjeta de instrucciones.

—Vaya a la cabina de mando —dijo Cooper—. De camino, cierre las cortinas de primera clase y asegúrese de que no salga nadie.

—Sí, señor.

Schaffner se sintió aliviada de no tener que sentarse a su lado otra vez, pero seguía asustada por su abrupto cambio de actitud, sobre todo ahora que se habían satisfecho todas sus exigencias. Al darse la vuelta para cerrar las cortinas, la azafata vio que el secuestrador estaba atándose la bolsa de dinero a la cintura. El avión había llegado al final de la pista de rodaje y aceleró para iniciar el despegue. Eran las 19.45.

3

El hombre que se hacía llamar Dan Cooper acabó de atarse el saco a la cintura y se dirigió al compartimento situado encima del asiento 12 C, el que había abierto el anciano. De él sacó varias bolsas de mano y las tiró por la cabina hasta que encontró un desvencijado maletín de color marrón. El secuestrador lo sacó con cuidado y lo dejó encima de su asiento. Luego abrió otros compartimentos y fue cogiendo equipaje al azar —bolsas de mano, bolsos, abrigos, paraguas— y lo esparció por la cabina. La tormenta había arreciado y en ese momento el avión atravesaba una zona de turbulencias, lo cual provocó que cayera más equipaje de los compartimentos abiertos.

Pasando por encima de las maletas, Cooper se puso uno de los paracaídas traseros con movimientos rápidos y eficientes y se ciñó también el de reserva. Después fue a la parte trasera y, tras consultar la tarjeta de instrucciones que le había facilitado Schaffner, abrió la escotilla y desplegó la escalera hacia la oscuridad.

El repentino cambio de presión alarmó a la tripulación y Rataczak, el copiloto, habló por megafonía.

—¿Me oye? —dijo—. ¿Todo bien ahí atrás?

—Todo bien.

El secuestrador cogió su maletín, el que contenía la bomba falsa, y lo lanzó por la escotilla hacia la ruidosa oscuridad. Luego cogió varias bolsas aleatoriamente y las arrojó al vacío. Por último, utilizando unas cuerdas del paracaídas que no pensaba usar, cogió el maletín marrón que había sacado del compartimento y se lo ató a la cintura en el lado contrario a la bolsa del dinero. Ahora guardaba un ligero parecido con el muñeco de Michelin: paracaídas delante y detrás, el dinero atado a un lado y el maletín al otro. Tal vez resultara cómico, pero era seguro.

Cuando hubo terminado, bajó cuidadosamente por la escalera y, momentos después, saltó hacia la oscuridad. En la cabina de mando todos notaron la súbita elevación causada por la pérdida de peso, y el capitán registró la hora: las 20.13. Pero no estaban seguros de qué significaba aquello. No tenían manera de saber si el secuestrador seguía en el avión, así que continuaron rumbo hacia Reno.

Cooper se precipitó al vacío. Esperó un momento para alejarse de los dos motores, que en el Boeing 727-100 estaban situados en la parte trasera, estabilizó la caída libre, contó sesenta segundos y abrió el paracaídas. Al momento se extendió una cuerda de tres metros, que a su vez extrajo la tela de la bolsa. Cooper percibió todas esas fases con satisfacción. En cuanto el paracaídas estuvo totalmente abierto, empezó a orientarse al distinguir las tenues luces de la ciudad de Packwood, su punto fijo de referencia, aún visibles a pesar de la tormenta.

Luego alargó el brazo hacia la bolsa del dinero que llevaba atada, tiró del cordón extensible y metió la mano dentro. Con el paracaídas abierto, el viento se había atenuado considerablemente y era más fácil moverse. Cooper cogió un fajo de billetes y lo lanzó. Entonces empezó a vaciar la bolsa lo más rápido posible, arrojando puñados de dinero.

De repente notó un tirón en las cuerdas del paracaídas, y cuando miró hacia arriba vio que varios fajos habían quedado atrapados en la campana y la habían desinflado parcialmente. Al mismo tiempo se percató de que el descenso estaba acelerándose fatalmente.

Cooper no se dejó dominar por el pánico. Con un movimiento ensayado, soltó la campana principal tirando de las anillas situadas a la altura de los hombros e inició una caída libre. A continuación tiró de la segunda anilla para abrir de forma manual el paracaídas de reserva. Sin embargo, vio que no se había desplegado del todo. Tal vez había sido saboteado o, lo más probable, había quedado rígido tras pasar demasiado tiempo desdoblado. No era un problema infrecuente.

Pero era un problema terrible para él.

Cooper sintió una oleada de pánico desconocida mientras caía en medio de la oscuridad, y el viento le arrebató de las manos la bolsa con el resto del dinero. Nada logró corregir el despliegue del paracaídas de reserva. El secuestrador siguió cayendo, con el paracaídas sacudiéndose a causa de las turbulencias, y una última nube de billetes de veinte dólares se alejó como si fuera confeti mientras la figura se precipitaba hacia el bosque y acababa por desvanecerse en medio de la agresiva tormenta.

4

En la actualidad

El AgustaWestland 109 Grand puso rumbo al noroeste con el estruendo de sus potentes rotores, volando tan bajo que los patines de aterrizaje parecían rozar la superficie azul celeste del Atlántico. Después se elevó sobre los arrecifes, las islas de la barrera de coral y las bahías que conducían a la Florida continental.

En la lujosa cabina del helicóptero viajaban tres personas: un hombre con unos vaqueros rotos y una camisa de cuadros, una joven con una falda plisada blanca y una blusa a conjunto, gafas de sol y un gran sombrero en el regazo, y una figura espectral con traje negro que observaba por la ventanilla con una expresión distante en sus rasgos esculturales. A pesar de los cristales tintados, el brillo del sol daba a sus ojos azules una extraña tonalidad platino y a su cabello rubio claro el lustre de un leopardo de las nieves.

Era el agente especial A. X. L. Pendergast, del FBI. En la cabina de pasajeros lo acompañaban su tutelada, Constance Greene, y su compañero, el agente especial Armstrong Coldmoon. Estaban abandonando la escena de un caso resuelto exitosamente en la isla de Sanibel, Florida, y aunque apenas hablaban, reinaba un ambiente de satisfacción y la sensación de que había llegado el momento de seguir con sus vidas.

En ese momento, el helicóptero se elevó, virando a la derecha para evitar los hoteles y los lujosos edificios de viviendas de Miami Beach, que centelleaban como un Oz de alabastro junto a la franja de arena y el agua azul.

—Me encanta que al piloto le haya dado por lucirse —dijo Coldmoon—. Es como montar en una atracción de Disneyland.

—No he estado nunca —repuso Pendergast con su suave acento de Nueva Orleans.

—Está dando por hecho que ha sido intencionado —dijo Constance mientras se agachaba para coger un libro que se le había caído cuando el helicóptero realizó la maniobra: *Nubes sin agua*, de Aleister Crowley—. Una inclinación y un viraje turbulentos a menudo son los primeros indicadores de problemas con el helicóptero, antes de que el estrés de un anillo vorticial provoque un descenso incontrolado.

El comentario fue recibido con un momento de silencio solo interrumpido por el zumbido de los motores.

—Estoy seguro de que es un piloto excelente —observó Pendergast—. ¿O se trata de su condenado sentido del humor?

—No me hace ninguna gracia la idea de que mi cuerpo acabe en una playa, quemado, desmembrado y a la vista de todos —respondió la joven.

Coldmoon no podía ver los ojos de Constance detrás de las Ray-Ban, pero sabía que estaba calibrando el efecto que había tenido en él su macabro comentario. Aquella joven extraña, bella, erudita y un tanto alocada no solo le causaba pavor —en la última semana le había salvado la vida y lo había amenazado de muerte—, sino que parecía disfrutar tocándole las pelotas. A lo mejor era una señal de interés, pensó Coldmoon. En cuyo caso, no, gracias.

Respiró hondo. No merecía la pena darle vueltas. Mentalmente ya estaba a miles de kilómetros de allí, ocupando su nuevo puesto en la oficina de Denver, lejos del aire húmedo y el calor asfixiante de Florida.

Coldmoon apartó la mirada de Constance Greene y la desvió

hacia Pendergast, otro personaje extraño. Aunque acababa de resolver dos casos seguidos con el veterano agente, él era otra de las razones por las que Coldmoon quería llegar a Colorado lo antes posible. Puede que fuera una leyenda del FBI y el mejor detective desde Sherlock Holmes, pero también era famoso por el número de casos de homicidio que había resuelto en los que el autor había «muerto durante su detención», y Coldmoon aprendió por las malas que no tenía muchas más posibilidades de sobrevivir que el asesino.

Mientras las pintorescas playas de la costa de Florida iban quedando atrás y estaban cada vez más cerca del avión que lo llevaría hacia el oeste, Coldmoon sintió una especie de liberación, como si acabara de salir de la cárcel. Casi sonrió al pensar en la incredulidad de sus primos, que vivían en Colorado Springs, porque su traslado se había demorado tanto que no creían que fuera a producirse. Animado por esa idea, miró de nuevo por la ventanilla. En la costa había tantas construcciones como en el sur, pero los edificios no eran ni mucho menos tan altos. Divisó la I-95, que recorría el litoral, abarrotada de coches. Ese era otro aspecto que no echaría de menos, aunque había oído que, desde hacía años, el tráfico en Denver era una locura. Desde allí arriba era difícil saber dónde se encontraban. El vuelo estaba siendo más largo de lo que esperaba. Por el rabillo del ojo vio que Pendergast y Constance habían juntado las cabezas y estaban hablando en voz baja. Pero había algo raro; no conocía mucho Miami, a pesar de que había pasado un tiempo allí, pero estaba bastante seguro de que el aeropuerto se encontraba al oeste de la ciudad, no al norte. Sobre todo no tan al norte. Hacía rato que habían dejado atrás lo que él creía que era su destino.

Coldmoon se recostó en el asiento de cuero. ¿Se dirigían a una base de las fuerzas aéreas o a un helipuerto del FBI? Al fin y al cabo, su jefe, el director adjunto Walter Pickett, aún no le había facilitado un vuelo a Denver. Quizá lo trasladarían en un avión militar o gubernamental. Teniendo en cuenta lo que había sucedido, era lo mínimo que podía hacer el FBI. Pero era improbable: pronto anunciarían el ascenso de Pickett a director en funciones, y probablemente estaba demasiado ocupado preparando el equipaje para irse a Washington como para pensar en otra cosa.

—Eh, Pendergast —dijo.

El agente levantó la cabeza.

—Yo creía que íbamos al aeropuerto de Miami.

—Eso creía yo también.

—Entonces ¿qué pasa? —Miró de nuevo por la ventanilla—. Me parece que estamos muy lejos de Miami.

—Desde luego. Yo diría que nos hemos pasado de largo el aeropuerto.

Al oír eso, Coldmoon notó en la parte trasera de su cerebro un cosquilleo incómodo, algo parecido a un *déjà vu*, pero mucho más desagradable.

—¿Que nos hemos pasado de largo? ¿Está seguro de que no estamos retrocediendo para aterrizar?

—Si nos dirigiéramos a Miami, dudo que ahora mismo estuviéramos sobrevolando Palm Beach.

—¿Palm Beach? ¿Qué coño…?

Coldmoon miró hacia abajo y divisó otra isla barrera cubierta de mansiones, entre ellas un complejo pseudomorisco demasiado grande y llamativo sobre el cual se proyectaba la sombra del helicóptero.

Volvió a recostarse, momentáneamente sorprendido y confuso.

—¿Qué está pasando? —preguntó.

—Confieso que no tengo la menor idea —dijo Pendergast.

—A lo mejor debería preguntarle al piloto —terció Constance sin apartar los ojos del libro.

Coldmoon los observó a ambos con un atisbo de desconfianza. ¿Se trataba de una broma? Pero no, su instinto, en el que siempre confiaba, le decía que sabían tan poco como él.

—Buena idea —repuso Coldmoon, que se desabrochó el cinturón y fue a la cabina.

Los dos pilotos, con sus auriculares, sus uniformes caqui y su pelo castaño cortado más o menos a la misma medida reglamentaria, parecían gemelos.

—¿Qué pasa? —le preguntó al piloto que ocupaba el asiento derecho y tenía la palanca entre las rodillas—. Se supone que debíamos ir a Miami.

—Ya no —repuso el piloto al mando.

—¿Cómo que ya no?

—Poco después de despegar recibimos nuevas órdenes de la central. Debemos ir a Savannah.

—¿A Savannah? —repitió Coldmoon—. ¿En Georgia? Tiene que ser un error.

—No es ningún error —dijo el piloto al mando—. Son órdenes directas del director adjunto Pickett.

«El hijo de puta de Pickett», pensó Coldmoon. Situado en el umbral de la cabina, recordó la última conversación que había mantenido con el director adjunto antes del despegue: «Me acaban de informar de un peculiar incidente que se produjo anoche al norte de Savannah». Pickett debió de esperar a que despegaran para ordenar que el vuelo fuera desviado.

Qué puñalada por la espalda, el muy desagradecido... Bueno, ya habían engañado a Coldmoon para que aceptara un segundo caso con Pendergast y su estilo poco ortodoxo. Sin duda, no volvería a ocurrir.

—Dé media vuelta —exigió.

—Lo siento, señor —respondió el piloto al mando—. No puedo hacer eso.

—¿Tiene cera en los oídos? Le he dicho que dé media vuelta. Vamos a Miami.

—Con el debido respeto, señor, tenemos que cumplir órdenes —dijo el otro piloto—. Y resulta que son las mismas que las suyas. Nos dirigimos a Savannah.

Apartando la mano del fuselaje, Coldmoon se bajó la cremallera del cortavientos lo suficiente para mostrar la culata de una pistola que asomaba en una funda de nailon.

—Agente Coldmoon. —Era Pendergast quien hablaba desde lo que parecía una gran distancia—. Agente Coldmoon.

Coldmoon se dio la vuelta, y se tambaleó un poco a causa de los vaivenes del helicóptero.

—¿Qué?

—Es obvio que no podemos hacer nada ante este giro inesperado de los acontecimientos.

—¿No lo ha oído? —dijo Coldmoon indignado—. Vamos a Savannah, a la puta Savannah, cuando debería estar embarcando en un vuelo a...

—Sí que lo he oído —repuso Pendergast—. Tiene que haber ocurrido algo sumamente inusual para que Pickett nos secuestre de esta manera.

—Sí, le han concedido un ascenso y se ha vuelto aún más gilipollas. ¿Qué cojones vamos a hacer?

—Dadas las circunstancias, yo sugiero que nos sentemos y disfrutemos de las vistas.

Pero Coldmoon no pensaba dejarlo correr.

—¡Esto es absurdo! Tengo una vida que...

—Agente Coldmoon.

Ahora era Constance quien hablaba. Pronunció el nombre con su tono grave habitual y con un acento extraño, sin ningún énfasis en particular.

Coldmoon se quedó callado. Aquella mujer era capaz de decir o hacer cualquier cosa, pero en esta ocasión se limitó a mirarlo durante unos segundos.

—Puede que lo tranquilice pensar en lo paradójica que resulta esta situación.

—¿A qué se refiere? —preguntó Coldmoon con irritación.

—¿Cuántas veces cree que un agente del FBI es secuestrado por sus propios compañeros? ¿No le intriga saber por qué?

Dicho eso, Constance retomó la lectura.

5

Aterrizaron unos cuarenta y cinco minutos más tarde en una zona remota del aeródromo militar de Hunter. En cuanto Coldmoon cogió su mochila de la parte trasera de la cabina, oyó el ruido de un segundo helicóptero que se acercaba rápidamente, y al cabo de un minuto este apareció en el cielo. A juzgar por las letras de la cola, era un Bell 429 del gobierno, y parecía idéntico al que había utilizado su superior, el director adjunto Pickett, para viajar hasta la isla privada aquel mismo día. Coldmoon resopló. ¿Por qué iba a sorprenderse?

Casi al mismo tiempo, como si fuera una coreografía, un Escalade con las ventanillas casi tan negras como la carrocería se detuvo cerca de allí y esperó con el motor en marcha.

Coldmoon miró a Pendergast, que estaba sacando su equipaje y el de Constance del compartimento trasero del helicóptero. Poco antes, Pendergast había dejado claro que ansiaba —por decirlo suavemente— regresar a Nueva York, pero parecía estar tomándose los acontecimientos con filosofía. De hecho, no estaba poniendo objeción alguna.

Coldmoon se volvió hacia él.

—Usted lo sabía, ¿verdad?

—Le aseguro que no —respondió Pendergast imponiéndose al ruido de las hélices.

—Entonces ¿por qué coño actúa como si hubiéramos parado para hacer un pícnic? Yo pensaba que tenía ganas de volver a casa.

—Mi mayor deseo es regresar a Nueva York.

Pendergast echó a andar con las bolsas, y Coldmoon salió detrás de él en dirección al todoterreno.

—Entonces ¿qué…?

—Mi querido Armstrong —Coldmoon detestaba que Pendergast empezara así uno de sus pequeños discursos—, no entiendo qué pretende conseguir con esta muestra de nerviosismo. Pickett conocía nuestros deseos y tiene que haber una buena razón para que los haya ignorado. Quizá guarde relación con ese senador de Georgia que tiene tanta influencia en el FBI. Sí… Sospecho que nos han desviado aquí por un caso que podría ser motivo de mala publicidad.

Coldmoon se lo quedó mirando.

—Si no supiera lo que sé, diría que parece usted interesado.

—Y lo estoy. —Pendergast contempló el aeródromo con sus centelleantes ojos azul plateado—. Savannah es preciosa. ¿Ha estado allí alguna vez?

—No, y no tengo ningún interés en ir.

—Es una ciudad encantadora llena de viejas mansiones, historias crueles y numerosos fantasmas. Es una auténtica joya del sur. Me recuerda bastante a nuestra vieja plantación familiar, que en su día se llamaba Penumbra.

Mientras Pendergast hablaba, Coldmoon se dio la vuelta murmurando un insulto largo y anatómicamente específico. Con sinceridad, no sabía si era peor Pickett o Pendergast. Ahora resultaba que el tipo había sido propietario de una plantación.

Entonces se abrió la puerta derecha del Bell y la figura esbelta de Pickett se dirigió hacia ellos.

—Lamento mucho este pequeño desvío —dijo antes de que Coldmoon pudiera protestar, y agitó la mano en dirección al todoterreno—. Suban todos, por favor. Se lo explicaré por el camino.

—¿El camino adónde? —preguntó Coldmoon.

Pero Pickett ya estaba hablando con el conductor. Desde atrás se oyó un furioso rugido y después otro. Al darse la vuelta,

Coldmoon vio cómo su helicóptero y el de Pickett iniciaban el despegue en medio de un gran remolino de viento. Los helicópteros se elevaron con el morro hacia abajo como buitres desgarbados, y tuvo la tentación de echar a correr tras ellos y aferrarse a los patines antes de que estuvieran fuera de su alcance. En silencio, pero sin poder ocultar su enfado, lanzó la mochila a la parte trasera del todoterreno y se sentó en la última fila de asientos. Constance se situó junto a él y Pendergast se acomodó en la fila del medio con Pickett. Cuando todos estuvieron acomodados, el chófer puso en marcha el Escalade y pisó el acelerador a fondo. Tras pasar junto a varios hangares y almacenes militares, tomaron la I-516 en dirección norte.

Pickett cerró las ventanillas y le pidió al conductor que subiera el aire acondicionado. Después se aclaró la garganta.

—Les aseguro que ha sido un asunto de última hora —dijo—. Yo no sabía nada, y les prometo que mi visita no fue un intento de emboscada. El hecho es que ha surgido un problema que exige atención inmediata. Es una investigación en la que están cooperando el FBI y las autoridades locales.

—Deduzco que en Georgia ya cuentan con abundantes recursos para tales fines —observó Pendergast.

Pickett puso mala cara.

—Digamos que este caso es especialmente adecuado para sus aptitudes. Los acontecimientos se están sucediendo con gran rapidez y debemos obtener resultados de inmediato.

—Comprendo. ¿Y cómo se encuentra el senador Drayton últimamente? —preguntó Pendergast.

—Fingiré que no le he oído —dijo Pickett.

—Pero es conocido suyo, ¿no?

—No lo sabe usted bien —repuso Pickett con una sonrisa gélida, tras lo cual hubo una pausa breve pero incómoda—. Solo le pido que eche un vistazo, eso es todo.

—Faltaría más —dijo Pendergast—. Aunque creo que son las mismas palabras que utilizó hace unas semanas cuando me pidió que viajara a Sanibel.

Coldmoon vio su oportunidad para intervenir.

—¿Y esto qué tiene que ver conmigo? Debo personarme en la oficina de Denver.

—Soy consciente de ello. Ha sido pura casualidad.

—Pero, señor, mi llegada ya se ha pospuesto una vez. Si dice que este es el punto fuerte de Pendergast, fantástico, pero yo tengo que...

—Agente Coldmoon —dijo Pickett. Su voz era anormalmente pausada, pero su frialdad le hizo callar—, esto es el FBI, no un club de campo en el que concierta usted cita cuando mejor le vaya.

En medio de un silencio absoluto, el todoterreno se desvió hacia la I-16 en dirección a Savannah. Pickett abrió el maletín y sacó una delgada carpeta.

—Hace tres días —dijo—, el cuerpo del director de un hotel fue hallado a orillas del río Wilmington. No tenía ni una gota de sangre en su organismo.

—¿Ni una sola? —preguntó Constance.

Pickett la miró sorprendido.

—El forense hizo un trabajo impecable. Al principio, las autoridades locales creían que era obra de un loco o de una secta, o quizá una venganza entre bandas, pero esta mañana ha aparecido otro cuerpo en un patio de la calle Abercorn. También le habían extraído hasta la última gota de sangre. —Pickett consultó su reloj—. El motivo de tanta prisa es que han mantenido abierta la nueva escena del crimen para que la examinemos.

Coldmoon miró a Pendergast. Como de costumbre, su rostro no dejaba entrever nada, salvo un brillo poco natural en los ojos. El todoterreno había salido de la autopista y ahora circulaban por una calle estrecha llamada Gaston. Destartaladas casas de ladrillo se alineaban a ambos lados, y la calzada tenía tantos baches que parecía hecha de adoquines; tal vez así fuera. A la derecha había un parque con unos árboles enormes que parecían chorrear musgo español. Todo le recordaba a una escena de una película de terror. Coldmoon no podía estar más harto de Florida, del calor, de la humedad, de las multitudes y del carácter sureño que todo lo impregnaba, pero aquella ciudad aterradora, con sus árboles retorcidos y sus casas ladeadas, era aún peor.

¿Por qué no protestaba Pendergast? A fin de cuentas, era el agente de más rango. Le vino a la mente un dicho lakota que le gustaba a su abuelo: «Cuidado con el perro que no ladra y con el hombre que no habla».

—*Unci Maka*, Abuela Tierra, dame fuerza —murmuró para sus adentros mientras el Escalade se adentraba cada vez más en el corazón de lo que a él le parecía una ciudad peligrosa y extraña.

6

El Escalade franqueó una barrera y un control policial en la calle Abercorn y se detuvo frente a una espléndida mansión de piedra rojiza con columnas en la entrada. Cuando Coldmoon se bajó del todoterreno, azotado por una ráfaga de aire húmedo, observó el lugar. La casa daba a otra plaza con robles cubiertos de musgo y una estatua de un hombre olvidado hacía largo tiempo que llevaba tricornio y una espada en la mano y se erigía sobre un pedestal de mármol. Coldmoon se sentía incómodo con sus viejos vaqueros y su camiseta. Todos llevaban uniforme o trajes oscuros inmaculados. Al menos Pickett podría haberlo avisado de que le asignarían otro caso, si es que eso era lo que había ocurrido. La idea lo enfureció aún más.

Un agente vestido de paisano, pero aun así inconfundible, montaba guardia junto a la valla del jardín delantero de la mansión, que estaba rodeado por una balaustrada de piedra. A su lado había una mujer con uniforme y condecoraciones, y Coldmoon dedujo que era la jefa de policía.

—Estos son el sargento de homicidios Benny Sheldrake, del Departamento de Policía de Savannah —dijo Pickett cuando llegaron a la puerta—, y la comandante Alanna Delaplane, del Distrito Sudoeste…

—La escena del crimen nos espera —interrumpió Pendergast hábilmente—. Podemos dejar las presentaciones para más tarde. Y ahora, si no le importa, indíquenos el camino.

Coldmoon sintió una leve satisfacción por el desaire de Pendergast. Esperaba que, cuanto antes les diera a entender que su presencia no era bienvenida, antes se irían.

—Por supuesto —dijo la comandante Delaplane—. ¿Me acompañan, por favor? El cuerpo fue hallado en el patio trasero, al lado de las estancias de los esclavos.

—¿Estancias de los esclavos? —preguntó Pendergast.

—Correcto. La Casa Owens-Thomas, una de las mansiones históricas de Savannah, por si no lo sabían, cuenta con unas habitaciones para esclavos extraordinariamente conservadas. El cuerpo estaba en la vieja zona de trabajo. Tenemos que atravesar la casa y los jardines para llegar hasta allí.

—¿Quién encontró el cuerpo? —preguntó Pendergast.

—El director del museo. Llegó pronto a trabajar. Está en la casa.

—Me gustaría verlo cuando terminemos aquí.

—Muy bien.

Recorrieron una espectacular entrada de mármol y un pasillo principal con habitaciones suntuosamente amuebladas a ambos lados, y luego salieron a un porche situado en la parte trasera de la mansión. Al final había un jardín extremadamente simétrico con una fuente. Delaplane les indicó que bajaran unas escaleras y cruzaron el jardín —Coldmoon tenía dificultades para seguirle el ritmo—, y luego entraron en un patio de ladrillo. Ante ellos había un sencillo edificio de dos plantas con ventanas pequeñas. Evidentemente, se trataba de las dependencias de los esclavos.

En el patio, un joven yacía boca arriba con los brazos extendidos como si hubiera caído del cielo.

—La policía científica ya ha concluido su labor —dijo Delaplane—. La escena del crimen es toda suya.

—Se lo agradezco sobremanera —contestó Pendergast en un tono de lo más refinado, y se acercó al cuerpo con las manos detrás de la espalda.

Coldmoon se preguntaba si debía acompañarlo, pero decidió no hacerlo y dejar que Pendergast actuara por libre.

—¿Dónde ha ido Pickett? —preguntó, mirando a su alrededor—. ¿Y Constance?

Pendergast estaba demasiado concentrado para contestar. Mientras caminaba alrededor del cuerpo, lo miró tan fijamente como si estuviera examinando una alfombra persa excepcional. La víctima parecía rondar los treinta años, y Coldmoon nunca había visto una cara y unas manos tan pálidas. El contraste se acentuaba aún más por el cabello negro y rizado y los ojos azul claro, que miraban hacia arriba. El cadáver hacía que incluso Pendergast pareciera rubicundo. El rostro mostraba una expresión congelada de horror. La pernera derecha estaba lacerada, como si la hubieran cortado con un cuchillo o una herramienta de jardinería, pero no había sangre en la herida ni alrededor de ella. Ni una gota.

Pendergast miró a la comandante Delaplane.

—¿Qué puede contarme de momento? —preguntó.

—Todo es preliminar —dijo ella—, pero parece que extrajeron la sangre de la arteria femoral, en la parte alta del muslo, donde se aprecia la rotura del pantalón.

—¿Extraída cómo?

—El *modus operandi* parece el mismo que el utilizado con la víctima anterior: insertaron una aguja grande, o puede que un trócar, en el interior del muslo para acceder a la arteria femoral.

—Es curioso.

Pendergast cogió unos guantes de látex de un dispensador situado en una mesa junto al cadáver, se arrodilló y abrió con cuidado los pantalones. La parte interior del muslo presentaba un agujero perfecto y en el borde se apreciaba una única gota de sangre seca y una sustancia amarilla pegajosa. En el zapato derecho del hombre había hilos delgados de color ámbar formados por la misma sustancia, y a Coldmoon le parecieron mocos secos.

En la mano de Pendergast aparecieron un tubo de ensayo y un hisopo, y tomó varias muestras en rápida sucesión. Después las introdujo en pequeños viales que desaparecieron de nuevo en su traje negro.

—¿Hora de la muerte? —preguntó.

—Basándonos en la temperatura corporal, hacia las tres de la madrugada, con un par de horas de margen —dijo Delaplane—. La extracción de la sangre complica los cálculos.

—¿Y esa sustancia mucosa alrededor de la herida y en el zapato?

—Hemos tomado muestras, pero aún no tenemos los resultados.

En ese momento intervino Sheldrake.

—El equipo de recogida de pruebas del FBI también tomó abundantes muestras y las envió a su laboratorio de Atlanta.

—Excelente —dijo Pendergast.

Se hizo el silencio mientras el agente se arrodillaba para examinar varias partes del cuerpo —ojos, orejas, lengua, cuello, pelo, zapatos—, utilizando en ocasiones una pequeña lupa. Se acercó a la cabeza y estudió la nuca.

—La primera víctima tenía moratones en el muslo, el torso y la zona abdominal que también están presentes aquí —comentó Delaplane.

—Parece que la pelea duró poco —dijo Pendergast poniéndose en pie—. ¿Han determinado cómo entraron y salieron?

—Eso es lo más curioso —dijo Delaplane—. No hemos podido. Esta zona es muy segura y hay cámaras en los tres únicos accesos. En las cintas no aparece nada, y tampoco se ha detectado que falten imágenes. Sin embargo, dos de las cámaras grabaron sonidos inusuales hacia las tres.

—¿Qué tipo de sonidos?

—Son difíciles de describir. Como un perro gruñendo o husmeando y una especie de lametón. Le conseguiré una copia de la cinta.

—Gracias, comandante. —Pendergast se volvió hacia Coldmoon—. Venga a ver esto.

Coldmoon se acercó al cuerpo y Pendergast ladeó un poco la cabeza, que ya presentaba *rigor mortis*. Su compañero se puso unos guantes y se arrodilló junto a él.

—Tóquele la nuca —dijo Pendergast.

Siguiendo sus instrucciones, Coldmoon notó un bulto. Pendergast apartó el pelo y vieron lo que parecía una abrasión.

—Por lo visto, le dieron un golpe en la cabeza más o menos a la hora de la muerte —dijo Coldmoon.

—Exacto. La autopsia tendrá que aclarar esta y otras muchas cuestiones curiosas.

Coldmoon no preguntó a qué se refería con «cuestiones curiosas».

—¿La víctima ha sido identificada? —preguntó Pendergast.

—Sí, llevaba la cartera encima. Trabajaba haciendo visitas guiadas en bicicleta por esta zona.

—¿Y dónde está su bicicleta?

—La encontraron en la esquina de Abercorn con Macon Este.

—¿Eso no está bastante lejos de aquí?

—A unas doce manzanas.

—¿Dónde vivía?

—En Liberty, cerca de donde encontraron la bicicleta. Es posible que se dirigiera a casa cuando lo abordaron.

Pendergast se puso de pie, se quitó los guantes y los tiró a una papelera que había cerca de allí, y Coldmoon hizo lo propio.

—¿Entramos en la casa? —preguntó Pendergast.

—Claro —dijo Delaplane, que se dio la vuelta para indicarles el camino.

7

La comandante Delaplane los llevó a los fríos confines de la mansión, donde Pendergast fue directo al elegante salón y, como si estuviera en su casa, se sentó en un ostentoso sillón dorado.

—Mi compañero y yo hemos estado viajando todo el día. ¿Sería posible tomar un té?

Pendergast cruzó las piernas y miró a su alrededor inquisitivamente.

—Pues no lo sé —dijo Delaplane—. Esto es un museo.

Pero un hombre delgado y serio que había estado esperando en un segundo plano dio un paso al frente.

—Creo que podré solucionarlo.

—¡Espléndido!

—Soy Armand Cobb, director del museo de la Casa Owens-Thomas —añadió el hombre—. Que, por si no lo sabían, es esta casa.

Pendergast asintió indolente.

—Disculpe que no me levante. Me siento terriblemente fatigado por el caso que acabamos de cerrar en Florida.

El director del museo retrocedió y Pendergast desvió la mirada hacia la comandante.

—Ha sido un placer conocerla, comandante Delaplane. Gracias por su cooperación.

—No hay de qué —dijo Delaplane—. Y este es el sargento de homicidios Benny Sheldrake, que está al mando del caso.

El agente se acercó y Pendergast le estrechó la mano.

—¿Cómo está?

De las sombras apareció otro hombre que acababa de llegar.

—Gordon Carracci, supervisor de enlace del FBI —anunció—. Acabo de enviar las muestras a Atlanta.

—Encantado de conocerlo —respondió Pendergast.

Coldmoon estaba asombrado de cómo se había desarrollado la situación: Pendergast sentado como un pachá en su trono mientras iba pasando gente a hacerle reverencias.

—Señor Cobb —dijo Pendergast—. Perdón, ¿es doctor?

—Doctor, sí —respondió el hombre con brusquedad.

—Doctor Cobb, tengo entendido que fue usted quien encontró el cuerpo.

—Así es.

—El cuerpo no está de camino a su oficina, ¿verdad? —preguntó Pendergast—. ¿Cómo es que se topó con él?

—A veces me gusta venir temprano a trabajar, antes de que abra el museo. Siempre doy un paseo rápido.

—¿Por qué?

—Es una costumbre. La casa es bonita y me revitaliza. Además, tratándose de un museo, siempre es bueno echar un vistazo.

—Por supuesto. ¿Qué hizo después de descubrir el cuerpo?

—Comprobé inmediatamente si seguía vivo, pero estaba frío al tacto. Retrocedí para no alterar nada y llamé a la policía. Luego esperé en mi despacho.

—Comprendo. —Pendergast se volvió hacia Delaplane—. Comandante, una pregunta genérica, si no le importa: ¿recuerda si ha habido denuncias de animales muertos o mutilados, signos o símbolos inusuales pintados en las calles o cualquier otra cosa que pueda denotar actividades de una secta o la presencia de satanistas?

—Desde luego —dijo Delaplane—. Savannah es un imán para ese tipo de gente. Evidentemente, los investigamos si tenemos buenos motivos para pensar que se ha cometido un delito. Pero debemos tener cuidado: esas actividades pueden estar amparadas por las leyes de libertad religiosa. —Hizo una pausa—. ¿Cree que podría tratarse de algo así?

—Me abstengo de pensar al principio de una investigación, comandante.

—¿Y qué hace en lugar de pensar? —preguntó Delaplane con frialdad.

—Me convierto en un receptáculo de información.

Arqueando las cejas, Delaplane dedicó a Coldmoon una mirada incisiva, y él se encogió de hombros. Así era Pendergast.

Este se quedó con la mirada clavada en el suelo un buen rato y luego se volvió de repente hacia Cobb.

—¿Sería tan amable de hablarnos un poco de la historia de esta casa?

—Me encantaría, pero no sé si será relevante.

—Ahora mismo nada es irrelevante.

Cobb inició un discurso claramente ensayado.

—La Casa Owens-Thomas fue construida en 1819 al estilo Regencia por el arquitecto inglés William Jay para Richard Richardson y su mujer, Frances. Richardson había hecho fortuna con el comercio de esclavos. Encontró un negocio rentable enviando a niños de Savannah que habían sido separados de sus padres a la fuerza o habían quedado huérfanos para su venta en Nueva Orleans.

Coldmoon se estremeció por la frialdad con la que Cobb expuso los hechos.

—Esta casa fue construida por esclavos —prosiguió Cobb—. Cuando estuvo terminada, Richardson, su mujer y su familia, además de sus nueve esclavos, se instalaron aquí. Los esclavos vivían en ese viejo edificio de ladrillo situado en la parte trasera. En la década posterior fallecieron la mujer de Richardson y dos de sus hijos. A causa de las dificultades económicas se vio obligado a venderla y se mudó a Nueva Orleans. Murió en el mar en 1833. Más tarde, la casa fue adquirida por George Owens, el alcalde de Savannah, que se instaló en ella con sus quince esclavos.

—¿Quince? —dijo Coldmoon indignado. La idea de que un

hombre fuera propietario de un solo ser humano ya era bastante difícil de concebir.

Cobb asintió.

—Owens tenía unos cuatrocientos esclavos en varias plantaciones de la zona.

—*Zuzeca.* —Coldmoon murmuró un insulto en lakota.

—La fortuna de la familia se resintió después de la guerra civil, pero pudieron conservar la casa hasta 1951, cuando murió el último descendiente sin dejar herederos. Después pasó a manos de la Academia Telfair de las Artes y las Ciencias, que la convirtió en el museo que ven hoy en día. De hecho es una de las atracciones turísticas más populares de Savannah.

En aquel momento les sirvieron un té con unas galletas de aspecto insulso. Pendergast cogió una taza.

—Cuénteme más sobre las instalaciones de los esclavos que hay en la parte trasera.

—Claro. Son dos plantas con seis habitaciones en las que vivían todos los esclavos. Las habitaciones están tan vacías hoy como entonces, ya que muchos de sus habitantes tenían que dormir en el suelo, sin camas y con solo unas mantas andrajosas. Cuando se abolió la esclavitud, la mayoría se convirtieron en «sirvientes» y siguieron viviendo detrás de la casa grande y desempeñando los mismos trabajos. Pero cuando llegaron malos tiempos para la familia Owens, los sirvientes fueron liberados poco a poco. Sin embargo, las instalaciones permanecieron intactas hasta que la casa se convirtió en un museo.

—Es sumamente instructivo, gracias —dijo Pendergast—. Por tanto, mientras observamos la belleza y la riqueza aquí exhibidas, la erudición y la elegancia, el fino cristal y la plata, las alfombras y los cuadros, ¿podríamos decir que todo esto, la casa y su contenido, es una manifestación física del mal en estado puro?

La pregunta fue recibida con un silencio de asombro hasta que por fin Cobb dijo:

—Supongo que podríamos expresarlo así.

—Yo no veo ninguna suposición en tal afirmación —repuso Pendergast.

Se hizo de nuevo el silencio, y Pendergast entornó los ojos y juntó las yemas de los dedos.

—¿No les parece extraño que se produjera un crimen como este precisamente aquí? —preguntó en un tono sosegado.

Y, tras apurar el té, se sirvió otra taza.

8

La Casa Chandler era un hotel histórico de la plaza Chatham, un edificio alargado con fachada de ladrillo visto, una barandilla de hierro ornamentada que recorría el segundo y el tercer piso y columnas decorativas, pero a Coldmoon le pareció más bien un burdel sureño de dimensiones industriales.

—Qué suerte que Constance haya podido reservar unas habitaciones tan grandes —dijo Pendergast.

Después de la entrevista de aquella mañana, Pendergast había desaparecido varias horas antes de presentarse en el hotel, pero Coldmoon sabía que no debía preguntarle dónde había ido. Ahora estaban tomando julepe de menta, sentados en sillones tapizados en el recargado salón del hotel. La estancia, de color amarillo canario, estaba repleta de recuerdos históricos, como trofeos de plata, soperas gigantes, fotografías, banderas descoloridas, bustos de mármol, relojes, documentos enmarcados y otros objetos extraños protegidos por un cristal, colocados sobre las repisas de las chimeneas u ocultos en rincones oscuros.

—Sí, una verdadera suerte —respondió Coldmoon sin entusiasmo.

En efecto, era «grande», pero su habitación estaba separada de las de Pendergast y Constance. Una vez más se preguntó qué había entre ellos. Pendergast la llamaba su «tutelada», pero Coldmoon a menudo se preguntaba si era simplemente un título de conveniencia.

Le habían puesto el julepe en la mano antes de que tuviera la oportunidad de pedir algo y, cuanto más bebía, menos le gustaba. Se planteó cambiarlo por una cerveza fría, pero no tenía valor para hacerlo.

—¿La acidez del julepe es suficiente para usted? —le preguntó Pendergast.

—Es ácido, sí —respondió Coldmoon.

Pendergast miró a su alrededor con satisfacción.

—Este es uno de los edificios más emblemáticos del barrio histórico de Savannah —comentó—, lo cual no es poca cosa si tenemos en cuenta que casi la mitad de las construcciones de la ciudad son importantes arquitectónica o históricamente.

Su tono había adoptado un tono levemente didáctico, y Coldmoon nunca lo había visto tan en su salsa como en aquel salón antiguo, sito en el corazón del que antaño era el Viejo Sur. Le vino a la mente la expresión «como un cerdo revolcándose en la mierda», pero no la verbalizó.

—Savannah duplicó su tamaño con el auge del ferrocarril a mediados del siglo XIX —continuó Pendergast—, y no tardaron en aparecer edificios que cumplían funciones diversas. Por ejemplo, este hotel originalmente era un hospital para víctimas de la fiebre amarilla; más tarde, una fábrica de munición confederada, luego acabó convertido en una pensión. Como muchos otros edificios, en los años cincuenta se encontraba en mal estado y lo cerraron en la década de 1960. Por suerte llegó una ángel guardiana y tuvo el buen criterio de restaurarlo y devolverle su viejo encanto.

Coldmoon probó otro sorbo y dejó la bebida a un lado. «¿Una ángel guardiana?», pensó distraído. De su encanto no podía decir nada —¿qué encanto podía atesorar un hospital para enfermos de fiebre amarilla?—, pero viejo sí era, desde luego. En efecto, la restauración se había llevado a cabo con esmero —todo estaba limpio y no había polvo en los muebles—, pero los tablones del suelo eran anchos y desiguales y crujían a cada paso, y al final parecía que todo el lugar gimiera. Había pequeñas escaleras por todas partes y los pasillos estaban torcidos. Por no hablar de su habitación: grande, con una cama con dosel y pequeños tapetes con volantes en los respaldos de los sillones y las almohadas, pero no había televisor ni internet. Nunca había visto una decoración como la del cuarto de baño, con una enorme bañera de porcelana y un váter de mármol con tapa de madera, en el que no faltaban las hileras de jaboncitos, champús y cremas corporales. Un hospital para enfermos de fiebre amarilla... Joder, era perfecto. Lo que daría ahora mismo por un hotel Hampton y sus modernos servicios.

Pero no le apetecían más clases de historia, así que cambió de tema.

—¿Dónde se ha metido Constance? Se fue de la escena del crimen más o menos a la misma hora que Pickett y no la he vuelto a ver.

Pendergast esbozó una sonrisa fugaz.

—No es casualidad. Después de su experiencia previa con Pickett y su concepto del alojamiento, fue con él para asegurarse de que nos buscaba un sitio cómodo. Y menos mal que lo hizo, porque estaba a punto de reservarnos habitación en una cadena hotelera espantosa a las afueras de la ciudad.

Coldmoon suspiró.

—Entonces ¿Pickett abandonó la escena del crimen solo para buscarnos habitación? ¿Primero nos arrastra a la cuna de los confederados y luego desaparece? Bonita manera de sacudirse las pulgas.

Pendergast se terminó la copa y la dejó encima de un posavasos.

—A mí me ha parecido bastante considerado por su parte.

Coldmoon se lo quedó mirando.

—¿Considerado? Nos secuestra a los dos, me impide presentarme en mi nuevo puesto, un puesto que debería haber ocupado hace semanas, y nos trae a esta reliquia aterradora para que nos ocupemos de un puto caso *čheslí*.

—No hablo lakota, pero entiendo perfectamente su tono de

voz. Y en las últimas horas he notado su mal humor, así que, como compañero suyo que soy, me gustaría hacerle una sugerencia, si no le importa.

Aunque Coldmoon estaba enfadado, reparó en que Pendergast no había dicho «como superior suyo». ¿Le estaba lanzando un hueso? Si era así, no pensaba cogerlo. El agente que tenía sentado delante, con su piel pálida, su cabello pálido y sus ojos pálidos, parecía irritantemente complaciente, incluso engreídamente pagado de sí mismo. Pero era tan infrecuente que Pendergast diera consejos que el instinto de Coldmoon le dijo que callara y escuchara.

—No sé más que usted sobre este caso o las políticas que nos han traído hasta aquí. El senador Drayton es un hombre poderoso y puede que su apoyo ayudara a Pickett a conseguir su ascenso a los más altos niveles del FBI. Pero a Pickett no le gusta este caso más que a usted, y desde luego no pretende atribuirse el mérito, sea cual sea el resultado.

—¿Y cómo lo sabe? —preguntó Coldmoon con desconfianza.

—Precisamente porque nos ha dejado solos con la comandante Delaplane. Cuando examinamos la escena y hablamos con posibles testigos, él no estaba allí. ¿Cree que alguien de su rango se molestaría en buscarnos alojamiento en lugar de supervisar en persona un caso que es importante para un senador estadounidense?

—¿Qué quiere decir con eso? ¿Que está cuidando de nosotros?

—Le estoy diciendo que sabe perfectamente cómo nos sentimos, y está dando a entender que podremos llevar esta investigación, cosa que, debo admitir, es un cambio notable. —Pendergast se frotó las manos como si ya estuviera previendo la falta de supervisión. Entonces se inclinó hacia delante y bajó el tono de voz—. Y la avariciosa oficina de Denver, ¡ojalá que su tribu se vea mermada!, no le negará esa silla vacía cuando llegue el momento de reclamarla.

Pendergast se recostó en la butaca y recuperó su voz normal.

—En cualquier caso, aquí la historia es profunda y arraigada. Por ejemplo, acabo de dar un pequeño paseo por algunas callejuelas pintorescas.

—¿Por eso ha desaparecido? ¿Para hacer turismo?

—En absoluto. Estaba siguiendo a nuestro amigo, el doctor Cobb.

—¿El director del museo? ¿Por qué?

—Después de nuestra conversación tuve la corazonada de que tal vez se daría bastante prisa en ir a visitar a alguien… Y, en efecto, salió del museo y fue directo a casa de una anciana rica y viuda conocida como Lida Mae Culpepper. Por lo visto, en su época poseía una gran belleza, tristemente desvanecida a pesar de sus heroicos esfuerzos quirúrgicos, pero sigue engalanándose con zafiros, diamantes y oro.

Coldmoon no podía imaginar adónde conducía todo aquello.

—Al parecer, la viuda Culpepper hace poco invirtió en una propiedad inmobiliaria: una vieja iglesia desacralizada de Bee Road.

—¿Y qué tiene que ver con todo esto?

—Son meras cavilaciones sobre la reserva de secretos de esta ciudad, que ansían ser desvelados. Conozco a un tipo que se hace llamar «enigmalogista» y daría un ojo de la cara por trabajar aquí. —Hizo un barrido con el brazo en dirección al salón—. Este hotel, por ejemplo.

—¿Qué le pasa?

Pendergast casi parecía dolido.

—¿No le parece un lugar interesante, sobre todo teniendo en cuenta que es donde trabajaba la primera víctima?

Ahora Coldmoon también se irguió en la butaca.

—¿Se refiere a…?

—Mi querido Coldmoon, ¿pensaba que Constance había elegido este sitio al azar? El cuerpo que hallaron a orillas del río Wilmington era el director de la Casa Chandler. Tenemos trabajo que hacer aquí.

Como si los hubiera oído, Constance entró en el salón, miró

en derredor con sus ojos extraños y ocupó un asiento vacío cerca de Pendergast.

—Espero que les hayan gustado las habitaciones —le dijo.

—Son perfectas en todos los sentidos. ¿Puedo preguntarle qué ha averiguado mientras se registraba en el hotel?

—Los habituales rumores y cotilleos. La noche de su desaparición, el director salió a fumar, y poco después se oyó un grito desde el parque. Nunca regresó.

Pendergast asintió.

—Un comienzo excelente, Constance.

—Tengo entendido que el subdirector, un tal señor Thurston Drinkman III, ha ocupado su puesto.

—Qué bonito nombre sureño. Tendremos que hablar con él y con la propietaria. —Se volvió hacia Coldmoon—. Es la mujer que restauró el hotel cuando estaban a punto de derribarlo.

Constance asintió.

—Se llama Felicity Winthrop Frost. Es una mujer solitaria de edad avanzada que ocupa toda la planta superior del hotel y nunca sale de sus habitaciones. No atiende llamadas ni asiste a reuniones, y no utiliza el correo electrónico. Dicen que es muy rica y que, a pesar de su edad y de su fragilidad, es bastante aterradora.

—Constance, es usted maravillosa —dijo Pendergast—. Entonces sería el Howard Hughes de Savannah.

A su llegada, Coldmoon se había fijado en la planta superior. Era más pequeña que los cuatro pisos de abajo y tenía una cúpula en el centro y viejos ventanales con cortinas.

—¿Algo más que debamos saber? —preguntó Pendergast—. Según parece, nuestro amigo Armstrong no considera que este caso sea digno de nuestro talento.

Constance lo miró fijamente.

—¿Que no es digno? Las creencias lakota abarcan todo un panteón de divinidades, ¿no es así? Han, espíritu de la oscuridad; Iktomi, el dios-araña que regaló el don del habla a los humanos; Tatankan Gnaskiyan, «Búfalo Loco», el espíritu maligno que empuja a los amantes al suicidio y el asesinato…

Constance arqueó las cejas como preguntando si era correcto, pero Coldmoon estaba demasiado sorprendido para contestar.

—Yo imaginaba que alguien que aprecia tanto a los espíritus consideraría Savannah el lugar más fascinante de todo Estados Unidos —añadió la joven al ver que Coldmoon no respondía.

9

Wendy Gannon trató de ignorar la voz de Betts, proveniente del largo pasillo que unía la sala de edición y el estudio. Siguió haciendo inventario del equipo de iluminación y elaborando una lista de cosas que quería añadir mientras Betts, que estaba revisando imágenes de prueba, emitía una ruidosa y continuada retahíla de exabruptos, resoplidos y otros sonidos de desaprobación. Como directora de fotografía, a Gannon al principio le preocupaba que Betts no estuviera satisfecho con su labor, pero no tardó en darse cuenta de que gran parte del tiempo solo estaba actuando. Aun cuando no lo enfocaba una cámara, Barclay Betts siempre montaba el numerito.

El equipo había llegado a Savannah días antes para rodar una nueva miniserie documental de Netflix que llevaba el título provisional de *Las ciudades más embrujadas de Estados Unidos*. Cuando firmó el contrato parecía un proyecto interesante en una ciudad que siempre había querido visitar. Betts tenía fama de ser un jefe difícil, pero eso ocurría con casi todos los directores, y Gannon se preciaba de llevarse bien con todo el mundo. Además, la ciudad era fabulosa. Era uno de los pocos lugares de Estados Unidos que habían conservado un sabor local especial y que se habían resistido a las cadenas de comida rápida, las gasolineras y los centros comerciales. Era el sueño de cualquier director de fotografía, un lugar maravilloso donde rodar, con nieblas que se elevaban a primera hora de la mañana entre robles envueltos en musgo español y una suave luz vespertina que daba un tono dorado a las grandes mansiones, las calles adoquinadas y las cautivadoras plazas, todo ello en un risco que dominaba un río de aguas lentas. La idea de la serie también resultaba bastante atractiva. Iban a investigar los seis lugares más embrujados de Savannah, y nada menos que con Gerhard Moller, el famoso médium, investigador de fenómenos paranormales y fundador del Instituto de Estudios Perceptuales. Moller era el inventor de la Cámara Perceptiva, que, según él, podía captar imágenes de fantasmas o, como él los llamaba, «turbulencias espirituales», y de otros dispositivos para detectar espíritus. Cada episodio de la serie estaría dedicado a investigar una localización embrujada para ver si realmente había fantasmas y, de ser así, documentarlos utilizando la Cámara Perceptiva y demás artilugios.

Gannon estaba bastante convencida de que todo aquello eran memeces, pero nunca se sabía. Ni siquiera estaba segura de que Betts se lo creyera, aunque parecía hacerlo. Pero si de verdad existían los fantasmas, tenían que frecuentar un lugar como aquel. Puede que incluso lograra captar imágenes de alguno. Eso sí que sería anotarse un buen tanto.

Barclay Betts… Ya había trabajado conególatras en algunas ocasiones, pero debía reconocer que era un buen director y presentador. Sabía lo que quería y estaba atento a todo. Sus instrucciones eran claras y tenía una visión general sobre la imagen y la ambientación de la serie que coincidía con la de Gannon. Sí, era un gilipollas narcisista con buena memoria y afición por los litigios, pero, a decir verdad, prefería a alguien como Betts que a un director simpático que no supiera lo que quería y no tuviera las ideas claras. Había trabajado con muchas personas así, y eran mucho peor que un bocazas como Betts.

Las muestras de disgusto cesaron y, momentos después, Barclay Betts entró en el estudio seguido de la estrella, Gerhard Moller. Ambos eran dignos de ver, la reencarnación de Abbott y Costello. Moller era alto y taciturno, y poseía un atractivo cadavérico. Se parecía mucho a Peter Cushing, con una expresión de honda seriedad, como si estuviera atisbando el fin del mundo. Betts, en cambio, era redondo. Todo en él era robusto, desde las gafas y la cabeza hasta la voz profunda y esponjosa. Casi nunca dejaba de hablar y de moverse, tan incansable como una rata grande en una caja pequeña. Pero tenía lo que deben tener todos los presentadores: carisma. Aunque no era físicamente agraciado, cuando entraba en una sala, nunca pasaba desapercibido.

—Hay un problema con la exposición de esas pruebas —dijo Betts, que empezó a lanzar más críticas—. Mire, cariño, quiero que cierre medio punto el diafragma para que haya más saturación y un ambiente más oscuro. Hay demasiada luz. Esto no es un anuncio de Travel Channel; esto es la Savannah endemoniada. ¿Entiende lo que le digo?

Aquello molestó a Gannon, pues opinaba que era mejor guardarse la manipulación de las exposiciones para más tarde y entregar a posproducción un vídeo adecuadamente iluminado. Pero no merecía la pena discutir por eso, al menos con Betts.

—De acuerdo, tomo nota —dijo—. Buena observación.

Betts le dio una palmada en la rodilla.

—Buena chica.

Era tan retrógrado que resultaba ridículo. Sinceramente, le importaba una mierda que la llamara «chica» o que le diera una palmada en la rodilla; Betts no era un acosador. De hecho, su sexualidad resultaba bastante dudosa. Podía ser homo, hetero, bi o asexual, lo cual probablemente fuera bueno, ya que invertía toda su energía en crear los documentales provocadores y controvertidos por los que era a la vez impopular y reconocido. La crítica lo odiaba, por supuesto.

Barclay Betts se volvió hacia Moller.

—¿Qué le parece? *La Savannah endemoniada*. Me gusta. Mañana usaremos esa frase. De hecho podría ser el nuevo título provisional de la serie.

—Señor Betts —dijo Moller con un ligero acento teutónico—, ¿puedo preguntarle cuándo investigaremos alguna aparición? Llevamos días aquí y aún no hemos inspeccionado una sola localización con turbulencias espirituales.

—No se preocupe, Gerhard, pronto le llegará el turno. El viernes tenemos cita en el Hamilton-Turner Inn. Ahora mismo estamos rodando pruebas e imágenes de relleno. Habríamos avanzado más si no fuera por esa puñetera investigación por asesinato que ha obligado a cerrar algunas calles.

Moller no respondió.

—Es de locos. Dos personas a las que les han robado la sangre —añadió Betts, que se apoltronó en una silla—. Se queda uno pálido, ¿eh?

Si esperaba hacer sonreír a Moller con el comentario, se equivocaba. Gannon imaginaba que aquel hombre no se había reído en toda su vida, pero ella decidió complacerlo con una carcajada.

—Gracias —dijo Betts—. He oído a alguien mencionar a un vampiro de Savannah. ¿Sabe algo de eso?

—No —respondió Gannon.

—¿Gerhard, cariño?

El hombre negó con la cabeza.

—¿Esa cámara suya también fotografía vampiros?

—La Cámara Perceptiva debería poder captar imágenes de vampiros, hombres lobo y otros fenómenos que entrañen una disrupción espiritual.

Betts se recostó en la silla, hizo sobresalir el labio inferior y se apoyó un dedo en la barbilla, lo cual, como bien sabía Gannon, significaba que estaba pensando. Entonces se volvió hacia ella.

—Wendy, ya que estamos, podríamos conseguir imágenes de esos asesinatos. —Se quedó mirando al vacío—. El vampiro de Savannah… ¿Quién sabe dónde podría llevarnos?

—Claro —dijo Wendy. Tenía lógica: la Savannah embrujada y todas esas pamplinas.

Betts se dio la vuelta y gritó hacia el pasillo.

—¡Eh, Marty! ¡Ven aquí!

Martin Vladimirovich era el sufrido ayudante de investigación del equipo. Momentos después salió de su cubículo, situado en el fondo del pasillo. Siempre parecía que acabara de despertarse, y tenía un lado del pelo aplanado. Aquel estilo aletargado y andrajoso parecía ser la moda entre los veinteañeros, pensó Gannon; quizá era una manera de demostrar que todo les importaba una mierda. Pero, bajo esa apariencia, Marty era un investigador inteligente y capacitado.

—Averigua todo lo que puedas sobre leyendas vampíricas locales —dijo Betts—. Ya sabes: historia, leyendas populares, víctimas y todo eso.

—Sí, señor Betts.

—Y si no encuentras nada o es aburrido, ya sabes lo que tienes que hacer.

—Sí, señor Betts —respondió Marty, que enfiló de nuevo el pasillo.

Betts continuó:

—¿Quién sabe? Que haya ocurrido esto en pleno rodaje puede que sea un fantástico hilo conductor. A lo mejor podríamos conseguir unas cuantas fotos de fantasmas en una de las escenas del crimen, ¿verdad, Gerhard?

—Es posible.

—¡Genial! Joder, puede que incluso podamos resolver el caso con esa cámara. Piénselo. Esto no es la búsqueda de un fantasma centenario. Esto es algo que está sucediendo hoy. —Se volvió hacia Gannon—. Tenemos un escáner policial, ¿verdad?

—Por supuesto.

El escáner era obligatorio para cualquier equipo que estuviera rodando en una ciudad.

—Mañana podríamos obtener imágenes de la policía y de la investigación. Cuando Marty consiga información, podemos rodar en algunas de esas localizaciones. Piénselo, cariño: dos cuerpos sin una gota de sangre. No sabemos dónde nos llevará todo esto, pero podría ser algo grande. Grande de verdad.

10

Francis Wellstone Jr. aminoró el paso mientras observaba los números de las majestuosas puertas que flanqueaban la avenida Oglethorpe Oeste. Sesenta y siete, sesenta y tres... Allí estaba, una casa parroquial de la época neocolonial con la cantidad justa de craquelado en su fachada de piedra. Parecía un decorado de cine de la película *Jezabel*.

Wellstone se ajustó la corbata —había olvidado lo húmeda que era Savannah—, se aclaró la garganta y subió las escaleras. Cuando llamó al timbre, vio su reflejo en el cristal esmerilado: el pelo con un ligero toque gris, las finas arrugas aristocráticas en las comisuras de los ojos y un rostro que a lo largo de los años había aparecido en muchas entrevistas de televisión. Era raro que no lo reconocieran más a menudo por la calle, pensó.

Oyó movimientos, y cuando se abrió la puerta apareció una mujer bien conservada, tal vez septuagenaria, cuidadosamente maquillada, con un tono lavanda en el pelo y una ropa lo bastante cara para disimular con habilidad unos diez kilos de más.

—¡Señor Wellstone! —dijo ella, mirando de arriba abajo el traje del visitante.

—¿Señora Fayette?

—Llámeme Daisy, por favor.

—Solo si usted me llama Frank.

—¡Trato hecho!

Con un gesto delicado a modo de reverencia, lo invitó a entrar. Juntos recorrieron un pequeño pasillo y llegaron a un salón que lo cautivó al instante. Parecía salido de una obra de Tennessee Williams, incluidos los antimacasares, los retratos de confederados muertos y una capa de polvo. Una ventana saliente daba a Oglethorpe Oeste, y las cortinas con flecos filtraban los rayos de la luz matinal. En la pared interior había una librería ornamentada, y Wellstone le echó un vistazo rutinario al pasar. Momentos después, ya sentado en una butaca tapizada que le ofreció su anfitriona, se dio cuenta de que no tenía por qué molestarse: la mesita que había frente a él exhibía con orgullo cuatro de sus libros. Cuando dejó el maletín en el suelo, se sintió complacido al ver que dos de ellos eran recientes, publicados en la última década. Pero, por supuesto, también estaba *Alevosía*, y el otro, según pudo comprobar con irritación, llevaba un sello de restos editoriales en la guarda.

—¡Es un placer conocerlo! —dijo Daisy Fayette, y a pesar del maquillaje asomó un ligero sonrojo en sus mejillas—. Tome un poco de limonada, por favor.

Wellstone dejó que la mujer le sirviera un vaso.

—Gracias.

—No, gracias a usted. Me sorprendió mucho recibir su carta. ¡No me lo podía creer! ¡Imagínese! ¡Francis Wellstone quería entrevistarme!

Con una sonrisa, Wellstone bebió un sorbo.

—Fuentes fiables dicen que, en lo referente a la historia de Savannah, es usted la persona con la que hay que hablar.

—Es usted muy amable. Debo decirle, señor Wellstone… Frank… que *Alevosía* es uno de los libros más fascinantes y sorprendentes que he leído nunca.

Wellstone mantuvo la sonrisa con cierto esfuerzo. ¿Por qué, cuando la gente quería hacerle un cumplido, siempre mencionaba su primera y más conocida obra? ¿Qué creían que había estado haciendo en los veinte años transcurridos desde que fue publicada? Era como elogiar a papá Haydn por su primera sinfonía.

En la universidad, Wellstone quería ser historiador, pero se interpuso el destino cuando en la escuela de posgrado quedó claro que no tenía el temperamento necesario para enterrarse en libros polvorientos en busca de sabiduría, así qué dejó Columbia y entró como becario en la revista *New York*, donde era el chico de los recados y ayudaba a los periodistas en plantilla mientras pensaba qué hacer con su vida.

Y fue en la *New York* donde Wellstone encontró su vocación. Puede que no tuviera la disposición necesaria para analizar textos antiguos, pero poseía un don impresionante para la investigación contemporánea. Mientras recababa información para los artículos de la revista, descubrió un talento para averiguar secretos que los periodistas jamás habrían desenterrado. Ese don era especialmente útil para escribir artículos difamatorios sobre famosos y revelaciones acerca de figuras públicas. De una manera instintiva, Wellstone sabía cómo hablar con porteros, niñeras y amantes abandonados; su formación académica lo ayudaba a buscar información que supuestamente debía permanecer oculta. Los artículos, que a menudo rezumaban sarcasmo y regodeo por el mal ajeno, eran devorados por los lectores de la revista. Al poco tiempo, Wellstone dejó de trabajar duro entre bastidores y logró que su nombre figurara entre los de los periodistas más importantes de la cabecera de la *New York*.

Entonces tuvo un golpe de suerte: mientras investigaba para un artículo de la revista, descubrió una fuente de abundantes cotilleos sobre Laurence Furman, un abogado de renombre muy apreciado por sus buenas obras, entre ellas salvar a una ciudad de Virginia Occidental de una empresa sin escrúpulos que quería instalar un vertedero de residuos tóxicos allí. Furman era conocido en todas partes por su filantropía y por defender a la clase trabajadora.

Pero eso era solo parte de la historia. Laurence Furman tenía un lado oscuro: era un abogado que utilizaba el chantaje y sus contactos políticos para aplastar a sus oponentes, y un hombre que acosaba y abusaba de sus empleadas y las amenazaba para que guardaran silencio. Y lo peor fue que Wellstone descubrió que Furman había trabajado con sus adversarios en varios litigios para llenarse los bolsillos a costa de sus clientes.

Había demasiados escándalos para un artículo, y el tema era demasiado jugoso como para que Wellstone se limitara a contárselo a su jefe, así que escribió *Alevosía*, un salaz libro de cotilleos escrito en prosa literaria y un magnífico escarnio contra Furman. La investigación de Wellstone era tan exhaustiva y sus fuentes tan irrefutables que Furman ni siquiera se molestó en rebatir las escandalosas acusaciones y se suicidó dos semanas después de la publicación del libro. Aquello catapultó al libro al número uno de los títulos más vendidos.

—Gracias, Daisy —dijo—. La limonada está deliciosa, por cierto.

Después de *Alevosía* llegaron varios premios y una película de Hollywood. Wellstone pensaba que lo tenía todo hecho, pero los siguientes libros no habían vendido tanto, y la descuidada documentación había provocado varios litigios problemáticos y costosos. Finalmente, Wellstone se labró una carrera literaria que se asemejaba más a las entrevistas sensacionalistas de Geraldo Rivera que al periodismo de investigación y denuncia de Upton Sinclair, y empezó a producir libros escandalosos basados en fuentes anónimas. Ahora, con doce títulos publicados, seguía consiguiendo algún que otro *bestseller*, a pesar de que la crítica despedazaba su trabajo.

Wellstone observó a su anfitriona, que se había quedado viuda hacía una década y vivía de la menguante fortuna de su difunto marido. Había escrito varios panfletos sobre folclore y leyendas de Savannah y, aunque daba clases en un cuchitril como Savannah-Exeter, era considerada una experta local. Pero ese no era el motivo de su presencia allí. Había descubierto algo más sobre la señora Fayette, algo que podía resultar muy útil.

—Bien, Daisy —dijo, dejando el vaso e inclinándose hacia delante—. Aunque no quería mencionarlo en mi carta, probablemente habrá adivinado por qué estoy aquí.

Ella también se inclinó hacia delante.

—¡Va a escribir otro libro!

Wellstone asintió.

—¡Y tratará sobre Savannah!

—Sí, entre otras cosas. —Agitó una mano con la palma hacia arriba—. Teniendo en cuenta que es la experta en la historia de la ciudad, en especial su historia sobrenatural, ¿puedo contar con usted como una de mis fuentes principales?

—¡Pues claro!

La señora Fayette se llevó el vaso a los labios con un leve temblor de dedos, y él no pudo evitar sentirse halagado por su reacción ante la idea de ver su nombre entre las páginas de un libro de Francis Wellstone. Sonrió para sus adentros, satisfecho al comprobar que seguía siendo popular.

—En ese sentido, espero que entienda que durante uno o dos meses no podrá comentar nada sobre la naturaleza de mi proyecto.

Ella asintió vigorosamente, satisfecha de formar parte del secreto.

Una vez aclarados esos puntos, Wellstone se recostó de nuevo.

—Gracias, Daisy. Déjeme decirle que me alegra mucho poder contar con su ayuda. Me facilitará mucho el trabajo y mejorará de forma notable el resultado final.

—Un libro de Francis Wellstone sobre Savannah —dijo Daisy casi para sí misma.

Wellstone podría haberle dicho que Savannah tendría un papel menor en el libro, pero, por supuesto, su instinto era demasiado agudo como para hacerlo. Lo cierto era que la obra estaba casi terminada. En sus últimos dos libros, Wellstone se había dedicado a desprestigiar a charlatanes de la cultura. El primero trataba sobre predicadores evangélicos de megaiglesias y el segundo sobre famosos que publicitaban dietas, y ambos gozaron de un repunte de ventas. En su nuevo proyecto había puesto el punto de mira en la seudociencia de lo paranormal, y en esta ocasión las críticas recaían sobre los videntes, espiritistas, médiums y charlatanes que contemplaban cristales y explotaban lo sobrenatural para sacarle dinero a una ciudadanía ingenua.

El proceso de documentación fue básico. Sin embargo, Wellstone no sabía cuál era la mejor manera de atraer al lector. Había sopesado utilizar el primer capítulo para ridiculizar a algún «comunicador de espíritus» que utilizara artilugios falsos para contactar con los muertos y, por supuesto, le vino a la mente Gerhard Moller. Luego se enteró de que Barclay Betts, al que le unía una vieja enemistad, planeaba rodar una serie documental sobre casas encantadas de Savannah en la que participaría Moller. Wellstone sabía que ahí no solo tenía una introducción, sino que había encontrado el colofón para su obra, y al mismo tiempo saldaría viejas y amargas cuentas con Betts.

—Así pues, cuénteme, Daisy —dijo mientras ella le servía más limonada—. ¿Cómo se convirtió en la principal… eh… historiadora de los fantasmas de Savannah?

—Bueno… —Fayette hizo una pausa—. Mi tatarabuelo luchó en la guerra del norte… en la guerra entre los estados. Podría decirse que me crie rodeada de historias de fantasmas. Teníamos sirvientes, y les encantaba contarnos historias de miedo a mí y a mi hermano antes de ir a la cama. —Soltó una risilla, como si el mero hecho de hablar de ello fuera una travesura—. ¡Y a mi abuelo le encantaban las viejas leyendas!

—Y esas viejas leyendas acabaron plasmadas en sus libros, ¿verdad?

Wellstone se esmeraba en llamarlos «libros» en lugar de «panfletos».

—Sí, desde luego. Pero casi todas las familias que han vivido siempre en Savannah podrían contarle historias.

—Pero no con la profundidad y los conocimientos que aporta usted. —Wellstone cambió de postura en la butaca—. Daisy, me siento muy afortunado de haberla conocido y de haber conseguido su extraordinaria fuente de sabiduría en exclusiva.

En ese momento, la sonrisa de Daisy se esfumó.

—Bueno… —dijo, y se sonrojó de nuevo—, eso no es del todo cierto. Están rodando un documental en la ciudad.

Ese era exactamente el motivo de su visita, pero Wellstone se hizo el sorprendido.

—¿Un documental?

—Sí, se llama *Las ciudades más embrujadas de Estados Unidos* o algo así.

—Madre mía —dijo Wellstone.

—¿Qué ocurre? —preguntó Daisy al instante.

—¿Quién produce el documental?

—Esa cadena… —Daisy miró hacia arriba, como si buscara el nombre en el techo—. La grande. Netflix.

—¿Y quién es el director?

—Barclay Betts.

—Barclay Betts. Me suena. —Desde luego que le sonaba; Betts estaba detrás de la demanda por difamación más difícil a la que se había enfrentado nunca—. E imagino que habrá solicitado sus servicios. Con su reputación y sus conocimientos, sería tonto si no lo hiciera.

—Bueno, contactó conmigo, sí —respondió Daisy.

—Ya me lo temía. Me alegro mucho por usted, claro está, pero podría ser un inconveniente para mi proyecto —dijo Wellstone, dando la impresión de que su interés por ella había disminuido, e incluso hizo además de coger el maletín para irse.

—Vino hace dos días. Fue muy amable y me invitó al rodaje. Pero cuando fui esta mañana a primera hora, solo quería que leyera unas frases de uno de mis libros para utilizarlas como voz en *off*.

—¿Y ya está? —preguntó Wellstone con fingida sorpresa.

Daisy asintió.

—No entiendo por qué Betts no la quiere delante de la cámara. Con sus credenciales…

Negó con la cabeza en un gesto de desaprobación. En realidad entendía perfectamente que Betts no quisiera a aquel vejestorio empolvado delante de su objetivo.

—Eso mismo me preguntaba yo —dijo Daisy con una leve irritación en la voz.

Wellstone seguía negando con la cabeza.

—Tendrá que andarse con cuidado. Da la impresión de que quiere utilizar sus investigaciones sin otorgarle el debido reconocimiento.

Daisy se quedó paralizada al oír esa posibilidad inesperada.

—¿Podría hacerlo?

—Me temo que estos directores de documentales son famosos por eso. —Wellstone se encogió de hombros al terminar la frase. Entonces se animó, como si esa idea problemática se hubiera visto reemplazada por otra más atractiva, y apartó la mano del maletín—. Pero ¿sabe qué? Esto podría ser justo lo que necesitamos.

—¿A qué se refiere? —preguntó Daisy, que no había reparado en que Wellstone hablaba en plural.

—Supongo que pasará algún tiempo en el rodaje.

Daisy asintió.

—Eso significa que tendrá un acceso privilegiado a la filmación, lo cual podría beneficiar mucho a nuestro libro. Juntos podremos llevar al lector entre bastidores, plasmar la creación de un documental, mostrarlos intentando detectar presencias fantasmagóricas.

Daisy asintió, primero lentamente y luego con entusiasmo.

—¡Sí, sí! —De repente hizo una pausa—. Pero mencionaron que tendría que firmar un acuerdo de confidencialidad.

Wellstone alzó un dedo.

—Eso no es problema. Usted sería mi fuente secreta. Nadie llegaría a saberlo nunca.

Wellstone observó cómo giraban los engranajes en la cabeza de Daisy, que esbozó una sonrisa más inteligente, e incluso más pérfida, de lo que la creía capaz. «Dios bendiga a las bellezas del sur», pensó.

—De acuerdo —dijo ella, ruborizada como si estuviera embarcándose en una aventura con un caballero que no era su marido—. Puede que averigüe algo más sobre el caso del vampiro de Savannah.

Wellstone se sobresaltó. ¿El caso del vampiro? Eso era nuevo para él, pero al momento disimuló su reacción y preguntó con calma:

—¿El vampiro de Savannah?

—Sí, es como la historia que nos contaba la señorita Belinda antes de acostarnos. La historia del vampiro de Savannah. El señor Betts cree que esos dos asesinatos son obra suya.

—El vampiro de Savannah —repitió Wellstone. Aquello era oro puro. Conque Betts pensaba aprovechar los dos asesinatos para hilvanar alguna sandez sobre un vampiro que acechaba en Savannah. Pues claro que lo haría—. Daisy, yo creo que ese vampiro debería ser nuestro próximo tema de conversación. Averigüe todo lo que pueda en su siguiente visita y volveremos a vernos pronto.

«*Y, Barclay, querido*», pensó con satisfacción mientras brindaban bajo la diáfana luz del salón, «*estoy a punto de engañarte como a un memo y te va a encantar*».

11

La comandante Alanna Delaplane recorrió la plaza Chatham con el sargento de homicidios Benny Sheldrake a su lado. Era más rápido aparcar en el otro lado de la plaza y cruzarla que rodearla. En el parque divisó luces parpadeantes y equipos de la policía científica moviéndose de un lado para otro con sus monos y guantes azules.

Veinte minutos antes, un jardinero de una subcontrata municipal había informado del espeluznante hallazgo, y toda la maquinaria de la investigación se había puesto en marcha. En sus veinte años de carrera en el Departamento de Policía de Savannah, Delaplane había visto muchos ardides supuestamente paranormales. Había mucha gente rara que afirmaba tener poderes especiales, y casi todos parecían pasar por Savannah. Se preguntaba si aquello era otra artimaña, un bromista aprovechando el caso del vampiro. Por otro lado, había dos muertos a los que les habían extraído la sangre, y eso no era ningún truco. Además, el asesino no era tonto y apenas había dejado pruebas, ni en las víctimas ni en la escena del crimen.

Ambos se acercaron a una pareja de policías que estaban acordonando la zona mientras otros contenían a la multitud.

—Sargento Rollo —dijo, deteniéndose frente a la cinta perimetral—, ¿dónde está el jardinero que dio el aviso?

—Ahí, comandante.

Al darse la vuelta vio a un hombre con un mono azul sentado

en un banco y rodeándose el torso con los brazos. A su lado había un agente uniformado. Delaplane y Sheldrake fueron hacia ellos.

—Hola —saludó Delaplane al jardinero, que se la quedó mirando.

Era un anciano negro con el cabello blanco, arrugas profundas en la cara y una expresión de terror en los ojos. Delaplane se sorprendió un poco al ver lo afectado que parecía. Al fin y al cabo, solo se trataba de un dedo amputado.

—Soy la comandante Delaplane. ¿Puedo hacerle unas preguntas?

El agente uniformado se levantó mientras ella tomaba asiento y Sheldrake se situaba al otro lado. El investigador sacó una grabadora, la puso en marcha y la dejó encima del banco.

—¿Le importa? —dijo Delaplane, señalando la grabadora.

El hombre negó con la cabeza.

—¿Le importaría decirme su nombre?

—Gilbert Johnson.

—Gracias, Gilbert. —Delaplane intentó emplear un tono amable. En más de una ocasión le habían dicho que su voz resultaba estridente e intimidatoria—. Cuénteme qué ocurrió, empezando por el principio.

Johnson asintió.

—Estaba echándole fertilizante a ese calistemo. —Ladeó la cabeza hacia el lugar donde se había congregado el equipo de la científica—. Alguien había estado fumando y había muchas colillas, y cuando me puse a recogerlas vi el dedo. Con las prisas, al principio creí que era una colilla de puro, porque era más o menos negro, pero olía mal, y entonces me di cuenta de qué era, así que volví a tirarlo. Y luego vi el pelo.

—¿Pelo?

Aquello no figuraba en el informe preliminar que había recibido Delaplane.

—Como si le hubieran cortado la cabellera a alguien, un rizo largo. Y también había sangre. —Hizo una pausa y respiró hondo—. Mucha sangre.

—Tranquilo, tómese su tiempo. —Esperó a que se calmara y preguntó—: ¿Y entonces qué hizo?

—Me alejé del arbusto y llamé a emergencias. Hará cosa de media hora.

Delaplane miró al otro lado del cordón policial y vio al equipo forense examinando el arbusto con un cepillo de cerdas finas.

—¿Dónde están ahora las colillas de tabaco? —preguntó la comandante.

—Las metí en la bolsa de basura.

—¿Eran de marcas diferentes o todas de la misma marca?

—No me fijé.

—¿Dónde está la bolsa de basura?

El hombre señaló una bolsa flácida que había junto al arbusto. Delaplane asintió con la cabeza en dirección a Sheldrake.

—Asegúrese de que es clasificada como prueba.

El agente también asintió.

—¿Recuerda algo más?

—He estado aquí sentado desde entonces.

—Gracias, Gilbert —dijo la comandante, que se levantó y miró a su alrededor.

Aquello era la viva imagen de una buena investigación de la escena del crimen. Se preguntaba si aparecería el FBI. Una vez más, le molestaba que intervinieran los federales. En aquel caso no había nada que lo justificara. Y al agente de rango que habían enviado era muy raro. Casi parecía un vampiro, pálido, delgado y vestido de negro. Y cuando lo oyó hablar con aquel suave acento de la clase alta de Nueva Orleans, se le puso la piel de gallina. Había conocido a otros como él y, por su experiencia, esa caballerosidad sureña a veces ocultaba una mentalidad fervientemente racista, y puede que incluso una historia familiar de esclavitud.

El otro agente, Coldmoon, era todo lo contrario. Últimamente tenía toda la pinta de federal, con su pelo cortado al rape, sus gafas de espejo, su traje azul, su camisa blanca y sus zapatos negros pulidos. Al menos él tenía una forma de hablar agradable.

Se recordó a sí misma que debía evitar las conjeturas y tener la mente abierta. Afrontaría la intrusión del FBI procediendo con su investigación de la forma habitual. El sargento Sheldrake era el jefe en funciones, y le había ordenado que contactara con Carracci y el resto de los federales dos veces por semana, pero tenía intención de liderar la investigación ella misma. No es que no confiara en Sheldrake, pero aquel caso era importante, y cuando todo saliera a la luz, cosa que ocurriría pronto, al menos sería ella quien llevara la voz cantante.

Delaplane se volvió hacia Sheldrake.

—Voy a echar un vistazo. ¿Podría dar una vuelta y asegurarse de que todo el mundo está haciendo lo que debe?

—De acuerdo.

Sheldrake se alejó y, momentos después, Delaplane lo oyó dictar una serie de órdenes en voz baja.

La comandante bordeó el perímetro y vio al forense George McDuffie, que llevaba una nevera de pruebas Yeti a su vehículo. Costaba creer que estuviera licenciado en medicina. Más bien parecía un estudiante universitario de primer curso, delgado como un palo, nervioso y torpe. No había trabajado mucho con él y no sabía si era bueno en su trabajo.

—Hola, George —dijo Delaplane—. ¿Tiene un minuto?

—Claro, comandante.

El forense dejó la nevera en la parte trasera del vehículo y se volvió hacia ella.

Delaplane asintió.

—¿Puedo echar una ojeada?

—Sí, claro.

McDuffie abrió la nevera y levantó la tapa. El dedo estaba en un gran tubo de ensayo metido en hielo. A su lado, en otro tubo, había una delgada franja de cabellera ensangrentada con el pelo pegado. Al instante, Delaplane cayó en la cuenta de que el dedo debía de pertenecer a la primera víctima, la que fue hallada a orillas del río. Ese cuerpo también presentaba una herida en la cabellera que tal vez coincidiera con el fragmento ensangrentado. Otros tubos de ensayo contenían muestras de sangre, carne y trozos de ropa manchados de sangre.

—Parece Ellerby —dijo Delaplane.

—Sí, eso creo. En cuanto lleve este dedo y el fragmento de cabellera al laboratorio los cotejaré con el cadáver.

—¿Cree que lo mataron aquí?

—Probablemente. Había bastante sangre en los arbustos.

—¿Y el dedo? ¿Se lo cortaron?

—Creo que se lo arrancaron de un mordisco.

Delaplane soltó un gruñido, se dio la vuelta y vio a Sheldrake acercarse.

El sargento miró en el interior de la nevera.

—¿Es el tipo de la Casa Chandler?

—Sí.

Sheldrake se irguió y observó los edificios que daban a la plaza.

—Por el amor de Dios, lo lógico sería que alguien hubiera oído algo.

—Exacto —dijo Delaplane—. Ellerby estaba vivo a las once, porque la gente del hotel dice que se fue a esa hora y no volvió. Quizá salió a fumar. Extraigamos ADN de las colillas para ver si esos arbustos eran el lugar donde Ellerby fumaba habitualmente. —La comandante sonrió—. Sheldrake, tengo una tarea para su equipo que es una auténtica lata. Tienen que entrevistar a todos los ocupantes de los edificios cercanos, en un perímetro de unos trescientos metros, y preguntarles qué oyeron entre las once y las doce de aquella noche.

—De acuerdo. Pero, si lo mataron aquí, ¿cómo llegó el cuerpo de Ellerby hasta el río?

—Buena pregunta. Seguramente lo arrastraron hasta la calle y lo metieron en un coche. Debemos utilizar perros aquí y en la orilla del río para ver dónde dejaron el cuerpo.

Delaplane oyó revuelo al otro lado de la escena del crimen.

Entonces vio que un equipo de rodaje intentaba rebasar las barreras policiales y fue hacia allí. Se trataba de un equipo grande con dos cámaras —una de ellas con una Steadicam—, un técnico de sonido y dos personas más que rodeaban a un hombre bajo y rechoncho con un micrófono y otro hombre alto y siniestro que llevaba lo que parecía una vieja cámara estenopeica. Era obvio que los cámaras estaban grabando mientras que el hombre alto sacaba artilugios extraños de una maleta con compartimentos de espuma y los colocaba sobre un trozo de terciopelo.

—¿Qué pasa aquí? —dijo Delaplane.

—Comandante, ya les he dicho que esto es la escena de un crimen —respondió un agente uniformado.

—Hola, soy Barclay Betts —anunció el hombre bajo y rechoncho que llevaba el micrófono, como si Delaplane debiera saber quién era.

Las cámaras seguían grabando. A Delaplane le sonaban su nombre y su cara, pero no le importaba lo suficiente para hacer el esfuerzo de intentar recordar.

—Muy bien, señor Barclay Betts. Por si no se había dado cuenta, esto es un cordón policial.

—Solo necesitamos acercarnos un poco más —dijo el hombre rechoncho—. Estamos haciendo unas fotos con la Cámara Perceptiva. Es algo bastante extraordinario, agente. Es capaz de captar actividades paranormales y podría ser de gran ayuda para la policía.

Delaplane apoyó los puños en las caderas y sonrió.

—¿Actividades paranormales? ¿Fantasmas, por ejemplo?

—En este caso es probable que sea un vampiro.

Al oírlo, la comandante se echó a reír.

—Ah, ¿sí? Permítame explicarle una cosa: si traspasan esa cinta, les confiscaré su cámara para vampiros. Para nosotros podría ser una bomba. Tendríamos que desmontarla para averiguarlo, y a nuestros técnicos se les podría romper. ¡Uy! O pueden quedarse donde están y sintonizar con sus vibraciones vampíricas desde lejos.

El hombre alto frunció el ceño, le puso la tapa a la cámara y la cerró mientras Betts gritaba «¡Corten!». Detrás de una cámara, Delaplane vio a una joven que intentaba contener la risa.

Y entonces se fue sacudiendo la cabeza.

—¡Vampiros!

12

De la Casa Chandler a la oficina del forense había doce manzanas, y Pendergast insistió en ir caminando. A Coldmoon le daba igual la humedad. No había dormido más de cuatro horas en toda la noche. Puede que la enorme cama con dosel resultara impresionante a primera vista, pero también era blanda como el algodón, y él estaba más acostumbrado a dormir en el suelo que en un colchón que parecía de los años setenta. Además, le daba la sensación de que los retratos y las horripilantes siluetas negras de las paredes lo observaban mientras intentaba conciliar el sueño. El paseo y el calor le destensaron los músculos y arrancaron las telarañas de la noche anterior. Y lo mejor de todo es que la calle Montgomery era una amplia avenida comercial con varios edificios sobrios y tranquilos de aspecto oficial. No había mansiones macabras ni una brizna de musgo español a la vista.

Pendergast, una figura silenciosa con su perenne traje negro, caminaba a su lado. Su única concesión al sol eran unas gafas Persol con montura carey y unos cristales tan oscuros como su ropa. No parecía que les hubieran asignado ningún vehículo. Coldmoon se preguntó distraídamente si Pickett les conseguiría alguno o si, una vez más, Pendergast se ocuparía de ir a comprar un coche.

Al pensar en Pickett, Coldmoon se dio cuenta de que no lo había visto desde que los dejó en la Casa Owens-Thomas el día anterior. ¿Realmente había regresado a Nueva York? «Está dando a entender que podremos llevar esta investigación a nuestra manera», había dicho Pendergast. Sería interesante comprobar si su compañero tenía razón.

Cuando se acercaron al complejo de oficinas del condado, Coldmoon vio que la escena no era tan tranquila como parecía momentos antes. Dos furgonetas sin distintivos y un gran autocar privado con las ventanillas tintadas enfilaron la calle Montgomery. Miró el reloj: eran las 8.35. No entendía por qué Pendergast se había empeñado en salir temprano.

—La cita es a las nueve —dijo—. ¿Quiere tomar un café?

—No —respondió Pendergast, que apretó ligeramente el paso.

Cuando cruzaban la plaza situada delante del complejo de oficinas se abrieron las puertas de las furgonetas y el autocar y empezó a salir un grupo variopinto: jóvenes con tabletas digitales y auriculares, un hombre fornido que llevaba un foco portátil y otro que estaba desenrollando lo que parecía un cable de audio. Desde algún lugar llegaba el grave rugido de un generador. Y entonces bajó del autocar una figura verdaderamente peculiar: un hombre que medía poco más de metro y medio, con gafas negras redondas, una camisa de seda granate claro y un sombrero de paja con un ala enorme. El hombre se quitó el sombrero y miró a su alrededor y, cuando lo hizo, Coldmoon vio una cabeza calva que relucía bajo el sol matutino.

El lento reconocimiento de la plaza terminó cuando el hombre vio a Pendergast y Coldmoon. Se puso de nuevo el sombrero y echó a andar hacia ellos siguiendo una trayectoria concebida para interceptarlos antes de que llegaran a los edificios. Entonces se apeó del autocar una mujer alta y atractiva seguida de tres hombres más: uno con una Steadicam, otro con una caja de resonancia y un micrófono con brazo y un tercero con una voluminosa videocámara. Parecían un equipo de rodaje y se estaban acercando.

Pero, en lugar de acelerar para esquivarlos, Pendergast corrigió el rumbo y aminoró la marcha, de modo que el grupo le dio alcance justo cuando llegaban a los amplios escalones de ladrillo situados frente a una puerta de cristal que decía OFICINA DEL FORENSE DEL CONDADO.

—¡Disculpe! —dijo el hombre de corta estatura, que se quitó de nuevo el sombrero.

Para su tamaño, tenía una voz sorprendentemente profunda, y algo en él le resultaba familiar.

Pendergast empezó a subir las escaleras y no se detuvo hasta que el hombre repitió «¡Disculpe!». Entonces se giró.

—¿Sí?

—¿Es usted el forense? —preguntó el hombre.

—Espero que no.

—¿Trabaja en la oficina del forense? —insistió el hombre sin inmutarse.

—No.

Coldmoon se acercó al hombre para mandarlo a la mierda, pero un leve gesto de Pendergast se lo impidió. A lo lejos vio otros coches y furgonetas aproximándose, algunos con el nombre de un canal de televisión impreso en el lateral. El grupo de gente que tenían delante también debió de percatarse, porque se dispersaron como si pretendieran formar un cordón protector alrededor de su presa.

—Acércala más, cariño —le dijo el hombre rechoncho a un cámara situado detrás de él. Entonces dio media vuelta—. Me llamo Barclay Betts.

«¡Conque es él!», pensó Coldmoon. Antes presentaba uno de esos programas de actualidad que emitían los domingos por la noche, y Coldmoon lo había visto participar en documentales escandalosos y humillaciones a celebridades.

Betts adoptó un ligero semblante de irritación al ver que Pendergast no reaccionaba al oír su nombre.

—Estoy grabando una docuserie sobre la extraña historia de la ciudad. *La Savannah endemoniada.* ¿Puedo preguntarle cuál es su papel en la investigación por asesinato?

Ahora reinaba un ambiente de expectativa, y Coldmoon se

preguntaba qué maniobra divertida emplearía Pendergast para deshacerse de aquella plaga. Sabía que había pocas cosas que odiara más que las entrevistas con la prensa.

—Soy el agente especial Pendergast, del FBI, y este es mi compañero, el agente especial Coldmoon.

Por si alguien dudaba de su afirmación, Pendergast sacó su identificación y su placa y las mostró a cámara.

Para fastidio de Coldmoon, el rostro de Betts se convirtió en una máscara de satisfacción, y vio que le brillaban los ojos detrás de sus gafas redondas.

—¿De verdad? ¿Un agente del FBI? ¿Eso significa que los federales se han interesado por los recientes asesinatos?

Pendergast asintió con un gesto que era una combinación de seriedad y reserva.

—Por supuesto que sí.

Coldmoon miró su reloj. ¿Qué coño era aquello? Habían llegado temprano, cuando la oficina aún estaba cerrada, habían permitido que los arrinconaran y ahora Pendergast se paraba a hablar con aquel capullo. Avanzó de nuevo, pero, una vez más, notó una mano que se lo impedía.

—¡Espléndido! —exclamó Betts, que estuvo a punto de saltar de alegría. Había ido allí con la intención de hablar con el forense, pero había encontrado un premio cuando menos igual de suculento—. ¿Puedo hacerle unas preguntas?

—¿Quedará constancia de ello?

—Sí, desde luego. Para el documental.

Coldmoon vio que Pendergast miraba a la cámara para comprobar si estaba encendida. Lo estaba. Después se aclaró la garganta y cruzó los brazos delante de su sobria americana.

—Estoy a su disposición, señor Betts —dijo.

13

Wendy Gannon, la directora de fotografía, estaba al fondo controlando la grabación y observando al agente del FBI mientras este hablaba. Aquello había sido un hallazgo inesperado. El plan era abordar al forense, George McNosequé, en su baluarte. Si hubiera esperado un encuentro prematuro como aquel, se habría ocupado ella misma de la cámara principal, pero sabía que Craig obtendría buenas imágenes sin demasiados barridos y zooms de aficionado. Miró al cielo y de nuevo a Betts y al agente del FBI, y encuadró mentalmente el plano. El traje negro del agente podía alterar el equilibrio de blancos, así que murmuró varias indicaciones a través del micrófono. Craig levantó el pulgar y lo enfocó.

—¿Puede contarnos qué han destapado sus investigaciones hasta el momento?

Betts formuló la pregunta en un tono de lo más obsequioso, el que se reservaba para las estrellas de cine y los mandatarios del gobierno.

—Desde luego —dijo el agente.

¿Cómo se llamaba? ¿«Prendergrast»? Gannon miró a Marty, el ayudante de producción, y le pidió por el micrófono que consiguiera toda la información posible sobre aquella persona para cerciorarse de que no estaban entrevistando a alguien que se hacía pasar por otro. El hombre no se parecía en nada a un agente del FBI, pero Gannon no sabía gran cosa sobre los federales.

Aquel atuendo de enterrador le daba un aspecto extraño, y era inusualmente cooperador para tratarse de un policía. Pero su identificación parecía auténtica. El hombre más joven y atlético que estaba a su lado bien podía ser una estatua recién salida del taller de Quantico.

Gannon miró a su alrededor para asegurarse de que su gente mantenía alejados a los otros medios de comunicación hasta que Betts consiguiera lo que quería. Era un entrevistador habilidoso y seguro que lo haría enseguida. Pavel estaba grabando imágenes secundarias con la Steadicam —simultáneamente y no después, como era habitual, ya que aquella entrevista no seguía un guion—, y eso le daría el margen necesario cuando llegara el momento de editar el material. Hizo varias comprobaciones con el ayudante de sonido y, satisfecha con los niveles de audio, miró de nuevo al cielo. La luz era un poco intensa, pero eso no representaba un problema. Sabía que en aquella entrevista lo importante no era la atmósfera, sino el contenido.

Volvió a centrar su atención en la conversación, que ya estaba en marcha.

Resultaba extraño. Betts, un interrogador de primer orden, no parecía haber hecho ningún progreso.

—Entonces ¿qué han descubierto exactamente?

—Nada.

El hombre hablaba con un terso acento sureño, y a Gannon le pareció que encajaría perfectamente en el escenario de Georgia.

Betts estaba perplejo.

—¿No tienen ninguna pista?

—No.

—Pero ha habido un asesinato, ¿no es así?

—En efecto —dijo el agente de la manera más agradable que se pudiera imaginar—. Dos, en realidad.

—Perdone, pero no sé si lo entiendo —insistió Betts—. Si están seguros de que fue un asesinato, ¿cómo es que no han destapado nada?

—El cuerpo no estaba tapado, excepto por la ropa, claro, que se hallaba bastante maltrecha. No sé de dónde ha sacado la idea de que estaba tapado.

—Pero… eso no es… —Desconcertado, Betts hizo una pausa, lo cual no era habitual en él—. Intentémoslo de nuevo. —Miró al cámara principal como si pretendiera cerrar una claqueta invisible para una nueva toma—. ¿Por qué han llamado al FBI?

—¿Llamado para qué?

—Para los asesinatos.

—¿Qué asesinatos?

—Los que acaban de producirse.

—¿Se refiere a aquí?

—Sí, claro.

—¿Aquí, en Savannah?

—Sí.

—Tendrá que concretar más.

Hubo otra pausa.

—Los asesinatos en los que extrajeron la sangre de las víctimas, como si fuera obra de un vampiro. ¡Esos asesinatos, señor!

—Lo pregunto porque recientemente se ha cometido más de un asesinato en Savannah. Estaré encantado de ayudarles, pero no puedo responder a una pregunta que está insuficientemente elaborada.

Pendergast pronunció aquellas palabras con cierto deje de reproche, como un profesor de primaria decepcionado con su alumno favorito. Gannon vio que a Betts se le enrojecía un poco el cuello justo por encima de la camisa de seda confeccionada a medida.

—Ahora que hemos determinado de qué asesinatos se trata —dijo Betts elevando el tono de voz—, ¿qué puede contarme al respecto?

—¿Sobre cuál?

—Empecemos por el primer asesinato —dijo Betts tras una pausa para recuperar la compostura.

—¿El primer asesinato? —repitió el agente del FBI en una extraordinaria imitación de la voz profunda y nasal de Betts—.

Me temo que en eso no puedo ayudarle demasiado. Lo siento mucho.

—¿Por qué? —preguntó Betts con brusquedad.

—Porque no he visto el primer cuerpo. Por eso estoy aquí. No me refiero a Savannah, sino a este edificio.

A Betts se le escapó un gemido ahogado entre los labios.

—De acuerdo. ¿Qué puede contarme sobre el segundo asesinato?

—Era un hombre.

—Eso nos han dicho.

—Está muerto. Después de examinar el cuerpo, eso puedo confirmárselo, como creo que ya he dejado entrever anteriormente.

—¿Puede concretar un poco más? ¿Cómo extrajeron la sangre?

—¿Del hombre?

—¡Sí, sí, del hombre!

Gannon se dio cuenta de que Betts empezaba a perder su legendaria paciencia.

—Bien, volviendo a su pregunta anterior, el cuerpo no estaba tapado.

Betts esperó impaciente a que continuara.

—Confieso, señor Butts... Era así, ¿no?

—Betts.

—Ah, perdone. Confieso, señor Butts, que no sé qué información lo satisfará. La víctima es un varón. Su cuerpo fue hallado ayer. La causa de la muerte todavía no se ha determinado. Sin duda, eso bastará para contentar a un miembro de su... profesión.

Entonces, Pendergast se quedó mirando al equipo de rodaje de un modo poco amigable, según pudo comprobar Gannon.

—No es satisfactorio —repuso Betts—. ¿Por qué ha intervenido el FBI?

La mirada de Pendergast volvió a desviarse hacia el director, y señaló las cámaras, los micrófonos y demás elementos del equipo técnico.

—El FBI a menudo investiga homicidios. ¿Representan ustedes a un canal de noticias local o, más probablemente, hiperlocal?

El suspiro de exasperación de Betts fue lo bastante intenso como para hacer subir las agujas del equipo de sonido.

—Estoy dirigiendo un documental, *La Savannah endemoniada*. Señor Pendergast, hay quien dice que esto es obra del vampiro de Savannah. ¿Tiene algún comentario que hacer en ese sentido?

—¿Por qué lo pregunta?

—Como agente del FBI, si es que realmente lo es, debería saber que lo que necesitamos son detalles. La gente está asustada y quiere respuestas. Tienen derecho a conocer la verdad.

Gannon creía que aquella respuesta remilgada enojaría al agente, pero tuvo el efecto contrario, y el policía adoptó una expresión pensativa, casi filosófica. Y cuando habló de nuevo, lo hizo con un tono de lo más cooperador.

—Señor Butts —dijo con su voz sedosa—, sea consciente de ello o no, acaba de descubrir usted el quid de la cuestión. «"¿Qué es la verdad?", le dijo Pilato, y cuando hubo dicho esto, salió otra vez a los judíos». Si supiera exactamente qué verdad está buscando, haría todo lo posible por ayudarle. Pero parece ser, y disculpe mi franqueza, que ninguna respuesta que ofrezco es satisfactoria. De hecho, cada afirmación que hago, cada verdad que imparto, es recibida con otra pregunta. En esto apelo a mi compañero y a los miembros de su equipo. A pesar de mis mejores intenciones al hablar con usted, me encuentro *auribus teneo lupum*, sosteniendo un lobo por las orejas, como escribió Terencio en su imperecedero e inimitable *Formión*. ¿Ha leído *Formión*? ¿No? Bueno, me temo que en la actualidad no lo lee casi nadie. No obstante, a pesar de su falta de cultura, especialmente triste en un hombre que se hace llamar periodista, como sirviente de la ciudadanía estoy dispuesto a permanecer en estos escalones, *hic manebimus optime*, o lo que es lo mismo: aquí estaremos muy bien, hasta que le haya quedado claro que...

En ese momento, Gannon vio que se encendían las luces del

despacho situado detrás de los dos agentes y una mujer de uniforme abrió la puerta principal. Su reloj marcaba las nueve en punto. Al instante, el hombre llamado Pendergast se dio la vuelta y, con la rapidez de un zorro, franqueó la puerta seguido del otro agente del FBI.

Betts se volvió hacia las cámaras.

—¡Corten! ¡Corten! —gritó—. ¡No quiero que quede grabada esa mierda! —Miró a Gannon—. Muévase, joder. ¡Tenemos que entrar ahí y hablar con el forense ahora mismo!

Betts subió corriendo las escaleras en las que se encontraba Pendergast hacía solo unos segundos, agarró el pomo de la puerta e intentó abrirla, pero el agente se había dado la vuelta y la mantenía cerrada como si hubiera colocado una barra de hierro.

—He disfrutado de la broma, señor Butts —dijo a través del cristal con una fina sonrisa en los labios—, pero me temo que tengo una cita con el forense dentro de… —miró su reloj— sesenta segundos. Y los miembros de la prensa, por amplia que sea esa categoría, no están invitados.

Entonces le hizo un gesto a la mujer uniformada, que cerró la puerta inmediatamente.

Al otro lado del cristal, Gannon vio cómo las tres figuras entraban en el despacho. Sobre el grupo que rodeaba la escalera se cernió un silencio extraño y casi palpable. Al momento, Betts, indignado y superado, se puso a maldecir hasta que su voz llenó la plaza, rebotando en los edificios y elevando al máximo el indicador de volumen del ingeniero de sonido.

14

—Aquí están, señores —dijo el forense McDuffie, que hizo entrar a Pendergast y Coldmoon en el laboratorio y extendió el brazo en dirección a los dos cadáveres desnudos, cuyas camillas estaban muy iluminadas en el centro de la sala. Debido a la falta de sangre, eran tan extrañamente blancos que parecían criaturas alienígenas o maniquíes de cera. Coldmoon intentó quedarse un poco regazado. Aquella era la parte del trabajo que menos le gustaba. Pero Pendergast avanzó con el ansia de un hombre hambriento en un banquete gratuito. Nunca dejaba de sorprenderle. Coldmoon creía que se había vuelto loco al hablar de manera voluntaria, e incluso entusiasmado, con el equipo de rodaje, hasta que se dio cuenta de que solo hacía tiempo para asegurarse de que llegaba hasta el forense antes que ellos. O quizá solo estaba divirtiéndose a su costa.

Con las manos en la espalda, Pendergast observó el primer cadáver, inclinándose tanto que parecía que fuera a darle un beso. Lo rodeó, realizando un intenso escrutinio, y luego hizo lo mismo con el segundo cuerpo. McDuffie y su ayudante se lo quedaron mirando. Al menos ya habían terminado las autopsias y habían cosido de nuevo las incisiones, pensó Coldmoon. Esos cadáveres daban miedo, por supuesto, pero podría ser peor. Mucho peor.

Pendergast se incorporó.

—Agente Coldmoon, ¿no le parece interesante que una víctima haya sufrido muchos más daños que la otra?

Coldmoon se vio obligado a observar los cuerpos más de cerca. El estado de uno de ellos era decente dadas las circunstancias, pero el otro —el que habían encontrado en el río— estaba abotargado y lleno de arañazos, con doce puñaladas o pinchazos y algunos cortes, y le faltaban un trozo de cabellera y el dedo índice derecho.

—Es raro —murmuró.

—No es raro en absoluto —dijo Pendergast.

Coldmoon se lo quedó mirando.

—¿A qué se refiere?

«Dios, otro sermón no».

—Es el patrón clásico. Con la primera víctima, el asesino está buscando su camino. Está explorando, buscando su centro, por así decirlo. Y, como todo es tan nuevo, está nervioso. Cuando llega la segunda víctima se siente más seguro de sí mismo, así que comete el asesinato con más confianza y menos desorden, por decirlo de alguna manera.

—¿Cree que tenemos a un posible asesino en serie? —preguntó Coldmoon.

—No puedo afirmarlo con total seguridad.

—Entonces ¿a qué tipo de asesino nos enfrentamos?

—A lo mejor a uno que simplemente está haciendo su trabajo y mejorando en él.

Pendergast pasó una lupa digital por encima de la primera víctima y se detuvo en uno de los pinchazos. Toqueteó varios botones de la lupa para realizar algunas fotos. Después la desplazó a otra zona de laceraciones, y luego a una tercera. Cuando hubo terminado, levantó la cabeza.

—Agente Coldmoon, ¿le gustaría echar un vistazo?

—Estaba esperando mi turno.

Coldmoon se acercó y, al mirar a través de la lupa, vio una herida extraña, como un pliegue que había limpiado el agua del río. Había otras heridas similares, algunas más grandes que otras, y varias habían desgarrado la carne. Todas habían sido diseccionadas durante la autopsia y grapadas de nuevo.

—Doctor McDuffie —dijo Pendergast, volviéndose abruptamente hacia el forense, que se sobresaltó por el movimiento repentino—, si no le importa, explíquenos qué encontró al diseccionar estas heridas.

—Sí, por supuesto. Como pueden ver, practicamos un corte transversal en cada herida para mapearla y tomar muestras que analizarán en el laboratorio. En la primera víctima apreciarán varias puñaladas realizadas con un trócar o un instrumento parecido. Algunas son profundas y otras superficiales. Puedo facilitarles un mapa de las lesiones si quieren verlo. Están todas agrupadas en la parte superior interna del muslo. Mi suposición, y lo único que tiene sentido en estas circunstancias, es que el asesino buscaba la arteria femoral, pero de manera bastante descuidada. La última puñalada atravesó la arteria, y fue así como extrajo la sangre.

—¿Cuánta?

—Toda. Literalmente hasta la última gota. El corazón debió de dejar de bombear después de que se extrajeran tres o cuatro litros. Pero el último litro o dos también han desaparecido, lo cual indica que se produjo una succión activa a través de la parte hueca del trócar, una cantidad de succión importante.

—¿Como un embalsamador? —preguntó Coldmoon.

—Me alegra que me haga esa pregunta. A veces, en los embalsamamientos se utiliza la vena femoral, no la arteria, pero la sangre suele extraerse inyectando líquido en la aorta. Lo llaman perfundir el cuerpo. Después, el líquido de embalsamamiento extrae el agua de la misma forma. Esto, en cambio, requirió una succión activa.

—¿Podría ser obra de alguien con experiencia en embalsamamientos? —preguntó Coldmoon.

—Se me ha pasado por la cabeza. Podría modificarse el mismo equipo para succionar la sangre en lugar de inyectar fluidos, en este caso mediante un trócar y no una incisión y un catéter.

—¿Y las otras heridas? —preguntó Pendergast.

—Son indicativas de una pelea. Por lo visto, esas laceraciones profundas las causó un objeto rudimentario, probablemente un cuchillo roto. La herida de la cabellera es más difícil de categorizar. Parece que emplearon un objeto duro y delgado y le arrancaron la cabellera, casi como si estuvieran pelando una manzana.

A Coldmoon le costó tragar saliva. Había desayunado rodajas de manzana con avena.

—Por último, fíjense en que le falta el dedo índice de la mano derecha. Lo arrancaron del cuerpo toscamente, yo diría que con los dientes. Como sin duda sabrán ya, lo encontraron hace poco en la plaza situada delante del hotel donde trabajaba.

Pendergast asintió.

—¿Puedo verlo?

—Lo siento. Está en el laboratorio de ADN. Encontramos saliva seca en él.

—¿Saliva? —repitió Pendergast—. Excelente. ¿Cuándo llegarán los resultados?

—En cuarenta y ocho horas.

Pendergast asintió de nuevo.

«Cuando recibamos el dedo, se lo entregaré», pensó Coldmoon, que seguía combatiendo las náuseas.

—Me gustaría enseñarles otra cosa —dijo McDuffie.

El forense le pidió a su ayudante que se acercara y le dieron la vuelta al cuerpo con sumo cuidado.

—Aparte de las costillas rotas, fíjense en esos moratones profundos y simétricos a ambos lados de la columna, que contusionó y desgarró los músculos paravertebrales, en especial el romboides mayor. Es extremadamente inusual.

Pendergast examinó las marcas con la lupa, y Coldmoon rechazó una invitación a hacer lo propio.

A continuación el forense enumeró una larga lista de detalles médicos de los cuales había tomado nota durante la autopsia, incluidos el contenido del estómago y pequeñas cantidades de alcohol y THC presentes en los tejidos. Coldmoon apenas podía seguir el hilo, pero no parecía demasiado importante.

—Pasemos a la segunda víctima —dijo Pendergast.

El cuerpo, que Coldmoon ya había visto en el patio trasero de la casa Owens-Thomas, tenía mucho mejor aspecto. Gracias a Dios, no había estado medio día flotando en un río de aguas templadas.

—Solo hay un pinchazo —dijo McDuffie—. Esta vez, el asesino fue directo a la arteria femoral y, de nuevo, extrajo toda la sangre. Recuperamos algo que parece saliva o mucosidad alrededor de la herida, o puede que sea algún tipo de agente lubricante orgánico. En este caso también realizaremos análisis químicos y de ADN.

Pendergast pasó mucho tiempo examinando el pinchazo.

—Si se fija, hay moratones y marcas de raspado —dijo McDuffie—, pero nada comparable a la primera víctima. Al parecer, esta fue asesinada de manera mucho más eficiente, al menos a juzgar por los pocos indicios de pelea.

El forense asintió a su ayudante y le dieron la vuelta al cuerpo. Al momento, Coldmoon vio los mismos moratones simétricos y equidistantes con respecto a la columna vertebral.

—Parece que ambos cuerpos fueron inmovilizados con una especie de tornillo de banco o abrazadera, y con tanta fuerza que los músculos de debajo presentan contusiones y se fracturaron varias costillas.

Pendergast examinó los moratones moviendo la lupa de un lado a otro. En el laboratorio reinaba el silencio. Finalmente se incorporó y miró al forense con ojos relucientes.

—Es una de las cosas más curiosas que he visto en un cadáver.

—Nosotros también estamos perplejos. Como saben, ambos cuerpos fueron trasladados. Al primero lo llevaron de la plaza al río, una distancia de casi cinco kilómetros en línea recta.

—¿Diría que las lesiones indican que en el asesinato participó más de una persona?

—Sin duda, tanto en el asesinato como en el traslado. Al menos dos, y es probable que tres o más. La segunda víctima —añadió McDuffie— también fue trasladada, aunque ahora mismo solo podemos especular sobre el lugar donde se cometió el homicidio. Parece que estas marcas fueran causadas por una máquina —una excavadora, una carretilla elevadora o algún tipo de vehículo de construcción— que recogió los cuerpos y los trasladó. Es desconcertante.

Antes de hablar, Pendergast estuvo callado unos instantes.

—Doctor McDuffie, yo creo que deberíamos guardarnos ese desconcierto para nosotros. Seguramente habrá visto la bulliciosa multitud de periodistas y cámaras que hay afuera.

—Así es.

—Cuanta menos información tengan, mejor. Lo menciono porque lo arrinconarán igual que han hecho conmigo.

McDuffie asintió y abrió más los ojos al imaginarse un enfrentamiento desagradable.

—Por mí no sabrán nada. Dejaré que hable la comandante.

—Excelente.

Coldmoon reparó en que los ojos de Pendergast rezumaban un brillo especialmente intenso y plateado cuando volvió a mirar los cadáveres.

15

McDuffie les había indicado una salida alternativa que los llevó a un callejón tranquilo y, contento de haberse librado del hedor antiséptico del laboratorio, Coldmoon dio una bocanada de aire húmedo.

—¿Es usted, por casualidad, un hombre de iglesia? —le preguntó Pendergast.

—No en el sentido al que usted se refiere.

—¿Cree que en este caso podría hacer una excepción? Agradecería su compañía.

Coldmoon suspiró.

—Hablando de «caso»... A no ser que esté intentando reformarme, ¿qué sentido tiene ir a la iglesia?

—¿Reformarle? Eso sería imposible. ¿No se ha fijado en el tatuaje que lleva en la muñeca nuestro amigo, el doctor Cobb?

—Sí, parecía una insignia de combate, pero ese anciano no tenía pinta de veterano de guerra.

—No es una insignia de combate. Es el escudo de armas de una vieja familia de la nobleza, concretamente los Báthory de Transilvania, una región de Hungría.

—¿Transilvania? ¿Como Drácula?

Pendergast asintió.

—Tres dientes horizontales estilizados. El escudo completo estaba rodeado por un dragón mordiéndose la cola.

Coldmoon vio que Pendergast disfrutaba alargando lo máximo posible la conversación.

—Se lo concedieron a un guerrero del siglo xiv llamado Vitus, que mató a un dragón que vivía en un pantano y había estado amenazando el reino de Ecsed.

—Bien por él. He oído que esos dragones de los pantanos son lo peor.

—Una de sus descendientes, que vivió hacia el año 1600, era la condesa Elizabeth Báthory de Ecsed. Tiene la distinción de aparecer en el *Libro Guinness de los récords.*

—¿Por qué?

—Fue la asesina en serie más prolífica de la historia. Dicen que mató a más de seiscientas cincuenta mujeres, muchas de ellas vírgenes, para poder bañarse en su sangre y conservar así su belleza. Era conocida como la Condesa de Sangre.

—Madre de Dios.

—Así que en el salón agradablemente fresco de la Casa Owens-Thomas me pregunté: ¿qué hace el sobrio historiador Cobb con un tatuaje como ese?

—¿Es descendiente de los Báthory, quizá?

—No. Como le dije, justo después de que nos fuéramos, prácticamente salió corriendo a casa de la viuda Culpepper. Obviamente, le preocupaba nuestra visita y quería hablar con ella. Lo seguí hasta allí y, cuando se marchó, le hice una pequeña visita a esa mujer.

—¿Con qué pretexto?

—Como testigo de Jehová. Antes de que la señora Culpepper me echara insolentemente de su casa, conseguí mi objetivo: vi que llevaba el mismo tatuaje en su muñeca.

—¿En serio? Parece una secta.

—Exacto.

Coldmoon hizo una pausa.

—Una secta que podría necesitar sangre para llevar a cabo sus rituales si pensaban seguir los pasos de Báthory. Mucha sangre.

—Excelente.

—¿Y cree que esa vieja iglesia que compró es donde tienen lugar esos rituales?

—Eso espero.

—¿Eso espera? —Coldmoon no pudo contener la risa—. ¿De verdad? ¿Tiene usted esperanzas?

—Mi querido Coldmoon, efectivamente, espero resolver el caso y evitar que haya más víctimas en el futuro.

—Lógico. ¿Cuándo les hacemos una visita?

—Hoy a medianoche. Los cogeremos por sorpresa. Mientras tanto, pediré una orden de registro. Hay que pillarlos con las manos en la masa.

—¿Y cómo sabe que estarán de celebración esta noche?

—Porque mañana es el aniversario de la horrenda muerte de Elizabeth Báthory en la celda de un castillo. Sin duda, la ocasión estará marcada por ritos, puede que incluso ritos sangrientos.

16

Constance Greene estaba sentada en la sala Suwanee de la Casa Chandler bebiendo té *bao zhong* y contemplando el hermoso parque que se extendía al otro lado de la calle Gordon Oeste. El salón de té era largo y estrecho, y una de las paredes estaba ocupada casi enteramente por viejas ventanas de cristal ondulado que daban a la plaza Chatham.

A Constance le gustaba Savannah, sobre todo después de haber pasado un tiempo en Florida, un lugar demasiado moderno, un contraste excesivo entre un paraíso tropical y una metrópolis frenética. Al margen de los asesinatos recientes, Savannah era una ciudad refinada que hacía honor a su pasado, no a la horrible historia de esclavitud y opresión, sino a una época más sencilla en la que se leía a Trollope y se daban paseos por el parque, una época en la que cada árbol se plantaba teniendo en cuenta cómo mejoraría el paisaje cien años después. En lugar de apresurarse a derribar cosas durante el periodo de vandalismo arquitectónico de los años cincuenta y sesenta, Savannah había mantenido su vínculo con el pasado, que conectaba de un modo personal con Constance y sus peculiares lazos con épocas lejanas.

La Casa Chandler servía desayunos de ocho a diez de la mañana. Constance llegó a las diez menos cuarto y pidió la mesa situada en el fondo de la sala. Allí, con la espalda apoyada en la pared, podía observar con discreción a los otros huéspedes y la actividad que se desarrollaba en la calle y en la plaza. Curiosamente, una pareja —turistas, por supuesto— la había parado para pedirle indicaciones. Debieron de dar por hecho que era de allí, o tal vez una empleada del hotel vestida de época.

Además del *bao zhong*, había pedido un huevo pochado con *remoulade* y berros. Había dos camareras, una joven y otra de mediana edad, y, puesto que ya quedaban muy pocos clientes, permanecían en el fondo de la sala. Cuando estaban a punto de dar las diez, Constance apartó los restos del huevo y pidió un bollo con crema espesa y mermelada de grosella negra. A las diez y veinte solo quedaban ella, que estaba concentrada en un crucigrama y no había tocado el bollo, y las dos camareras, relajadas y cotilleando, ahora que casi habían terminado su turno.

Mientras miraba el tráfico por la ventana, Constance escuchó atentamente su conversación. Las camareras hablaban en voz baja, pero no lo suficiente. De manera disimulada, fue anotando nombres de empleados y detalles relevantes en los cuadrados del crucigrama con un lápiz dorado antiguo. Un cuarto de hora después fingió que se le caía el plato de crema.

—¡Lo siento mucho! —dijo al tiempo que se acercaban las camareras a arreglar el desaguisado.

Mientras limpiaban el suelo y el mantel con servilletas, Constance se levantó, y al hacerlo tiró el resto de la crema, que cayó manchando la falda negra de una camarera y la manga de la otra. Tras disculparse de nuevo, insistió en ayudarlas a limpiar.

—Siéntense aquí. Voy a buscar servilletas limpias —dijo.

—No, señorita, no podemos hacer eso —respondió la mujer de mediana edad, limpiándose el dorso de la mano en el delantal almidonado.

—Tonterías —dijo Constance, que prácticamente las obligó a sentarse a su mesa—. No pienso irme hasta que arregle este desastre.

Las dos mujeres se sentaron entre protestas, aunque cada vez poniendo menos resistencia, mientras Constance, que se movía con mucha menos torpeza que momentos antes, llevaba gran cantidad de servilletas y una jarra de agua con hielo.

—Pueden utilizar todas las servilletas que necesiten —dijo Constance, esforzándose en imitar las indicaciones que había oído que las camareras decían a otros clientes.

—Pero, señorita —dijo la más joven—, tendremos problemas si entra el señor Drinkman…

—Si el subdirector aparece por aquí, no habrá ningún problema. Ya hablaré yo con él.

A la camarera joven se le iluminaron los ojos.

—Ah, ¿es usted una huésped VIP?

Constance sonrió y aleteó una mano como restándole importancia, sin decir nada pero diciéndolo todo. A medida que entablaban conversación y tras deslizar unos cuantos nombres que había apuntado en el crucigrama, Constance empezó a tutearlas y a llamarlas por sus nombres: Helen y Joan.

—No quiero entreteneros —dijo Constance cuando acabó de limpiar—. Imagino que estaréis muy ocupadas tras lo ocurrido con Pat Ellerby, por no hablar de la conmoción que habrá causado todo esto. Y la policía está interrogando a todo el mundo.

—Así están las cosas, sí —dijo Helen asintiendo vigorosamente.

—Que quede entre las tres: ¿creéis que el señor Drinkman está a la altura? —preguntó Constance—. Pat nunca hablaba mucho de él.

—¿Conocía al señor Ellerby? —dijo Joan, la más joven.

Constance asintió con una mirada de tristeza.

—El señor Drinkman se está esforzando —añadió Joan—, pero hay mucho trabajo y tiene que ponerse al día. El señor Ellerby era reservado y no daba demasiadas explicaciones sobre el funcionamiento del hotel, sobre todo en lo relacionado con ella.

—¿Ella?

Joan alzó la mirada.

—La señorita Frost. Era muy protector con ella.

—Más bien, ella era muy posesiva con él. —Helen vertió más agua en una servilleta y se la restregó por la manga una última vez—. Ha sido un caos, se lo aseguro. Algunos huéspedes se asustaron tanto que se fueron. Otros han venido corriendo como hormigas a un pícnic, sobre todo ahora que se habla otra vez de ese vampiro. —Las camareras cruzaron una mirada significativa—. Y aquí está el señor Drinkman, más agobiado que un cojo en un maratón. Perdone, señorita.

—Oí que Pat Ellerby desapareció un día antes de que encontraran su cuerpo —dijo Constance.

Las dos camareras asintieron.

—Salía a fumar a la plaza, pero nunca a horas establecidas. A menudo desaparecía sin más. —Helen chasqueó los dedos—. Podía estar leyendo la sección de economía del periódico y al cabo de un minuto estaba encerrado en su habitación.

—¿Qué habitación? —preguntó Constance.

—Tenía una habitación al lado de las escaleras del sótano —dijo Joan—. La usaba para invertir en bolsa y cosas así. «Jugar al mercado», lo llamaba él. Era su pasión, desde luego. Y... —Guardó silencio un segundo—. Bueno, creo que se le empezaba a dar muy bien.

—¿Cómo lo sabes? —preguntó Constance.

—Estos últimos meses se compró unas cuantas cosas. Una camioneta nueva. Una King Ranch, nada menos. Y un reloj elegante.

—¡Joan! —terció Helen con un tono de reproche.

—¿Cómo sabes que no eran regalos de la señorita Frost?

—No es de las que hacen regalos —dijo Helen.

—Pero Ellerby era uno de sus empleados favoritos, ¿no? —dijo Constance.

—Era el favorito —respondió Joan—. Pero cuando estaba de mal humor, no hacía excepciones con él. Noches atrás, apareció de la nada en el vestíbulo y fue directa a la oficina de Ellerby en el sótano cuando él no estaba. Era la primera vez que la veía en público desde hacía uno o dos años y ¡no parecía que estuviera tan débil como para no salir de sus habitaciones! ¡Tendría que haber oído la discusión que tuvieron arriba cuando él volvió! Parecía que alguien estuviera destrozando un almacén de porcelana.

A las camareras les brillaban los ojos al recordar el mal ajeno.

—¿Y eso cuándo fue? —preguntó Constance intentando no mostrar demasiado interés.

—A ver… —Joan pensó unos momentos—. Fue la noche antes de la desaparición del señor Ellerby. No, dos noches antes.

Constance pensó que Frost tal vez estaba enfadada porque había descubierto a Ellerby metiendo mano en la contabilidad del hotel.

—Parece que os sorprendió verla en el vestíbulo…, ¿pensabais que estaba demasiado débil para salir de sus habitaciones?

Las camareras volvieron a cruzar miradas.

—Bueno, eso nos habían contado —respondió Helen. A pesar de su locuacidad, Constance vio que la pregunta la había hecho elegir sus palabras con más cautela—. Sobre todo los dos últimos años.

—¿Está enferma?

—Es un poco… excéntrica. Y, cuanto mayor se hacía, más dependía del señor Ellerby. Él se ocupaba de sus comidas, de la limpieza, de la ropa de cama y de las visitas médicas. Subía a leerle poesía y a escucharla tocar música clásica al piano.

—A pesar de la discusión reciente —apostilló Constance.

—Yo creo que fue una pelea de amantes. —Joan bajó el tono de voz—. Por aquí algunos tenían ideas raras sobre los dos. Ahora que ha muerto, ella está muy afectada.

—Hay que dejarle las comidas delante de la puerta —añadió Helen—. No permite que entre nadie. Y nadie tiene la llave de sus escaleras traseras.

Antes de que Constance pudiera preguntar a qué se refería, Joan dijo en voz baja:

—Tampoco es que nadie quiera entrar. Podría ser… peligroso.

Creyendo que se trataba de una broma, Constance soltó una risilla nerviosa, pero la convirtió en una ligera tos al ver que ninguna de las dos sonreía.

La conversación cesó de repente cuando apareció el subdirector del hotel en el umbral. Las camareras se pusieron de pie y recogieron las servilletas sucias y los platos. Constance las observó mientras salían por una puerta trasera y se dirigían a la cocina. Entonces miró hacia la plaza Chatham, y sus ojos violeta —enigmáticos en sus mejores momentos— se entornaron como los de un gato, parpadeando a largos intervalos mientras se sentaba en una postura perfecta, iluminada por el sol de última hora de la tarde.

17

—Y aquí es donde fue ahorcada —dijo el propietario con voz grave. Se llamaba Grooms, y señaló con un dedo tembloroso una viga de madera oscura situada en el pasillo de la buhardilla—. El cochero apretó el nudo alrededor del cuello de la pobre sirvienta, lanzó la cuerda por encima de la viga y dejó a la chica colgada hasta que empezó a forcejear y retorcerse. —Hizo una pausa, y su rostro cadavérico adoptó una expresión espantosa—. Todavía se ven las quemaduras de la cuerda en la madera.

Observando la pequeña actuación de aquel hombre a través de las dos pantallas de su consola, Wendy Gannon tuvo que reconocer que Grooms era un sujeto idóneo para el documental. Su aspecto era perfecto como guía de lo sobrenatural, y se esmeraba mucho con su apariencia: el traje andrajoso, una talla demasiado grande para su cuerpo demacrado, sus dos metros de altura, el pelo canoso y grasiento y los ojos hundidos. También sospechaba que un toque de maquillaje aquí y allá contribuía a su parecido con Lurch, el mayordomo de la familia Addams. Y sabía lo suficiente sobre creación de atmósferas como para protestar mientras el técnico de iluminación instalaba focos en el tenue interior del edificio. Gannon entendía por qué la Casa Montgomerie, un lugar embrujado, era una de las principales atracciones turísticas de Savannah.

Mientras el guía señalaba la viga con su dedo arácnido, Gannon le pidió a un segundo cámara que enfocara algún punto en el que se apreciaran las abrasiones de la madera.

Luego miró a Moller, que estaba escuchando con la cabeza ladeada y una expresión ininteligible mientras el guía narraba la historia del asesinato: doscientos años atrás, el cochero de la casa se prometió con una de las sirvientas. Todo iba bien hasta que el cochero, que era una persona malvada, empezó a sospechar que ella lo engañaba con otro y, en un arrebato de celos, entró en el dormitorio de la chica, situado en la buhardilla, le puso una soga al cuello, la arrastró hasta el pasillo y la colgó de una viga. Después volvió a sus aposentos, se tumbó en la cama y se cortó la garganta no una vez, sino dos.

—Y, desde entonces, sucede cuando dan las doce—. El hombre hizo una pausa, arqueó sus cejas pobladas e inspiró de forma dramática—. No todas las noches, por supuesto, pero bastante a menudo. Docenas de testigos pueden corroborar el horror que provoca oír el asesinato. Todos los relatos coinciden. Siempre empieza con un grito ahogado que se apaga rápidamente. Luego se oye a una persona siendo arrastrada por el pasillo en contra de su voluntad, una cuerda gruesa lanzada por encima de la viga y el sonido inconfundible de la soga tensándose y deslizándose. Por último, se oyen gemidos y la cuerda oscilando. Entonces… —Hizo una nueva pausa—. Entonces, tras unos minutos se pueden oír pasos lentos y pesados recorriendo el pasillo, una puerta que se abre y se cierra, un chirrido de muelles de colchón y, de repente, el gorjeo húmedo de una garganta cortada hasta el hueso con una cuchilla.

Gannon capturó a la perfección la narración con ambas cámaras y Betts les indicó que cortaran. Parecía satisfecho mientras se frotaba sus gruesas manos.

—¡Increíble! ¡Increíble! Gerhard, su turno.

Moller asintió pausadamente. Había llevado al piso superior una gran maleta con ruedas y procedió a abrirla. Dentro estaban sus herramientas en compartimentos de espuma.

—Quiero una imagen de eso —dijo Betts.

—No —repuso Moller con brusquedad—. Como ya le he explicado, señor Betts, no permito que se hagan fotografías de mi equipo mientras está dentro de la maleta. Solo pueden fotografiarlo cuando lo esté utilizando.

—De acuerdo —dijo Betts irritado.

Gannon mantuvo las cámaras apagadas mientras Moller sacaba un osciloscopio anticuado con una pantalla redonda, la cámara con su caja, un objeto plateado con forma de espoleta que parecía una vara de radiestesia y una piedra semitransparente y oscura que supuestamente era obsidiana. Moller dejó todos los objetos sobre un tapiz de terciopelo negro. Después asintió en dirección a Betts para indicarle que podían grabar, y Gannon así se lo señaló a los cámaras.

Betts entró en plano con su tez pálida iluminada desde abajo.

—Es casi medianoche, cuando dicen que los fantasmas del cochero y la sirvienta recrean su espeluznante final. El doctor Gerhard Moller está montando herramientas e instrumentos altamente sensibles, algunos de tiempos medievales y otros de su propia creación, que pueden detectar lo que los especialistas en la materia denominan «turbulencias espirituales», es decir, fantasmas y otras fuerzas paranormales. A medianoche empezaremos la vigilancia. ¿Estamos preparados, doctor Moller?

—Sí —respondió.

Hubo una pausa y, finalmente, Gannon hizo una señal a Betts.

—Tenemos con nosotros a la señorita Daisy Fayette —continuó Betts—, la conocida historiadora de los fenómenos sobrenaturales en Savannah.

En ese momento, las cámaras enfocaron a la mujer corpulenta que se hallaba cerca de Moller. Fuera de plano, Betts frunció el ceño. Gannon sabía que la intención del director era limitar la participación de aquella persona tan poco fotogénica a varias intervenciones en las que se escuchara su voz en *off*, pero lo había convencido de que la aparición —única y breve— de la «historiadora» aportaría credibilidad al documental. Y, de un modo extraño, ella también daba miedo con aquel maquillaje.

—La Casa Montgomerie —dijo Fayette con una voz inesperadamente musical mientras daba un paso adelante— es considerada la más embrujada de toda Savannah por los historiadores de lo sobrenatural. Según los expertos, ello obedece al horror y a la brutalidad extrema de lo sucedido en ella. Esas dos almas desgraciadas están atrapadas en un continuo del más allá, un bucle infernal en el que recrean mecánicamente el asesinato, uno como autor y la otra como víctima. Dado que el tiempo tal y como lo conocemos no existe en el reino espiritual, los espíritus agitados pueden quedar atrapados en un torbellino que podría prolongarse durante siglos…

—¿Y convertirse en vampiros? —preguntó Betts—. ¿Como el vampiro de Savannah?

Desconcertada por aquella interrupción, la mujer se quedó en silencio.

—Bueno, no lo sé. El vampiro de Savannah es una leyenda distinta y…

—Vale, es suficiente —dijo Betts, que se volvió hacia Gannon—. Podemos editar eso después.

Gannon tomó nota mental de que debía cerciorarse de que Betts no lo eliminaba por completo.

—Conmigo en cinco segundos. —Los rasgos del presentador volvieron a formar una sonrisa cuando las cámaras se desviaron hacia él—. Y ahora —dijo sin molestarse en darle las gracias a la señorita Fayette— el doctor Moller dirigirá el extraordinario poder de su equipo hacia el lugar del asesinato en el mismo momento en que sucedió, para detectar, y con suerte fotografiar, la alteración espiritual.

Moller conectó el osciloscopio, una onda sinusoidal verde que danzaba perezosamente por la pantalla, y empuñó con ambas manos la reluciente vara plateada de radiestesia. Muy despacio, y con las dos cámaras siguiendo todos sus movimientos, describió un círculo alrededor de la zona situada bajo la viga corroída. En ese preciso instante, el reloj de pie que había al fondo del pasillo dio las doce de la noche.

Todo quedó en silencio. Incluso Gannon, que estaba casi convencida de que todo aquello eran sandeces, notó un escalofrío en la columna vertebral. Entre toma y toma habían ido bajando las luces y solo utilizaban focos indirectos. Era una técnica tan vieja como la película de nitrato, pero seguía resultando efectiva. El escenario era igual de evocador, con feos muebles de la época victoriana, espejos rotos y alfombras raídas. Grooms y Fayette estaban en el fondo observando. Fayette, claramente descontenta por que la hubieran interrumpido con tanta brusquedad, había sacado el teléfono y parecía estar enviando mensajes.

Las doce campanadas del reloj proyectaron su eco y se disiparon. Moller caminaba por el pasillo como un centinela. Al cabo de diez minutos se detuvo, dejó la vara de radiestesia y cogió la obsidiana. Sosteniéndola en alto, miró a través de la piedra durante lo que pareció una eternidad, y luego volvió a depositarla sobre el terciopelo.

—¿Qué ocurre? —preguntó Betts—. ¿Qué ha encontrado? ¿Va a hacer fotos?

En lugar de responder, Moller dijo:

—Llévenme a la habitación en la que se degolló el cochero.

—Por aquí —dijo Grooms.

Moller cogió la vara y la obsidiana mientras los ayudantes movían las luces. Con las cámaras grabando, todos siguieron al propietario hasta un pequeño y sobrio dormitorio ubicado en el fondo de la buhardilla. Momentos después, Moller había preparado su equipo y retomado el proceso. Una vez más utilizó la vara plateada, caminando lentamente y prestando especial atención a la cama. Después observó toda la estancia con el fragmento de obsidiana y dejó que Gannon grabara un breve plano a través de la piedra, que lo volvía todo oscuro, borroso y bastante fantasmagórico. «Moller se tiene bien aprendido el numerito», pensó la directora de fotografía.

Transcurrieron otros quince minutos en silencio mientras las cámaras grababan. Gannon estaba consumiendo un montón de gigabytes y editarlo todo sería infernal, pero no podía correr el riesgo de perderse nada.

Finalmente, Moller paró y, con un largo suspiro, se giró hacia el grupo.

Betts entró en la habitación.

—Doctor Moller, estamos deseando oír qué ha descubierto. ¿Puede compartirlo con nosotros?

Moller alzó la mirada.

—Nada.

—¿Nada? ¿Cómo que nada?

—Esta casa no está encantada —dijo Moller—. No he detectado ninguna turbulencia espiritual. Aquí no hay nada.

—¡¿Cómo es posible?! —gritó el propietario—. ¡Tenemos testigos, docenas de testigos, que han experimentado el encantamiento durante años!

—¿Es posible que nos hayamos equivocado de noche? —preguntó Betts—. ¿Los espíritus son... eh... quiescentes?

—No importa la noche que sea —dijo Moller con seriedad—. Aquí no hay nada. Aunque no se manifiesten los espíritus, se puede medir la alteración, y mis instrumentos no han detectado ninguna. Los espíritus, si es que los hubo alguna vez, se fueron hace mucho. Esto es una casa vacía, un gancho para turistas tal vez, pero nada más.

—¡Corten, corten! —gritó Betts, que se volvió hacia Moller con una expresión de furia—. ¿Qué coño está diciendo, Gerhard? ¡Esta es la casa más embrujada de toda la puta ciudad! ¿Qué voy a hacer con todas esas imágenes inservibles?

Ruborizado, Grooms asintió.

—¡A lo mejor el problema no es la casa, sino toda esta cacharrería! —Señaló con desdén el material de Moller—. Los fantasmas están aquí. ¡Simplemente no los ha encontrado!

Al oírlo, Moller le dedicó una mirada fulminante, pero salió al pasillo sin decir nada y empezó a guardar el material. Daisy Fayette, la ahora superflua historiadora, trató de intervenir, pero Betts la hizo callar aleteando la mano como si estuviera espantando a una mosca.

—Llévensela de aquí —ordenó a uno de los ayudantes—. Ahora mire aquí, Gerhard —dijo, volviéndose hacia el cazafantasmas e intentando modular la voz—. Hemos tenido muchos problemas y gastos para organizar todo esto. Esta es la casa encantada perfecta. ¿Podríamos convencerlo de que lo intente de nuevo y haga funcionar el equipo?

Moller se irguió y repuso con una voz fría como un témpano:

—El equipo ha funcionado.

—¡Por el amor de Dios, Moller, puede hacer que funcione mejor!

Moller miró fijamente a Betts.

—Mis actividades no son un número circense. Esto es real. Esto es ciencia. —Hizo una pausa—. Acabará alegrándose de tener las imágenes que acaban de grabar, señor Betts. Porque si descubrimos algo en otro lugar, y espero que así sea, no haber encontrado nada aquí hará que esos descubrimientos sean mucho más creíbles.

Ante eso, Betts se quedó en silencio, y Gannon vio que empezaba a dibujarse una sonrisa en la comisura de sus labios.

—Entiendo lo que dice, Gerhard. Mis disculpas.

Moller asintió con educación y Betts se giró hacia Gannon.

—Acción.

Cuando Gannon empezó a grabar de nuevo, Betts miró a cámara con seriedad.

—Como pueden ver, detectar una presencia sobrenatural es un proceso delicado y científico. Los fantasmas no pueden conjurarse a voluntad. El doctor Moller no ha encontrado nada y, habida cuenta de su reputación, eso significa que aquí no hay nada.

Al oír esa afirmación, el dueño de la casa protestó.

—¿Que aquí no hay nada? ¡Todo el mundo sabe que esta es la casa más embrujada de Savannah!

Betts lo miró con frialdad.

—Señor Grooms, lo que pronto sabrá todo el mundo es que este lugar es una atracción turística y nada más, una estafa que ha destapado el doctor Moller.

—¿Cómo se atreve? —dijo Grooms—. ¡Apaguen las cámaras! —Gesticuló furioso hacia el equipo de rodaje, que por supuesto siguió grabando y tomando primeros planos de su rostro—. ¡Esto son injurias! ¡Los denunciaré!

Pero Gannon no dejó de grabar. Aquello no tenía precio. Le asombraba que Betts hubiera logrado darle la vuelta a aquel fiasco y pensó si, después de todo, los trucos de Moller no eran tan falsos como pensaba.

18

La iglesia estaba a veinte minutos a pie. Aunque era tarde, las calles se hallaban abarrotadas de turistas y universitarios borrachos, los bares llenos, los restaurantes iluminados y las plazas a rebosar de gente. La iglesia se encontraba fuera de los límites del casco antiguo, anterior a la guerra civil, y limitaba con un barrio pobre mucho menos animado. Era un anodino edificio de ladrillo marrón con manchas de humedad al que le faltaban algunas tejas. El pequeño aparcamiento estaba lleno, y Coldmoon vio que los coches eran caros: Maseratis, BMW y Audis. Todas las ventanas de la planta baja estaban tapadas con tablones. Pendergast contaba con una orden de registro, pero Coldmoon sospechaba que esta vez no entraría por la puerta sin más.

Doblaron la esquina de la calle Bee, que estaba transitada incluso a medianoche, y estudiaron el edificio desde la parte trasera. Había una pequeña sacristía y una modesta casa del párroco que también tenía las ventanas tapadas. Tras saltar por encima de una barandilla de hierro, Pendergast se dirigió a la puerta de la rectoría seguido muy de cerca por Coldmoon. Había una cerradura reluciente que desentonaba con el roble envejecido, y Pendergast sacó del bolsillo varias ganzúas que guardaba en una bolsita de cuero. Después de forcejear unos momentos consiguió abrirla.

Pendergast pegó la oreja a la puerta y la abrió poco a poco. Coldmoon vio que las bisagras estaban bien engrasadas.

Entraron en un recibidor oscuro. Cuando Pendergast cerró la puerta, la negrura era absoluta, así que sacó una pequeña linterna. El recibidor daba a un pequeño y andrajoso salón a la izquierda y un comedor a la derecha. Más adelante había otra puerta que parecía llevar a la iglesia. Pendergast se acercó, pegó de nuevo la oreja a esa segunda puerta e indicó a Coldmoon que hiciera lo mismo.

Al otro lado, Coldmoon pudo oír voces, un canto monofónico y ritual que se elevaba y descendía despacio.

Ambos se apartaron de la puerta.

—*A cappella* —murmuró Coldmoon—. Muy bonito.

—Normalmente hay dos puertas entre la rectoría y la iglesia —susurró Pendergast—. Una para la entrada pública del párroco y otra para la privada. Busquemos la privada.

Entraron en el comedor y cruzaron una pequeña cocina. Sobre el mostrador, el delgado haz de la linterna iluminó una botella grande llena de líquido. Pendergast cogió un vaso de la estantería, lo colocó debajo de la espita y al hacerla girar brotó un denso chorro de color rojo.

—Joder —dijo Coldmoon, que sin querer dio un paso atrás.

Pendergast sacó un tubo de ensayo, extrajo sangre del vaso con un hisopo, lo tapó y volvió a guardárselo en el bolsillo del abrigo. Coldmoon observó mientras su compañero agarraba el pomo de la puerta.

Al entreabrirla, el sonido de los cánticos se intensificó, y por la abertura se colaba una luz rojiza. Pendergast se quedó quieto unos instantes y le pidió a Coldmoon que echara un vistazo.

Al otro lado se encontraba la sacristía y, al fondo, el ábside de la iglesia. En el lugar que habría ocupado el altar había un escenario, y sobre él media docena de personas desnudas que se movían lentamente en círculos, con las manos alzadas, cantando y cubiertas de sangre. La mayoría eran viejos y gordos, los hombres calvos, las mujeres con el pelo teñido, al menos el de la cabeza. En medio del círculo había un pentagrama con símbolos extraños dibujados con tiza. Una mujer desnuda y salpicada de sangre deambulaba por el escenario luciendo un collar macabro del cual colgaban rostros demoniacos estampados en oro. Llevaba un cuenco de cobre y un cepillo, que hundía de vez en cuando para rociar a los bailarines.

Delante del escenario, bajo la tenue luz carmesí, había un reducido público de edad similar. A medida que se intensificaban los cánticos, los asistentes empezaron a quitarse la ropa y a formar grupos de dos y tres personas, toqueteándose y acariciándose mientras observaban el ritual.

Pendergast se alejó de la puerta y Coldmoon lo siguió.

—¿Eso son ritos satánicos? —preguntó Coldmoon asqueado.

—Algo así —respondió Pendergast con igual repugnancia. Bajo aquella luz rojiza parecía decepcionado, incluso decaído.

—¿No es lo que esperaba? —preguntó Coldmoon—. Parece que la orgía empezará en cualquier momento.

—Me temo que he cometido un error de cálculo. —Pendergast hizo una pausa—. Esas personas son... aficionadas.

—¿Aficionadas? A mí me parece bastante serio.

De repente, los cánticos se atenuaron. Pendergast fue a toda prisa hacia la puerta, miró por la ranura y se volvió hacia Coldmoon.

—Rápido, viene hacia aquí.

Pendergast y Coldmoon se metieron en un armario oscuro y entrecerraron la puerta. Momentos después entró la mujer del cuenco, abrió la espita y se fue por donde había venido. Obviamente había rellenado el cuenco de sangre.

Entonces alguien empezó a aporrear la puerta de la iglesia y oyeron una voz amplificada por un megáfono:

—¡FBI, tenemos una orden de registro! ¡Abran! ¡Somos del FBI!

—Justo a tiempo —dijo Pendergast con pesar.

Un segundo después oyeron el estruendo de un ariete mezclado con los gritos de sorpresa de los participantes y el público. Cuando se abrió la puerta principal con una lluvia de astillas, irrumpieron los agentes.

—¡FBI! —gritó el hombre del megáfono, y Coldmoon reconoció la voz del agente Carracci—. ¡Todos al suelo! ¡Al puto suelo! ¡Ahora mismo! ¡Las manos donde podamos verlas!

En ese momento, Pendergast abrió la puerta del armario y salió por la sacristía seguido de Coldmoon. El grupo de gente desnuda obedeció de inmediato y se echó al suelo entre charcos de sangre. Coldmoon vio que los agentes se dispersaban empuñando sus pistolas para asegurarse de que todos iban desarmados y cooperaban.

—¡Despejado! —gritó alguien.

Los agentes no tardaron mucho en finalizar el registro, y Pendergast les indicó que fueran a la cocina, donde confiscaron la botella de sangre, además de máscaras, disfraces, capuchas, cálices, consoladores, estatuillas y demás objetos ridículos u ordinarios. Con los labios fruncidos en un gesto de insatisfacción, Pendergast observó la escena.

No se practicaron detenciones. Cuando concluyó el registro, se levantaron todos y, mientras los avergonzados aspirantes a Dionisio formaban fila iluminados por numerosas linternas, los agentes del FBI tomaron nota de sus nombres. Para tratarse de un grupo de satanistas, pensó Coldmoon, eran sorprendentemente dóciles. Algunos balbuceaban aterrados y otros suplicaban que no se hiciera pública su identidad. Entre ellos se encontraba el doctor Cobb, que fue el único que defendió que aquello era una ceremonia auténtica, que habían pisoteado su libertad religiosa y que a primera hora de la mañana llamaría a su abogado. Sus protestas fueron ignoradas a propósito. A Coldmoon le había gustado más su primer encuentro con Cobb, en el que el director del museo iba totalmente vestido.

Entonces Carracci dijo con aspereza:

—De acuerdo, lárguense de aquí.

En un torbellino de pechos y partes íntimas bamboleantes, los implicados se desperdigaron por la iglesia, cogieron su ropa, se montaron en sus coches y salieron del aparcamiento con un chirrido de neumáticos. Después de hablar un momento con Carracci, Pendergast fue a la parte trasera con Coldmoon.

—Es una lástima que no podamos retenerlos —dijo este.

—Sería una pérdida de tiempo.

—Pero ¿qué dice? ¿No cree que el caso está resuelto?

—En absoluto —dijo Pendergast, que parecía ojeroso—. Me temo que he cometido un grave error de cálculo.

—¿Un error de cálculo? Vio los tatuajes, estableció el vínculo y encontró la iglesia. A mí me parece una maniobra bastante rápida, no un error de cálculo.

—Me he precipitado. No seguí mi propio consejo y empecé a pensar demasiado pronto.

A Coldmoon aquello le pareció ridículo.

—Venga, usted también ha visto toda esa sangre.

—Me apostaría una buena suma a que es sangre de animal. Pero, yendo al grano: cuando vi ese aparcamiento lleno de coches caros y esos ritos ridículos, comprendí que la dinámica psicológica era equivocada. Son diletantes jugando al satanismo. Puede que sean culpables de crueldad animal, pero no de asesinato. El asesino o asesinos que estamos buscando son mucho más insidiosos que esos… esos patéticos aficionados al ocultismo.

Coldmoon negó con la cabeza. El caso había pasado con tanta rapidez de abierto a cerrado y abierto de nuevo que estaba a punto de marearse.

—Que esto le sirva de lección, amigo mío, sobre los peligros de sacar conclusiones precipitadas —añadió Pendergast—. Como dijo H. L. Mencken: «Siempre hay una solución conocida para todos los problemas humanos: clara, plausible y errónea». Esta era una solución clara, plausible y errónea.

—Si usted lo dice… ¿Y ahora qué?

—Debemos buscar respuestas en otra parte. Concretamente en Ellerby.

19

Pendergast bajó los escalones desgastados y miró a su alrededor. Estaba muy disgustado por la redada de la noche anterior y su destacado papel en ella, pero decidió aparcar por el momento esos pensamientos.

El sótano de la Casa Chandler despedía un aroma característico —el aroma del tiempo, a falta de un término más adecuado— que le resultaba de lo más interesante: piedra mojada, polvo y un olor lejano a nitrato de potasio, sin duda de la época en que el edificio era una fábrica de municiones, con un toque de goma quemada. Allí convertían pólvora, plomo y latón en balas anilladas del calibre 54 para los rifles Sharps que utilizaba la caballería confederada. Qué estimulante, pensó, que pasado y presente se entremezclaran en los sentidos como si se tratara de una fuga musical.

También percibió el particular olor a nuez triturada de la tubocurarina. Pendergast se detuvo. Al parecer, el hotel tenía un problema con las ratas y utilizaba un exterminador anticuado, porque ese raticida se consideraba ineficaz desde hacía años. Las ratas, que carecen de capacidad física para vomitar, desconfían por naturaleza de los olores desconocidos. Pero daba igual; las ratas del sótano no eran cosa suya.

El lugar rezumaba una sensación de abandono. Vio bombillas que colgaban de unos cables y se extendían a lo lejos rodeadas de penumbra. Incluso allí, al pie de la escalera, se dio cuenta de que el sótano se había construido en diferentes fases y de que el suelo de piedra se elevaba o descendía coincidiendo con las épocas de excavación. En los rincones más oscuros, lejos de las luces, las habitaciones apenas eran visibles: despensas, una cocina en desuso y lo que parecía una trascocina. Una zona situada al fondo estaba acordonada con cinta amarilla y un cartel de aspecto oficial que decía: NO PASAR. ZONA PELIGROSA.

El anticuario que llevaba dentro habría disfrutado explorando más aquella fortaleza subterránea, pero estaba allí por un motivo muy concreto: investigar la habitación adyacente al sótano que había sido la oficina especial de Ellerby.

El lugar era identificable por una puerta de madera rasguñada con un panel de cristal esmerilado. Pendergast intentó abrirla, pero estaba cerrada con llave, así que sacó las ganzúas y, con un movimiento rápido y ágil, la puerta cedió sin hacer ruido.

La habitación era pequeña y rectangular. Uno de los fluorescentes instalados en el techo tenía un deflector estropeado. Tres monitores alineados en una pared estaban apagados, pero vio que los ordenadores conectados a ellos seguían funcionando, aunque en modo reposo. Estaban encima de una mesa larga con una impresora en un extremo. En la pared opuesta había una mesa más pequeña con montones de documentos organizados en carpetas de varios colores. Allí era donde el difunto Patrick Ellerby ejercía en su tiempo libre de corredor de bolsa.

Cuando cerró la puerta y entró en el despacho, Pendergast se recordó a sí mismo que era engañoso decir «en su tiempo libre»: por lo que había dicho el personal, Ellerby podía bajar en cualquier momento del día y de la noche, lo cual era extraño, porque la mayoría de los corredores de bolsa trabajaban siguiendo unos horarios.

Pendergast ya había examinado las habitaciones de Ellerby, situadas en la tercera planta del hotel. No había nada inusual, incriminatorio o de especial interés: los libros, las revistas, la ropa y los aparatos electrónicos eran típicos de la vida de un soltero de mediana edad. Basándose en lo que le había explicado Constance, Pendergast esperaba encontrar algo que pudiera arrojar luz sobre la relación de Ellerby con la longeva y enclaustrada propietaria del hotel, que se había negado a hablar con nadie, incluida la policía, pero no descubrió nada.

Al escrutar la mesa hubo dos elementos que le llamaron la atención. Uno eran los documentos de compra de una camioneta F-250 que había costado más de 70.000 dólares, y el otro el recibo de un reloj Vacheron Constantin automático adquirido en una boutique de Miami por 30.000 dólares.

Aunque a Pendergast no le interesaba demasiado el vehículo que había elegido Ellerby, aprobaba su buen gusto para los relojes.

Ambas compras eran del último mes. Por un momento, Pendergast evocó la imagen de una persona luciendo ese ejemplo incomparable de *haute horlogerie*… mientras conducía una camioneta. Era ridículo, pero su madre siempre le había dicho que la gente de Savannah tenía unas costumbres peculiares. La noche anterior había sido testigo de unas cuantas. Hojeó las carpetas de colores y volvió a dejarlas en el escritorio.

A Constance le interesaba especialmente la señorita Frost, y había recabado abundantes habladurías sobre ella. Dos días antes de la muerte de Ellerby, la propietaria había bajado al despacho. Al parecer, ya no era una anciana frágil y vieja confinada por decisión propia, por no mencionar que aquella misma noche había tenido una violenta discusión en sus habitaciones. Era extraño, desde luego.

Pendergast se volvió hacia los ordenadores, observó unos instantes la mesa larga y sacó una pequeña linterna del bolsillo de la americana, se arrodilló y examinó la CPU más cercana, tocando el lateral con los nudillos. El zumbido del ventilador y la acumulación de polvo en la parrilla trasera indicaban que aquellas máquinas no se apagaban casi nunca, si es que se apagaban alguna vez.

Luego se levantó y se acercó a los ordenadores, moviendo el ratón para activarlos. En una de las pantallas se abrió un cuadro para introducir la contraseña, lo cual no era de extrañar teniendo en cuenta las transacciones financieras que presuntamente controlaba. La contraseña brindaba acceso a las tres máquinas.

El laboratorio forense digital del FBI se ocuparía de los ordenadores. Pendergast se los quedó mirando unos segundos y entonces se fijó en un grueso y rasguñado libro de contabilidad, tapado con una tela verde en la mesa situada frente a los tres monitores. Parecía una lista de transacciones, todas anotadas en una caligrafía fanáticamente pulcra, y cada una de ellas contenía una fecha, una suma de dinero y diversas abreviaturas y símbolos. El listado empezaba años atrás, y era obvio que había sido elaborado meticulosamente. Con suerte, sería la obra magna de Ellerby: el registro que documentaba todas sus operaciones en el mercado. Era extraño que no tuviera una caja fuerte donde guardar toda aquella documentación, pero nadie se había interesado por sus actividades hasta después de su asesinato. Aun así, a Pendergast le pareció significativo que no hubiera indicios de secretismo, comercio ilícito o engaño. Incluso la cerradura de la puerta era de lo más corriente.

Pendergast fue pasando páginas hasta llegar a las últimas entradas. La más reciente era de hacía ocho días.

Ocho días. Dos días antes de que falleciera Ellerby.

Pendergast empezó a leer las diez páginas previas a aquellas entradas. Una ojeada somera indicaba que el director del hotel había estado operando activamente a diario, incluidos los fines de semana. No parecía haber interrupciones ni lagunas de ningún tipo hasta que las operaciones finalizaban de repente. Volvió a mirar las últimas entradas, pero no evidenciaban nada sospechoso. Las líneas de texto simplemente cesaban y, cuarenta y ocho horas después, Ellerby estaba muerto.

Pendergast dejó el libro y, linterna en mano, se arrodilló para examinar a conciencia el suelo de la habitación. Después inspeccionó la parte inferior de las mesas, las sillas, las paredes y el archivador. Tomó alguna que otra muestra, pero no vio nada de interés: ni restos de sangre ni signos de violencia o pelea. Al parecer, Ellerby había bajado por última vez en uno de sus descansos, había trabajado un poco, había cerrado al salir... y había ido a encontrarse con la muerte.

Pendergast abrió la puerta, apagó la luz y enfiló el pasillo del sótano. Al cerrar miró de nuevo la hilera de bombillas, que llevaban tentadoramente hacia la oscuridad. Luego se dio la vuelta y, mientras subía las escaleras, sacó el teléfono para solicitar que el equipo de recogida de pruebas del FBI se llevara los restos del lucrativo hobby de Patrick Ellerby.

20

La mañana después de la redada, cuando estaban acabando de desayunar sonó el móvil de Pendergast. Mientras atendía la llamada, Coldmoon removió su café de mala gana y bebió un sorbo. Era terrible, por supuesto. Pendergast llevaba un buen rato escuchando a alguien sin mediar palabra, y Coldmoon se preguntaba quién sería. Constance, cuyo desayuno consistía únicamente en un té, estaba leyendo el último número de *The Lancet*. Parecía una lectura un tanto extraña para el desayuno, pero a Coldmoon ya no le sorprendía nada de lo que hiciera la joven.

Al final, Pendergast dijo «sí» y colgó.

—¿Quién era? —preguntó Coldmoon.

—Nuestro viejo amigo Pickett. El senador le ha pedido que participemos en una rueda de prensa.

—¿En una rueda de prensa? ¿Y por qué?

Pendergast esbozó una pequeña sonrisa.

—Para hablar del vampiro de Savannah, lógicamente.

—Bromea, ¿no?

—El senador es una persona astuta —dijo Pendergast—. No quiere que este asunto le estalle en la cara, así que pretende tomar las riendas de la situación aprovechando su relación con Pickett. Corren muchos rumores sobre un vampiro, y quiere ofrecer información fiable a la ciudadanía para acabar con las especulaciones. La comandante Delaplane se ocupará de la rueda de prensa. El alcalde estará allí y nosotros le prestaremos apoyo.

—Pero no tenemos información fiable que darles —precisó Coldmoon—, salvo por la redada en la iglesia de chiflados satanistas que bebían sangre desnudos y que ya se han buscado un abogado.

—Cierto, pero tenemos suficiente para lanzarles un pequeño hueso.

Coldmoon soltó un gruñido.

—¿Y cuándo se celebrará esa rueda de prensa?

—Dentro de dos horas.

Coldmoon estuvo a punto de atragantarse con el café.

—¿Dos horas?

—Como le decía, el senador quiere tomar las riendas de este asunto.

Constance miró por encima de la revista mientras los dos agentes se ponían en pie.

—En ese caso, puede que un hueso pequeño no sea suficiente —dijo—. A lo mejor deberían plantearse una tibia o, mejor aún, un fémur.

Coldmoon se la quedó mirando, pero ya se había escondido de nuevo tras la revista.

La rueda de prensa tuvo lugar en el aparcamiento situado detrás de la comisaría, donde habían montado un escenario temporal y podían estacionar las furgonetas de los noticiarios con sus antenas parabólicas. Era algo improvisado, pero a Coldmoon le impresionó que Delaplane hubiera podido organizarlo con tanta rapidez. Un agente uniformado apartó unos conos para dejarlos pasar y los dirigió hacia una zona de aparcamiento restringida. Pendergast sacó otra vez el móvil y marcó un número.

—¿A quién llama ahora? —preguntó Coldmoon.

—A Pickett —respondió Pendergast, que activó el altavoz—. Quería que le avisáramos al llegar.

Fue el ayudante de Pickett quien cogió el teléfono.

—En estos momentos se encuentra con el senador Drayton, pero estaba esperando su llamada. Un segundo, por favor.

Hubo un breve silencio, y luego Coldmoon oyó una voz profunda con un desagradable carraspeo.

—No sé si me está escuchando, Walt. Dentro de poco tengo un mitin al aire libre en Savannah y no toleraré distracciones. Debe arreglar este desaguisado ya mismo, porque...

—¿Disculpe? —interrumpió Pendergast.

Hubo un silencio, y entonces se oyó la voz de Pickett, que estaba sin aliento.

—Agente Pendergast, no puedo atenderle ahora mismo. Le llamo más tarde.

—Sí, señor. —Se quedó callado un segundo—. Parece que el teléfono no funciona bien, porque por un momento me ha parecido oír otra voz...

—Con eso bastará —dijo Pickett con brusquedad antes de que se cortara la llamada.

Coldmoon miró a Pendergast, que tenía un brillo sumamente inusual en los ojos.

—¿Era quien yo creo que es? ¿El senador de Georgia echándole la bronca a Pickett?

—Es terrible que algunos sean incapaces de dominar la tecnología digital —dijo Pendergast, que no parecía en absoluto afectado.

—No sé cómo, pero creo que ha provocado usted esa pequeña metedura de pata —dijo Coldmoon.

—¿Quién?, ¿yo? Imposible.

El senador Drayton parecía un gilipollas de primer orden, pero Coldmoon no pudo evitar sentir cierta satisfacción al saber que Pickett estaba recibiendo un escarmiento.

Pendergast ya se había bajado del coche y estaba cruzando el aparcamiento, y Coldmoon lo siguió apresuradamente.

Subió al escenario detrás de Pendergast, que se ubicó a un lado del estrado. En el otro estaban Delaplane, el agente Sheldrake y un hombre bajo y rubicundo que, según pudo intuir Coldmoon, era el alcalde. La prensa se había congregado con menos empujones y caos de lo que se esperaba. A lo mejor tenía algo que ver con la educación sureña. Vio que Betts, el director de documentales, se había enterado de la rueda de prensa antes que nadie, porque su equipo se había asegurado el mejor sitio mientras la zona trasera iba llenándose de periodistas, cámaras y micrófonos.

A las once en punto, Delaplane se acercó al micrófono y le dio unos golpecitos para pedir silencio a los asistentes.

—Soy la comandante Alanna Delaplane, del Departamento de Policía de Savannah —anunció—, y les doy a todos la bienvenida a esta rueda de prensa.

Respiró hondo y, al hablar, su potente voz rebotó en las fachadas de los edificios colindantes. Así se manejaba a la prensa, pensó Coldmoon: a todo volumen. Delaplane manifestó sus condolencias por las dos víctimas, aseguró a la ciudadanía que se estaban utilizando todos los recursos disponibles, elogió la labor del forense, dio las gracias al FBI, a los equipos forenses y a los laboratorios que estaban ayudando en el caso y ensalzó de tal manera la investigación que la prensa allí reunida —sin duda hambrienta de sangre y controversia— parecía desanimada, como si el caso se hubiera resuelto cuando ellos no miraban. La comandante no mencionó la redada.

Entonces subió al escenario el alcalde, que halagó el espléndido trabajo de la comandante Delaplane y de varias autoridades a las que Coldmoon no había visto ni conocía. Al agente especial empezaban a incomodarlo aquellas palmaditas en la espalda: desde su punto de vista, hasta el momento no habían descubierto una mierda. Pero la rueda de prensa parecía tener un efecto anestésico, convirtiendo una situación inexplicable y aterradora en algo que casi parecía aburrido. Quizá esa era la intención.

Por fin, el alcalde presentó al «condecorado agente especial Aloysius X. L. Pendergast, del FBI» —pronunciando su nombre de pila correctamente, cosa que, según dedujo Coldmoon, podía ser otra característica sureña—, y después se hizo a un lado y le cedió su puesto.

Pendergast se acercó al estrado y dedicó unos segundos a observar a la inquieta multitud con unos ojos brillantes. Entonces se hizo el silencio. Coldmoon tenía que reconocer que su compañero poseía un aura tan magnética que incluso podía hacer callar a un grupo de periodistas, al menos por un momento.

—Damas y caballeros de la prensa —empezó Pendergast con un acento más marcado que nunca—, naturalmente, el FBI está encantado de ayudar a las fuerzas del orden de Savannah a investigar estos recientes homicidios.

Su tono cautivó a la multitud sin ofrecer ninguna información relevante. Al terminar dio un paso atrás y Delaplane volvió a acercarse al estrado para abrir el turno de preguntas. Varios de los presentes levantaron la mano, entre ellos Betts.

La comandante señaló a la multitud.

—Señorita O'Reilly, de WTOC.

—¿Tienen alguna pista?

—Sí, las tenemos. No podemos dar detalles por motivos obvios, pero hemos abierto varias vías de investigación prometedoras.

—Señor Boojum, de *The Register*.

—Comandante, ¿les preocupa que pueda haber más asesinatos? Y, de ser así, ¿tienen algún consejo para que los ciudadanos se protejan?

—Hemos cuadruplicado la presencia policial en la zona histórica —dijo Delaplane—. Yo le pediría a la gente que no pasee sola de noche por el centro y, por favor, que se evite la embriaguez, que siempre nos convierte en blancos más fáciles.

Ese último consejo arrancó las carcajadas de los periodistas.

—Señor Locatelle, de WHAF.

—Comandante, ¿qué hay de la redada en la iglesia de la calle Bee? ¿Descubrieron algo?

Delaplane frunció los labios.

—Si se refiere a la operación del FBI, el Departamento de Policía de Savannah no tuvo nada que ver. Le cedo el turno al agente especial Pendergast para que se lo explique.

Pendergast se acercó al estrado.

—Me temo que era un callejón sin salida. En los ritos había sangre animal, no humana.

—¿Qué clase de animales?

—Patos, según parece.

Se oyeron más risas por ese detalle.

—No se halló ninguna conexión con el caso actual y los... eh... devotos no incumplieron ninguna ley. Por tanto, no podemos desvelar sus nombres.

Pendergast retrocedió y la comandante se dispuso a responder más preguntas, ignorando conscientemente a Betts, que estaba alzando la mano y poniéndose cada vez más nervioso al ver que no le daban la palabra. Al final, lanzó una pregunta a gritos.

—Comandante, ¿qué opina de quienes aseguran que esos asesinatos son muy similares a las leyendas del vampiro de Savannah?

Delaplane se lo quedó mirando.

—¿Vampiro, dice? —preguntó, como siguiéndole la corriente a un niño—. Señor...

—Betts. Barclay Betts, presentador de...

—Señor Betts, si su pregunta es si pensamos que esos asesinatos son obra de un vampiro, la respuesta es no, como podrá imaginar.

Hubo más risas entre los presentes.

—Sin embargo —añadió Delaplane—, podría ser obra de una persona o personas que por motivos poco saludables se sienten atraídas por Savannah... y sus leyendas. La redada de la calle Bee sería un ejemplo de ello.

—¿Cómo extrajeron la sangre de las víctimas? —continuó Betts—. ¿Y con qué finalidad?

—Creemos que introdujeron una herramienta llamada trócar, parecida a una aguja larga, en la arteria femoral de la pierna. En cuanto a la finalidad, aún no lo sabemos.

Delaplane intentó cederle el turno a otra persona, pero Betts insistió.

—¿Es cierto que extrajeron hasta la última gota de sangre?

La comandante arqueó las cejas y lo miró fijamente.

—Extrajeron hasta la última gota, sí. Estamos analizando cómo pudieron hacerlo. —Antes de que Betts pudiera continuar, dijo—: Señor Wellstone.

Coldmoon vio a un hombre atractivo con aspecto de profesor, traje impecable, sienes canosas y gafas de pasta asentir con la cabeza.

—Me gustaría hacerle una pregunta al agente Pendergast —dijo con un acento aristocrático—. Agente Pendergast, tengo entendido que es usted uno de los máximos expertos del FBI en psicología criminal anormal, especialmente la que conlleva homicidios en serie. ¿Cree que el autor es un asesino en serie pervertido?

Se hizo el silencio mientras el grupo esperaba la respuesta de Pendergast.

—¿Un asesino en serie? —dijo al fin—. Puede. ¿Pervertido? Puede que no. —Hizo una pausa—. Es posible que sea la expresión de cierto tipo de psicología normativa, no tanto pervertida sino más bien una desviación de nuestros patrones habituales.

—¿A qué se refiere con eso? —preguntó Wellstone.

«Amén», pensó Coldmoon.

Pero Pendergast no añadió nada más y, con eso, Delaplane dio por concluida la rueda de prensa.

21

De pie sobre el barro, la comandante Alanna Delaplane ahuyentó un mosquito y maldijo entre dientes. Boris Strawbridge, el adiestrador de perros, iba delante de ella, y sus botas chapoteaban en la orilla mientras se abría paso entre la densa vegetación. Twist, un sabueso gigantesco, era el perro con la lengua más larga que Delaplane había visto nunca. Strawbridge se había sujetado la resistente correa del animal al cinturón para tener las manos libres y poder ir apartando la vegetación. Más atrás, Delaplane podía oír el tráfico que cruzaba el puente de Victory Drive, pero los árboles y los arbustos eran tan frondosos que no alcanzaba a verlo. Con su densidad impenetrable y sus ruidosos insectos, aquel lugar, las cenagosas orillas de Sylvan Island, parecía la puñetera jungla amazónica. El gran sabueso olisqueaba sin energía, más interesado en la basura que había llegado a tierra firme que en cualquier olor relacionado con el homicidio de Ellerby.

El cuerpo tuvo que entrar en el río en algún punto y, aunque era posible que lo hubieran lanzado desde el puente, parecía improbable, ya que por esa carretera circulaba tráfico de la Interestatal 80 y era utilizada de manera prácticamente continuada tanto de día como de noche. Deshacerse del cadáver habría conllevado pasarlo por encima de un guardarraíl de cemento, cruzar un carril de emergencia y trepar un muro: demasiado tiempo, demasiadas oportunidades de ser visto. Delaplane dedujo que habían arrastrado el cuerpo hasta el río y lo habían dejado allí y, a juzgar por donde lo encontraron, podía ser en aquel tramo de la orilla. No entendía cómo el perro podía oler algo con aquel hedor a gases del pantano y fango que llegaba desde el río, pero, por lo visto, para su adiestrador eso no suponía ningún problema.

De repente, Strawbridge se puso a gritar e intentó apartar al perro de algo, y Delaplane vio que estaba hurgando en una bolsa de McDonald's con patatas fritas putrefactas y un trozo de hamburguesa.

—¡No, no, Twist! ¡Suéltalo!

Strawbridge tiró de la correa mientras el perro intentaba engullir aquel revoltijo repugnante. El adiestrador apartó la bolsa, pero al hacerlo cayó la hamburguesa junto con una masa de gusanos retorcidos.

—Haga que el perro siga avanzando —dijo Delaplane.

Aquello cada vez parecía una idea más desacertada. Ya habían pasado por la parte del río que daba al cementerio, y ahora se acercaban al lugar en el que había sido hallado el cadáver. Si no detectaban ningún olor allí, no tenía sentido continuar, porque los cuerpos no flotaban río arriba.

A lo mejor el perro no servía. En la plaza ni siquiera había sido capaz de seguir la ruta del cadáver de Ellerby desde el lugar donde fue asesinado —basándose en dónde encontraron el dedo y el fragmento de cabellera— hasta la calle más próxima. Delaplane creía que el cuerpo había sido transportado por dos personas y, por tanto, no había dejado un rastro. Eso en sí mismo era una información valiosa.

—¡Busca! —ordenó Strawbridge una vez más, apartando de una patada la hamburguesa llena de gusanos y agitando un objeto de Ellerby delante del hocico del perro.

Más adelante, el bosque daba paso a un pequeño pantano con barro en la orilla. Unos navegantes habían encontrado el cuerpo al otro lado. Delaplane y el adiestrador se detuvieron allí, y dieron gracias a Dios, porque en la pequeña ciénaga salada se elevaba un muro de vegetación selvática peor que los que habían atravesado hasta el momento.

—Daremos media vuelta antes de llegar a ese bosque —le dijo Delaplane a Sheldrake, que iba detrás de ella.

—No veo el momento —respondió el adiestrador ahuyentando a un insecto. Delaplane vio que tenía unas ronchas con mal aspecto en la cara y el cuello.

Dejaron atrás los árboles y se acercaron al pantano, donde la hierba les llegaba a la cintura. Entonces se levantó una brisa que alejó a los insectos y alivió la sofocante humedad. Y, por fin, Twist detectó un rastro. Era extraordinario cómo había cambiado el comportamiento del perro, cómo aquel animal desgarbado y torpe de repente estaba concentrado, tirando de la correa, pegando el hocico al suelo con los ojos bien abiertos.

—Tenemos un rastro —dijo Strawbridge, señalando una obviedad.

—Bien, bien —respondió Delaplane.

Aquello mejoraba.

Ahora el animal tiraba con fuerza de la correa y arrastraba al adiestrador con él. Strawbridge era un hombre menudo y Twist un perro muy grande, así que la imagen resultaba ridícula.

Avanzaron rápidamente entre la hierba, y la brisa seguía cobrando fuerza. Delaplane podía oír a Sheldrake, conocido por su afición a los *cannoli*, jadeando al intentar dar alcance al perro. Por primera vez, Twist emitió un aullido profundo y después otro, y el lastimero sonido proyectó su eco al otro lado del río.

—¡Realmente ha encontrado algo! —dijo Strawbridge sin aliento mientras el perro lo arrastraba del cinturón.

Llegaron al otro lado bordeando un entrante en la orilla del río. Unos centenares de metros más adelante, Delaplane pudo ver la zona embarrada en la que la policía científica había marcado la ubicación del cuerpo.

El perro seguía avanzando con ansia, y a cada tirón arrastraba a Strawbridge como una marioneta.

—¡Tranquilo, Twist! —dijo el adiestrador, pero el perro no hizo caso y aulló de nuevo, un sonido largo y potente salido de las profundidades de su pecho—. ¡Twist! ¡Quieto! ¡Quieto!

Strawbridge agarró la correa con ambas manos y tiró, pero el perro estaba plenamente concentrado en la búsqueda, y casi resultaba cómico ver al hombre tambaleándose detrás, sin dejar de gritar mientras intentaba seguirle el ritmo.

—¡Perro malo! ¡Quieto! ¿Qué coño te pasa?

Twist estaba frenético, aullando ruidosamente, con babas cayéndole de la boca y su lengua kilométrica balanceándose con cada ladrido, tirando y embistiendo, llevando a Strawbridge hacia el denso muro de vegetación que se alzaba justo detrás del lugar en el que habían encontrado el cuerpo.

—¡Ven! ¡Siéntate!

Ninguna orden funcionó, y momentos después sucedió lo que Delaplane se temía. Strawbridge perdió el equilibrio y cayó entre las hierbas altas, pero el perro siguió adelante y lo arrastró con él. Tras agarrar de nuevo la correa con las dos manos, Strawbridge la desabrochó del cinturón y el perro salió como una flecha hacia la línea de árboles.

—Maldito sea —balbuceó Strawbridge, que se puso de pie y se sacudió el polvo mientras el perro se alejaba aullando como un poseso—. Nunca había hecho algo así.

Instantes después Twist se adentró en los arbustos y sus aullidos se atenuaron.

—¿Y ahora qué? —preguntó Delaplane, que observó a Sheldrake resoplando entre la hierba que tenían detrás.

—Hay que seguirlo. Sinceramente creo que tendrá que someterse a un entrenamiento de refresco.

—Desde luego.

Delaplane aún podía oír los aullidos, ahora menos intensos pero más agudos. Strawbridge escuchó un momento mientras los ladridos alcanzaban un tono más alto.

—Sin duda ha encontrado algo.

Cuando echaron a andar, los aullidos cesaron de repente, y Strawbridge se detuvo a escuchar.

—¿Por qué se ha callado?

Strawbridge negó con la cabeza.

—No lo sé.

Después de unos minutos sorteando con dificultad las hierbas del pantano, llegaron al final del bosque. Abriéndose paso entre unos arbustos, se adentraron en una densa vegetación en la que penetraba la luz. Entonces el calor se volvió más intenso y aparecieron más insectos. Strawbridge sacó el teléfono móvil.

—¿Cree que lo cogerá? —preguntó Delaplane con irritación.

—Twist lleva un dispositivo GPS en el collar. Esto solo me indica dónde está.

El adiestrador toqueteó una aplicación del teléfono y siguió caminando, cómo no, hacia la parte más densa del bosque.

—Por aquí —dijo.

—Me vendría muy bien alguien con un machete —dijo Delaplane mientras avanzaba entre una masa de palmitos. El único comentario de Sheldrake fue una maldición en voz baja.

El bosque estaba totalmente en silencio. Ni siquiera cantaban los pájaros. Curiosamente, al cabo de unos minutos incluso los insectos parecieron esfumarse a medida que los palmitos daban paso a un bosque de robles tan antiguos y cubiertos de musgo que era como caminar entre cortinas.

Tras diez minutos de esfuerzo, Delaplane vio un rayo de luz que hendía la oscuridad verdosa. Más adelante había un claro, y Strawbridge apretó el paso.

—¡Twist! —gritó, mirando con frecuencia el teléfono—. Qué raro. Dice que está justo ahí. ¡Twist! ¡Aquí, chico!

Al apartar una barrera de musgo especialmente densa, aparecieron en un pequeño claro de arena. Delaplane se detuvo. Algo yacía bajo el sol y tardó un momento en comprender de qué se trataba: eran la cabeza y la lengua del perro.

El resto del animal se encontraba a unos seis metros, conectado por una larga espiral de vísceras de la cual asomaba una patata frita podrida y sin digerir.

22

Eran las diez y cuarto de la noche cuando Constance subió las amplias escaleras centrales de la Casa Chandler. El enmoquetado del hotel era atractivo —acantos dorados que se entrelazaban sobre un fondo escarlata oscuro—, pero aunque las escaleras hubieran sido de madera, la experiencia le decía que sus pasos no habrían emitido ruido alguno.

Hizo un alto en el descansillo de la cuarta planta y miró a su alrededor. A la derecha había un pasillo corto con media docena de habitaciones. A la izquierda, el pasillo se extendía considerablemente y luego cambiaba de dirección.

Aunque el hotel tenía una quinta planta, la escalera acababa allí. Constance se quedó quieta, preguntándose dónde podía estar la escalera que llevaba al piso de arriba.

Se había pasado la última hora en la planta donde se hallaba su habitación y la de Pendergast, ya que Coldmoon había sido desterrado a la tercera planta por negarse a dejar de calentar su café nauseabundo e indudablemente cancerígeno. A Constance le llamaba la atención la leyenda del vampiro de Savannah, y había salido en busca de la biblioteca del hotel. Aunque era pequeña, le resultó interesante. Después de anotar los libros que tenían sobre la materia, decidió satisfacer otra curiosidad y subió una por una las plantas superiores del hotel hasta llegar a la cuarta, pero no podía ir más allá.

Al mirar hacia el pasillo no pudo evitar admirar el esmero, el gusto y el dinero que habían invertido en la reforma del edificio: las pequeñas lámparas de porcelana, el papel de pared aterciopelado y los grabados de deportes y paisajes, todo ello combinado para crear un encanto prebélico que por alguna razón también parecía novedoso. Constance intuía que era obra de una mano obsesivamente minuciosa.

Echó a andar en silencio por el pasillo.

Todo lo que había averiguado sobre Felicity Frost acrecentaba su curiosidad. Nadie conocía el pasado de la señorita Frost ni quién era su familia, más allá del hecho de que debía de ser adinerada.

En sus exhaustivas pesquisas, Constance había descubierto algunas cosas. Cuando Frost convirtió el edificio en un hotel en los años noventa, lo dirigía prácticamente sola. Utilizaba un bastón con empuñadura nacarada y cada domingo se ponía un sombrero con velo, aunque nunca iba a la iglesia. En aquella época no estaba recluida en el hotel. Tenía una lengua afilada y le gustaba conversar. Siempre que alguien le preguntaba por su pasado o por su «gente», no dudaba en dar explicaciones. Sin embargo, cada vez contaba una historia diferente, y esas historias fueron volviéndose más elaboradas y estrambóticas. Su tatarabuelo había hecho fortuna con el comercio de pieles y ella se había criado en una *réserve indienne* de Quebec. Era descendiente del único hijo de Bonnie y Clyde, nacido en secreto, y al llegar a la madurez invirtió las ganancias ilícitas de sus padres en una joven empresa llamada IBM. En su díscola juventud había secuestrado un avión, lo había desviado a Cuba y se había ido con una maleta llena de piedras preciosas de contrabando. Era la nieta de la gran duquesa Anastasia de Rusia, quien, lejos de ser masacrada por los bolcheviques de Ekaterimburgo en 1918, huyó a los Cárpatos y se llevó consigo tres huevos de Fabergé. Finalmente todos se cansaron de que los tomara por tontos y dejaron de preguntar, pero la curiosidad y las especulaciones no desaparecieron nunca.

Al parecer, diez años atrás, la señorita Frost, que a la sazón era casi octogenaria, se había visto aquejada de una enfermedad relacionada con la edad. Decían que le afectaba tanto a la mente como al cuerpo, porque su comportamiento, siempre excéntrico, se volvió bastante más extremo. Abandonó sus tareas cotidianas como regente del hotel, y cada vez recurría más a Ellerby, el director, para que se ocupara de los detalles. Pasaba más y más tiempo en sus habitaciones del quinto piso y se volvió cada vez más solitaria, hasta que al final dejó de salir. El acceso a la planta superior estaba restringido a unas pocas sirvientas y a Ellerby. De vez en cuando, a pesar de su progresivo decaimiento, sufría arrebatos repentinos de ira. Las sirvientas subían dos veces por semana a limpiar y cambiar las sábanas, pero debían ceñirse a unos horarios estrictos, y la señorita Frost nunca se hallaba en las habitaciones mientras el servicio estaba presente. Las únicas personas a las que permitía visitarla eran su médico privado, un tal doctor Phyrum, y Patrick Ellerby, que en aquel momento era prácticamente el propietario del hotel. Este le llevaba las comidas y la visitaba por las noches. En ocasiones, ya de madrugada, se oía música de piano.

Eso era lo que había podido averiguar Constance mediante indagaciones cuidadosas y diligentes. Se había planteado pedirle a Aloysius que consultara las bases de datos del FBI para descubrir más, pero le asaltaron las dudas. La historia de una mujer que se aislaba del mundo y se dedicaba a ocupaciones privadas había calado hondo en ella. Y, además, los acentos del gótico sureño, los rumores y los susurros eran demasiado deliciosos como para estropearlos con el viento invernal de la verdad.

Obviamente, en las conversaciones había aflorado la naturaleza de la relación entre la señorita Frost y Ellerby. Uno de los rumores afirmaba que la anciana no era tan débil como aparentaba y que había asesinado al hombre durante una discusión amorosa. Por lo visto, cuanto mayor se hacía, más desaprobaba el interés de Ellerby en el mercado bursátil. Pero Constance consideraba que las especulaciones más lascivas eran demasiado obvias para ser verdad. Lo que más la fascinaba era la idea de que Felicity Winthrop Frost, consciente de que la fuerza, la salud y las facultades mentales empezaban a abandonarla, se encerrara como una Miss Havisham moderna en sus lujosas estancias.

Ya casi había llegado a la esquina del pasillo cuando se detuvo frente a una puerta situada a su derecha, que, como las demás, estaba cerrada. Pero esta tenía algo distinto: no había número y la madera parecía más gruesa. El pomo de la puerta también era diferente, anticuado, de latón pulido y con una cerradura ornamentada debajo. Distaba mucho de las puertas corrientes que la flanqueaban. Mientras contemplaba en silencio esa puerta sin distintivos, le pareció oír música de piano, hermosamente triste y densa, tal vez Brahms. Constance extendió el brazo hacia el pomo.

—¡Eh, señorita! —dijo una voz desde el pasillo.

Constance, que no acostumbraba a sobresaltarse, esta vez se sorprendió. Con la agilidad de una serpiente, se giró hacia la voz y metió la mano con la que estaba a punto de agarrar el pomo en un bolsillo de la falda que contenía un estilete italiano antiguo.

Una camarera de pisos acababa de doblar la esquina con una gran bandeja de plata y varias tapas de acero. Evidentemente se trataba de un pedido del servicio de habitaciones. Constance estaba tan concentrada en la música que no había oído a la mujer. Pero la rapidez con la que se dio la vuelta sobresaltó tanto a la camarera, que dio un paso atrás y estuvo a punto de soltar la bandeja.

—¡No puede entrar ahí, señorita! —dijo la camarera con un ligero temblor en la voz—. Es el apartamento de la señorita Frost.

Sin responder, Constance bajó la mano poco a poco.

—Son más de las diez. Probablemente se despertará en cualquier momento —añadió la camarera—. Lo siento mucho, pero no se la puede molestar.

—Por supuesto que no —dijo Constance con calma—. Solo estaba dando una vuelta. ¿Le importaría decirme dónde está la biblioteca del hotel?

—En la primera planta, habitación 104.

—Gracias.

La camarera hizo una reverencia un poco torpe teniendo en cuenta que llevaba una bandeja y pasó junto a Constance, que la observó mientras llamaba a la puerta de un huésped y entraba. Un minuto después salió con las manos vacías, a excepción de la factura. Pasó de nuevo al lado de Constance con una sonrisa nerviosa y dobló la esquina del pasillo en dirección al ascensor de servicio.

Constance se quedó allí unos minutos, mirando primero en la dirección que había seguido la camarera y después a la puerta sin numeración. Entonces se dio la vuelta y, silenciosa como un gato, volvió por el pasillo y desapareció escaleras abajo.

23

El agente Coldmoon se encontraba en el borde del claro, y el sol de primera hora de la mañana atravesaba la neblina que se elevaba entre los árboles cubiertos de musgo. La policía había colocado demasiada cinta perimetral, pensó, señal de un trabajo excesivamente entusiasta pero innecesario, ya que la zona donde habían matado al perro no era accesible a la ciudadanía. El equipo local de homicidios y un grupo de agentes de la policía científica de Georgia habían trabajado toda la noche. Los técnicos de la policía local investigaron la zona de manera creíble, hicieron fotos, recogieron muestras y buscaron pistas en el suelo. McDuffie y un veterinario forense también habían acudido a examinar el cadáver *in situ*.

Coldmoon se situó en la dirección opuesta al viento con respecto al perro. Había sido una noche calurosa y húmeda y no quería correr riesgos. A pesar de que no llegara hasta él el olor, era una imagen bastante horrenda.

—Curioso —murmuró Pendergast—. De lo más curioso.

A Coldmoon no le apetecía saber qué le parecía curioso, aunque el agente se lo explicara, cosa que probablemente no ocurriría.

—Creo que es nuestro turno, agente Coldmoon —dijo Pendergast—. ¿Vamos?

Ambos pasaron por debajo de la cinta. Por fortuna no había necesidad de ponerse un mono. Eran solo las ocho de la mañana, pero ya hacía un calor sofocante. Y allí estaba su compañero, con su maldito traje de lino y unas grandes botas de lluvia verdes. No sabía cómo, pero el traje seguía inmaculado a pesar de que habían atravesado vegetación y pisado barro para llegar hasta allí.

Coldmoon se mantuvo un poco alejado. Los perros muertos no eran una de sus especialidades y prefería que otros tomaran las riendas. Pendergast, en cambio, estaba tan entusiasmado como siempre que aparecía un cadáver, ya fuera humano o de otra índole. Fue directo a la cabeza cercenada, se arrodilló junto a ella, se enfundó unos guantes de látex y la examinó con una lupa.

—¡Por Júpiter, Watson!—murmuró Coldmoon.

Si Pendergast lo oyó, ni se inmutó. Le levantó la lengua al perro, le dio la vuelta y obtuvo una muestra. Después hizo lo mismo con los colmillos e introdujo ambos hisopos en tubos de ensayo. Utilizando otro tubo, tomó más muestras. Mientras tanto, el forense y el veterinario estaban examinando la otra mitad del perro, situada a seis metros de distancia.

Pendergast estaba observando el cuello desgarrado del perro.

—Agente Coldmoon.

Al acercarse vio que Pendergast señalaba las vértebras que habían quedado expuestas. Mientras observaba más de cerca aquella imagen sangrienta, Coldmoon ahuyentó unas cuantas moscas. Pendergast le tendió la lupa.

—Si no le importa…

A Coldmoon le importaba, pero echó un vistazo de todos modos. El extremo de una vértebra estaba fracturado y la columna desgarrada.

—Parece que emplearon mucha fuerza.

—Exacto —dijo Pendergast—. Podríamos pensar que le cortaron la cabeza, pero un examen más detenido de la carne aquí y aquí —señaló varios músculos del cuello con un hisopo— y de esa vértebra facturada, más bien parece sugerir que se la arrancaron. ¿Ve?

—Correcto —dijo Coldmoon—. Correcto.

Pendergast se levantó.

—Veamos la otra parte del cuerpo.

Ambos se acercaron al forense y al veterinario, todavía agachados junto a los restos del animal. Pendergast sometió el cadáver a un examen tan exhaustivo, pegando de nuevo la lupa a la carne putrefacta, abriendo la herida y hurgando en el corte, que Coldmoon tuvo que apartar la mirada y rogó a Dios que no le pidiera que inspeccionara algo.

—Bien —dijo Pendergast al levantarse, una vez concluido el examen—. Doctor McDuffie, ¿qué opina usted?

El forense, que ya era bastante nervioso por naturaleza, parecía especialmente inquieto. Coldmoon entendió por qué cuando vio a la comandante Delaplane salir del pantano con cara de disgusto.

—Los dejo con mi compañero, el doctor Suarez.

El veterinario, un joven delgado y tranquilo en comparación con McDuffie, dijo:

—Si no estuviéramos en medio de un pantano, yo diría que a este perro lo ha atropellado un camión. Se aprecian indicios de traumatismo, lesiones internas importantes y huesos rotos.

Mientras hablaba, iba señalando con un bisturí ensangrentado que había utilizado para tomar muestras de tejidos.

—Curioso —dijo Pendergast.

Delaplane estaba detrás de ellos, con los brazos cruzados, y escuchaba con atención.

—Por tanto, en vista de que no ha sido arrollado por un camión Peterbilt, yo diría que al perro lo golpearon con fuerza, quizá con un bate de béisbol o una barra de hierro, y le practicaron cortes. Quizá utilizaron el mango y la cuchilla de un hacha. Sabremos más cuando llevemos los restos al laboratorio.

—Doctor Suarez —respondió Pendergast—, me temo que sus conclusiones podrían requerir una mayor reflexión.

El veterinario arqueó las cejas.

—¿Qué quiere decir?

—Las agresiones que acaba de describir habrían llevado cierto tiempo, pero este perro fue asesinado de forma instantánea.

—Agente Pendergast, aun sin formación médica, ya ve lo numerosas que son estas lesiones. No es posible que se produjeran simultáneamente, a menos que, como les decía, el perro fuera atropellado por un camión. —Extendió los brazos y sonrió—. Pero ¿aquí, en el bosque?

—Respeto sus observaciones, doctor Suarez. No obstante, según todos los entrevistados, el perro murió tan rápido que apenas emitió ningún sonido. Estaba ladrando como un histérico y de repente se hizo el silencio. El perro llevaba un collar con GPS, que fue hallado minutos después de que cesaran los ladridos.

—En ese caso es bastante desconcertante —dijo Suarez—. Observe las pruebas forenses: este perro presenta numerosos huesos rotos y múltiples lesiones internas, y lo han troceado con un gancho o un hacha. ¿Ven esos cortes irregulares en el abdomen, aquí, y en la zona en la que cortaron la cabeza? Ninguno es limpio; son cortes frenéticos.

—Los veo, sí —repuso Pendergast—. Pero los testigos dijeron claramente que habían llegado aquí momentos después de que el perro dejara de ladrar. Aquí no había nadie. El atacante se había ido.

El veterinario sonrió.

—Me gustaría oír su versión, agente Pendergast.

Pero Pendergast no respondió. Algo atrajo su atención a orillas del río, así que se levantó y desapareció entre los árboles.

Suarez negó con la cabeza.

—Es un bicho raro. Nunca he conocido a un agente del FBI como él.

—Ni lo conocerá —dijo Coldmoon con irritación—. Es el mejor.

Tras un breve silencio, la comandante Delaplane terció:

—Si le interesan las teorías, yo tengo una. Hay una persona que se dedica a matar gente y a robarle la sangre. Y que es capaz de destripar a un perro. Solo hay una explicación para esto: nos enfrentamos a un maniaco, alguien lo bastante fuerte como para despedazar a un perro. —Delaplane se volvió hacia Coldmoon—. ¿En su base de datos hay algo parecido?

Coldmoon se puso de pie y se quitó los guantes.

—En los años noventa —dijo— había una banda rusa que asesinaba a vagabundos que dormían en los parques de Moscú y les extraían la sangre para venderla en el mercado negro, pero obviamente no creo que sea eso lo que está ocurriendo aquí.

Delaplane frunció el ceño.

—Necesitamos progresos en este caso, y pronto. El senador de Georgia está que trina, o eso me han dicho. —Miró a su alrededor con cara de pocos amigos—. De acuerdo —añadió—. Metan los restos del perro en bolsas y llévenlas al laboratorio para que le practiquen más análisis. Aquí hemos hecho todo lo que podíamos.

En ese momento, Coldmoon oyó que se activaba su radio.

—Agente Coldmoon —dijo Pendergast—, venga a la orilla, por favor. Y traiga a los demás.

Delaplane se dio la vuelta.

—¿Es su compañero?

—Sí.

—¿Qué quiere?

—No lo sé.

Coldmoon echó a andar y Delaplane, Sheldrake, el forense y el veterinario salieron detrás de él, sorteando los árboles en dirección al río.

—Por aquí —dijo la tenue voz.

Los árboles daban paso a una orilla cubierta de hierbas y a un barrizal. Pendergast se había adentrado tres metros en el fango, que le llegaba hasta las rodillas. De manera increíble, las botas de agua habían logrado que su traje de color crema siguiera inmaculado. El agente estaba haciendo fotos.

—Asegúrense de que no desaparezcan esas marcas de ahí delante —dijo, señalando una zona alterada del barro—. Creo que son importantes.

Coldmoon miró en la dirección indicada. En el barro había

una depresión grande e irregular, como si algo se hubiera deslizado sobre la superficie y hubiera dejado una marca poco definida.

—¿Qué es eso? —dijo Delaplane, que estaba observando junto a Coldmoon—. ¿Por qué es importante?

—Porque, cuando se acerquen —respondió Pendergast—, en la sección situada a mi izquierda verán un fragmento de pelo animal ensangrentado. Y, o mucho me equivoco, o salió del lomo de nuestro desafortunado sabueso.

24

—Es muy extraño —murmuró McDuffie al dirigirse a una pequeña sala de reuniones contigua al laboratorio del forense—. Muy extraño —repitió mientras Coldmoon y los demás se sentaban en la mesa central—. El doctor Kumar se lo explicará.

El médico, un hombre menudo con la piel pálida y una cara alegre, abrió un maletín y repartió unas delgadas carpetas a todos los presentes. Coldmoon abrió la suya. En ella había una carta de presentación seguida de un montón de informes de laboratorio incomprensibles y repletos de fórmulas estructurales. Coldmoon cerró la carpeta al instante, pero vio que Pendergast, sentado junto a él, parecía totalmente absorto. ¿La química era otro de los talentos inesperados del agente? Llegó a la conclusión de que sí.

—Bien —dijo McDuffie, juntando y separando las manos—, el doctor Kumar tiene algo que contarnos sobre la sustancia recuperada en dos de las víctimas.

El médico asintió y miró a su público con unos ojos brillantes.

—Como acaba de mencionar George, es sumamente extraño. Los detalles figuran en el informe, pero intentaré exponerlos en lenguaje llano.

—Gracias, doctor Kumar —dijo Pendergast.

—La sustancia que encontramos en ambas víctimas es una mezcla de moléculas orgánicas, todas muy inusuales. Un compuesto que representa más del cincuenta por ciento de la muestra servirá de ejemplo. Es un polímero orgánico muy grande y complejo, una molécula de cadena larga con un núcleo de carbono e hidrógeno y grupos laterales de sulfuro, nitrógeno, hierro y, curiosamente, plata. No es una sustancia que se observe en ningún organismo vivo.

El doctor dejó que calara la idea, y Coldmoon vio que a Pendergast le centelleaban los ojos.

—¿Podría ampliar más esa información, doctor Kumar?

—Sí, al menos un poco. A este tipo de compuestos los llamamos organoplatas, y se forman cuando la plata se une al carbono. El motivo por el que no encontramos plata en la composición química de los organismos vivos reside en que es tóxica.

—Entonces ¿de dónde salió? —preguntó Coldmoon.

—Creo que es un compuesto artificial. La naturaleza no sería capaz de producir algo así, pero se necesitaría un químico muy sofisticado que dispusiera de un laboratorio de alto nivel. —Hizo una pausa—. La verdad es que nunca he visto un compuesto como este. Es una locura, si les soy sincero.

—¿Cuál es su supuesta función? —preguntó Coldmoon.

—Creo que no entiendo la pregunta —dijo Kumar.

—Debieron de crearlo para que hiciera algo, ¿no? Con un propósito. Por tanto, ¿cuál es ese propósito?

—Ah —dijo Kumar—. Muy buena pregunta. —Hizo otra pausa—. No tengo ni la más remota idea.

—Creo que era un poco grasiento o pringoso —dijo Coldmoon—. Y estaba alrededor de las heridas que presentaban las víctimas. ¿Es posible que fuera lubricante?

—Es posible. Pero ¿por qué utilizarlo como lubricante cuando se pueden comprar compuestos mucho más simples en la droguería? Me encantaría contarles más, pero apenas hemos podido analizar el compuesto. Todavía estamos trabajando en su estructura. Un análisis completo podría llevarnos meses.

—¿Y los otros elementos hallados en la muestra? —preguntó Pendergast—. ¿Cuál es su composición química?

—Es igual de extraña. Son todos orgánicos y complejos, y no

se parecen a nada que solamos ver en la naturaleza o en los ámbitos de la fabricación, la medicina o la síntesis química. Muchos parecen contener metales; los llamamos organometálicos. Platino y oro, principalmente.

—¿Oro? —preguntó Coldmoon con incredulidad—. ¿Cuánto?

—Cantidades ínfimas. Oro unido a carbono para crear varios compuestos de carburo de oro. De nuevo, esto no ocurre en la naturaleza, ya que esos compuestos resultan tóxicos para la vida y no son estables.

—¿Tiene idea de qué empresa podría fabricar ese tipo de compuestos?

—No sé ni quién ni cómo. De hecho es algo que habría que investigar.

—Y lo haremos —dijo Pendergast pausadamente, y se volvió hacia McDuffie, que puso mala cara—. ¿Qué hay del pelo que encontramos en el barro esta mañana?

—Sin duda pertenecía al perro —respondió el forense.

—¿Y la huella?

—El laboratorio de la científica ha sacado un molde y ahora intentan averiguar qué fue lo que dejó esa huella, pero está tan borrosa que es difícil saberlo.

Pendergast se recostó en la silla, juntó las yemas de los dedos y entornó los ojos.

—En ese caso nos estamos centrando en el problema equivocado.

—¿A qué se refiere? —preguntó McDuffie.

—Lo que causó esa impresión no es la cuestión de mayor relevancia.

—¿Qué otra cuestión hay?

—Cómo se hizo. Piénsenlo: la huella está tres metros adentro del lodazal sin otras marcas que lleven hasta ella.

Se hizo el silencio, y Pendergast se levantó y cogió la carpeta.

—Gracias por el informe, doctor Kumar. Mi compañero y yo lo estudiaremos con sumo interés.

Pendergast y Coldmoon se fueron.

—Fascinante —dijo Pendergast cuando salían del edificio—, pero singularmente ilustrativo.

—Entonces ¿cómo lo hicieron? —preguntó Coldmoon.

Pero Pendergast estaba sumido en sus pensamientos y no respondió.

25

Francis Wellstone Jr. estaba sentado en un banco al fondo de Lafitte's, uno de los restaurantes más históricos de Savannah, situado cerca de la plaza Warren. Siempre almorzaba temprano, y cuando estaba trabajando, solía comer fuera y procuraba hacerlo rápido, sin vino ni cócteles, y siempre solo. Escribir e investigar era un trabajo duro. Un autónomo como él no tenía jefe que lo motivara ni nadie que quisiera conocer su paradero, y era muy fácil tomarse unos martinis y perder toda la tarde y la noche. Lo había visto muchas veces en otros escritores, y estaba decidido a que nunca le ocurriera a él.

Casualmente, el *maître* de Lafitte's era un lector voraz de no ficción y reconoció a Wellstone. Aunque detestaba admitirlo, era tremendamente gratificante. Con gran pomposidad, el hombre acompañó al escritor a una de las mejores mesas y, minutos después, regresó de forma inesperada con una botella de Châteauneuf-du-Pape. Wellstone estuvo a punto de rechazarla, pero vio que era un Beaucastel: un regalo magnífico y uno de sus tintos favoritos del valle del Ródano. Dadas las circunstancias, no podía negarse a tomar una copa. Tal vez sería inadecuado que se llevara el resto de la botella, pero lo sería aún más que el encargado del restaurante la recuperara. Así pues, podía trabajar toda la tarde y recompensarse con la botella después de una cena ligera.

Sin embargo, las cosas no habían ido así. Tras descorchar el vino, el sumiller lo decantó de inmediato, con lo que ya no podría llevarse a casa lo que sobrara. Pero el vino era excelente, terroso, casi coriáceo. Mientras ojeaba el menú, Wellstone se dio cuenta de que no solo se había terminado la copa, sino que le habían servido otra. Qué demonios…, podía tomarse la tarde libre. De entrantes pidió *escargots à la Bordelaise* y, como estaba animado, las famosas ostras Rockefeller de Lafitte's. Pero cuando se hubo terminado los dos platos y tres copas de vino, una saciedad incómoda, sumada a una terrible somnolencia, le hizo sentirse culpable y descompuesto. No había sido buena idea.

De hecho, ¿qué hacía allí? El libro estaba casi acabado y era un reportaje excelente. Tenía material de sobra para escribir un prólogo y un epílogo. Se trataba de una denuncia mordaz contra la charlatanería paranormal, y en realidad no necesitaba ninguna revelación final para culminarlo.

Ya había desperdiciado casi cinco días. Ni siquiera valía la pena aquella historia de vampiros salida de la nada. Tal vez se engañaba a sí mismo al pensar que estaba invirtiendo bien el tiempo. Enterarse de que su viejo enemigo Barclay Betts rodaría un documental en la zona sin duda lo había estimulado; tenía muy presente la maldita demanda por difamación que le había interpuesto. Pero no debería haber permitido que eso le nublara el juicio. Aquella tarde se reuniría con Daisy y averiguaría si tenía algo firme e incriminatorio contra Betts. En caso contrario, podría regresar a Boston a dar los últimos retoques al manuscrito antes de entregárselo al editor.

Mientras reflexionaba, vio que el sumiller se había acercado a rellenarle la copa. En fin, no tenía por qué bebérsela.

En ese momento se abrió la puerta del restaurante y vio nada menos que a Barclay Betts seguido de su directora de fotografía y media docena de parásitos. «Maldita sea». Wellstone decidió coger la carta para utilizarla de parapeto, pero recordó que se la habían llevado cuando pidió un expreso. Se lo bebería de un trago y se iría.

Se llevó la copa de vino que le acababan de servir a los labios. La voz aguda de Betts y los rebuznos que soltaba al reírse estaban alterando el ambiente sosegado del restaurante. La gente los observaba al pasar. Wellstone se percató de que las únicas mesas que podían acoger a un grupo tan numeroso eran los bancos de la pared del fondo, y el único que quedaba libre era el que tenía justo al lado.

Wellstone se incorporó, preparándose para levantar la mano y pedirle a un camarero que se olvidara del café y le llevara la cuenta, pero en ese preciso instante —justo cuando estaban acomodando a Betts y compañía en medio de una cacofonía de chirridos y tintineos—, su camarero y el *maître* se acercaron portando una bandeja con tapa de plata.

Luego se la pusieron delante y, antes de que Wellstone pudiera protestar, el *maître* levantó la tapa y mostró un ramequín blanco con una masa amarilla y blanda que se extendía como un hongo nuclear en miniatura.

—*Et voilà!* —dijo el *maître* mientras colocaba una salsera al lado del plato—. Ya que *monsieur* Wellstone no pedirá postre, nos hemos tomado la libertad de prepararle uno. ¡*Soufflé a l'orange*, cortesía de Lafitte's!

Y, de nuevo, antes de que Wellstone pudiera protestar, el hombre cogió dos cucharas, sirvió una generosa ración de suflé en el plato —el resto volvió a hundirse rápidamente bajo los bordes del ramequín—, la roció habilidosamente con la salsa caliente y dejó la salsera a un lado.

Entonces el camarero y el *maître* retrocedieron orgullosos, y Wellstone tan solo pudo murmurar un «gracias».

—¡Huele bien! —dijo un imbécil desde la mesa de Betts.

Ahora estaban todos sentados, desdoblando las servilletas y leyendo las enormes cartas de platos.

Wellstone decidió ignorarlos. Se comería el suflé con toda la rapidez que permitiera el decoro y se iría antes de que las carcajadas y la conversación provenientes de la mesa contigua le estropearan el almuerzo. Aquella tarde ya no haría nada de provecho. Aquel viaje era una pérdida de tiempo. Si así lo deseaba, podía estar en Boston al día siguiente y terminar el libro con una floritura más elegante. Pero lo primero era lo primero. Siempre llevaba un par de ejemplares de sus anteriores libros en el maletín, y se recordó a sí mismo que debía regalarle uno al *maître* con una dedicatoria especialmente elaborada.

Justo cuando se llevaba una cucharada de postre a la boca, oyó la risa nasal de Betts desde el banco de al lado.

—¡Vaya, vaya! —dijo—. Mirad a quién tenemos aquí. Si es el mismísimo Horace Greeley. ¿Has tropezado con alguna demanda últimamente, Frankie?

La carcajada que siguió al comentario envolvió a Wellstone, su mesa y su postre. Dejó la cuchara en el plato y cogió la copa.

—Barclay Betts —dijo, y el vino hizo que su voz sonara atenuada de manera extraña—. Eso explica el olor. Y yo que pensaba que alguien había pisado una mierda de perro en la calle.

Betts se echó a reír animadamente.

—¿Se puede saber qué haces tú aquí? ¿En Nueva York y Boston se han quedado sin cretinos y abogados pervertidos a los que chantajear?

Por supuesto era una referencia sarcástica a su primer libro, *Alevosía*. Wellstone bebió otro trago de vino, este más largo. Reírse de Betts había sido agradable. No tenía por qué ser educado con él. Alentado por el alcohol, respondió:

—Gracias, pero en la mesa de al lado hay cretinos más que suficientes.

Betts volvió a reírse, esta vez con menos ganas.

—¿Es posible que esté hablando con un nuevo Francis Wellstone? Yo pensaba que te guardabas las bravuconerías para los libros y que en persona no tenías huevos de decir lo que piensas.

Wellstone apuró el vino.

—¿Por qué no vuelves con tus lameculos? Al menos ellos se reirán con tus intentos pueriles de ser ocurrente. Me recuerdas a una fantástica descripción de S. J. Perelman: «Bajo una frente comparable a la del hombre de Piltdown se atisban dos ojos de cerdo diminutos, iluminados bien por la avaricia, bien por la concupiscencia».

—¡Bueno…! —dijo Betts, por un momento sorprendido, pero preparando su siguiente comentario ingenioso.

—¡Bueno, bueno! —interrumpió Wellstone imitando la voz pomposa y teatral de Betts. El vino había amordazado a su policía de tráfico interno—. En fin, ¿cómo va ese pozo tuyo? ¿Al final has encontrado algún cadáver?

Dos años antes, *El pozo* había sido un proyecto personal de Betts. Durante un viaje por el condado de Dutchess había oído hablar de una granja perteneciente a un hombre que, según la leyenda local, había asesinado a vagabundos y autoestopistas y había lanzado los cuerpos a un pozo. Betts llegó a la conclusión de que esas historias eran ciertas, aunque las autoridades no pensaban igual y nunca habían llevado a cabo ninguna investigación. Betts alquiló la propiedad y recaudó dinero con la intención de grabar un directo especial para la televisión en el que excavaron el pozo para destapar los crímenes. No se encontró nada, Betts se puso en evidencia y el fracaso supuso un revés para su carrera. Según los rumores, no permitía que se mencionara el proyecto en su presencia.

—Cuidado, amigo Frankie —dijo Betts.

Con una creciente sensación de triunfo, Wellstone se dio cuenta de que Betts empezaba a perder los estribos.

—¿Quién necesita un par de huevos ahora? —repuso Wellstone con ebrio desdén—. No puedes denunciarme por lo que te diga a la cara, sobre todo si es verdad. Pero no te preocupes —añadió con sarcasmo y aún más animado al ver a Betts colorado de ira—. Mi reseña de tu proyecto *El pozo*, que publicaré en breve, consiste en solo tres palabras. Es breve incluso para tu infantil capacidad de atención. ¿Quieres oírla? —Wellstone se ladeó con cierta torpeza hacia el borde del banco—. Un. Ridículo. Espantoso.

Al oír aquello, Betts dejó la servilleta a un lado y se levantó. Pero se movía con lentitud, y Wellstone no creía correr peligro físico hasta que el productor cogió la salsera de la mesa y le tiró crema inglesa por los pantalones, la camisa y la corbata, prestando especial atención a la entrepierna, que decoró con círculos grandes mientras el agredido se quedaba momentáneamente petrificado. Pero solo momentáneamente, porque se abalanzó sobre Betts, que se echó hacia atrás carcajeándose. Un fornido miembro de su equipo saltó como un resorte y le dio un empujón a Wellstone, que rompió la mesa al desplomarse sobre ella. Cuando cayó al suelo, y antes de poder procesar la humillación de lo sucedido, fue consciente de dos cosas: del desagradable olor a almizcle de la moqueta que tenía pegada a la nariz y del plato de suflé que ahora reposaba sobre su nuca, cuyo contenido se deslizaba por su espalda en un reguero caliente y pegajoso.

26

Cuando Clifford Masolino, contable forense del FBI, volvió de comer, encontró un nuevo encargo esperándolo. Había llegado desde Georgia por correo urgente con una nota adjunta de un tal agente especial A. X. L. Pendergast.

Masolino se sentó en la oficina subterránea sin ventanas y se limpió la grasa del kebab que acababa de comerse. Utilizó una toalla de papel, un rollo que siempre tenía a mano, porque era grande y suave y él tenía tendencia a sudar. «Pendergast, Pendergast...». Le sonaba el nombre y lo asociaba vagamente a algo desagradable. Al abrir la nota le vino a la mente: años atrás, un episodio terrible en el Museo de Historia Natural de Nueva York, donde murieron varias personas y, si no le fallaba la memoria, hubo una cortina de humo. Había intervenido un agente especial llamado Pendergast y... y ahora Masolino recordaba una imagen espectral de aquel hombre. Por aquel entonces, él era un novato de Nueva York que acababa de empezar en el FBI y había ayudado a analizar las cuentas del museo después del baño de sangre. En ellas encontraron un importante fraude relacionado con las donaciones económicas. Fue una época emocionante, desde luego.

Eso fue hace años. La nota de Pendergast estaba escrita en tinta de color añil con una caligrafía elegante:

Apreciado señor Masolino,

Espero que esté bien. Los discos duros que adjunto contienen registros de miles de transacciones económicas. ¿Sería tan amable de buscar algo inusual o ilegal en ellas, incluyendo uso de información privilegiada, blanqueo de dinero, fraude financiero u otros?

Estos datos pertenecen a los ordenadores del difunto Ellerby, director de un hotel de Savannah, que en su tiempo libre comerciaba con acciones y opciones de compraventa. Al parecer acabó ganando mucho dinero. Nos gustaría saber cómo.

Muy atentamente,

A. E. PENDERGAST

Que la nota fuera manuscrita denotaba cierta excentricidad —¿acaso no tenía ordenador?—, pero el encargo estaba muy claro, nada que Masolino no hubiera hecho mil veces en la última década.

Conectó el primer disco duro y lo analizó en busca de virus y programas malignos, pero no encontró nada. Después copió el contenido a su potente Mac Pro, una versión creada conforme a sus especificaciones, que incluían un procesador Intel 2.5GHz de veintiocho núcleos, 1,5 terabytes de RAM, dos tarjetas gráficas Radeon Pro Vega II Duo, cuatro terabytes de almacenamiento SSD y una tarjeta Afterburner. Aquella monstruosidad era nueva, y le había costado al FBI más de cincuenta mil dólares, una muestra del valor que tenía Masolino para la organización.

Al revisar los archivos, vio que Ellerby no los había encriptado, lo cual indicaba que sus actividades probablemente eran legales. Por supuesto, eso no significaba nada: muchas de las cosas deshonestas, manipuladoras y viles que hacían los agentes de bolsa estaban dentro de la legalidad, lo cual era el principal motivo por el que Masolino no invertía. Lo último que deseaba era ser otro pardillo. Si los pequeños inversores supieran cómo los embaucaban a diario los peces gordos, no volverían a invertir nunca más.

Abrió una cuenta de *trading* y la estudió para hacerse una idea general. En aquella cuenta, Ellerby estaba operando con acciones del Big Board, Dow Jones Industrial. Todo parecía legítimo y operaba bajo su nombre, y no el de una entidad en un paraíso fiscal o una sociedad de responsabilidad limitada. Lo primero que le llamó la atención fue lo pequeñas y breves que eran las operaciones. Casi todas duraban menos de una hora. Pero, al final, el tipo había ganado un montón de dinero.

Masolino analizó las operaciones una por una. Ninguna había generado ganancias gigantescas, sino cifras significativas que aun así sumaban. Con el apalancamiento adicional de las opciones de compraventa, estaba obteniendo una magnífica rentabilidad. Al observar con más atención, Masolino vio que Ellerby no había obtenido beneficios en la mayoría de las operaciones, sino en todas y cada una de ellas.

Aquello era absurdo. Esas cosas no ocurrían, así que no podía ser legal. Tenía que haber una estafa detrás de todo aquello.

Ahondando más en los detalles y anotando fechas y horas, se sorprendió de nuevo. Yendo más atrás encontró cientos de operaciones aún más rápidas que duraban un minuto o menos. Pero aquello no era *trading* informatizado de alta velocidad: Ellerby lo hacía manualmente online. Masolino buscó datos históricos para los movimientos de cotización de las acciones anteriores y posteriores a cada operación y quedó aún más asombrado. Ellerby operaba justo antes de que una acción subiera de repente, de manera que dicha operación generaba un pequeño beneficio. Los datos tenían todas las características de un programa de inversión algorítmico. Pero si realmente se trataba de uno de esos programas, valdría millones, porque no se equivocaba nunca.

No, sin duda no podía ser eso. Debía de haber alguna ilegalidad. Aquellas operaciones tenían que estar vinculadas a una fuente de información, tal vez del departamento bursátil de un gran banco de inversiones que sabía a qué hora compraría o vendería su entidad grandes bloques.

Masolino resopló aliviado. Al final era un asunto de uso de información privilegiada y, fuera director de hotel o no, Ellerby lo llevaba a cabo como si fuera un robot, aunque era demasiado estúpido como para enmascarar sus operaciones ilícitas en un montón de ruido financiero. Por un momento, Masolino se había inquietado, pero sería tarea fácil. Solo tenía que identificar qué banco de inversiones estaba vendiendo grandes bloques al mismo tiempo que se llevaban a cabo esas operaciones y tirar del hilo.

La actividad que estaba analizando ahora era de hacía años, así que Masolino volvió a centrarse en el presente, y no tardó en darse cuenta de que el patrón había cambiado hacía unas semanas. En ese momento, ese tal Ellerby empezó a realizar operaciones más grandes con mayores beneficios, y en ocasiones se prolongaban hasta una hora.

Masolino contaba con varios programas que había codificado él mismo y abrió uno para cotejar la venta en bloque de acciones por parte de grandes bancos de inversiones con las operaciones de Ellerby en busca de una coincidencia, pero no la había.

Aquello era extraño, como también lo era el hecho de que las acciones siempre fueran del índice Dow Jones Industrial.

Entonces empezó a comparar la marca de hora de cada operación con los movimientos de precios en general. Las actividades de Ellerby solían producirse en periodos de alta volatilidad y aprovechaban pequeñas fluctuaciones que en ocasiones se producían a los pocos segundos de iniciar la operación. ¿Cómo era posible? Las operaciones siempre comenzaban después de una subida de las acciones. No eran grandes subidas, pero lo suficiente para ganar dinero, aunque las cifras que había obtenido en las tres últimas semanas se habían incrementado drásticamente.

Parecía el patrón clásico de una persona que recibe chivatazos de alguien con acceso a información privilegiada, tal vez un seleccionador de valores influyente. Masolino disponía de una base de datos que agregaba las selecciones de miles de esas fuentes, y la cruzó con las operaciones de Ellerby.

Nada. No había coincidencias.

Aquello sí que era raro.

A lo mejor las operaciones se basaban en la obtención de noticias anticipadas sobre empresas, como informes de beneficios o aprobaciones de medicamentos que todavía no se habían hecho públicos pero que alguien con información privilegiada conocía. Tenía un programa que también analizaba eso, mediante un estudio comparativo entre las operaciones y las noticias sobre la misma acción, pero tampoco dio frutos.

Masolino verificó las actividades de Ellerby con todos los programas de su arsenal digital que comparaban operaciones con acontecimientos externos: anuncios de fusiones, presentación de demandas, informes de beneficios, movimientos de mercancías, noticias políticas y otros elementos que alteran de golpe el valor de las acciones, pero en su análisis no fue capaz de detectar un patrón.

Después verificó quién compraba y vendía las acciones justo antes o después de las operaciones de Ellerby. Si este conocía a alguien que compraba y vendía grandes bloques de acciones y actuaba antes que esa persona, podía obtener beneficios de las operaciones posteriores y más voluminosas.

Una vez más, sus esfuerzos fueron en balde. Nadie vendió o compró grandes bloques de acciones y no hubo operaciones ilegítimas de directores de empresas. Sencillamente, Ellerby parecía pronosticar un aumento del precio de las acciones y compraba y vendía para obtener beneficios. Podría haber ganado mucho más comprando y conservando algunas de esas acciones, pero nunca lo hacía. Las operaciones eran rápidas, simples y corrientes, y todas y cada una de ellas le suponían dinero.

Cuando Masolino avanzó en el tiempo, volvió a ver el cambio que se produjo tres semanas antes del final. Lo detectó en todas las cuentas de operaciones. En las últimas semanas dichas operaciones eran más voluminosas, rentables y largas.

Cuatro horas después, Masolino, empapado en sudor, con un montón de toallas de papel en el suelo y las manos temblorosas, apagó por fin el ordenador. Eran solo las dos del mediodía, pero pensaba irse pronto a casa a tomar un martini bien cargado.

Ellerby operaba en bolsa desde hacía muchos años y utilizaba todos los instrumentos financieros imaginables. Aquellas operaciones rápidas le cosechaban beneficios modestos. Todas eran legales, o eso parecía. A Masolino solo se le ocurría una respuesta: Ellerby era un genio de la bolsa como nunca se había visto. Teniendo en cuenta la brevedad de muchas de las operaciones, debió de desarrollar potentes algoritmos cuantitativos que controlaban los mercados y actuaban en consecuencia. Un algoritmo como aquel, que nunca cometía errores y siempre conseguía beneficios, sería el santo grial de Wall Street. Pero esos programas, por potentes e ingeniosos que fueran, nunca podían tener una exactitud del cien por cien. Habida cuenta de las fluctuaciones aleatorias del mercado, era imposible una precisión total. Pero el disco duro tan solo contenía registros de transacciones. No había indicación alguna de cómo se identificaban y ejecutaban las operaciones ni tampoco un programa algorítmico.

Y al final, Ellerby había amasado una fortuna de casi trescientos millones de dólares. Un director de hotel. Trescientos millones. Y doscientos los había ganado en las últimas tres semanas.

Masolino necesitaba ese martini.

27

Con traje y corbata nuevos, Francis Wellstone Jr. estaba sentado en el mismo salón, en la misma butaca, con las mismas vistas de la avenida Oglethorpe Oeste que recordaba de su primera visita. Pero había diferencias notables. No era por la mañana, sino pasadas las seis de la tarde, estaba tomando un té dulce en lugar de limonada y su anfitriona, la señorita Daisy Fayette, estaba de peor humor que cuando se conocieron.

—¿Me está diciendo que interrumpió su sección? —preguntó Wellstone insuflando sorpresa y comprensión a su voz.

Daisy asintió, y su pelo teñido de color lavanda tembló de disgusto. De él emanó una diminuta nube de polvo antes de asentarse de nuevo.

—Justo había empezado a explicar que la Casa Montgomerie estaba encantada debido a una alteración en el éter espiritual, provocada por el asesinato-suicidio, cuando me interrumpió. ¡A media frase, delante de todo el mundo mientras las cámaras seguían grabando!

—He oído que Betts tiene fama de ser muy desagradable como compañero de trabajo. Pero humillar innecesariamente a alguien que lo está ayudando…

Wellstone negó con la cabeza, y al mismo tiempo descubrió un placer secreto en el hecho de que él no fuera el único al que había humillado recientemente aquel charlatán.

Para entonces, Wellstone le había tomado la medida a Savannah: su historia, sus leyendas y sus secretos. En el círculo de gentileza y decoro sureños de Daisy, las malas formas de Betts habrían recibido un trato distinto, y si el viejo señor Fayette no hubiera estado pudriéndose en su tumba, tal vez habría reprendido al productor por el insulto o se habría batido en duelo con él. Quizá las viejas costumbres no eran tan bárbaras después de todo.

Por otro lado, la indignación de Daisy era justo lo que él esperaba. Cuando se enfrió su enfado por el trato recibido en Lafitte's, su mente había vuelto a funcionar estratégicamente. Sin duda, Daisy estaría dispuesta a convertirse en una informante útil, en su infiltrada, por así decirlo.

—Ayer yo también estuve en la Casa Montgomerie —dijo Wellstone, que bebió un sorbo de té con hielo—. Me pareció uno de los lugares más fascinantes que he visitado. Y es espiritualmente inquietante —se apresuró a añadir—, sobre todo después de leer su libro sobre el tema, que es de lo más ilustrativo.

—Gracias —dijo Daisy.

Wellstone había estado a punto de decir «panfleto», pero por suerte rectificó a tiempo. Alargaría un poco esa conversación trivial y luego iría al grano.

—En realidad, me sorprende que Betts mostrara tan poco interés en los fantasmas de Montgomerie. Yo habría imaginado que era algo que podía incluir en su documental.

—No, sí que estaba interesado —precisó Daisy—. Fue el otro hombre el que dijo que no había fantasmas.

—¿El otro hombre? —repitió Wellstone, aunque sabía a quién se refería.

Daisy asintió.

—Moller. El que lleva todo ese material.

—¿A Moller no le interesaba?

Daisy titubeó.

—No, no fue exactamente así. Dijo que sus instrumentos no estaban captando indicios de actividad fantasmagórica.

Wellstone negó con la cabeza.

—Eso no tiene sentido. Como ambos sabemos, esa casa está profundamente encantada. Yo supongo…

Calló para añadir más dramatismo.

—¿Qué?

—Que ese tal Moller es un estafador. Ya habrá conocido a otros como él, Daisy. Afirma dominar la ciencia de los fenómenos paranormales, pero no es más que un impostor.

—¡Desde luego que sí! Cuando te dedicas a la investigación sobrenatural, te encuentras con gente así sin cesar.

—No me sorprendería que ese documental sea una farsa ridícula.

Daisy bebió recatadamente un sorbo de té.

—No me sorprendería en absoluto.

—Pero ¿qué pasó cuando Moller no encontró ningún fantasma?

—Betts le pidió que hiciera que sus instrumentos «funcionaran mejor». —Sonrió ligeramente, mostrando aquella sonrisa pícara que Wellstone recordaba de su primera visita—. Moller le dijo que no haber encontrado nada allí haría que todo resultara más creíble cuando sí descubrieran algo.

Wellstone negó con la cabeza para indicar que lo entendía. Daisy sería una mina de información sobre Betts y Moller.

En ese momento, la mujer despabiló de repente.

—¡Lo cual me recuerda…!

—¿Qué?

—¿Cómo he podido olvidarlo? Mi memoria ya no es la que era.

Daisy se fue del salón y volvió momentos después haciendo sisear sus leotardos.

—Estaba en la Casa Montgomerie… «en el *set*», como ustedes lo llaman —añadió al sentarse—. El señor Betts acababa de interrumpirme. Yo estaba bastante sorprendida, la verdad, cuando recordé lo que usted dijo sobre una mirada entre bastidores.

—Eso es —repuso Wellstone.

—Pude hacer unas cuantas fotos.

—¿Qué? —preguntó Wellstone.

Aquello era mucho mejor de lo que esperaba. Había estado a punto de pedirle que hiciera fotos clandestinas, pero le pareció demasiado arriesgado. Y al final había tomado la iniciativa ella misma.

—Mi teléfono tiene cámara, por supuesto.

Daisy sacó un móvil último modelo y se lo enseñó. Pasó unos segundos intentando encenderlo hasta que se dio cuenta de que lo tenía boca abajo. Tras darle la vuelta, pulsó la pantalla y luego soltó una pequeña exclamación de triunfo.

—Me dijo que quería información, así que hice fotos fingiendo que estaba enviando emails. ¡Aquí están! —dijo, tendiéndole el teléfono.

La pantalla del móvil estaba oscura. Al pasar el dedo por encima, vio una imagen borrosa. Y otra.

—Todavía no se me da muy bien —dijo Daisy disculpándose.

Wellstone pasó una docena de fotos movidas y desenfocadas. Entonces aparecieron unas imágenes en las que, al parecer, el teléfono se había adaptado al entorno. Vio un pasillo oscuro, dos cámaras, al charlatán de Betts y una tela en el suelo, cubierta con una extraña variedad de herramientas y objetos. A su lado había algo que conocía bien gracias a sus años visitando estudios de televisión: una maleta dura con compartimentos de espuma como las que utilizaban los fotógrafos y los ingenieros de sonido para proteger su material. Cuando la amplió, vio más objetos dentro de los huecos: un trozo de plata irregular con forma de rayo, un aparato de medición, una gran cámara estenopeica, una cruz maltrecha, un osciloscopio y un trozo de cristal ahumado.

Eran las falsas «herramientas» de Moller.

—Hice fotos del maletín negro donde guarda su equipo —comentó Daisy—. Moller no les dejaba grabar el interior del maletín, solo el instrumental, y cuando estuviera utilizándolo.

De repente, Wellstone se dio cuenta de que estaba agarrando el teléfono con tanta fuerza que le dolía la mano.

—Daisy —dijo—, creo que ha encontrado oro.

La anciana se lo quedó mirando como si le hubiera regalado un collar de perlas.

—¿De verdad?

—De verdad. Oro de veinticuatro quilates. Estas fotos del equipo serán muy útiles.

Wellstone hizo una pausa. El recuerdo de su humillación durante la comida seguía muy vivo, y se dio cuenta de que le había proporcionado el incentivo que necesitaba para investigar y escribir los capítulos sobre Betts y su fraude. No pensaba volver a Boston hasta que tuviera información sobre el impostor de Betts.

Ampliaría esas imágenes y estudiaría hasta el último detalle del caso, porque sabía que allí estaba la clave para desenmascarar al bocazas. Por ejemplo, había visto fotografías de Moller con aquella cámara que aparecía en el maletín.

—¿Estaría dispuesta a volver al rodaje?

La mirada de agradecimiento de Daisy adquirió cierto tinte de preocupación.

—Pero ¿con qué pretexto?

—Vuelva a ofrecer sus servicios, pero no delante de la cámara, sino para ayudar en la investigación. Sabe usted mucho. Y, evidentemente, mantiene una relación con la gente de aquí que ellos no tienen. Estoy seguro de que podrá argumentar por qué debería seguir ayudándolos. Ahora que han terminado con la Casa Montgomerie, ¿mencionaron qué harían a continuación?

—Dijeron que rodarían escenas sobre el vampiro de Savannah.

—¡Perfecto! Cuando termine con los preparativos la llamaré. —Hizo una pausa—. Si sigue prestándome ayuda, puede que tenga que incluirla como coautora.

Daisy se sonrojó, y Wellstone agitó el móvil en dirección a ella.

—¿Le importa si envío estas fotos a mi teléfono?

—En absoluto —dijo ella, poniéndose de pie—. ¿Quiere que le caliente el té?

Por un momento, Wellstone no lo entendió. Entonces vio

que Daisy se había acercado a un aparador y tenía una botella de Woodford Reserve en las manos.

—Ah, gracias, Daisy —dijo mientras sacaba su teléfono móvil y volvía a recostarse en la butaca—. Me gustaría. Me gustaría mucho.

28

Toby Manning trepó por la valla de hierro forjado e intentó pasar la pierna por encima de las puntas, pero se le trabaron los pantalones y cayó al otro lado con un fuerte rasguido. Se quedó allí tumbado, un poco nervioso pero por lo demás ileso, mientras su amigo Brock Custis se reía a carcajadas.

—Si vuelves a caerte de culo —dijo Brock—, la mitad de los muertos se levantarán a hacerte la peineta.

—Ayúdame a levantarme, *pringao* —replicó Toby.

Todavía riéndose, Brock le tendió una mano y Toby se puso de pie. Al mirarse los vaqueros vio que tenía una rotura de cinco centímetros en un lateral.

—Mierda.

Molesto, se limpió la tierra y las hojas y miró a su alrededor.

—Este sitio da miedo.

La luna llena iluminaba el cielo nocturno. Entre los robles retorcidos y las formas fantasmagóricas de las lápidas que se extendían ante ellos se elevaba una niebla baja.

Brock logró contener la risa el tiempo suficiente para sacarse una pinta de Southern Comfort del bolsillo.

—Toma, dale un trago.

Toby cogió el whisky, bebió un par de sorbos y se lo devolvió. Al notar el calor del licor extendiéndose por la garganta recuperó el ánimo.

—Supuestamente, la tumba está al fondo, al lado del río —dijo.

—Tú primero, capullo.

Toby sacó su teléfono móvil —aliviado de que siguiera intacto— y activó la linterna, que proyectaba un tenue brillo sobre el camino de gravilla blanca que se adentraba en la neblinosa oscuridad del cementerio de Bonaventure, y sintió un escalofrío momentáneo.

—Dame otro trago.

Brock le ofreció la botella, y Toby se terminó el whisky y se la devolvió. Brock la miró frunciendo el ceño.

—¡Te has acabado el Sudden Discomfort! —protestó antes de lanzar la botella hacia atrás.

Toby la oyó romperse contra una tumba y encogió sus hombros.

—Tres puntos. —Con una sonrisa, Brock sacó otra pinta—. Esta vez tómatelo con calma —añadió, y ambos bebieron un trago.

Entonces echaron a andar por el sendero, bordeado de enormes árboles cubiertos de musgo, la gravilla crujía bajo sus pies. Toby nunca había visto tumbas tan elaboradas como aquellas: templos griegos en miniatura, ángeles de mármol a tamaño natural, obeliscos enormes y cruces, urnas y losas de mármol. Pasaron junto a la estatua de una niña con la mirada más triste que quepa imaginar, sentada al lado de un tronco cubierto de hiedra y hecha de mármol pálido y reluciente. Su nombre, Gracie, estaba tallado en la base.

Brock se detuvo en seco.

—Mira eso —dijo—. ¿Sabes por qué está tan triste?

—No —respondió Toby.

—¡Porque está muerta, joder! —exclamó, y con una sonora carcajada siguió adelante.

—Dios —murmuró Toby, negando con la cabeza mientras caminaba detrás de él. Se preguntaba si aquello había sido buena idea.

Pronto se hallaron en las profundidades del cementerio. En silencio, Toby siguió las indicaciones que le habían dado: llegar hasta el final, donde se encuentra el río, girar a la derecha, contar tres calles y girar de nuevo a la derecha. La tumba que buscaba estaría un poco más adelante.

¿O eran cuatro calles?

—¿Cómo se llamaba la estatua que estamos buscando? —preguntó Brock.

—La chica de los pájaros.

—¿La chica de los pájaros? ¿Qué coño significa eso?

—Lleva un bebedero de pájaros en cada mano. Aparecía en la portada de un libro famoso.

—¿Y qué tiene de especial?

—Es interesante, eso es todo. —Hizo una pausa—. No tenemos que encontrarla. Podemos pasear por aquí.

El camino culminaba en una bifurcación con un conjunto de árboles más adelante. Allí la niebla era más densa, y a Toby le pareció oler a barro. Debían de estar cerca del río.

—Aquí tenemos que girar a la derecha —dijo.

Estaban adentrándose en una zona más apartada del cementerio en la que las lápidas eran más pequeñas y las parcelas estaban descuidadas, con malas hierbas y jarrones baratos con flores de plástico, algunos volcados y derramando su triste contenido. A Toby le parecía bien: así habría menos posibilidades de encontrarse con un cuidador o, peor aún, con un policía.

—¿Seguro que sabes dónde vamos? —le preguntó Brock.

—Sí.

Volvieron a pasarse la botella. Las nubes habían tapado la luna y ahora la linterna del móvil apenas penetraba en la oscuridad.

—¿Crees que veremos un fantasmaaa? —dijo Brock exagerando la última palabra.

Allí estaba la tercera calle. Estaba cubierta de hierba y era casi invisible, y pasaba por detrás de una hilera de tumbas hasta llegar a una zona del cementerio con más vegetación aún.

—Es aquí —dijo Toby con una seguridad que en realidad no sentía.

El camino era difícil de transitar, y tuvieron que pasar por encima de varias lápidas caídas. Supuestamente, la niña de los pájaros tenía que estar a la derecha, pero allí no había nada excepto lápidas rotas.

—Reconócelo —dijo Brock—. Nos hemos perdido.

Toby lo ignoró y siguió adelante. El cementerio era enorme y Toby esperaba encontrar de nuevo el camino.

Llegaron a una lápida de mármol sobre la cual había un ángel alado salpicado de liquen y con un brazo en alto.

—Eso sí que es un ángel zombi —dijo Brock—. Tío, este es el lugar perfecto para echar una meada.

—No hagas eso, joder, es un cementerio —repuso Toby, pero Brock ya estaba rociando al ángel.

—Nos hemos perdido —afirmó Brock cuando acabó—, y lo sabes.

Notando los efectos del licor, Toby se encogió de hombros.

—Totalmente.

Brock se echó a reír.

—¿Qué hora es?

Toby miró su teléfono móvil, que lo cegó momentáneamente con la linterna.

—Las tres y once.

Brock bebió otro buen trago de whisky y se puso a cantar utilizando la botella como micrófono.

Please allow me to introduce myself
I'm a man of wealth and taste

Sus palabras flotaban en la oscuridad mientras él sobreactuaba, bailando alrededor de las tumbas como Mick Jagger. De repente paró.

—¿Has oído eso?

Toby no dijo nada. Él también había oído algo parecido al silbido del viento entre los árboles, y percibió un ligero olor a goma quemada, pero no soplaba viento. El aire estaba totalmente quieto. Iluminando con la linterna, miró a su alrededor. Nada. Brock empezó a cantar otra vez.

Entonces Toby lo oyó de nuevo, o más bien lo sintió. Era una especie de aleteo, como si el aire se agitara. Brock dejó de cantar de repente. Toby se dio la vuelta, pero su compañero había desaparecido.

—Brock, ¿dónde estás?

No hubo respuesta. Toby esperó, conteniendo la respiración, y entonces oyó que se rompía la botella de whisky.

—¡Brock! —gritó. Dio un paso atrás, notando los latidos de su corazón en los oídos, y lo invadió un terror repentino y profundo—. ¡Para ya, tío, no hace gracia!

Sosteniendo el teléfono móvil delante de él, lo movió a un lado y a otro mientras buscaba en la oscuridad, pero solo veía la niebla arremolinándose.

Y entonces notó algo caliente y húmedo que le rozaba la cara.

Dio un paso atrás ondeando el teléfono.

—¿Quién anda ahí?

Pero no había nada. Debía de ser una brisa nocturna, nada sólido.

—¡Brock! —gritó.

Entonces oyó un sonido húmedo, una especie de chorro, y una ráfaga de aire caliente e intensa —no una simple brisa esta vez— le azotó en la cara. El hedor se volvió mucho más intenso: goma quemada, pero ahora mezclada con un olor similar al vómito o a calcetines sucios. Soltó un grito, retrocedió y dio media vuelta para salir corriendo. Notó de nuevo aquel viento envolviéndolo, húmedo y horriblemente fétido, y entonces tropezó con una lápida rota. Al desplomarse se le cayó el teléfono. Se puso de pie. ¿Dónde estaba el móvil? Miró a su alrededor, pero no vio ninguna luz, y la oscuridad se cernía sobre él como un manto húmedo. Algo que no había sentido nunca le rozó el rostro y, con un grito, echó a correr a ciegas, abriéndose paso entre la maleza, trastabillando y levantándose, ahogándose y sollozando mientras la oscuridad del viejo cementerio atrapaba sus gritos quebrados y estridentes.

29

Eran pasadas las tres de la madrugada cuando, en silencio, Constance Greene subió de nuevo las escaleras hasta la cuarta planta del hotel y se detuvo en el descansillo para observar el pasillo enmoquetado. Todas las puertas estaban cerradas y, al parecer, todo el mundo dormía.

Todos, quizá, menos una persona.

Constance permaneció totalmente inmóvil, absorbiendo la somnolencia del elegante pasillo.

No hacía tanto, había estado en aquel mismo lugar y la habían echado. No sabía por qué había vuelto.

Aquella pregunta la rondaba desde que decidió regresar, una decisión que se había formado sin que apenas se diera cuenta.

Constance tenía tanta consciencia de sí misma como cualquier otro ser humano de la Tierra. Su vida, inusualmente larga, le había proporcionado tiempo suficiente para entender sus motivaciones y deseos. Creía estar allí por más de una razón. La primera tenía que ver con Pendergast. Le resultaba curioso que el agente no hubiera tratado de interrogar a la propietaria. Había echado un simple vistazo a la entrevista que mantuvo la policía con la señorita Frost, si es que se le podía llamar «entrevista», ya que consistía en solo seis frases: preguntas y respuestas que le habían pasado por debajo de una puerta cerrada con llave. Sus declaraciones solo servían para constatar que la señorita Frost no tenía nada que decir. Normalmente, Pendergast habría encontrado la manera de convencerla de que abriera la puerta. Era una persona de interés en el caso. Aunque parecía absurdo pensar que ella había asesinado a Ellerby, lo cierto es que lo conocía bien y habían tenido una acalorada discusión dos días antes de su muerte.

Y, no obstante, siempre que salía el tema de Felicity Winthrop, Pendergast se limitaba a asentir y miraba intencionadamente a Constance, que no tardó mucho en darse cuenta de que la tarea de acercarse a la reclusa recaería en ella.

El misterioso pasado de la anciana y su avanzada edad intrigaban a Constance, como también lo hacían los extravagantes rumores que empezaban a aflorar, según los cuales, la señorita Frost era una vampiresa que se revitalizaba bebiendo la sangre de otros. En internet, donde buscó información sobre ella, no encontró registros de su existencia antes de 1972. Se lo había comunicado todo a Pendergast, quien se limitó a responder que tal vez ella y la señorita Frost deberían tomar té una tarde.

Casi por voluntad propia, sus pies habían empezado a moverse por el pasillo en dirección a la puerta sin número situada a la derecha. «Nadie quiere entrar. Podría ser… peligroso». A lo mejor los miembros del personal con los que había hablado también creían en esas historias de vampiros. Los ricos y excéntricos atraían los rumores como las limaduras de hierro a un imán.

Cuando se acercó a la puerta, aminoró el paso. «Son más de las diez», le había dicho la agitada camarera. «Probablemente se despertará en cualquier momento». Otro estimulante para el rumor vampírico.

Cuando se encontraba delante de la puerta, Constance volvió a oír música de piano: tenue, romántica, dolorosa… Y venía de arriba. Era un nocturno de Chopin.

Miró a un lado y a otro del pasillo. Todo estaba tranquilo. Actuando con rapidez, giró el pomo. Para su sorpresa, la puerta estaba abierta. Una vez dentro, la cerró de nuevo.

Delante tenía una escalera estrecha y empinada sin ninguna luz excepto la que se colaba por debajo de una puerta del descansillo. La música sonaba con más fuerza allí. Constance, que estaba acostumbrada a la oscuridad, no tenía miedo. Permaneció inmóvil hasta que pudo distinguir bien las escaleras, cubiertas con una hermosa alfombra persa. Cuando empezó a subir los escalones con un crescendo de música de piano, fue consciente de una extraña mezcla de aromas: sándalo, bolas de naftalina y, en un segundo plano, una nota de un perfume exótico.

Con un cuidado exquisito, Constance subió en silencio los escalones hasta llegar al descansillo. Cuando lo hizo, la música cesó de repente.

Qué raro. Constance podía moverse con más sigilo que la mayoría de los gatos. Era imposible que la anciana hubiera oído sus pasos.

«Podría ser… peligroso».

La luz que salía por debajo de la puerta parpadeó.

Rodeada de una repentina y absoluta oscuridad, recordó a la camarera y la ansiedad que demostró frente a la puerta que llevaba a la quinta planta. Era más que ansiedad; era terror. ¿Era posible que el miedo de la camarera no tuviera tanto que ver con que Constance molestara a la anciana como con lo que podría ocurrirle si subía las escaleras?

Y fue entonces cuando la puerta se abrió de golpe y una figura imponente, toda de negro, se irguió amenazante frente a ella.

30

Bertram Ingersoll tiró de la corbata, deslizó el nudo unos cinco centímetros, se desabrochó el primer botón de la camisa y apartó el cuello de su pegajosa garganta. No se molestó en mirar la hora, pero sabía que eran al menos las tres de la madrugada. Al entrar en el Chippewa Hall a las nueve de la noche, supuso que el calor y la humedad habrían amainado cuando se fueran. Supuso mal.

—Mira, Bert —dijo Agnes, su mujer, señalando cuando cruzaban la calle Jones Este—. Ahí hay un ejemplo perfecto, justo en la esquina. Neogótico con fuertes elementos de georgiano. ¡Mira ese tejado a cuatro aguas!

Ingersoll soltó un gruñido y miró hacia arriba con gran afectación. A juzgar por su entusiasmo, parecía que Agnes hubiera descubierto un pájaro con dos picos y tres agujeros en el culo en lugar de otra mansión decrépita.

Al avanzar hacia el sur por Habersham, Agnes lo agarró del brazo.

—¡Y ahí! —dijo casi con un susurro—. Qué ejemplo más excéntrico de detalles del estilo Regencia. ¡Imagínate colocar un friso como ese encima de unas columnas jónicas! Nunca he visto un frontón con esas... Un momento, cariño, tengo que hacer una foto.

Ingersoll logró contener un suspiro de irritación y esperó mientras su mujer buscaba el móvil en su bolso. «Vas a necesitar suerte para conseguir una buena imagen a estas horas de la noche», pensó él.

Después de treinta y un años de matrimonio, debería haber sabido dónde se metía. Sus intereses nunca habían sido muy compatibles, y con el paso de los años no habían hecho más que distanciarse. Además, la puñetera medicación para la disfunción eréctil que había empezado a tomar no estaba funcionando en absoluto.

Años atrás habían llegado a un acuerdo: todas sus vacaciones tendrían una duración de dos semanas, una para él y otra para ella. Estas no eran distintas. Había disfrutado de una semana fantástica y relajante en Hilton Head, jugando treinta y seis hoyos de golf al día y pasando las noches en el club de campo. Agnes descansaba en la piscina leyendo novelas de misterio de Dorothy Sayers. Solo se veían para desayunar y cenar, y debía reconocer que su mujer no se había quejado.

Pero había llegado el momento de la revancha: una semana de conferencias en la Asociación Arquitectónica del Sur. Las charlas empezaban a las nueve de la noche y, como eran tarde, Agnes insistió en que la acompañara. Aquello era un auténtico infierno en la Tierra: profesores y arquitectos vociferando incansablemente sobre los detalles más nimios, y luego el inevitable cóctel, que nunca terminaba antes de las dos. O incluso más tarde, como había ocurrido aquella noche. A Ingersoll, que se dedicaba a la contabilidad, la arquitectura le resultaba árida e impenetrable. En su puesto de trabajo, había cruzado durante veinte años el vestíbulo del Edificio de las Artes Profesionales de Birmingham —uno de los ejemplos más famosos de arquitectura *art déco* fuera de Nueva York— sin mirar una sola vez hacia arriba. ¿A quién coño le importaba la forma de los marcos de las ventanas mientras el edificio no se cayera?

Recorrieron otra manzana y, durante el trayecto, Agnes no dejó de hablar estirando el cuello hasta que su avance se vio interrumpido por una plaza bordeada de árboles.

—Es aquí —dijo Agnes—. La plaza Whitefield. Creo que tenemos que girar a la derecha.

—A la izquierda —murmuró él.

Al doblar por la calle Taylor, Ingersoll vio nubes desplazándose rápidamente por delante de una luna abotargada. Una racha de viento removió las hojas de la plaza, situada detrás de ellos.

—Cariño —dijo Agnes—, ¿te molestaría mucho que nos quedáramos un día más? Después de la charla de esta noche, el doctor Black me ha contado que esta parte de Savannah tiene algunos de los edificios más interesantes de todo el distrito histórico. Incluso me ha apuntado cinco o seis direcciones.

Ingersoll estuvo a punto de decir que preferiría lamerle los huevos a Satanás que quedarse otro día allí, pero se frenó justo a tiempo. Agnes nunca se enfadaba con él; simplemente dejaba de hablarle una semana o dos. Ya llevaban seis días y sería un error estropearlo ahora.

Forzando una sonrisa, se volvió hacia ella.

—¿Un día más? —dijo—. Creo que es…

De repente, su mujer se detuvo.

Ingersoll no estaba seguro de qué había sucedido a continuación, ni siquiera cuando lo interrogó la policía, porque nada de lo ocurrido tenía sentido. Los azotó otra racha de viento, pero no se parecía a nada que hubiera experimentado antes. Este era denso y extrañamente intenso. Cuando los envolvió, acompañado de un hedor horrible, Ingersoll sintió un pavor indescriptible y la sensación de que sobre ellos acechaba una presencia espantosa e invisible. Entonces oyó una secuencia de sonidos: un impacto húmedo a sus pies, el grito agudo de Agnes y un golpe tan fantasmagórico que le provocó escalofríos. Ingersoll cayó sobre algo blando que yacía en la acera y tardó unos momentos en darse cuenta de que era un cadáver aún caliente.

31

A la comandante Delaplane, cansada, irritada y cubierta de picaduras de insecto de la excursión del día anterior, no le gustó que la despertaran a las tres y media de la madrugada. Cuando llegó al lugar del incidente, la escena era dantesca: en la acera yacía boca arriba un joven con vaqueros y camiseta. El equipo de la científica estaba instalando focos, y McDuffie y su ayudante se agacharon junto al cadáver. La pareja que encontró el cuerpo estaba siendo interrogada por Sheldrake. Delaplane podía oír la voz temblorosa del hombre y los discretos sollozos de su mujer. Sintió una punzada de comprensión por ellos, pero se antepuso la necesidad de información, y tenía intención de averiguar todo lo que pudiera mientras sus recuerdos siguieran frescos.

En aquel momento se encendieron los focos, que hicieron resaltar la horrible blancura del cuerpo: la piel como el mármol, los ojos azules mirando hacia arriba con expresión de asombro y las extremidades extendidas como si estuvieran atadas a un potro de tortura. McDuffie retrocedió para que la policía científica pudiera iniciar sus labores y Delaplane pidió al forense que se acercara.

—¿Qué tenemos?

—Lo mismo —dijo McDuffie—. Un trócar o una aguja grande en la arteria femoral, el mismo lubricante grasiento y ausencia total de sangre. La temperatura corporal se mantiene prácticamente normal, así que deduzco que esta persona lleva menos de treinta minutos muerta. Tiene una fractura en la cabeza, pero la lesión parece post mórtem.

—¿Cómo lo sabe?

—No hay sangre, porque no quedaba ni una gota en su cuerpo.

Delaplane negó con la cabeza.

—¿Cómo se produjo la fractura?

—Tendré que examinar más detenidamente el cadáver en el laboratorio. Pero, por lo que he visto, en la zona de la acera donde pudo golpearse hay pelo y cuero cabelludo. A lo mejor se cayó.

Delaplane miró hacia arriba y vio un edificio de tres plantas con ladrillos pintados de gris y una cenefa blanca. Todas las ventanas estaban cerradas, pero el edificio tenía un tejado plano con antepecho. En una ventana de los pisos superiores se había encendido una luz y vio la silueta de una persona mirando a través de la cortina.

—¿Saltó o lo tiraron? —preguntó la comandante.

—Si cayó, debieron de tirarlo una vez muerto.

—¿Algo más?

—El hombre estaba ebrio. Desprende un fuerte olor a licor. Aunque quizá sea difícil obtener una lectura de alcohol en sangre, puesto que no hay, tenemos otros sistemas.

Delaplane asintió.

—Y hay rastros de vómito reciente en la camisa —añadió el forense.

—De acuerdo, gracias. Voy a hablar con los testigos.

La pareja parecía bastante afectada. Estaban sentados en un banco mientras Sheldrake les hacía preguntas y tomaba notas. Delaplane sacó el teléfono móvil y activó una aplicación para grabar la conversación.

—Comandante Delaplane, de la policía de Savannah. ¿Les importa que les haga unas preguntas? Debo informarles de que les estoy grabando.

El hombre se limitó a asentir.

—¿Vieron qué ocurrió? —preguntó Delaplane.

Ninguno de los dos respondió, así que volvió a formular la pregunta.

—¿Señor Ingersoll?

Este era un hombre corpulento de mediana edad que llevaba una americana clara y una camisa con el primer botón desabrochado, una persona con un aspecto absolutamente corriente.

Ingersoll negó con la cabeza.

—No... no lo sé. Noté un... un viento, y de repente había algo en la acera, y entonces... me caí encima. —Se estremeció—. Había...

El hombre no pudo continuar.

—¿Qué había?

—Algo me rozó, algo horrible. Una presencia.

—¿Una presencia? ¿Como qué?

—No tengo ni idea.

—¿Una persona?

Delaplane intentó disimular su impaciencia.

—Una persona no, una presencia...

—¿Un animal?

—No sabría cómo describirlo.

Ingersoll se tapó la cara con las manos y Delaplane miró a su esposa.

—Señora Ingersoll, ¿vio usted a alguien?

La mujer negó con la cabeza sin mediar palabra y trató de contener un sollozo.

—¿Es posible que el cuerpo cayera desde arriba?

Ambos negaron otra vez con la cabeza en señal de incertidumbre.

Ninguno de los dos sería de gran ayuda, al menos por ahora.

—Gracias —les dijo Delaplane—. Tendremos que volver a tomarles declaración mañana con más detalle, así que, por favor, no vayan a ninguna parte. —Les entregó su tarjeta—. Descansen un poco. El agente Rudd los acompañará al hotel.

La comandante le hizo una seña a Sheldrake y se alejaron de la pareja.

—En la cartera había un carné de identidad —dijo Sheldrake—. Se llama Brock Custis, tenía diecinueve años y estudiaba en la Universidad de Auburn. Había salido a beber, lo cual significa que había otras personas con él. Tenemos que encontrarlas.

—Joder, ¿y por qué no van a Jacksonville y vomitan en la playa como todo el mundo?

Delaplane vio una figura oscura junto a la escena del crimen. El traje negro que llevaba lo hacía parecer incorpóreo, tan solo una cabeza y unas manos fantasmagóricas. Había alguien más con él, y se habían quedado al fondo sin moverse.

—No mire ahora —dijo Delaplane—, pero son Gomez Addams y su compinche.

La policía científica estaba colocando números en la acera para marcar el lugar donde se habían recogido pruebas. Delaplane observó unos instantes y se volvió de nuevo hacia Sheldrake.

—Quiero hablar con todo el mundo que esté relacionado con esto. Los Ingersoll, la gente con la que estaba bebiendo el chaval y el camarero que les sirvió las copas. —Señaló la casa y a la persona situada detrás de la ventana—. Y con ese vecino. A las once en punto en la comisaría. ¿Cree que podrá organizarlo?

—Creo que sí, comandante.

Delaplane se quedó pensando unos segundos.

—Invite a los federales. Después no quiero quejas.

—Así lo haré.

Y, mirando una vez más al espectral agente del FBI, que ahora estaba señalando una gran casa victoriana de Whitefield Square y hablándole a su compañero sobre una excelente cata de vinos que había disfrutado allí en una ocasión, se fue negando con la cabeza.

32

Al enfrentarse a aquella oscura amenaza que acechaba tan repentinamente, Constance dio un paso atrás, sacó el estilete antiguo que llevaba siempre con ella y adoptó la postura *paranza corta* de combate italiano que había estudiado. Pero entonces se dio cuenta de que, más que un gigante, lo que tenía enfrente era la silueta de una anciana magnificada por la tenue luz que despedía una lámpara Tiffany. La mujer, que llevaba un bastón en una mano y una pistola en la otra, retrocedió, y la lámpara proyectó su luz sobre el techo de estaño prensado.

Por un momento, ambas se miraron fijamente, y entonces la mujer habló.

—Bueno —dijo malhumorada—, apuñáleme o guarde eso.

—Parece que juega usted con ventaja —repuso Constance.

—¿Lo dice por esto? —La mujer ladeó el arma y el cañón pavonado centelleó—. No está cargada.

Al ver que Constance no se movía, la anciana suspiró, levantó la palanca de la corredera, sacó el cargador y se lo lanzó. Constance lo cogió con la mano izquierda y vio que, en efecto, no contenía ninguna bala, así que se irguió, guardó el cuchillo y dejó el cargador en una mesita cercana. Ahora podía ver más claramente a la mujer, que llevaba un elegante *yukata* con bordes de seda y la miraba con una expresión entre irritada y divertida.

—Es parte de mi colección —dijo la mujer.

—¿De armas mortíferas?

—De diseño industrial. Encuentro una gran belleza en la unión entre forma y función. Otros coleccionan cuadros. Yo colecciono plumas estilográficas, cafeteras, máquinas de cifrado antiguas y también armas. De hecho, tengo demasiadas como para exhibirlas. —La mujer cogió el cargador vacío, lo introdujo de nuevo en la empuñadura y devolvió la corredera a su posición—. Este modelo —dijo mientras lo sostenía en alto para que Constance pudiera admirarlo— era conocido como «La Viuda Negra», y a pesar de su empuñadura barata de baquelita, a mí me parece la Parabellum más atractiva.

La mujer se acercó a un aparador, cogió un libro maltrecho y puso la pistola encima. Constance se fijó en que no podía disimular el dolor que sentía al caminar. Detrás de la anciana vio una serie de habitaciones suntuosamente amuebladas, con librerías empotradas, viejos tapices, elaborados revestimientos de palisandro y molduras de techo. Había varios biombos *byōbu* de papel de arroz con entramado, y sus elaborados patrones *shoji* hacían las veces de particiones entre las distintas zonas del apartamento. En la pared de una de las habitaciones había una galería de ventanas que salían del suelo y casi llegaban al techo, y al otro lado un balcón apenas visible en la oscuridad.

La mujer se dio la vuelta.

—Usted debe de ser Constance Greene —dijo.

Sorprendida, Constance no respondió.

—Se hospeda en la suite Juliette Gordon Low con ese agente del FBI que está causando tanto revuelo. —La miró inquisitivamente—. ¿Qué? ¿Piensa que porque sea vieja y débil no voy a saber lo que se cuece en mi hotel?

Al cabo de un momento, Constance dijo:

—Ahora mismo, la respuesta convencional sería: «Creo que me lleva usted ventaja, señora».

La mujer se echó a reír y avanzó de nuevo. Aunque había sofás y butacas justo detrás de ella, no le ofreció a Constance que tomara asiento.

—E imagino que el agente la ha enviado aquí para que averigüe con sus armas de mujer todo lo que sé sobre los desagradables sucesos recientes.

Constance negó con la cabeza.

—He venido por simple curiosidad, no por el señor Ellerby.

Había mencionado el nombre a propósito y vio que, al oírlo, la anciana no pudo esconder una expresión de tristeza.

—Estoy aquí porque los rumores han despertado mi interés.

—¿De qué rumores habla? Hay tantos… ¿Que a medianoche salgo de aquí volando en una escoba? ¿Que bebo sangre de recién nacidos? ¿Que soy descendiente directa de Gilles de Rais?

—No. Que, igual que yo, prefiere la compañía de un buen libro a la de otras personas.

La anciana arqueó las cejas.

—¡Desde luego! Es un hábito interesante para ser tan joven. Debo reconocerle su valor al subir aquí a hurtadillas. Sin duda, también habrá oído las habladurías aterradoras sobre mí. —Hizo una pausa—. Y ἀργαλέος γὰρ Ὀλύμπιος ἀντιφέρεσθαι.

Constance sonrió con desgana.

—Si soy valiente, en parte es debido a una cosa que ambas compartimos. συμφερτὴ δ' ἀρετὴ πέλει ἀνδρῶν καὶ μάλα λυγρῶν.

Por primera vez, los ojos de la señorita Frost denotaron sorpresa.

—Perdóneme —dijo momentos después—. *Regina, iubes renovare dolorem.*

—*Quisque suos patimur Manes* —respondió Constance.

Luego se impuso un largo silencio.

—Si entiende usted tanto de penas como de lenguas muertas —dijo la señorita Frost—, entonces sabrá que es mejor mantenerlas en privado.

—Las penas sí —dijo Constance—, pero quien las sufre no necesariamente debe mantenerse al margen del resto del mundo.

—Una perspectiva interesante sobre el tema. —La señorita Frost se quedó callada un buen rato. Poco después, su mirada, que se había vuelto distante, se clavó de nuevo en Constance—.

Siento mucho no poder ofrecerle mi hospitalidad —dijo—, pero esta noche ando bastante atareada.

—Por supuesto.

Constance hizo una pequeña reverencia y se dispuso a marcharse.

—Señorita Greene —dijo la anciana—, ¿le gustaría venir a tomar un té conmigo una noche de estas?

—Me encantaría, gracias.

Cuando Constance cerró suavemente la puerta del apartamento de la señorita Frost y bajó la angosta escalera, volvió a oír la melodía del nocturno de Chopin.

33

Coldmoon vio el brillo del letrero de una cafetería reflejándose en la acera y fue hacia ella sin molestarse en pedirle opinión a su compañero. Eran las seis de la mañana y, al parecer, el establecimiento acababa de abrir.

—Mi querido Coldmoon… —dijo Pendergast.

—Si no me tomo un café, me muero —interrumpió Coldmoon con estridencia.

—Está bien —repuso Pendergast—. No quiero cargar con otro cadáver.

El pequeño restaurante tenía aire acondicionado, estaba reluciente y animado y olía a café y a beicon. Era un alivio para el húmedo aire nocturno. Coldmoon se sentó en un banco y Pendergast se situó frente a él después de inspeccionar el interior —y en particular el propio asiento— con una expresión de desdén mal disimulada. Al momento apareció una camarera con cartas de plástico y una cafetera grande.

—Llena, por favor —dijo Coldmoon.

—Imagino que no tienen *espresso*… —señaló Pendergast.

—Lo siento, cariño, solo tenemos esto —respondió ella levantando la cafetera con una sonrisa.

—¿Té?

—¿Negro o verde?

—Desayuno inglés, por favor. Con leche y azúcar.

—Claro. ¿Queréis comer algo, chicos?

—Para mí, beicon y huevos estrellados —dijo Coldmoon—, tostadas y patatas con cebolla.

—¿Patatas con cebolla? —preguntó la camarera—. Aquí nos conocen por nuestras gachas de maíz con mantequilla, sal y azúcar.

—No —dijo Coldmoon—. Patatas con cebolla. Cuanto más grasientas, mejor.

—No servimos comida grasienta —dijo ella ofendida.

—Vale, perfecto. Pero que sean patatas con cebolla.

La camarera lo fulminó con la mirada y se volvió hacia Pendergast. Había detectado su acento y adoptó una expresión considerablemente más afable.

—¿Y tú, cariño? —preguntó—. ¿Un buen plato de pollo y gofres?

Pendergast cerró los ojos y los abrió de nuevo.

—Yo no quiero nada, gracias.

Cuando la camarera se alejó, Coldmoon bebió un sorbo de café. No estaba tan cargado como a él le gustaba, por supuesto, pero le sentó bien el líquido amargo, y no tardó en notar sus efectos vigorizantes.

—Lo siento, Pendergast, pero no puedo pensar con claridad sin mi dosis de café y mi desayuno. —Hizo una pausa—. ¿Pollo y gofres?

—Baje el tono de voz. Ya ha causado una terrible impresión. —Pendergast guardó silencio unos instantes—. Es típico del sur. Si tiene que preguntar, no entenderá la explicación.

Coldmoon negó con la cabeza.

—Suena tóxico.

—Entonces quizá no debería contarle que los gofres van untados en mantequilla, que el pollo lleva salsa picante y que rocían el brebaje con sirope de arce.

Coldmoon se estremeció, y Pendergast se quedó callado mientras la camarera le llevaba el té.

—En todo caso, este *interregnum* nos permitirá revisar el examen forense de las operaciones bursátiles del señor Ellerby.

—¿Ya?

—He hablado con el caballero que analizó los discos duros de los ordenadores y los resultados son, cuando menos, curiosos.

La comida de Coldmoon llegó en tiempo récord y este atacó las patatas.

—En las tres semanas previas a su muerte —dijo Pendergast con el mismo tono despreocupado—, el señor Ellerby ganó doscientos millones de dólares.

Coldmoon acababa de llevarse a la boca unas patatas con cebolla y estuvo a punto de atragantarse. Masticó y masticó, y finalmente consiguió tragar el bolo.

—Ha calculado cuándo debía soltar esa bomba. Sé que lo ha hecho —dijo, limpiándose la boca con la servilleta.

—¿A qué se refiere? —preguntó Pendergast.

—¿Doscientos millones? —dijo Coldmoon—. ¿Cómo?

—Simples operaciones diarias, exclusivamente limitadas a las treinta empresas del índice Dow Jones Industrial. Al parecer, todo bastante sencillo, sin indicios de información privilegiada, manipulación, fraude o cualquier otra ilegalidad.

—¿Cómo es posible?

—El contable forense, en cuya competencia tengo fe, dice que en todos sus años analizando libros falsificados y operaciones poco escrupulosas no ha visto nada parecido. Las operaciones del director del hotel, todas y cada una de ellas, parecían totalmente legítimas y legales. Nunca ganó grandes cantidades, tan solo beneficios continuados, uno tras otro, en cientos de variedades de acciones y opciones.

—Es increíble.

—Y jamás perdió dinero en una operación —añadió Pendergast—. Ni una sola vez.

—Imposible.

—Es lo que cabría pensar.

—¿Cree que esa imposibilidad está relacionada con su asesinato?

Era la clase de pregunta que Pendergast no acostumbraba a

contestar y, tal como esperaba Coldmoon, no hubo respuesta, así que continuó.

—¿La segunda víctima invertía en bolsa?

—Nunca.

—E imagino que la tercera, ese universitario que encontraron en la acera, tampoco era inversor.

—Me sorprendería sobremanera que fuese así.

Coldmoon siguió comiéndose las patatas con cebolla a un ritmo mucho más pausado que antes. ¿Por qué Pendergast tenía que elaborar una afirmación en seis palabras de las cuales cinco eran superfluas? Un simple «exacto» habría bastado.

—Total —añadió—, que el director del hotel ganó doscientos millones justo antes de morir y los otros ni siquiera invertían en bolsa. Entonces, si las inversiones están relacionadas con su asesinato, ¿cuál es la conexión?

Pendergast no dijo nada.

Coldmoon cogió una tarrina de mermelada de uva de la pequeña bandeja metálica que había sobre la mesa, le quitó la tapa y empezó a untarla en la tostada con mantequilla.

—¿Quién era el heredero de Ellerby? ¿Sabemos quién recibirá todo ese dinero?

—Su madre, una viuda de ochenta años. Era hijo único.

Coldmoon negó con la cabeza.

—Eso lo descarta como motivo.

—Eso mismo opino yo.

—¿Qué pasó exactamente con el asesinato de esta mañana? ¿Tiraron al tipo desde la azotea? ¿Lo atropelló un coche y lo lanzó a la acera? ¿O simplemente le dieron una paliza? Tenía muy mala pinta.

—Estaba demasiado lejos para haberse caído o para que lo empujaran —dijo Pendergast—. Al menos para que lo empujara un ser humano.

¿Qué carajo significaba aquello?

—Pero le sacaron toda la sangre, como a los otros dos.

Pendergast se limitó a asentir.

—Cree que es un vampiro —dijo Coldmoon al cabo de un momento, y se llevó un trozo de beicon a la boca—. Usted y todos los demás.

Pendergast bebió un largo sorbo de té con aire contemplativo y dejó la taza encima de la mesa.

—¿Y usted?

—¿Qué? No. ¿Está de coña? Pues claro que no. Los vampiros no existen.

—¿Los lakota tienen leyendas sobre vampiros?

A Coldmoon le sorprendió la pregunta. Pendergast casi nunca reconocía o mostraba interés alguno por su legado nativo americano.

—Los lakota tienen una especie de leyenda sobre un vampiro. Era blanco, por supuesto.

—Naturalmente.

—Un colono llegó a las Colinas Negras en busca de oro y profanó un valle sagrado al construir en él una cabaña. Un año después unos lakota lo encontraron muerto en la cabaña, frío como un témpano y con un cuchillo plateado en el corazón. Cuando sacaron el cuchillo, el cadáver empezó a calentarse y huyeron asustados. Más tarde comenzó a matar gente y a beberse su sangre. La única manera de frenarlo era clavarle el mismo cuchillo en el corazón. Entonces volvió a ponerse frío y se quedó de nuevo inmóvil. Pero en realidad no murió. Dicen que su cuerpo sigue allí arriba, en la cabaña, esperando a que alguien extraiga el cuchillo...

Justo entonces un grito ininteligible que llegó del exterior interrumpió a Coldmoon. Al mirar por la ventana de la cafetería, vio a un joven tambaleándose por la calle, manchado de barro y polvo y con la ropa harapienta. Parloteaba inquieto, claramente ebrio o colocado.

En un abrir y cerrar de ojos, Pendergast se había levantado.

—¿Qué hace? —preguntó Coldmoon mientras preparaba el cubierto para atacar de frente los huevos fritos—. Es solo un chaval borracho.

Pero Pendergast hizo caso omiso y salió del restaurante. Momentos después Coldmoon lo siguió a regañadientes. Un poco más adelante el chico se había abrazado a una farola para recuperar el equilibrio, y los pocos transeúntes que pasaban a aquellas horas de la mañana lo ignoraron por completo. En Savannah no era raro ver a gente ebria al amanecer.

Pendergast se acercó al joven y extendió el brazo, hablándole en voz baja. Sobresaltado, el chico se dio la vuelta y Pendergast le agarró la mano manchada de barro para ayudarlo a tenerse en pie.

—He venido a ayudarle —le oyó decir Coldmoon.

El chico soltó la farola y dejó que Pendergast sostuviera su peso.

—He venido a ayudarle —repitió el agente.

El chico volvió su rostro embadurnado de fango hacia Pendergast. Movía los labios, repitiendo palabras confusas como un mantra y abriendo más los ojos. Y entonces, cuando su voz rota se volvió más intensa, Coldmoon entendió lo que intentaba decir:

—No necesito ayuda, no necesito ayuda, no necesito ayuda, no necesito ayuda...

34

—Démosle cafeína a este hombre —dijo Pendergast mientras lo llevaba a la cafetería— y averigüemos qué nos puede contar.

—¿Por qué? —preguntó Coldmoon—. Es un estudiante cualquiera.

—¿Cualquiera? Mi querido Coldmoon —dijo Pendergast con un tono entre la lástima y la exasperación—, ¿no ha visto la garra de tigre de la Universidad de Auburn que lleva bordada en la camisa? Es idéntica a la que llevaba el chico que ha muerto hoy.

Pendergast miró a su compañero ladeando la cabeza, y Coldmoon terminó la frase él solo: «Un agente experimentado del FBI detectaría una conexión tan obvia».

—Lo siento —dijo ruborizado—. Entonces ¿cree...?

—Creo que es posible que hayamos encontrado al amigo y compañero de juergas de la víctima. Y creo que está más aterrorizado que borracho.

Coldmoon sostuvo la puerta mientras Pendergast acompañaba al joven a su mesa.

—Un momento, un momento —dijo la camarera mirando a Coldmoon con mala cara—. Aquí no servimos a borrachos ni a *hooligans*.

—Señorita —repuso Pendergast, que le mostró la placa del FBI—, esto es un asunto oficial.

La camarera ni pestañeó.

—En ese caso, el muchacho necesitará café. —La camarera

cogió una taza de una mesa contigua, la llenó hasta arriba y la dejó delante del chico—. También debería comer algo. ¿Qué les parecen unas tostadas con mantequilla?

—Gracias. —Pendergast se volvió hacia el recién llegado—. Ahora estás a salvo. Bebé un poco de café.

El chico cogió la taza con manos temblorosas y derramó el líquido al intentar beber.

—Otra vez.

Bebió otro sorbo, y luego otro, y la camarera le llevó un plato de tostadas con mantequilla.

—Excelente.

El chico cogió una tostada y la mordió con ansia. El café y la comida parecieron calmarlo. Ahora, su mirada era menos dispersa, pensó Coldmoon, menos vidriosa a causa de la conmoción y el miedo.

—Y bien, joven —dijo Pendergast—, ¿cómo se llama?

El chico miró asustado al agente.

—Toby.

—¿Toby qué más?

—Manning.

—Yo soy el agente especial Pendergast y este es mi compañero, el agente especial Coldmoon. ¿Cómo está?

Manning no parecía capaz de contestar.

—Me recuerda a *El paseo*, de Paul Revere —dijo la camarera desde el mostrador—. «Una lucecita en el campanario».

Coldmoon la miró como diciendo que se metiera en sus asuntos, y ella frunció el ceño y respondió con una mueca.

—Toby —prosiguió Pendergast—, ¿conoce a un chico llamado Brock Custis?

El joven puso unos ojos como platos.

—¿Cómo...?

—Me temo que el señor Custis ha sido hallado muerto esta mañana.

—Dios mío... ¿En el cementerio?

Pendergast lo miró con curiosidad.

—No. ¿Ocurrió algo en el cementerio?

—Eh...

No parecía querer hablar, y Pendergast bajó el tono de voz y adoptó una cadencia dulce y tranquilizadora.

—Puede contármelo, señor Manning. ¿Qué pasó en el cementerio?

—No lo sé.

El chico bebió un par de sorbos de café y derramó un poco.

La camarera se acercó a limpiar la mesa, le llenó la taza hasta arriba y desapareció de nuevo.

—¿Cómo ha llegado desde el cementerio hasta aquí? —preguntó Coldmoon.

—Supongo que corriendo. No me acuerdo, la verdad.

—Comprendo —dijo Pendergast—. Ahora volvamos al cementerio. Empiece por el principio. ¿Cómo entraron?

—Trepamos la valla.

—¿Qué hacían allí?

—Simplemente... pasarlo bien, pasear por allí de noche y mirar las tumbas.

—¿Para ver algo en particular?

—Quería ver a la chica de los pájaros.

—Ah, la famosa chica de los pájaros. En ese caso, la tumba que buscaban está en el cementerio de Bonaventure. Supongo que no sabían que se llevaron de allí a la chica de los pájaros hace veinticinco años.

—No.

—Y entonces ¿qué ocurrió?

Manning se quedó mirando el pan mordisqueado.

—Nos perdimos.

Pendergast suavizó aún más el tono.

—¿Y...?

—Y entonces... noté algo raro, una especie de viento caliente detrás de mí. Era como... No sabría explicarle... —Empezó a elevar el tono de voz—. Y Brock... Oí que se rompía la botella y... No lo sé, salí corriendo.

—¿Estaban bebiendo? —preguntó Coldmoon.

Al oírlo, la camarera peleona le dedicó una mirada cínica.

—Sí.

—¿Ya se encuentra mejor?

—Sí… —El joven titubeó—. ¿Estoy en apuros?

—Todavía no. Cuando se acabé el café nos iremos.

—¿Dónde?

—Al cementerio, donde se produjo el incidente.

Manning se puso a temblar.

—¿Ahora?

—Naturalmente.

—No —dijo Manning—. De ninguna manera… Por favor… No iré… ¡De ninguna manera!

De repente, la voz de Pendergast perdió su tono amigable y se tornó gélida.

—O nos lleva allí ahora mismo o le prometo que tendrá problemas, señor Manning.

Momentos después Pendergast había salido por la puerta con el chico a la zaga, y Coldmoon se levantó, sorprendido de lo rápido que había concluido el interrogatorio improvisado.

—¡Perdona!

Al darse la vuelta vio que la camarera lo estaba mirando. Tenía una mano apoyada en la cadera y en la otra sostenía la factura.

—Ah.

Coldmoon miró el total: 19,80 dólares. Sin mediar palabra, le entregó un billete de veinte y se dirigió a la salida. Esta vez ya había agarrado el pomo de la puerta cuando se dio cuenta de que no había dejado más propina que aquellos veinte céntimos, pero era demasiado tarde para salvar la situación: Pendergast ya había recorrido media manzana, así que Coldmoon salió de la cafetería tras él. Pero antes de que se cerrara la puerta, la camarera tuvo la última palabra.

—¡Para tu madre debió de ser duro no tener hijos! —le gritó, agitando el billete como si fuera un símbolo de la vergüenza.

35

La luz matinal se colaba en el cementerio e iluminaba los últimos jirones de niebla mientras el vigilante les abría la puerta. A Coldmoon no le gustaban los cementerios. Imaginarse a aquellos muertos reposando en la tierra para el resto de la eternidad le provocaba claustrofobia, incluso en un cementerio tan grande como aquel. Los senderos de gravilla blanca se extendían en todas las direcciones, jalonados por centenares de tumbas.

—Señor Manning —dijo Pendergast—, ahora llévenos al lugar donde se produjo el incidente, por favor.

—Creo que fuimos por aquí —respondió el chico, pero no dio otro paso hasta que Pendergast lo animó a hacerlo. Entonces eligió uno de los caminos y avanzó como si llevara plomos en los tobillos.

Coldmoon nunca había visto unas tumbas tan elaboradas. Tradicionalmente, los lakota depositaban a sus muertos en plataformas colgadas en los árboles. En Pine Ridge, donde él se había criado, en lugar de esa práctica, esparcían las cenizas de la persona en un lugar alto, como la cima de una montaña o una colina, para que estuvieran más cerca del paraíso. La idea de enterrar el cuerpo en la tierra cuando se esperaba que su alma fuera hacia arriba y no hacia abajo le resultaba algo perversa. Pero aquellas tumbas eran caras, grandes e increíbles. ¿Acaso los difuntos pensaban que tendrían un lugar mejor en el cielo si los enterraban en tumbas lujosas como aquellas? ¿O era una cuestión de clase, una manera de situarse por encima de los demás incluso después de muertos?

Los tres avanzaron unos ochocientos metros. A continuación Manning dobló dos veces a la derecha hasta una zona remota del cementerio cubierta de maleza. Allí, las tumbas no eran tan elaboradas y en muchos casos se hallaban en mal estado. Manning se había desorientado y tuvieron que desandar el camino varias veces. Era obvio que sus esfuerzos por recordar entraban en conflicto con la inquietud extrema que le causaba estar allí.

—Recuerdo esa —dijo finalmente, señalando un ángel inclinado hacia delante con el brazo en alto y sostenido por una lápida de mármol cuya inscripción se había erosionado con el paso del tiempo—. Paramos aquí. Fue justo antes de... —Hizo una pausa y tragó saliva con dificultad—. Creo que fuimos por ahí.

Manning avanzó un tramo y se detuvo.

—Justo ahí es donde... donde ocurrió. Y luego me fui corriendo. —Agachó la cabeza y desvió la mirada—. ¡No quiero ir!

—No es necesario —dijo Pendergast—. Nos quedaremos aquí para no alterar la zona. Hemos llamado a las autoridades locales y llegarán en breve. Ahora le agradecería que nos expusiera lo sucedido con tanto detalle como sea posible y que indique sus movimientos y los del señor Custis. Con señalarlos bastará.

—De acuerdo, de acuerdo. —Manning estaba temblando, pero logró dominar los nervios—. Yo me encontraba cerca de esas tumbas y Brock iba detrás, cantando y bailando alrededor de esas lápidas de ahí.

—¿Qué cantaba?

—Eh, una canción de los Stones.

—¿Los Stones?

—«Sympathy for the Devil».

Pendergast se quedó mirando a su compañero sin entender nada. Coldmoon, que había oído a Manning canturrear la misma canción cuando lo vieron por primera vez, se encogió de hombros para indicarle que carecía de importancia. Aquello era absurdo.

—Brock estaba detrás de mí y paró de cantar, como si de repente lo hubieran interrumpido.

—¿Hubo algún otro sonido? —preguntó Pendergast—. Un jadeo, tal vez, o un grito.

—No, nada. Todo quedó en silencio un momento, pero noté una especie de presión, como aire húmedo, y… y un olor raro, como a goma quemada. Entonces oí que se rompía un cristal a lo lejos. Supongo que era la botella de licor.

—¿Cómo de lejos?

—¿Y cómo voy a saberlo? —dijo el joven, que apenas podía mantener la calma, e inspiró entrecortadamente—. ¿Treinta metros? ¿Sesenta? No estaba prestando atención, tenía mucho miedo. Lo llamé varias veces, pero no respondió. Y entonces se oyó un golpe.

—¿Qué clase de golpe?

—Como… si alguien estuviera sacudiendo una alfombra. Un sonido lento y ahogado. Hubo otra racha de aire húmedo con ese mismo olor repugnante y eché a correr.

—¿De dónde venía el sonido?

—De más arriba.

Algo en la simplicidad de aquella respuesta le provocó un escalofrío a Coldmoon.

—¿Y la sensación de presión, de aire húmedo, también venía de arriba?

Manning asintió.

—¿Y volvió a Savannah corriendo? Debe de haber unos seis kilómetros.

—Corrí, caminé y corrí otra vez. Casi no me acuerdo. Estaba borracho y asustado.

—¿Y por qué no utilizó el móvil para pedir ayuda?

—Se me cayó por ahí. Estaba usándolo como linterna. Debió de romperse contra una lápida o algo así, porque la luz se apagó.

En aquel momento Coldmoon oyó unas sirenas en la entrada del cementerio. Pendergast sacó el teléfono para darle indicaciones a Delaplane, y no tardaron en ver la furgoneta de la policía científica avanzando por el camino con varios coches patrulla y la furgoneta del forense detrás. Tuvieron que aparcar a cierta distancia, y al cabo de unos minutos un grupo de gente recorrió los senderos serpenteantes hasta llegar a su destino.

Delaplane fue la primera en llegar, liderando al grupo de especialistas, que cargaban con su material.

—Esa zona de ahí es donde se produjo el incidente —dijo Pendergast—. Para ir sobre seguro, deberían acordonar media hectárea de terreno entre esos dos caminos.

Delaplane ordenó que tendieran cinta perimetral alrededor del lugar indicado mientras el equipo de la policía científica se enfundaba los monos y empezaba a trabajar. Entonces se acercó Sheldrake, que asintió en dirección a Pendergast y Coldmoon.

—¿Les importa que les tome prestado a su testigo?

—Adelante.

Grabadora en mano, Sheldrake y Delaplane se alejaron con el afligido Manning, y Coldmoon se giró hacia Pendergast.

—¿Qué opina?

—Ponderaré este misterio dando una vuelta. Le agradecería que se quedara aquí por si ocurre algo extraño.

Coldmoon estaba acostumbrado a aquellas cosas. Había sucedido lo mismo en un cementerio de Miami.

—Claro.

Pendergast se fue con las manos en la espalda, como si estuviera dando su paseo diario. Momentos después de que desapareciera, Coldmoon oyó alboroto. Al darse la vuelta, vio a un equipo de televisión con cámaras y equipos de sonido. Era Betts.

El grupo se acercó al cordón policial y Coldmoon vio a Betts discutiendo con unos agentes que le impedían pasar. Betts iba acompañado de un hombre al que Coldmoon recordaba de su encuentro en la plaza del condado, el alto y serio. ¿Cómo se llamaba? Llevaba un maletín, y de él sacó un trozo de terciopelo negro y toda clase de artilugios raros. A lo lejos vio más periodistas aproximándose.

Se había corrido la voz, y mucho.

Coldmoon fue a ver si podía ayudar a los policías que estaban lidiando con la prensa.

El tipo sobrenatural —Moller, ahora recordaba su nombre— sacó una vara de radiestesia plateada de una bolsa de terciopelo y empezó a bordear el cordón policial mientras las dos cámaras lo grababan.

—Percibo —dijo con voz grave—, percibo... una fuerte turbulencia sobrenatural. —La vara plateada temblaba y se sacudía casi como si tuviera vida propia—. Muy fuerte.

«Menuda sarta de *chesli*», pensó Coldmoon, aunque debía reconocer que la actuación impresionaba bastante. Los policías que custodiaban el perímetro estaban ensimismados, aunque era difícil saber si se lo creían o no.

—Aquí sucedió algo terrible —dijo Moller, elevando un poco el tono de voz mientras el artilugio plateado señalaba el centro de la zona acordonada—. Es muy reciente. ¡La turbulencia es muy intensa!

—Manténgase detrás de la línea, señor —le advirtió un agente.

La vara plateada temblaba y daba sacudidas, y el hombre empezó a retorcerse. Las cámaras se acercaron.

—¡Es aquí! —Avanzó hacia la cinta perimetral y los policías volvieron a impedirle el paso—. ¡El mal! ¡El mal! —exclamó con ferocidad.

Entonces llegaron más periodistas, pero el espectáculo de Moller era tan absorbente que se habían parado a mirar. Algunos incluso estaban tomando notas y haciéndole fotografías, como si él, y no la escena del crimen, fuera la noticia.

De repente, la vara plateada saltó de las manos de Moller, como si tirara de ella una cuerda invisible. Era un movimiento curioso, porque a Coldmoon le pareció que de verdad la hubiera arrancado algo invisible y aquello no fuera un truco. Moller, que parecía liberado de un trance desagradable, se detuvo, respiró hondo e hizo amago de desplomarse, pero se recuperó y se limpió la frente con un pañuelo de seda. Tras recoger la vara de radiestesia, fue hacia el maletín y sacó una voluminosa cámara estenopeica con trípode. Después cogió un trozo de cristal ahumado —de cerca parecía un cristal cortado y pulido— y, a través de él, empezó a observar la zona que estaba investigando el equipo de la científica.

—Mal, hazte visible —murmuró, y se echó a temblar.

Uno de los cámaras grabó sus movimientos desde atrás.

Coldmoon se percató de que Betts había desaparecido. Miró a su alrededor y lo vio entre la vegetación. Había aprovechado la distracción para rebasar el cordón policial y estaba grabando otra cosa con el segundo cámara.

—¡Eh! —gritó Coldmoon mientras se dirigía hacia él—. ¡Salga de ahí! ¡Vuelva detrás de la cinta!

Varios policías se dieron la vuelta y echaron a correr mientras Betts y el cámara se escabullían entre la maleza y pasaban por debajo de la cinta.

Coldmoon fue al lugar donde habían estado grabando, pero no vio nada reseñable, al margen de otro viejo mausoleo con la puerta rota. La zona abandonada del cementerio se extendía hacia la maleza, donde había lápidas rotas y caídas y senderos tan descuidados que habían desaparecido.

Al volver, encontró a Pendergast, que se acercaba a paso ligero desde una dirección inesperada.

—¿Ha encontrado algo? —le preguntó Coldmoon cuando llegó.

—Nada.

—Qué lástima.

—Al contrario —dijo Pendergast recolocándose los puños de la camisa—. Ha sido un paseo de lo más edificante.

36

Desde detrás del monitor, a Gannon le pareció que habían llamado a la mitad del Departamento de Policía de Savannah para mantener a la multitud detrás del cordón de seguridad. La ruidosa atmósfera contrastaba con la majestuosidad del viejo cementerio, con sus hileras de tumbas mohosas bañadas por la luz del sol, reposando debajo de robles gigantescos. Al otro lado de la cinta, la policía seguía trabajando diligentemente y el equipo de la científica estaba peinando la zona con meticulosidad. A pesar de la actividad, Gannon reparó en que el extraño agente del FBI y su compañero habían desaparecido, al igual que la entrometida comandante de policía.

Gannon tenía a sus dos cámaras bien posicionados para captarlo todo. Pavel estaba grabando el caos reinante con la Steadicam, mientras Craig, operando la cámara uno, se centraba en Moller. El investigador de los fenómenos paranormales estaba montando un buen espectáculo, primero con la vara de radiestesia y el trozo de obsidiana y ahora con la cámara que supuestamente podía capturar imágenes sobrenaturales. Daisy, la despistada historiadora de lo sobrenatural, también estaba allí —a pesar de que no figuraba en la escaleta—, intentando entrar en el plano siempre que podía, pero Betts la ignoraba constantemente. La escena de la muchedumbre era espléndida, y contrastaría con las imágenes siniestras que Gannon esperaba conseguir. Desde que Betts había decidido concentrarse en el vampiro de Savannah, todas las imágenes de Gannon eran de actividades y personas. Lo que debían hacer era volver de noche al cementerio con un par de máquinas de humo.

Betts se le acercó.

—Escuche, el plan es el siguiente: Moller dice que está obteniendo un material increíble, sobre todo fotos. Toda la prensa está aquí, incluso la de ámbito nacional. Es una gran oportunidad para conseguir publicidad gratis y que se dé a conocer el documental.

Gannon asintió.

—Así que Moller enseñará algunas de sus fotografías aquí mismo, con toda esa gente y la prensa. Queremos grabarlo todo.

—¿Fotografías de qué?

—No lo ha dicho. Ya sabe cómo es el viejo. Pero asegura que está captando imágenes de «turbulencias espirituales».

—Entonces ¿ese artilugio es digital?

Gannon siempre había dado por hecho que se necesitaba una cámara analógica para captar imágenes de fantasmas.

—Dígamelo usted.

La cámara con la que Moller había merodeado alrededor de la tumba no se parecía a nada que ella hubiera visto. Era hermosa, hecha de caoba pulida, latón reluciente y cromo. A juzgar por cómo seguían a Moller los mirones y la prensa, como si fuera el flautista de Hamelín, mientras tomaba lo que parecían largas exposiciones, aquello sería todo un espectáculo.

—¿Dónde ocurrirá todo eso? —preguntó Gannon.

—En esa zona despejada. Dentro de diez minutos más o menos.

—Vamos a prepararnos, entonces.

Gannon habló con los cámaras a través de los auriculares para indicarles que se situaran uno a cada lado de la zona en cuestión: uno para primeros planos y el otro más alejado. La prensa empezaba a impacientarse. Querían algo, y Moller pensaba dárselo. Vio a Betts hablando con él en voz baja. Entonces se acercó a una losa de mármol —menudo respeto por los muertos— y dio unas palmadas.

—¡Damas y caballeros! —gritó, agitando sus brazos cortos mientras Moller se situaba junto a él con la cámara—. ¡Damas y caballeros!

La bulliciosa multitud se acercó al lugar, y la prensa se abrió paso con sus cámaras y micrófonos. A Gannon la asombraba la capacidad de Betts para centrar toda la atención en Moller y en él.

—Como ya saben —prosiguió Betts—, tenemos aquí al célebre investigador de fenómenos paranormales Gerhard Moller. Parece que sus dispositivos han captado señales de una actividad sobrenatural inusual. Doctor Moller, cuéntenos qué ha descubierto.

Con un semblante de modesta renuencia y aversión, Moller levantó la cabeza y miró a la multitud hasta que se hizo el silencio. Los cámaras de Gannon estaban grabando, y los policías que custodiaban el perímetro los observaban con desconfianza.

—Mis instrumentos —dijo Moller con una voz grave y resonante— han registrado potentes corrientes sobrenaturales. —Hizo una nueva pausa—. Aquí existe una fuerte presencia maligna.

Al oír aquello, la gente se quedó callada, e incluso los ruidosos periodistas parecían cautivados.

—Y tengo pruebas de esa presencia —añadió, alzando la voluminosa cámara—. Aquí.

—¿Podemos verlas? —gritó alguien.

Moller volvió la cabeza hacia la persona que había formulado la pregunta.

—Sí, por supuesto. De hecho, mi intención es mostrárselas ahora mismo.

Sus palabras generaron nerviosismo. «¿Cómo se las va a enseñar?», pensó Gannon. «Aquí debe de haber trescientas personas».

—Algunos han puesto en duda mi trabajo —dijo Moller— y me han acusado de manipular mis fotografías. —Levantó de nuevo la cámara—. Pero aquí están las imágenes de esas tumbas y sus inmediaciones, que he tomado hace solo unos segundos. Algunas muestran cosas extraordinarias que no se pueden ver a simple vista y que he captado utilizando una tecnología propia de imágenes multiespectrales. Las fotografías están aquí sin retocar, y verán que es cierto porque tendrán la oportunidad de examinarlas.

En silencio dedicó al público una mirada feroz.

—Estas fotografías estarán disponibles para todos y sin restricción alguna en cuanto a su uso. Las enviaré directamente de mi cámara a sus teléfonos móviles. Por favor, comprueben que está activado el bluetooth y seleccionen «Cámara Perceptiva» en la lista de dispositivos. Las recibirán en treinta segundos.

Moller se dio la vuelta y se acercó a la cámara. Entre murmullos, los asistentes sacaron los móviles y empezaron a toquetear la pantalla de forma frenética. La expectativa creada era difícil de soportar. Era un espectáculo brillante. O algo más que un espectáculo, ya que Moller había encontrado la manera de hacer que su público participara activamente. Gannon, que estaba viendo las imágenes de los dos cámaras a través de sus monitores, se sentía satisfecha con los resultados.

—Enviadas —dijo Moller al darse la vuelta.

Por un momento hubo un silencio absoluto, pero, cuando las fotos empezaron a llegar a los teléfonos, se vio reemplazado por un murmullo cada vez mayor. Todo el mundo, incluida la prensa, se puso a mirar su móvil. Gannon incluso pudo oír algunos jadeos y muestras de horror.

¿Qué sería? Gannon se moría de ganas de verlo, pero no podía dejar su trabajo para coger el teléfono. Vio que Betts también estaba mirando el móvil con un semblante de satisfacción absoluta mezclada con terror. Gannon volvió a centrarse en captar el momento, y sus cámaras grabaron varios planos de las reacciones de la gente.

Momentos después oyó a Betts gritar.

—Eh, ¿qué está haciendo?

Al levantar la cabeza, Gannon lo vio ir como una flecha hacia

Daisy Fayette, que se irguió. Poco antes estaba agachada junto al maletín de Moller, y dejó caer algo dentro con cara de culpabilidad.

—¿Qué está pasando aquí? —gritó Moller dándose la vuelta—. ¿Por qué toca eso? —Fue directo hacia ella—. *Alte Drache.* ¿Cómo se atreve a tocar mis instrumentos?

Daisy se ruborizó y, cuando se hubo recuperado, dijo fríamente:

—Tenía curiosidad por ver su equipo. A fin de cuentas, yo también soy investigadora de lo sobrenatural.

—¡No puede andar cotilleando como si nada! —exclamó Betts mientras Moller, rojo de ira, empezaba a reorganizar el maletín—. De hecho, hoy ni siquiera debería estar en el rodaje. Johnny, acompañe a la señorita Fayette.

Gannon vio a un miembro del equipo llevarse a la mujer, cuyas protestas no sirvieron de nada. «Adiós y hasta nunca», pensó. Fayette, que era cualquier cosa menos fotogénica, era una entrometida que solo quería chupar cámara. Gannon había presionado para que participara —un punto de vista local era una consideración importante—, pero, como ocurría a menudo, la gente que podía contribuir en realidad no tenía presencia ante la cámara. Debería haber aportado fundamentalmente su voz, tal como propuso Betts al principio.

Entonces, Betts se acercó a Gannon.

—Eche un vistazo —dijo mientras sacaba el teléfono y deslizaba imágenes en la pantalla.

Gannon cogió el teléfono con gran interés. En la primera fotografía de Moller aparecía el ángel con el brazo levantado. A un lado había un agente de la científica, borroso a causa de la larga exposición. Al otro lado de la tumba parecía elevarse una neblina en la cual se veía una figura. Gannon pudo distinguir un ojo y una mano huesuda extendiéndose de manera siniestra hacia el policía, ajena a cuanto sucedía alrededor.

La siguiente foto mostraba otro remolino de niebla, este más grande y difuso, en el que Gannon intuyó una gigantesca cara de

215

un metro de diámetro, indistinta y abotargada, y con un aspecto tremendamente maligno. La tercera imagen era la mejor —o la peor de todas— y mostraba lo que parecía un demonio saliendo de la tierra, su brazo desnudo y demacrado agarrado al suelo, y la parte superior de un cráneo cubierto de cabello ralo, con las cuencas de los ojos vacías y una boca sonriente.

—Joder —murmuró—, son increíbles.

A Gannon se le aceleró el pulso. Las imágenes eran horripilantes, y además parecían reales. No cabía la menor duda de que Moller las había hecho momentos antes. ¿Era posible que las hubiera retocado en la propia cámara antes de enviarlas? No lo parecía, pero, como fotógrafa, Gannon sabía que la gama de trucos de manipulación digital era casi infinita. En cualquier caso, poco importaba: se trataba de un material estupendo y la manera como las hubiera conseguido Moller era asunto suyo.

Gannon le devolvió el teléfono a Betts.

—Serán unas imágenes fantásticas para el documental.

—Desde luego, y habrá muchas más.

—Pero ¿dónde está el vampiro? —dijo medio en broma.

En aquel momento llegó Moller, y respondió él en lugar de Betts.

—El vampiro no está aquí. Puede que ande cerca. Lo que ha visto son presencias demoniacas alteradas por la reciente visita del vampiro, como boyas bamboleándose tras el paso de un barco de grandes dimensiones.

—Entonces ¿cree que puede conseguir una fotografía del vampiro? —preguntó Betts.

—Si me llevan al lugar adecuado en el momento adecuado, sí.

—¡Excelente! —exclamó Betts al tiempo que le daba una palmada en la espalda a Moller, cosa que no le gustó.

37

—¿Y no puede concretar más? —preguntó la comandante Delaplane.

Toby Manning negó con la cabeza. Desde que lo vio en el cementerio, se había lavado la cara y las manos, pero su ropa seguía hecha un desastre. Sin embargo, tenía la mirada más clara y estaba un poco más tranquilo, lo cual no era de extrañar, ya que probablemente le habían pedido que relatara los hechos previos a la muerte de su amigo media docena de veces en otras tantas horas y se había convertido en algo rutinario.

Delaplane esperó un minuto o dos sin apartar la mirada de Manning. Entonces se volvió hacia Benny Sheldrake, y detrás vio a los dos agentes del FBI sentados a una pequeña mesa de reuniones. Pendergast asintió ligeramente.

—De acuerdo —dijo antes de apagar la grabadora—. Gracias por su colaboración. Puede irse. Pediré que lo acompañen a casa en coche. Descanse, ¿vale? Y no vaya a ningún sitio. En los próximos días volveremos a llamarlo.

El joven asintió y, tras lanzar una mirada furtiva a Pendergast, fue hacia la puerta.

Delaplane consultó una lista de nombres escrita a mano y tachó el de Manning.

—Solo nos faltan los Ingersoll. Están esperando fuera.

—Excelente.

Delaplane suspiró con disimulo. Tomar declaraciones a po-

sibles testigos sobre el caos de la noche anterior era un proce-
dimiento necesario. Ya habían hablado con una mujer que vivía
delante de la pensión en la que se alojaban los Ingersoll, con
el camarero del local donde los dos jóvenes, Toby y Brock,
se habían emborrachado, con el vigilante del cementerio y
con varias personas más. Las entrevistas habían sido breves
y, por desgracia, no habían aportado demasiado a lo que ya sabían.

Delaplane cogió el teléfono y le pidió a un agente que llevara
a Manning a casa.

—Y traiga a los Ingersoll —añadió.

Un minuto después oyó que llamaban a la puerta y entraron
los dos acompañados de un policía. Ambos observaron la sala y
a todos los presentes y se sentaron frente a Delaplane. La mujer,
Agnes, tenía una expresión pétrea. Sin duda, aún estaba conmocionada por la sucesión de acontecimientos desagradables, pero
su marido, Bertram, parecía molesto, casi enfadado, como si a
Sísifo le hubieran asignado una montaña más alta.

—Señor Ingersoll —dijo Delaplane sin inflexiones y empleando un tono profesional—. Señora Ingersoll. Gracias por
venir.

—De nada —murmuró la mujer sin pensar.

Su marido no dijo nada.

—Voy a grabar esta conversación —anunció Delaplane antes
de encender de nuevo la grabadora—. ¿Tengo su permiso?

—Ningún problema —respondió el señor Ingersoll.

Después de los preliminares de fecha, hora e identidad de los
presentes, la comandante empezó con las preguntas.

—Sé que esto es difícil, pero me gustaría que volvieran a repasar paso a paso los hechos previos al descubrimiento del cuerpo. Y, por favor, tómense su tiempo y mencionen cualquier detalle nuevo que hayan podido recordar desde sus anteriores
declaraciones, por pequeño que sea.

La pareja se quedó callada un momento. Finalmente, la mujer empezó a hablar con voz entrecortada. La historia que relató

era, casi palabra por palabra, la que Delaplane ya había oído: el paseo por las calles tranquilas, el ruido repentino sumado a una sensación inexplicable de movimiento y, entonces, su marido cayendo sobre un cuerpo y ella llamando histérica a emergencias. El marido se crispaba cuando ella exponía ciertos detalles, pero no intervino.

Agnes Ingersoll terminó su historia y añadió algunas observaciones finales a medida que las iba rememorando. Entonces se hizo el silencio. Delaplane siguió su estrategia habitual de hacer esperar un poco al testigo. A menudo, la tensión los ayudaba a recordar más cosas. Pero, para su sorpresa, fue Pendergast quien habló.

—Señora Ingersoll —dijo—, ¿podría decirme cuánto tardó en llamar a emergencias después de que su marido se cayera?

Gracias a su dilatada experiencia, Delaplane logró mantener una expresión neutra a pesar de la trivialidad de la pregunta. Sin embargo, vio que Coldmoon desviaba la mirada hacia su compañero.

La mujer lo pensó durante unos instantes.

—Eh... Bueno... Bertram se cayó y, como les decía, gritó al golpear la acera y me agaché para asegurarme de que estaba bien. Todo fue muy rápido. Me pareció que había terminado en un segundo.

—Entonces —insistió Pendergast—, ¿cuánto tiempo calcula que transcurrió hasta que hizo la llamada? ¿Diez segundos? ¿Quince?

El marido parecía estar a punto de protestar, pero su mujer respondió primero.

—Se movía, pero estaba bastante oscuro y no sabía si era grave. Vi el... otro cuerpo. Bertram gimió y fue entonces cuando busqué el teléfono en el bolso. —Tras un momento de duda, añadió—: Quince segundos.

—Quince —repitió Pendergast—. ¿Desde el momento en que su marido cayó encima del cuerpo hasta que pidió ayuda?

—Sí —dijo la mujer con indecisión—. Sí —reiteró, esta vez con más firmeza.

—Muy bien. Perdone que insista en unos hechos tan desagradables, pero ¿le pareció que el cuerpo ya estaba allí cuando su marido se cayó?

La mujer miró a su marido y de nuevo a Pendergast.

—No le entiendo.

—¿El cuerpo estaba *in situ*, en el suelo, o percibió alguna sensación de movimiento justo antes de que se produjera el accidente? ¿Tuvo la sensación, por ejemplo, de que el cuerpo hubiera caído desde arriba, ya fuera saltando o a consecuencia de un empujón?

—No —afirmó ella.

—¿Señor Ingersoll? —dijo Pendergast.

El hombre se quedó mirando al agente con unos ojos enrojecidos y negó con la cabeza.

—Gracias —dijo Pendergast, que miró a Delaplane para indicarle, una vez más, que había terminado.

Sheldrake formuló unas cuantas preguntas superficiales y Delaplane despidió a la pareja con las advertencias habituales. Cuando cerraron la puerta, se volvió hacia Pendergast.

—¿Puedo preguntarle por qué le interesa el momento en que llamó a emergencias?

—Naturalmente. Y será un placer responder a su pregunta cuando haya hablado con ese especialista en telefonía móvil que trabaja con ustedes.

Aquella había sido otra de las afirmaciones extravagantes de Pendergast.

—No sé si ya tendrá algo que contarnos.

—Pruébelo de todos modos, si no le importa.

—De acuerdo.

Delaplane marcó una extensión interna y activó el altavoz del teléfono fijo.

—Aquí Wrigley —dijo una voz.

—¿Wrigley? Soy Alanna.

—Ah, hola, comandante.

—¿Ha habido suerte?

—Pues lo cierto es que estaba a punto de llamarla —respondió la voz incorpórea—. Resulta que al final no hizo falta recurrir al microcódigo. En cuanto conocí su localización, el modelo de teléfono y la identificación del GPS interno, probé con las torres de telefonía de la zona y tuve suerte. El teléfono del chaval es muy antiguo y, cuando la linterna está encendida o cuando se utiliza como brújula, la señal de red es mucho más frecuente que en los modelos actuales. Algunos propusieron una norma IEEE que nunca llegó a entrar en vigor. Pero sí, la señal saltaba una vez cada sesenta segundos. Evidentemente los teléfonos más nuevos entran en reposo mucho más rápido para ahorrar batería, pero este...

—Fascinante, Wrigley, pero ¿podemos ir al grano?

—Hubo trece señales, todas con un intervalo exacto de sesenta segundos. La primera fue a las 3.02 y la segunda a las 3.14.

—Perdone —dijo Pendergast—, ¿cuál fue la hora exacta de la última señal?

—Como le decía, a las 3.14 —respondió el técnico.

—Si no le importa, le he pedido la hora exacta.

—¿Y por qué no lo dice? —repuso el hombre sarcásticamente—. Las tres y catorce, cuarenta segundos y setenta y un centisegundos. Le daría los milisegundos, pero la señal ANI/ALI no...

—De acuerdo, Wrigley —dijo Delaplane, intentando no sonreír—. Buen trabajo—. Después de colgar, se volvió hacia Pendergast—. No sé dónde quiere llegar con esto.

—Tengo que pedirle un favor —dijo Pendergast con su tono más dulce—. ¿Podría llamar a su operador de emergencias y averiguar cuándo marcó la señora Ingersoll el 911?

—Déjeme adivinar: incluyendo los segundos.

—Si es usted tan amable...

Fueron necesarias dos llamadas y unos cinco minutos de espera mientras accedían a los registros.

—A las 3.18 —dijo Delaplane al colgar—. Y no, no sabían cuántas centésimas de segundo.

—Está bien, gracias —respondió Pendergast, que deslizó los dedos de una mano sobre las uñas de la otra en un gesto peculiar—. Podemos dar por sentado que ambas fuentes son bastante precisas. Desde luego, lo bastante precisas para nuestras necesidades.

—¿Y qué necesidades son esas? —preguntó Delaplane, que vio que Coldmoon la estaba mirando con una sonrisa en los labios.

—Aportar las variables para el siguiente cálculo: al joven Manning se le cayó el teléfono justo cuando huía de quienquiera que atacó a su amigo. Eso significa que el ataque se produjo a las 3.14 y unos cuarenta segundos. También sabemos que la señora Ingersoll llamó a emergencias a las 3.18, menos de cuatro minutos después, lo cual significa que es la hora a la que lanzaron a Brock Custis.

—¿Qué coño...? —dijo Coldmoon, que se revolvió al darse cuenta de lo disparatada que era la cronología.

—¿Lanzaron? —preguntó Delaplane.

—¡Queridos compañeros, tengan en cuenta los hechos! Las lesiones corporales y los relatos de los testigos dejan claro que Custis acababa de caer en la acera momentos antes de que Ingersoll tropezara con él. Todo el mundo ha dado por hecho que Custis se cayó de una ventana o de la azotea, pero no fue así.

—¿Por qué? —preguntó Delaplane.

—Porque el cementerio de Bonaventure, donde Custis fue abordado, se encuentra a más de seis kilómetros del tramo de la calle Taylor en el que nuestro amigo Ingersoll tropezó con el cuerpo de Custis. Teniendo en cuenta que son calles estrechas, la congestión urbana y los impedimentos geográficos entre ambas localizaciones, es imposible recorrer esa distancia en coche en menos de dieciséis minutos. He comprobado todas las rutas posibles. Pero Custis o, mejor dicho, su cadáver, llegó en solo cuatro minutos. Por eso afirmo, comandante, que lo tiraron. Porque la única conclusión posible es que fue de un sitio a otro volando. O, más bien, que lo trasladaron volando.

—¿Volando? —dijo Delaplane con incredulidad, pero al cabo de un momento lo entendió—. Ah. Ah, mierda.

38

—¿Quiere otra? —preguntó Felicity Frost, tendiéndole el plato de galletas digestivas de chocolate.

—No, gracias —respondió Constance, que se limpió los labios con una servilleta de damasco.

—Mierda —dijo la anciana con fingida irritación—. Eso significa que yo tampoco puedo comerme una.

Después dejó las galletas sobre una bandeja de plata en la mesita situada entre ambas. Constance vio que la cerámica pertenecía a un juego antiguo de Haviland Limoges, sobrio pero exquisito. Una característica que compartía con la propia Frost: antigua, discreta y mucho más profunda de lo que evidenciaría una mirada somera.

Aquel día, Frost le había enviado una nota para preguntarle si le gustaría tomar el té a las nueve de la noche. Constance aceptó, y llevaba una hora en compañía de la mujer. La señorita Frost era una excelente conversadora que entendía de varios temas, sobre todo de antigüedades. Le había enseñado tres habitaciones del ático: una librería-museo, una sala de música y el comedor en el que se encontraban. Sin duda había más, pero Frost no la había invitado a verlas, y Constance no preguntó. En cualquier caso, aquellas tres bastaban para hacerse una idea de los intereses y la personalidad de esa mujer. Las habitaciones contenían muchos objetos bellos: primeras ediciones de novelistas olvidados del siglo XIX; un piano Stainway Model O de 1923, el último año de su producción original; y una impresionante colección de arte que iba desde acuarelas de John Marin hasta varios grabados de la serie *Carceri* de Piranesi. Ciertamente las alfombras no eran las piezas de Kashan o Isfahán tejidas a mano que había en la mansión de Pendergast en Riverside Drive, y los muebles de Duncan Phyfe no eran originales, pero las reproducciones eran de buen gusto. Todo hablaba de una mujer con criterio que, aun no poseyendo una riqueza ilimitada, había acumulado muchos objetos hermosos.

Curiosamente, además de las colecciones de armas de fuego y plumas estilográficas, había un museo en miniatura con máquinas de rotores y piezas de los albores de la historia de la informática. Varias vitrinas grandes contenían, según le había explicado Frost, un dispositivo de cifrado soviético Fialka M-125, una máquina Enigma, un juego de engranajes de la máquina diferencial de Charles Babbage, un relé y un interruptor rotativo del Mark I de Harvard y un par de placas de circuito impreso de la histórica supercomputadora Cray-1. Los conocimientos de Frost sobre ordenadores eran extraordinarios, y a Constance le pareció que debía de ser un vínculo importante con su misterioso pasado, fuera este cual fuese.

—Son casi las once —dijo Frost mirando el reloj de pie situado en la pared del fondo. Estaba sentada en una *chaise longue* delante de Constance, y a su lado tenía un libro desgastado que la joven había visto en su primera visita. Era una compañía permanente—. Yo creo que es el momento de tomar algo más fuerte. ¿Y usted?

Constance pensó que, debido a los hábitos noctámbulos de la mujer, los cócteles se servían seis horas más tarde de lo habitual.

—Si le apetece…

—Desde luego que me apetece. A mi edad, la automedicación es prácticamente el único vicio que me queda. —Se levantó con esfuerzo y fue a un aparador con numerosas botellas—. ¿Le gustaría «ahogar a un loro» conmigo?

—No, gracias —dijo Constance con más brusquedad de la que pretendía.

—En ese caso, ¿cuál es su veneno?

—Campari con soda, por favor. Si lo tiene a mano.

—Lo tengo; ahora mismo se lo preparo.

La anciana desapareció unos minutos y volvió con dos vasos, uno rosa y otro de un verde pálido y lechoso.

—*A votre santé.*

Y, alzando el vaso, Frost brindó con Constance y ambas bebieron unos momentos en silencio.

—Campari —comentó Frost—. Una elección interesante para alguien de su edad.

—Podríamos decir lo mismo de usted y la absenta.

—Tal vez. La ilegalizaron antes de que yo naciera.

—Prohibida en 1915 —precisó Constance.

—Si usted lo dice, me lo creo. En cualquier caso, parece que el ajenjo me sienta bien. Como dijo alguien: «La dosis hace el veneno».

Entonces la anciana se recostó, mirando a Constance con una ceja arqueada. Constance iba a decir «Paracelso», pero decidió no hacerlo.

—Quería felicitarla por cómo toca el piano. —Ladeó la cabeza en dirección a la sala de música—. Esa pieza que interpretó la otra noche es uno de mis nocturnos favoritos.

—Y el mío también —dijo Frost, que bebió un trago—. ¿Usted toca?

Constance asintió.

—Pero me gusta el clavicémbalo.

Frost sonrió.

—No me cabe la menor duda de que es una intérprete consumada. Pero yo habría imaginado que alguien con su temperamento preferiría un instrumento con más dinámica.

—Para eso están los registros —dijo Constance.

—Desde luego. —Y, con otra sonrisa, Frost se terminó su copa—. La próxima vez la invitaré a cenar —añadió—. Aquí arriba tengo una bodega de vinos decente. Imagino que no son los que usted está acostumbrada a tomar, pero se pueden beber. —Una vez más, miró a Constance con aire inquisitivo—. Está usted habituada a los mejores vinos, ¿verdad? Y estoy segura de que su clavicémbalo es de la mejor calidad. Además, su misericorde es una antigüedad rara.

—Gracias —dijo Constance, tratando de disimular su creciente irritación—, pero dudo que mi arma sea mucho más rara que la Luger con la que me apuntó la otra noche.

La señorita Frost obvió el comentario.

—Menciono el vino porque estábamos hablando de música —dijo—. Cuanto mayor me hago, más relaciono a los compositores con el vino. Para mí, Mozart es como una botella de Château d'Yquem: dulce y sedoso, pero más complejo de lo que pueda parecer de entrada. Beethoven es como un pequeño sirah: malcriado, bruto y correoso, pero, una vez que lo pruebas, no lo olvidas. Y Scarlatti... —Soltó una carcajada—. Scarlatti es como un *prosecco* barato, lleno de burbujas que te molestan en la nariz.

—¿Y Brahms? —preguntó Constance, molesta por la calumnia dirigida a su amado Scarlatti, pero intentando no ser maleducada.

—¡Ah, Brahms! Brahms es como... uno de los mejores Barolo.

Y, dicho esto, la anciana fue al aparador y se sirvió más absenta. Aprovechando que esta estaba de espaldas, Constance hojeó el libro de bolsillo que había en la mesita.

Se recostó mientras su anfitriona acababa de diluir la copa, que sostuvo en alto para examinar el líquido. Luego, Frost se giró hacia ella.

—Es curioso, pero, cuando envejeces, como imagino que ya sabrá, cada vez estás más atrapada en un *do-loop* interminable.

—¿Disculpe?

Lo de «como imagino que ya sabrá» descolocó a Constance. Frost esbozó una sonrisa.

—Ahora estaba hablando la vieja programadora que llevo dentro.

Aquella era la referencia más directa que Frost había hecho a su pasado. Constance sabía que no tenía sentido marear más la perdiz, así que hizo una pausa y respiró hondo.

—Me gustaría saber más sobre esa vieja programadora.

Frost se echó a reír, una carcajada grave y susurrante pero sincera.

—Y por fin hemos llegado.

—¿Llegado adónde?

—Al verdadero motivo de su visita.

—He venido porque usted me invitó.

La propietaria aleteó una mano con impaciencia.

—Era broma. Pensaba que usted sería diferente.

—¿Diferente?

—Que le interesaría una conversación estimulante y no mi pasado.

—Su pasado solo es interesante porque lo lleva con mucho misterio.

Pero la anciana no pareció oírla, y tenía la mirada clavada en un punto indefinido. Después suspiró.

—Siempre pensé que esto podía ocurrir.

Al ver que no decía nada más, Constante preguntó:

—¿Qué, exactamente?

—Que podía aparecer alguien lo bastante agudo como para vencerme en mi propio terreno. Hace diez o veinte años me habría parecido un divertimento, incluso un desafío, pero ahora estoy cansada. Vieja y cansada. —Volvió a mirar a Constance. Inclinándose hacia delante, cogió el vaso, lo apuró y lo dejó de nuevo sobre la mesita—. Así que terminemos la partida.

Su voz denotaba una inquietud que puso a Constance en guardia. La anciana había resultado ser una sorpresa: era mucho más avispada de lo que esperaba.

—Haremos lo siguiente —continuó Frost—. Es usted una criatura perspicaz. Hará una afirmación sobre mí que considere que podría ser cierta. Si lo es, se lo confirmaré y podrá hacer otra afirmación. Pero, cuando haga una afirmación incorrecta, se invertirán los roles, y yo podré hacer afirmaciones sobre usted con las mismas condiciones. ¿Acepta?

Constance vaciló. Tenía la ligera sensación de que acababan de superarla en una partida de ajedrez, pero, tras unos momentos, asintió.

La anciana se acomodó en la butaca.

—Proceda.

—Está bien. —Constance se quedó pensativa durante unos instantes—. Le tenía usted mucho afecto a Patrick Ellerby.

Frost chasqueó la lengua, como si aquella pregunta no fuera digna de un primer movimiento.

—Cierto.

—Pero era desobediente. La decepcionó, e incluso la traicionó.

La propietaria puso mala cara, pero asintió.

—Cierto.

Constance se quedó callada. No quería poner a prueba la paciencia de Frost con observaciones triviales, pero hablar a ciegas era aún más peligroso.

—Se ha reinventado a sí misma al menos una vez.

Ahora fue Frost quien se quedó en silencio.

—Cierto.

—En algunos aspectos tiene personalidad rebelde. Las normas al uso no van con usted.

Frost titubeó y se sonrojó un poco.

—Cierto.

—Posee grandes conocimientos sobre ciencia, en especial matemáticas, programación y física.

—Cierto.

Constance siguió con el sondeo, utilizando su propio pasado como guía.

—Tuvo una infancia difícil.

—¡Falso! —Frost soltó una risotada triunfal—. Mi infancia fue tranquila y normal, muchas gracias.

—¿Dónde se crio?

—¡De eso nada! —La señorita Frost cambió de postura en la *chaise longue*—. Es mi turno.

Una vez más, su manera de decirlo puso en alerta a Constance.

—Le propongo otra alternativa —dijo Frost—. Haré una única observación sobre usted. Si me equivoco, gana. Pero, si acierto… tendrá que explicarse.

Constance esperó con incomodidad.

—¿Lista?

Constance asintió.

—Es usted mayor de lo que parece —dijo Frost—. Y no unas semanas, ni unos meses ni unos años, sino que es mucho mucho mayor.

Constance no medió palabra.

—¿No piensa responder? —insistió la anciana—. ¿O se está preguntando cómo lo sé? Porque lo sé; esto no es fruto de la intuición. Al principio pensé que se trataba de un capricho de mi imaginación. A fin de cuentas, ¿cómo era posible que sus conocimientos fueran tan amplios, o más, que los míos cuando me he pasado ocho décadas adquiriéndolos? Así que empecé a sazonar nuestra conversación con pequeñas trampas. «Lazos para atrapar codornices», como decía Shakespeare.

—¿Y qué trampas son esas? —preguntó Constance, intentando expresarse con firmeza.

—No solo sabía en qué año fue declarada ilegal la absenta, sino que entendió a qué me refería con «ahogar a un loro», una expresión que no se utiliza desde hace cien años. Emplea términos arcaicos. La estructura de sus frases es del siglo XIX, y sabía qué era un misericorde. Reconoció al autor de mis antigüedades y mis cuadros y, aunque no dijo nombres, lo vi en su expresión. Domina mejor que yo el latín y el griego antiguo. —La anciana se inclinó ligeramente hacia delante—. Nadie puede absorber tantos conocimientos en poco más de veinte años. Pero lo que verdaderamente la delató fueron sus ojos.

—¿Qué les pasa?

—No son los ojos de una mujer joven. Podrían pertenecer a una anciana. Podrían ser los míos, pero reflejan una experiencia aún mayor. Son los ojos de… una esfinge.

Constance no halló respuesta.

—Así que estoy fascinada —dijo la señorita Frost—. Cautivada. Embelesada. Quiero conocer el secreto. Quiero saber cómo lo hizo.

Constance se puso en pie de manera bastante repentina.

—¿Tira la toalla, señorita Greene? —preguntó Frost—. Todavía podemos aprender mucho la una de la otra.

Constance se quedó quieta y volvió a sentarse lentamente.

—Me debe usted una respuesta, querida —dijo Frost.

—La respuesta es… —Constance tardó un poco en terminar la frase—. Cierto.

Los ojos de la anciana se abrieron de par en par.

—¿En serio?

Constance no añadió nada más.

—Siga. Como le decía, quiero conocer el secreto. —Cuando el silencio fue la única respuesta, apostilló—: Es lo justo.

—Mi vida fue prolongada de manera artificial en un experimento científico llevado a cabo hace más de un siglo.

Constance lo dijo con una voz totalmente inexpresiva y Frost abrió aún más los ojos. Parecía una médium que acababa de descubrir que su falsa bola de cristal en realidad tenía propiedades mágicas.

—Oh, Dios mío. —Entonces, recobrando la compostura, preguntó—: ¿Y se sintió agradecida por ese don?

—El médico que me alargó la vida mató a mi hermana mientras perfeccionaba sus experimentos. Tuvo más… éxito conmigo.

Y, con eso, Constance se levantó de nuevo, todavía de forma más abrupta, y salió de los aposentos de Felicity Frost.

39

—Tenemos un desastre entre manos —le dijo Delaplane al grupo congregado en la sala de reuniones de la comisaría de Savannah. A su lado tenía a Sheldrake, y Coldmoon y Pendergast estaban sentados al fondo mientras la comandante repasaba el caso—. Ya vieron o les han contado la escena que tuvo lugar en el cementerio. Y esta mañana habrán visto los informativos nacionales y las fotos de los fantasmas en todas las cadenas. Necesitamos progresos.

Eran unas fotografías bastante inquietantes, pensó Coldmoon, y no entendía cómo Moller, el alemán, había consumado aquellas falsificaciones, suponiendo que lo fueran. Había visto el inicio de la pantomima de Moller en el cementerio antes de que Pendergast se lo llevara de allí, y ahora desearía haberse quedado.

Delaplane resumió brevemente el caso e hizo anotaciones en una pizarra. Sheldrake expuso durante unos minutos sus aspectos inusuales y contradictorios, incluida una sucinta mención a la logística que conllevó el traslado de las víctimas desde donde fueron atacadas hasta donde fueron hallados los cuerpos.

Cuando estaban terminando, oyeron alboroto en la puerta y Coldmoon vio que había entrado un grupo de hombres con traje oscuro liderados por un jefe con gafas de sol. «O es político o es mafioso», pensó Coldmoon cuando el hombre se dirigió a la parte delantera de la sala como si fuera el dueño del lugar. En el umbral apareció también un equipo de grabación. No eran los capullos del documental, sino otro equipo al que evidentemente había llevado allí el tipo con pinta de jefe.

Delaplane se quedó mirando a los intrusos y, con un tono que no era para nada una acogida calurosa, dijo:

—Bienvenido, senador.

—Espero no interrumpir —respondió el hombre, que se volvió hacia los agentes y esbozó una sonrisa, mostrando los dientes más blancos y rectos que Coldmoon había visto en su vida.

Lucía un bronceado artificial, implantes capilares y, según pudo intuir Coldmoon, un *lifting* facial. Tenía constitución de un defensa de rugby, acentuada por un traje que le iba ajustado, y un atractivo de estrella de cine. Rondaba los cincuenta y cinco años y su único defecto era una maraña de venas en la nariz.

—Como senador del gran estado de Georgia, vengo a ofrecer nuestra ayuda para resolver este terrible caso. —Miró a cámara con una sonrisa—. Apoyo al cien por cien a las fuerzas del orden locales. —Dándose la vuelta una vez más, se dirigió a Delaplane—. ¿Cómo marcha la investigación, comandante?

—Estábamos terminando una reunión informativa sobre los nuevos avances del caso —dijo.

—¿Hay nuevos avances?

—Estamos trabajando en varias líneas de investigación —respondió Delaplane sin inmutarse.

—Me alegra oír eso, porque estaba preocupado, naturalmente. —Hizo una pausa—. Como sabe, mañana por la noche celebro un mitin de campaña en el parque Forsyth.

—Somos muy conscientes de ello, senador, y organizaremos un dispositivo de seguridad.

—Ese es el problema: la seguridad. Sé que han estado haciendo horas extra con este caso, pero, como pueden comprobar, se ha convertido en una noticia de ámbito nacional y no está dejando en buen lugar a nuestra ciudad y nuestro estado. Necesitamos ver progresos reales para resolver esto antes del mitin. ¿Me he explicado con claridad, damas y caballeros?

Coldmoon vio que los agentes del Departamento de Policía de Savannah no estaban contentos con la intrusión del senador, y un silencio gélido llenó la sala.

—Solo quería decirles que cuentan con mi apoyo —añadió el senador, elevando el tono de voz—. Me aseguraré de que, desde Washington, destinemos todos nuestros recursos a resolver esos asesinatos horrendos. Así que, cualquier cosa que necesite, comandante, llámeme y hágamelo saber. Estamos con ustedes, se lo prometo.

—Gracias, senador —dijo Delaplane.

—Gracias. Damas y caballeros de las fuerzas de la ley, ¡que Dios los bendiga a todos!

El senador hizo un pequeño gesto con la mano y su sonrisa se desvaneció en cuanto las cámaras dejaron de grabar. Luego dio media vuelta y se dirigió a la puerta con su séquito. Pero en el último momento se desvió y fue hacia Pendergast y Coldmoon.

—Caballeros, ¿puedo hablar afuera con ustedes?

Ambos se levantaron sin decir nada y salieron al sofocante aparcamiento de la comisaría, donde el todoterreno negro del senador estaba estacionado ilegalmente junto a otros coches oficiales.

Una vez fuera, el senador miró a Pendergast.

—Así que ustedes son los agentes a los que Pickett asignó este caso. —Se los quedó mirando—. Usted debe de ser el agente Pendergast.

Pendergast afirmó con la cabeza.

—Me han dicho que es usted el mejor, que siempre resuelve los casos y que en el FBI no hay ningún agente más inteligente para ocuparse de algo así.

Pendergast permaneció quieto e inexpresivo.

—Para serle sincero, de momento no he visto nada en absoluto. Ni detenciones ni pistas ni nada de nada. Bueno, salvo esa redada a una panda de viejos pervertidos rebozándose en sangre de pato. ¿Y qué vi ayer en los informativos matinales cuando desperté? Fotos de fantasmas y Savannah convertida en el hazmerreír de la nación. «El vampiro de Savannah». Madre mía. Agente Pendergast, ¿puedo preguntarle qué han estado haciendo usted y su compañero los últimos diez días?

—Puede preguntarlo —dijo Pendergast.

Drayton esperó, pero, por lo visto, Pendergast había terminado de hablar.

El senador se acercó más.

—Permítame explicarle una cosa, Pendergast. Ya ha oído lo que he dicho ahí dentro. Está previsto un mitin que es crucial para mi reelección y no puedo permitir que nada se interfiera en él o reduzca el número de asistentes. No puedo hacer otra cosa que reprenderles, a usted y a su compañero, por su incapacidad para avanzar en este caso. Francamente, no sé si debo rebajar mis influencias a niveles tan inferiores, pero su jefe, Pickett, que me aseguró que resolvería usted el caso, que lo elogió y que ha estado cubriéndole las espaldas, estaba pendiente de un ascenso a director en funciones. Nótese mi uso del pretérito.

A Coldmoon le hervía la sangre. Aunque no le caía bien Pickett, era leal al FBI y le ofendía que aquel político de pacotilla los amenazara, pero Pendergast no dijo nada.

—¿Entiende lo que le estoy diciendo, Pendergast?

—Naturalmente.

Aquello era demasiado.

—Senador, lamento que su campaña de reelección no esté yendo bien —terció Coldmoon.

Drayton lo miró con unos ojos pequeños, entornados y llenos de ira.

—Cabrón insolente. A lo mejor sí que puedo pisotear a un insecto de mierda como usted.

—Adelante —dijo Coldmoon.

Drayton sonrió, mostrando sus dientes níveos.

—Se van a enterar los dos de lo que significa faltarle al respeto a un senador electo de Estados Unidos. Eso se lo puedo asegurar.

—Si es que sigue siéndolo después de las elecciones —apostilló Coldmoon.

—Créame, esa mierda les caerá encima antes. —Hizo una pausa, cogió la identificación que el agente llevaba colgada del cuello y la soltó de nuevo—. Coldmoon.

Entonces, Drayton chasqueó los dedos por encima de la cabeza y sus esbirros fueron a toda prisa hacia el todoterreno. Unos le abrieron la puerta y el resto se dirigieron a los otros vehículos.

Coldmoon intentó hacer unas cuantas inspiraciones mesuradas para calmarse. Después miró a Pendergast, pero su expresión era tan distante y neutra como de costumbre.

—Ahí va el portaestandarte de los gilipollas —dijo Coldmoon mientras la comitiva salía del aparcamiento con la luz de la sirena encendida.

—Debería usted conocer a mi amigo, el teniente D'Agosta, del Departamento de Policía de Nueva York —dijo Pendergast tranquilamente—. Él también tiene unas reservas extraordinarias de expresiones originales.

—Y me he contenido. —Coldmoon seguía observando los vehículos que se alejaban—. A ese tío tendría que caerle un rayo encima.

—Paciencia, agente Coldmoon.

Se dio la vuelta hacia Pendergast.

—¿Qué significa eso?

—La gente con ese nivel de arrogancia y narcisismo casi siempre acaba precipitando su propia caída.

—¿Y si no ocurre? —preguntó Coldmoon.

—Entonces tendré que conseguir que lo descubran *en dasha belle*.

—¿Perdón?

—Es una expresión bastante malsonante. Déjeme formularlo de esta manera: usted se llama Armstrong porque uno de sus antepasados supuestamente mató al general Custer, ¿verdad?

—De supuestamente nada.

—Como desee. La cuestión es que, si don Drayton no se deshonra a sí mismo, me aseguraré en persona de que conozca su Little Bighorn, la batalla en la que murió Custer.

Pendergast no añadió nada más.

40

Wellstone estaba tomando una soda con lima junto a una ventana del bar del recién inaugurado hotel Telfair Square. Eran casi las diez, y el bar se encontraba en el breve periodo de calma entre la marcha del local de los clientes que se habían ido a cenar y los noctámbulos que aún estaban por llegar. Por supuesto, él no se hospedaba allí —su suite se encontraba en el Marriott Riverfront—, pero aquel lugar era óptimo para vigilar a su objetivo, al otro lado de la calle State.

El Ye Sleepe era un hotel extravagante que cultivaba una imagen de sordidez bohemia. Sin duda, era la última de varias generaciones de alojamientos comerciales: bajo la pintura de la fachada apenas se distinguía un logotipo de Best Western con su corona roja, y la marquesina exterior del hotel recordaba sospechosamente al «Gran Cartel» de los viejos Holiday Inn.

El camarero se acercó a su mesa.

—¿Algo más, señor? ¿Tal vez algo con un poco más de octanaje?

—Seguiré con la soda, gracias.

Por el momento descartaría el alcohol, sobre todo el vino tinto.

Observó la otra acera mientras el camarero le llevaba la bebida. Cuando se enteró de que Barclay Betts y su comitiva se hospedaban en el Ye Sleepe, su primera reacción fue de desdén. ¿El puto tacaño no podía alojar a su gente en la costa? Pero, allí sentado frente al hotel, pudo identificar un método en la locura de Betts. Las habitaciones, según le había informado el camarero, eran viejas y muy espaciosas, y el lugar acogía a viajeros jóvenes, sedientos y lujuriosos con poco presupuesto. Eso significaba que Betts disponía de mucho espacio para su comitiva, y sus gritos de asno difícilmente provocarían quejas de la directiva.

El hotel tenía otra ventaja, al menos para Wellstone. El aparcamiento, que estaban pavimentando en aquel momento, tenía barreras y carecía de iluminación. Ocupaba toda la manzana del flanco oeste del edificio y siempre estaba desierto. Allí era donde Betts había reservado varias habitaciones, todas ellas en la primera planta.

Y la de Gerhard Moller era la quinta ventana desde la calle.

Wellstone había necesitado pocas pesquisas y vigilancia para averiguarlo. La distribución del hotel era mejor de lo que esperaba. De hecho había convertido lo que al principio parecía un plan un tanto inverosímil en algo factible. Muy factible, en realidad.

En sus progresos para desenmascarar a Barclay Betts no había sufrido más que reveses, el último de ellos cuando echaron a Daisy Fayette del rodaje en el cementerio. Al final, la astucia salvaje que percibía bajo aquella pátina de belleza sureña le había fallado. Y ahora, gracias a sus pantomimas junto a la tumba, Betts había ganado aún más popularidad. En circunstancias normales, Wellstone habría regresado a Boston y no se habría tomado ninguna molestia con aquel aficionado, pero casi podía notar la crema inglesa chorreándole por la espalda mientras Betts se reía. E, irónicamente, fue la humillación de Daisy —que conoció con quejumbroso detalle— la que le dio la idea que podía cambiar las cosas.

Aparte de la jadeante letanía de injusticias infligidas por Betts y compañía, Daisy le explicó que Moller había hecho fotos con aquella cámara especial y se las había enviado por bluetooth a periodistas y mirones. Tras abandonar la casa de Daisy con vagas promesas de venganza, Wellstone fue directo al gueto turístico de la calle Bay, donde se hospedaban la mayoría de los reporteros, y obtuvo copias de las fotos de Moller. En las tres aparecían sujetos bastante normales: un agente de la científica, una tumba con un ángel de mármol y una lápida rota. Pero en cada una de ellas se había superpuesto una aparición siniestra, indefinida pero aun así inquietante: una mano huesuda, una cara tétrica y una calavera con poco pelo y una garra saliendo de la tierra.

Esas fueron las palabras —«superpuesto» e «indefinida»— que convencieron a Wellstone de que sabía lo que Moller se traía entre manos. Era obvio que se trataba de fotografías auténticas tomadas en tiempo real; al fin y al cabo, el «doctor» no podía saber de antemano qué fotografiaría en el cementerio. Eso significaba que la cámara incorporaba algún artilugio que creaba una doble exposición digital.

Tenía que ser eso. La cámara que Moller protegía tan celosamente contenía un mecanismo para manipular las fotos superponiéndolas sobre las imágenes fantasmagóricas. Eso, especuló Wellstone, solo podía conseguirse si la cámara ya contaba con una amplia variedad de imágenes sobrenaturales creadas previamente por Moller. Lo único que necesitaba era hacer una foto «real» y luego utilizar lo que fuera que había instalado en la cámara para superponer una de sus imágenes siniestras. Wellstone dedujo que utilizaba el visor para encuadrar la doble exposición de la manera más creíble. Después, pulsando un botón, hacía una foto y un algoritmo de la cámara unía las dos capas en una imagen final que enviaba a los ingenuos.

Pero ¿cuál era ese mecanismo? ¿La cámara contenía una tarjeta SSD con imágenes fantasmagóricas listas para su uso? Probablemente sí. Si Wellstone lograba hacerse con esa tarjeta y sus imágenes falsas, podría demostrar que Moller era un fraude, y Betts, cómplice del plan.

Eso significaba que debía llevarse la cámara, y el modo en que pensaba hacerlo técnicamente podía considerarse allanamiento de morada. Pero Wellstone prefería no pensar en ello. Podía considerarse periodismo de investigación al nivel de los Papeles del Pentágono o Garganta Profunda.

Justo entonces, Wellstone vio movimientos en la entrada principal del Ye Sleepe. Un hombre fornido —el mismo cromañón que lo había apartado de Betts en el restaurante— salió a la calle. Detrás iba el joven de aspecto desaliñado que, por lo que sabía Wellstone, era el investigador de Betts. A continuación aparecieron la atractiva directora de fotografía, el capullo de Betts y, *Deo gratias*, Moller. Wellstone reparó en que el charlatán no llevaba su maletín.

Eso significaba que lo había dejado en la habitación. Exactamente lo que Wellstone esperaba.

Unas cuantas personas más se unieron a la comitiva. Merodearon frente al vestíbulo un minuto o dos, y luego echaron a andar por la calle State en dirección a Barnard.

Wellstone se levantó sin tocar la soda que acababan de servirle, dejó un billete de veinte dólares encima de la mesa y salió aprisa. Como de costumbre, no se esperaba el calor y la humedad, que lo envolvieron como una manta empapada proveniente de la bahía de Hudson. No había muchas farolas, especialmente al otro lado, donde estaban pavimentando el aparcamiento, y apenas podía distinguir al grupo de Betts cuando dobló la esquina de Barnard y desapareció.

Wellstone cruzó la calle apretando el paso, pero intentando no llamar la atención. Lo había planeado todo hasta el más mínimo detalle, pero eso no significaba que pudiera entretenerse.

Mientras caminaba por delante de la fachada del Ye Sleepe, pasó junto a las vallas de obra y entró en el aparcamiento, donde aún estaba más oscuro. Se detuvo para cerciorarse de que no había nadie y de que no lo estaba grabando ninguna cámara de seguridad. Al margen de algunas herramientas de asfaltado, estaba solo y era invisible en aquella negrura.

Contó rápidamente las ventanas hasta llegar a la habitación de Moller. Intentó mirar dentro, pero las cortinas estaban cerradas, así que sacó unos guantes de látex del bolsillo y deslizó los dedos por el borde inferior de la ventana.

No se podía abrir desde fuera, lo cual no era una sorpresa. Pero, gracias a Dios, no era uno de esos ojos de buey de los hoteles modernos que te hacían sentir como si estuvieras en una pecera. A continuación Wellstone sacó del bolsillo un delgado cincel y una maza de goma. Insertando el cincel en la abertura que había entre la ventana y el alféizar, golpeó silenciosamente con la maza —una, dos, tres veces— hasta que el acero de la herramienta penetró en el estrecho canal. Entonces agarró el mango del cincel y empujó hacia arriba, con suavidad al principio y luego cada vez más fuerte. No quería romper el cristal, lo cual supondría tener que recurrir al no tan atractivo plan B. En ese caso haría que pareciese un robo frustrado. Pero la suerte seguía de su parte: la ventana no estaba cerrada con pestillo y la guillotina subió con facilidad sin hacer ningún ruido.

Levantó la ventana unos sesenta centímetros y se dio la vuelta para hacer un nuevo reconocimiento. Se hallaba en la más absoluta oscuridad y, en cualquier caso, la persona más cercana que podía ver estaba esperando en un coche junto a una farola situada a dos manzanas. Agarrándose a la ventana, pasó rápidamente una pierna y después la otra, se deslizó entre las cortinas y dejó que estas se cerraran de nuevo. No tenía sentido cerrar la ventana: no pensaba estar allí mucho tiempo.

Sacó una linterna y, utilizando su tenue haz de luz, escrutó la habitación. Con la adrenalina disparada, vio el inconfundible maletín de Moller a los pies de la cama. Ahora no cabía duda: estaba en la habitación correcta. Las imágenes de Daisy demostraban que el maletín tenía cremallera y pestillos. Se dirigió hacia la puerta y examinó los cierres. Además del habitual pomo, había una cadena y un pasador. No podía poner la cadena —eso lo delataría—, pero sí deslizar el pequeño pasador hasta la mitad de la jamba, lo cual le daría tiempo sin levantar sospechas. Probablemente no sería necesario, pero a Wellstone no le gustaba correr riesgos.

Entonces volvió al maletín situado junto a la cama. Con la linterna encendida sobre una mesita de noche, sacó el teléfono y le hizo fotos desde varios ángulos. ¿Estaría cerrado con llave? Lo levantó y lo dejó con cuidado encima de la cama. Era sorprendentemente pesado. Abrió la cremallera y vio que los pestillos cedían. Después grabó un breve vídeo del contenido, sacando un artefacto tras otro y volteándolos delante de la cámara. Gracias a Daisy, había visto muchos de aquellos artilugios, pero de cerca todo parecía mucho más falso, en especial la vara de plata, tan ligera como el aluminio, y el cristal, alterado para que pareciera obsidiana.

Allí estaba la cámara, metida en su compartimento en una esquina del maletín. Wellstone la cogió y, con los guantes puestos, la depositó con sumo cuidado sobre el edredón. Eso era lo que hacía que el maletín pesara tanto, y eso era lo que había ido a buscar: el instrumento de su venganza.

Después de recolocar la linterna, tocó delicadamente los bordes del dispositivo. Parecía una vieja Hasselblad 500C, pero más grande y revestida de madera. Los habituales controles para enfocar y determinar la exposición eran visibles, pero también había una hilera de botones sin identificar. A la tapa superior le habían adosado una pequeña caja metálica, debía de ser el dispositivo bluetooth del que le había hablado Daisy.

Pero ya bastaba de mirar boquiabierto; había llegado el momento de descubrir cómo había fraguado Moller su estafa. Wellstone pasó los dedos por los laterales de la cámara intentando averiguar cómo se abría, a la vez que procuraba no dejar rastro de su presencia. Era como un rompecabezas chino. Pero, de repente, oyó un clic y se abrió la tapa. Probablemente había pulsado sin querer un botón oculto. La suerte seguía de su lado.

Reorientó de nuevo la linterna y abrió la tapa con cuidado. El interior era más complicado de lo que esperaba: un par de placas base, algo que parecían chips de RAM, un microprocesador y las tripas de una cámara 6×6. Pero buscó en vano el disco duro o la memoria SSD, aunque sabía que tenían que estar allí. En el bolsillo del abrigo llevaba un clonador de discos que podía crear una imagen bit a bit en diez minutos y una memoria de dos terabytes. Pero no podía copiar el disco si no lo encontraba.

Maldiciendo entre dientes, cogió la linterna y examinó el dispositivo más de cerca. No había ni disco duro ni tarjeta SSD de almacenamiento…

Fue entonces cuando Wellstone vio, oculta debajo de un cable plano, una línea de chips negros idénticos del tamaño de una uña y delgados como una hostia sagrada. Tenían pequeñas etiquetas con un texto en alemán igual de diminuto. ¿Qué coño era aquello?

Leyó algunas etiquetas. GEISTER. HEXEN. DÄMONEN. SKELETTE.

Entonces Wellstone tuvo una epifanía. Aquellos chips pequeños e idénticos eran tarjetas de memoria no volátiles como las de las cámaras de seguridad domésticas, y cada una de ellas contenía imágenes digitales falsas. Wellstone sabía suficiente alemán para traducir las etiquetas manuscritas. *Geister*, fantasmas. *Hexen*, brujas. *Dämonen*, demonios. *Skelette*, esqueletos. El cabrón hacía una foto y, manipulando la cámara, elegía una imagen falsa de su galería en miniatura para superponerla. Aquello confirmaba sus sospechas.

Al final no había disco duro en la cámara, pero aquello era aún mejor. Podía coger uno o dos chips —los del fondo— y Moller tardaría en darse cuenta. No era necesario hacer una copia, lo cual le llevaría un buen rato. Wellstone apartó el cable, introdujo los dedos en el dispositivo y se dispuso a quitar los dos últimos chips.

Pero no era tan fácil como esperaba. La fila de chips estaba sujeta por una varilla de acero que pasaba por el borde superior y se acoplaba en el interior de la cámara. En principio, tan solo debía levantar esa pieza y retirar los chips, pero la varilla parecía atascada.

De repente oyó voces en el pasillo y se le heló la sangre al reconocer a Betts discutiendo.

—¿Esto no podía esperar?

—No quiero descuidarlo.

La otra voz era la de Moller.

Wellstone se inclinó sobre la cama, paralizado por la sorpresa y el desaliento. ¿Qué debía hacer?

—¡Espabile! —gritó Betts sin importarle si molestaba al ala entera del hotel.

—*Eine Minute!* —repuso Moller con irritación, y añadió en voz baja—: *Die dumme Ames geben mir keine Ruhe.*

Ahora, la voz estaba justo detrás de la puerta. Wellstone tiró de la varilla, primero con suavidad y luego con violencia, pero esta no cedió.

Wellstone oyó el clic de una cerradura y el traqueteo del pasador, que impedía que se abriera la puerta, y supo que no tenía elección. No podía llevarse la cámara entera, y tampoco se atrevía a desmontarla, así que cogió el teléfono e hizo fotos del interior.

Entonces oyó más ruidos en la puerta.

—*Dieser verfluchte Schlüsselloch!,* ¡esa maldita cerradura!

Moviéndose a la velocidad del rayo, Wellstone volvió a colocar la cámara en su compartimento, cerró el maletín y lo dejó en el suelo. Luego alisó la parte baja de la cama, se guardó el teléfono en el bolsillo y se aseguró de que llevaba todas sus herramientas: linterna, maza, cincel, clonador de discos y memoria USB. Después retrocedió sin perder de vista la puerta hasta que notó el roce de las cortinas.

—¡Gerhard! —dijo Betts en una impaciente parodia del acento alemán—. ¡Mueva ese culo *schweinehund*!

—*Halt deine Fresse!* —le espetó Moller, que dio un empujón a la puerta.

Esta vez, el pestillo y la puerta cedieron, pero la ventana, tapada por las cortinas, estaba cerrándose silenciosamente. En el momento en que Moller encendió la luz, Wellstone ya corría por el oscuro aparcamiento, alejándose de la calle State rumbo a Broughton. Pero no era tan sigiloso como cuando se acercó a la habitación de Moller. Ahora no paraba de repetir algo mientras corría:

—Mierda. Mierda. Mierda. Mierda. Mierda...

41

Pendergast estaba sentado en la galería de la Casa Chandler, un balcón largo de forja ornamentada que recorría toda la segunda planta. Más abajo, los turistas paseaban por la acera. Desde las calles abarrotadas llegaba el rumor del tráfico y el sonido de alguna que otra bocina o chirrido de frenos. En la mesa redonda a la que estaba sentado —hecha, igual que la galería, de hierro decorado con filigranas— había cinco objetos: el último número de *The New England Journal of Medicine*, una botella de calvados y tres copas, dos de ellas vacías. La mirada pétrea del agente estaba clavada a media distancia. Allí no había nadie más y, para garantizar su tranquilidad, había reservado un número de habitaciones lo bastante elevado como para que quien saliera al balcón no lo molestara con una presencia repugnantemente próxima.

En aquel momento se abrió la puerta y apareció Constance.

—*Bonsoir* —dijo Pendergast.

—¿En qué estaba pensando? —preguntó ella al sentarse a su lado.

—Estaba observando el claroscuro que forman las luces del hotel en este balcón.

—El efecto me recuerda a las blondas de papel que hacíamos de niños.

Pendergast le sirvió a Constance un poco de calvados y cogió su copa.

—Imagino que estará ansioso por conocer los resultados de mi segunda conversación con la gran dama del piso de arriba —dijo Constance con la copa en la mano.

—Es lo que más deseo.

—He pasado muchas horas conversando con ella, pero no sé si la información que he recabado será relevante salvo para rellenar algunos huecos del tríptico que está pintando.

—Me siento halagado, querida, pero mi idea sobre Savannah y sus crímenes es a lo sumo un díptico.

Constance bebió un sorbo de calvados.

—Como le decía, Frost es una mujer de lo más inusual, pero no es el parásito chupasangres que algunos creen. Actúa de manera intimidatoria para que la dejen en paz. Cuando era más joven, el personal y los huéspedes debían de considerarla una fuerza de la naturaleza. Ni siquiera ahora es tan frágil como quiere hacer creer a la gente, y tiene la mente muy despierta. No ha perdido sus recuerdos, y su aprendizaje e inteligencia son profundos. —Hizo una pausa—. De hecho, en nuestro segundo encuentro ya había deducido de algún modo que soy… bastante mayor de lo que aparento.

Pendergast arqueó las cejas.

—¿Y cómo lo dedujo?

Constance tardó en responder.

—Aloysius, me dijo que… —Entonces se quedó callada y sacudía tan fuerte la cabeza que se le movía el moño—. No importa, de verdad. Ya se lo explicaré cuando estemos ociosos.

—¿Y usted le contó su historia?

—Lo mínimo indispensable para intentar sonsacarle algo, pero se negó a darme detalles de su vida antes de mudarse a Savannah. Lo que sí puedo decirle es que está muy leída en literatura, filosofía, historia y ciencias. Le ha dolido mucho la muerte de Ellerby. Estaba enfadada por que la hubiera desafiado, pero también parece sentirse responsable.

—¿En qué sentido? —murmuró Pendergast.

—Eso no me quedó claro. Son solo especulaciones.

Por la calle pasó un gran camión de reparto que hizo temblar ligeramente el balcón.

—Adelante, especule —dijo Pendergast.

—De acuerdo. Pero, por favor, no critique mi lógica ni me pida que la respalde con argumentos.

—Yo jamás sería tan apremiante.

Constance contuvo una sonrisa y miró hacia la oscuridad que envolvía la plaza Chatham.

—Tengo tres ideas. La primera: aunque tenía mucho dinero cuando llegó a Savannah, no era de familia rica. Creo que tuvo una infancia feliz, pero pobre. La segunda: aunque llora la muerte de Ellerby, no hablamos de lo estrecha que era su relación. Creo que tenía una conexión emocional aún más profunda en otro lugar, en otro lugar de su pasado. Puede que perdiera a alguien o dejara a alguien hace mucho tiempo y ahora, en la vejez, se arrepiente profundamente. Y la tercera: en mi opinión, lleva una carga de culpabilidad que se manifiesta con tristeza y miedo.

—¿Culpabilidad por la muerte de Ellerby?

—No, por algo que hizo mucho antes. La acompaña desde hace tiempo y cada vez se vuelve más intensa.

Pendergast bebió un trago con aire pensativo.

—Muy interesante, Constance.

—Hay otra cosa —dijo ella tras unos instantes de duda. Pendergast dejó el vaso encima de la mesa—. Tiene un libro muy desgastado que lleva casi siempre encima. Naturalmente se convirtió en objeto de mi interés y aproveché la oportunidad para examinarlo.

Pendergast se inclinó hacia delante.

—¿Y?

—Era un ejemplar de *Antología de Spoon River*.

—¿De Edgar Lee Masters?

Visiblemente decepcionado, Pendergast apoyó la espalda en la silla.

—Ya sé que no es precisamente *Cantos* de Ezra Pound, pero se puede amar la poesía por su sentimiento y no por su calidad.

Pendergast hizo aletear una mano para indicar que coincidía con su apreciación.

—En todo caso —prosiguió Constance—, pensé que le interesaría la dedicatoria de la guarda. No está extraída del libro y dice así: «De Z.Q. a A.R. Para mí, tú siempre serás "ese gran nómada social que acecha en los confines de un orden dócil y asustado". Berry Patch, 22/4/72».

Pendergast le pidió a Constance que repitiera la inscripción.

—¿Quién es el autor de la cita? —preguntó a continuación—. No la conozco.

—La busqué en Google y está atribuida al filósofo francés Michel Foucault, pero ha sido modificada. La cita original dice: «El lirismo de la marginalidad puede hallar inspiración en la imagen del forajido, el gran nómada social que acecha en los confines de un orden dócil y asustado».

Absorto en sus pensamientos, Pendergast se acercó la botella de calvados y empezó a voltearla. Finalmente dijo:

—¿Qué cree que significa?

—Que ese tal A.R. es un forajido, y de éxito.

Pendergast dejó la botella en la mesa.

—¿Y quién es A.R.?

Constance soltó una pequeña carcajada.

—Yo juraría que A.R. es ella. Al menos para ese tal Z.Q.

Pendergast apartó los dedos de la botella.

—Coincido. Y también en que ella es el forajido.

—Un forajido admirable, al menos para Z.Q.

—Exacto. Ahora permítame contarle algo interesante. Usted mencionó que no había encontrado rastro de su existencia antes de 1972, lo cual me llamó la atención, así que eché un vistazo a las excelentes bases de datos del FBI y descubrí que Felicity Winthrop Frost murió en 1956.

Constance arqueó una ceja.

—Falleció a los doce años y fue enterrada en el cementerio de un lugar llamado Puyallup, a las afueras de Seattle.

—Es extraño —dijo Constance—. ¿Qué puede significar?

—Pues, simple y llanamente, que nuestra propietaria le robó la identidad a alguien. Antes de que la Administración de la Seguridad Social informatizara sus archivos y los cruzara con los partes de defunciones, no era difícil. Buscabas una persona muerta más o menos de tu edad, averiguabas su número de la seguridad social y obtenías un carnet de conducir a ese nombre. De ese modo podías denunciar la pérdida de tu partida de nacimiento y recibir una copia. Luego, con la partida de nacimiento, podías conseguir un pasaporte, una cuenta bancaria y todos los documentos oficiales que quisieras.

—Por eso no encontré nada sobre ella antes de 1972.

—Exactamente. Asumió su nueva identidad ese año, el mismo en que recibió el libro. A lo mejor fue un regalo de despedida cuando salió al mundo con otro nombre. —Pendergast hizo una pausa—. Un trabajo magnífico, Constance. La felicito.

—La aportación más importante la ha hecho usted.

—Pero usted podó el árbol. Yo solo coloqué la estrella.

—Todavía no sé en qué ayudará esa información a su caso.

—La información es como la electricidad: produce la luz que nos permite ver el camino.

—¿Quién dijo eso? —preguntó Constance.

—Yo.

Constance se terminó el coñac, dejó la copa encima de la mesa, se echó el pelo hacia atrás y se levantó.

—Pues, si no le importa, voy a pasarme una hora en mi bañera con patas.

Pendergast se puso de pie y, sin decir nada, se acercó a Constance para darle un beso de buenas noches. Cuando sus labios se separaron, ella dudó un momento, pero volvió a acercarse y le rodeó el cuello con los brazos. Sus labios volvieron a encontrarse, esta vez durante más tiempo, y Pendergast se apartó muy lentamente. Constance retiró los brazos y dio un paso atrás.

—Entonces —dijo Constance con una voz más grave y ronca de lo habitual—, es como yo pensaba.

—Mi queridísima Constance —dijo de nuevo Pendergast, pero ella lo hizo callar poniéndole un dedo en los labios.

—Por favor, Aloysius, no diga nada más.

Luego sonrió tímidamente, se apartó el pelo de los ojos con el mismo dedo y franqueó las puertas francesas.

Pendergast volvió a sentarse y observó la parte central del balcón durante diez minutos. Después, con un suspiro de preocupación, sacó el teléfono de la americana, abrió un navegador de internet y empezó a buscar.

42

Cuarenta y cinco minutos después, el agente Coldmoon salió al balcón por la misma puerta que había utilizado Constance y contempló las vistas nocturnas.

—Bonito, muy bonito. ¿Por qué usted tiene balcón y yo no?

—Lo tenía —respondió Pendergast—, pero me temo que su adicción al café quemado le ha costado sus privilegios. Siéntese, por favor.

Coldmoon se sentó en una de las incómodas sillas de hierro. Al menos las vistas eran agradables y la brisa seca y refrescante, para variar. Entonces se fijó en la botella de calvados y en la copa vacía.

—¿Le importa? —preguntó mientras se servía un buen trago.

—En absoluto, siempre y cuando sea consciente de que esa copa ahora contiene unos cuarenta dólares de excelente calvados y no schnapps de menta.

Coldmoon se echó a reír.

—¿Qué pasa? —dijo, y bebió un sorbo.

—Quería avisarlo de que nos vamos en breve.

—Ah, ¿sí? —Coldmoon nunca había probado el calvados y le gustaba que el ligero sabor a manzana suavizara la intensidad del coñac—. ¿Ha resuelto el caso ahí sentado?

—Abriremos otra línea de investigación. Nos vamos a Portland.

Coldmoon estuvo a punto de escupir la bebida.

—¿A Portland? ¿Portland, Oregón?

—Correcto. Tenemos que irnos dentro de una hora si queremos llegar a Atlanta a tiempo para coger el último vuelo nocturno.

—¡Pero eso está en la Costa Oeste!

—Sus conocimientos de geografía me abruman.

Antes de que Coldmoon pudiera contestar, Pendergast añadió:

—Puedo imaginarme sus objeciones, y permítame asegurarle que no propondría este viaje si no lo considerara absolutamente necesario. Solo pasaremos un día fuera.

—¿Y la investigación de aquí? —preguntó Coldmoon—. Estamos en un momento crítico. Y el hijo de puta de Drayton ya nos está poniendo verdes por no haber detenido a un sospechoso.

—Que diga lo que quiera.

—¿Y qué hay del vampiro? —preguntó Coldmoon con cierta malicia—. ¿Qué cojones vamos a conseguir con este viaje? ¿Cuál es su propósito?

—Hemos llegado a un punto en el que creo que debemos retroceder en el tiempo antes de poder avanzar.

—Ya empieza con sus adivinanzas —dijo Coldmoon, que apuró el coñac—. Somos compañeros en igualdad de condiciones, ¿recuerda?

Pendergast se inclinó hacia delante.

—Esta es la razón por la que debemos hacer este viaje, compañero.

Entonces empezó a hablar en voz baja y con frases cortas. Mientras escuchaba, Coldmoon juró primero en lakota y después en inglés, pero luego guardó silencio hasta que Pendergast volvió a recostarse en la silla.

—De acuerdo, *kemosabe* —dijo a la postre—. Es una puta locura, pero llevo tiempo suficiente con usted para no desestimarlo de buenas a primeras. Lo acompañaré, pero con dos condiciones. La primera: si esta pequeña excursión tiene consecuencias, las asumirá usted por los dos.

—De acuerdo.

—Y la segunda: Oregón no está tan lejos de Colorado. No puedo prometerle que, cuando esté en el oeste, no me entren unas ganas irrefrenables de irme a Denver, donde me espera mi verdadero trabajo.

—Correré ese riesgo.

—En ese caso será mejor que vaya haciendo las maletas.

Coldmoon se levantó.

—Armstrong...

Al oír su nombre de pila, Coldmoon se dio la vuelta.

—Sí.

—*Pilámaya*. —Pendergast le dio las gracias en lakota.

—No hay de qué.

Y Coldmoon entró en el hotel.

43

Para Coldmoon, las siguientes doce horas pasaron en un abrir
y cerrar de ojos. Primero hizo la maleta a un ritmo frenético y
luego fueron en Uber al aeropuerto de Savannah/Hilton Head;
después, un vuelo accidentado pero afortunadamente breve hasta Atlanta y, una vez allí, cruzaron veloces el extenso aeropuerto
y embarcaron en el vuelo a Portland cuando faltaban pocos minutos para despegar. Una vez en el aire, Coldmoon tuvo la pési-
ma idea de pedir dos vodkas con tónica. Se despertó en Oregón
con dolor de cabeza, siguió a Pendergast hasta una agencia de
alquiler del aeropuerto y ocupó el asiento del acompañante mientras su compañero se sentaba al volante de un jeep Wrangler.
Coldmoon reparó en lo extraño de la situación: Pendergast haciendo de chófer. Vio que el agente lo había planeado todo con
antelación, gestionando la logística sin esfuerzo y eludiendo
cualquier impedimento.

A las cuatro de la madrugada, cuando salieron de Portland
en dirección norte bajo la llovizna, Coldmoon volvió a quedarse dormido.

Cuando despertó, tenso y dolorido, el cielo estaba gris. Miró
su reloj y, tras calcular el cambio de hora, vio que eran las seis de
la mañana. Circulaban por una carretera serpenteante que discurría por la ladera de una montaña. Coldmoon se incorporó y
limpió lo mejor que pudo la condensación de la ventanilla. Fuera divisó un paisaje agreste: una montaña tras otra, y muchos de

sus picos envueltos en nubes bajas. El bosque era interminable: pícea de Sitka, pino blanco, abetos y una docena de especímenes enmarañados que no era capaz de identificar. Pero al menos estaban en el oeste, pensó. Coldmoon bajó la ventanilla y respiró el aire fresco de la montaña. Estaba absolutamente harto del este.

Sin apartar la vista de la carretera, Pendergast le ofreció un vaso grande de café. Coldmoon lo cogió al tiempo que murmuraba un «gracias» y dedujo que su compañero había parado a repostar mientras él dormía. El café tenía más o menos el sabor esperado, pero como mínimo estaba tibio.

Viajaron en silencio otros veinte minutos, sorteando un laberinto de colinas y montañas bajas. La carretera era estrecha y llena de baches, y solo se cruzaron con dos o tres coches. De vez en cuando pasaban junto a una casa o una caravana aparcada al final de un camino de tierra. En una ocasión bordearon un lago y una pequeña granja de productos lácteos que le había ganado terreno al bosque, pero, por lo demás, solo había niebla, montañas amenazadoras y un verde oscuro ininterrumpido.

Pendergast tomó un desvío y se incorporó a una carretera que, según un cartel, era la Ruta Estatal 21. A medida que avanzaban hacia el norte, Coldmoon notó que el café le calentaba el cuerpo y lo invadió una sensación de claustrofobia. Se había criado en las dos Dakotas, donde los árboles como aquellos eran tan infrecuentes que cada uno tenía nombre. Pero había visto mucho mundo desde entonces. Solo durante los dos últimos casos con Pendergast había experimentado las profundas nieves de Maine, las playas de Miami y los pantanos de los Everglades. Pero aquellos lugares eran distintos. Allí… allí había demasiados árboles frondosos que se elevaban por encima del vehículo, y era como viajar por un túnel. ¿Dónde coño estaban? Coldmoon sacó el teléfono móvil e intentó activar el GPS, pero no había cobertura. Por impulso sacó un mapa de Washington-Oregón de la guantera y empezó a darle vueltas en busca de la Ruta 21. Vio el monte St. Helens —esperaba que fueran en esa dirección—, pero las carreteras eran como fideos distribuidos de forma aleatoria por el papel, y fue incapaz de encontrar la vía por la que circulaban. Finalmente tiró la toalla.

Pendergast salió de la carretera, entró en un pequeño aparcamiento con un cartel de madera que decía SENDERO DE MONTAÑA y se quedó mirando a Coldmoon.

—¿Dónde estamos? —preguntó este.

—En el estado de Washington, a unos treinta kilómetros al norte de Mount Adams Wilderness.

Coldmoon tardó un momento en digerir la información.

—Fantástico. Maravilloso. ¿Y eso dónde está?

—Cerca del hombre del que le hablé, al que hemos venido a ver. El doctor Zephraim Quincy.

—A quien viva aquí, en mitad de la nada, no le hace falta ser médico. Le hace falta un médico.

Sin responder, el agente del FBI siguió por la Ruta 21 en dirección norte. Al cabo de unos tres kilómetros pasaron junto a un pequeño y maltrecho cartel que anunciaba el lago de Walupt, y Pendergast aminoró de nuevo la marcha. Al entornar los ojos, Coldmoon pudo distinguir el lago a través de la niebla, sus aguas casi negras rodeadas de un bosque frondoso entre las omnipresentes montañas. En la otra orilla, más allá de una hilera de árboles, había una pequeña granja con un cobertizo y un granero, y suficientes hectáreas de terreno llano para cultivar algo. Detrás se elevaban más montañas.

Pendergast se quedó quieto un momento. Después extendiendo el brazo hacia el asiento trasero, cogió una bolsa acolchada. Para sorpresa de Coldmoon, sacó el cuerpo de una cámara DSLR. Coldmoon entendía un poco de cámaras de calidad, y vio que el agente tenía en sus manos la última Leica S3. Metiendo la mano en la funda una vez más, Pendergast cogió un objetivo, naturalmente, un Leica Summicron-S asférico. Solo el objetivo debía de costar ocho mil o nueve mil dólares, si es que podías encontrarlo.

—¿No había una cámara más cara? —preguntó—. ¿Qué problema hay con su teléfono móvil?

—Para mis propósitos, la calidad es fundamental. Y ahora guarde silencio, por favor. Quiero conseguir el grado correcto de *bokeh*, o sea, de desenfoque.

—¿Se presenta a unos premios de fotografía?

—Indirectamente. Mi objetivo primordial es evocar la máxima cantidad de nostalgia posible.

Pendergast colocó el objetivo en la cámara, apuntó hacia la granja y, enfocando cuidadosamente, tomó algunas exposiciones a varias longitudes focales. Después guardó la cámara en su bolsa, cruzó un puente situado en un extremo del lago, apagó el motor y dejó que el coche saliera de la autopista y descendiera por una pendiente que llevaba a la granja. Se detuvieron detrás del establo, y ambos se bajaron sin hacer ruido.

Detrás del establo había una granja de dos plantas. En su día había sido bonita, con un estilo colonial que desentonaba en aquel entorno. En los flancos se divisaban varios cobertizos y construcciones anexas. Pero el tiempo la había tratado mal: los edificios anexos se hallaban en mal estado y a la casa no le habían dado una mano de pintura al menos en una década. Algunos postigos del segundo piso se habían descolgado de las ventanas.

El lugar estaba envuelto en el silencio de primera hora de la mañana y la niebla se elevaba desde el lago, situado detrás de la granja.

Pendergast hizo un gesto y entraron. En la oscuridad, Coldmoon alcanzaba a distinguir maquinaria, gran parte de la cual no reconocía. También había un pajar y lo que parecían establos para vacas y una ordeñadora, todos ellos abandonados hacía mucho.

—¿Qué buscamos aquí?

—¿Cuál es el término? Una expedición de pesca. Esta será nuestra única oportunidad para investigar.

Pero allí no parecía haber nada de interés. Salieron por la puerta situada al fondo del establo y Pendergast se detuvo un momento a estudiar el lugar. Entonces se acercó a la granja acompañado de Coldmoon, que caminaba a su lado. Subieron juntos las escaleras y, por instinto, Coldmoon apoyó la espalda a un lado de la puerta mientras Pendergast llamaba al timbre.

No hubo respuesta, y Pendergast llamó de nuevo. Después golpeó fuertemente la puerta con los nudillos y probó con el timbre una tercera vez. Por fin, Coldmoon oyó ruido dentro. Un minuto después se entreabrió la puerta y apareció un anciano vestido con calzoncillos largos y, si no hubiera sido tan delgado, con aquel pelo y barba blancos se habría parecido a Papá Noel. En una mano llevaba una Remington 870 con la que apuntaba al suelo.

—¿A qué viene tanto alboroto? —preguntó—. ¿Están enfermos?

—Estamos bastante bien, gracias —respondió Pendergast.

—Entonces ¿para qué coño me molestan a las siete de la mañana?

Los ojos del hombre desprendían un brillo casi travieso, pero el cañón de la escopeta se había levantado unos veinte grados hacia la horizontal.

Pendergast sacó su identificación y su placa mientras el arma seguía en movimiento.

—Nos gustaría hacerle un par de preguntas, doctor Quincy.

El anciano se lo pensó, pero acabó encogiéndose de hombros y los dejó pasar. Quincy los llevó por un pequeño pasillo hasta una habitación que en otros tiempos probablemente había sido una consulta. Estaba llena de revistas, y en las paredes había diagramas médicos de aspecto medieval. Aunque todo era viejo, estaba impoluto y organizado. Había una mesa, una camilla y dos sillas. Quincy se sentó a la mesa e indicó a los agentes que hicieran lo propio.

—Les ofrecería café, pero es demasiado temprano —dijo el hombre, que apartó un montón de revistas de medicina para despejar la mesa.

Algo en su economía de movimientos hizo pensar a Coldmoon que en sus mejores años debía de ser viril, e incluso imponente.

—Le agradecemos que nos haya dejado entrar —dijo Pendergast.

—Ha dicho usted que tenían un par de preguntas —añadió el doctor Quincy—. Le tomo la palabra.

Pendergast hizo un gesto en señal de aprobación.

—Me ha parecido que nos ofrecía asistencia médica cuando hemos llamado a la puerta. ¿Sigue ejerciendo?

El hombre se echó a reír.

—¿Qué se supone que debo contestarle a un agente de la ley?

—Si yo no fuera un agente de la ley y hubiera venido con un anzuelo de pesca con mosca clavado en el pulgar, ¿qué haría?

Quincy meditó la respuesta.

—Bueno, teniendo en cuenta que aquí solo viene gente de la zona, le sacaría el anzuelo, le cosería el dedo si fuera necesario, le pondría Betadine y, como mi licencia quirúrgica venció hace quince años, le diría que tuviera más cuidado cuando pesque con mosca.

El hombre soltó una carcajada y Pendergast sonrió tímidamente.

—Una respuesta inteligente, doctor, y yo no he oído una sola palabra. Además, a mí me interesan más sus recuerdos que el presente.

—Ah, ¿sí? —dijo el anciano—. ¿Y por qué iban a interesarles mis recuerdos a dos agentes del FBI?

—Porque tenemos muchos cabos sueltos y esperamos que usted pueda ayudarnos a atarlos. Conozco un poco su historia. Por favor, si me equivoco en algo, dígamelo. Hace unos cincuenta años estudiaba usted en la Facultad de Medicina de la Universidad de Washington, la única escuela médica que existía en el estado por aquel entonces.

El hombre asintió en silencio.

—Su familia regentaba esta granja: frambuesas, productos lácteos, manzanas y pavos. Su madre falleció cuando usted iba a la universidad y, como era hijo único, su padre cuidaba de la granja mientras usted estudiaba. ¿Es correcto de momento?

—Ya puestos, si va a escribir mi biografía, añada heroísmo de guerra y un alunizaje —dijo el anciano.

Pero Coldmoon se dio cuenta de que el humor no podía enmascarar el hecho de que el doctor se había puesto a la defensiva.

—Lo del heroísmo no dista mucho de la verdad —prosiguió Pendergast—. Porque, cuando su padre resultó herido en un accidente agrícola y no pudo seguir trabajando, usted volvió a casa. Sobre la granja pesaba una cuantiosa hipoteca y, sumada a las facturas de la Facultad de Medicina, no pudo continuar con sus estudios.

El doctor Quincy no dijo nada.

—Hizo todo lo que pudo, pero la lesión de su padre lo obligó a abandonar la medicina para ocuparse de la granja. —Pendergast hizo una pausa—. ¿Sigue siendo correcto?

—Más que preguntar, está usted afirmando —dijo el doctor—, y ya son más de «un par de preguntas». Vaya al grano.

—Doctor, tengo curiosidad por saber cómo pasó de una situación tan desesperada —dejar la Facultad de Medicina, llevar la granja usted solo e intentar mantenerlo todo a flote— a conseguir el título y una residencia en cirugía ortopédica, contratar a alguien para que le ayudara en la granja, saldar la hipoteca y convertir este lugar en una empresa que funcionó durante casi cuarenta años a la vez que mantenía una exitosa consulta quirúrgica en Tacoma.

—Es usted todo un biógrafo —sentenció el doctor—. Supongo que tendrá que averiguarlo.

—Los biógrafos no pueden trabajar sin fuentes. Puedo darle más detalles si es de utilidad. No nos interesa su buena suerte, pero sí una persona a la que conoció hace muchos años. Alguien a quien le gustaba la poesía, como a usted. Alguien cuyas iniciales son, o mejor dicho, eran, A.R.

De repente, el hombre se estremeció como si le hubieran administrado una descarga eléctrica, y Coldmoon se admiró de lo rápido que había dominado los nervios.

—No pensamos arrestarlo, ni tampoco a la mujer en cuestión.

Lo que le propongo es un simple intercambio de información. Imagino que ya intuirá qué quiero saber. Y sé que, le guste o no, está ansioso por conocer la información sobre A.R. que puedo ofrecerle a cambio.

El anciano no dijo nada, pero Coldmoon vio que se habían puesto en marcha los engranajes de su cerebro.

—Información —repitió finalmente el doctor.

—Exacto.

Quincy volvió a quedarse callado unos momentos, y luego dijo:

—¿Qué quiere saber sobre esa persona?

—Cuanta más luz pueda arrojar, mejor.

—No pienso hacer eso —dijo Quincy con brusquedad—. Hice una promesa y no la romperé por más años que hayan pasado.

Esta vez fue Pendergast quien se quedó callado.

Finalmente, el doctor cambió de postura en la silla.

—Esa persona a la que menciona… ¿Sigue… viva?

Pendergast asintió, y Coldmoon vio una sucesión de emociones contrapuestas en el rostro del doctor.

—¿Y dónde está?

Al oír la pregunta, Pendergast sonrió.

—¿Qué hay de ese intercambio de información?

Después de un largo silencio, el hombre dijo:

—Hice una promesa.

Pendergast se levantó.

—De acuerdo. En ese caso, me temo que no tenemos nada más de que hablar. Vámonos, agente Coldmoon.

—¡Esperen!

Pendergast se dio la vuelta y, con un tono más amable, dijo:

—Doctor, entiendo perfectamente que hiciera una promesa, pero estamos hablando de unos sucesos que se produjeron hace un siglo. Si somos sinceros, usted y esa dama están acercándose al final de sus vidas. Si hay alguna oportunidad de descubrir quién es en la actualidad o dónde vive, es esta.

—Usted primero —respondió el médico.

Pendergast lo miró fijamente y dijo:

—Es la propietaria de un hotel en Savannah, Georgia. Y no hay posesión que más aprecie que el libro que usted le regaló.

El hombre se ruborizó al oír aquello, y se pasó una mano temblorosa por su cabello blanco.

—«Para mí, tú siempre serás "ese gran nómada social que acecha en los confines de un orden dócil y asustado"» —citó Pendergast.

El efecto de sus palabras fue aún más profundo, y el hombre tuvo dificultades para mantener la compostura.

—¿Se lo enseñó?

—No intencionadamente. —Entonces añadió con mesura—: Y ahora es su turno, doctor.

El anciano sacó un pañuelo de algodón, se enjugó la cara y volvió a guardárselo en el bolsillo.

—La encontré a orillas del lago. Había sufrido... una caída terrible.

—¿Le salvó la vida?

El doctor asintió.

—La traje a casa y la cuidé hasta que se hubo recuperado.

—¿Qué clase de lesión tenía?

—Factura compuesta desplazada en el fémur derecho.

—La señora aún cojea.

—La curé lo mejor que pude dadas las circunstancias.

—¿Estaba usted enamorado de ella?

Aquella pregunta tan repentina sorprendió a Coldmoon casi tanto como al doctor, pero tuvo el efecto deseado, y las defensas del anciano se resquebrajaron ante el golpe inesperado. Volvió a hundirse en la silla y asintió de manera casi imperceptible.

—Nos queríamos mucho.

—Pero se fue. ¿Por qué?

El doctor negó con la cabeza.

—Déjeme ayudarle: estaba en apuros, era una proscrita y había cometido un delito grave. Para protegerlos a usted y a sí misma tenía que irse y adoptar una nueva identidad, así que desapareció de su vida.

El hombre asintió.

—¿Qué delito cometió?

—Había robado una cosa —respondió el anciano tras un largo silencio.

—Debía de ser bastante valiosa.

—Supongo. Pero el gran delito no fue robarla, sino cómo la robó.

—¿Qué era?

—Una especie de ordenador o dispositivo guardado en una maleta. Dijo que ganaría una fortuna con él.

—¿Para qué servía?

—Aparte de algunas pistas veladas, no me contó nada. Algo sobre el tiempo.

—¿El tiempo?

—Hizo un comentario extraño sobre el paso del tiempo. Es todo lo que sé.

—¿Cómo robó el aparato?

—Lo siento, pero esa pregunta no la voy a responder. Es la esencia de mi promesa. Si se lo contara, el FBI se nos echaría encima como una manada de hienas e iríamos a la cárcel.

Pendergast suspiró.

—Entonces no tengo más preguntas —dijo, e indicó a Coldmoon que era momento de irse.

—¡Esperen! —dijo de nuevo el doctor cuando Pendergast se disponía a levantarse—. No me ha dicho cómo se llama ahora.

Pendergast se lo quedó mirando.

—Y usted no me ha dicho cómo se llamaba entonces.

El hombre frunció el ceño y volvió a incorporarse con una mirada agresiva y los ojos llorosos.

—Ahora es usted quien debe hablar primero —dijo Pendergast.

Quincy se agarró a la silla con tanta fuerza que se le pusieron los nudillos blancos y Coldmoon vio que estaba sufriendo.

—Alicia Rime —dijo a la postre.

—Su nombre actual es Felicity Winthrop Frost y el hotel de su propiedad en Savannah se llama Casa Chandler. Es un establecimiento excelente y ella es una mujer formidable, aunque un poco frágil y bastante solitaria.

Al cabo de un momento, Quincy asintió.

—No me sorprende.

Los agentes se levantaron y Pendergast se volvió hacia la puerta, pero se detuvo en el último momento.

—Otra cosa —dijo—. ¿Es posible que utilizara ese instrumento misterioso que ha mencionado para pagar su hipoteca y los gastos de la Facultad de Medicina?

—No tengo ni idea —repuso Quincy—. Ya he hablado demasiado. Creo que es hora de que se vayan. Ahora mismo.

Y eso fue todo. Coldmoon salió detrás de Pendergast y se dirigieron al coche. Y, en todo momento, el doctor Quincy permaneció en las escaleras con sus calzoncillos largos, callado e inmóvil, con una mirada de tristeza infinita en su tez arrugada.

44

Tal como esperaba, Gannon oyó quejas al final del pasillo, donde Betts estaba revisando imágenes sin editar. Tenía una idea bastante aproximada de lo que diría, pero había aprendido que era mejor dejarlo exponer sus propuestas en lugar de idearlas de forma independiente e intentar vendérselas.

—¡Gannon! —gritó Betts—. ¡Gannon! ¿Anda por aquí?

Gannon fue a la sala de edición, donde Moller estaba sentado junto a Betts, una presencia taciturna.

—Pase —dijo Betts gesticulando—. Eche un vistazo.

Gannon se situó detrás de ellos y vio en la pantalla de ordenador las últimas imágenes del día anterior.

—Es fantástico —dijo Betts—. Me encantan sus ángulos. Lo ha clavado.

Gannon no pudo evitar sonrojarse. Normalmente Betts era parco en cumplidos.

—Moller, usted también sale muy bien, ¿verdad? Espero que esté contento.

Moller inclinó la cabeza con seriedad. Nunca parecía contento, pero Gannon se dio cuenta de que formaba parte de su numerito.

—La cuestión es que tenemos todas esas imágenes de Moller, esa escena de locos con la multitud y la prensa, todo espléndido —continuó Betts—. Pero ¿sabe qué no tenemos?

Gannon lo sabía perfectamente, pero dijo que no.

—No tenemos imágenes aterradoras en un cementerio solitario. Necesitamos ambientación. Y tenemos que ver más a Moller indagando en algún lugar embrujado. No podemos hacerlo a plena luz del día y rodeados de gente. ¿Me entiende?

—Estoy de acuerdo.

—Bien. Ahora mire esto.

Betts pulsó un botón y en la pantalla aparecieron imágenes de la Steadicam de Pavel que mostraban a la policía trabajando en la escena del crimen entre tumbas descuidadas.

Entonces pausó el vídeo.

—¿Ven ahí, detrás de ellos, entre esas hierbas altas? Yo estaba ahí. Casi no se ven, pero hay más tumbas y un mausoleo con la puerta entreabierta. Es difícil saberlo, pero parece que se ha descolgado de las bisagras. A lo mejor podemos rodar dentro.

—Comprendo.

—Bien. Es ahí donde tenemos que grabar. Traeré luces con filtros y una máquina de humo. Lo redecoraremos bien. A ver si conseguimos captar más maldad, pero maldad de verdad, como el propio vampiro. No sé si me entienden.

Moller se puso aún más serio.

—Pero esa zona de tumbas cubiertas de hierba no es el lugar donde secuestraron al joven ni donde registré una fuerte presencia sobrenatural.

—Eso da igual. Quiero decir, sí que importa, pero es un cementerio, por el amor de Dios. Hay fantasmas por todas partes, ¿no? Y, cuando anochezca, tenemos que conseguir buenos planos secundarios en el cementerio abandonado. Es el sitio perfecto para hacerlo. Gannon pondrá en marcha la máquina de humo. Con baja iluminación quedará genial. ¿Está de acuerdo, Gannon?

—Por supuesto.

—¿Qué dice usted, Gerhard?

—Estoy dispuesto a intentarlo. ¿Cuándo planea hacer esa excursión?

—En cuanto se ponga el sol, evidentemente.

45

Cuando se alejaron de la granja y se adentraron en el oscuro laberinto de montañas, Coldmoon se volvió hacia Pendergast.

—Ha sido interesante.

—Lo que me ha parecido más curioso es la lesión —dijo Pendergast.

—¿Una pierna rota? ¿Por qué?

—Piénselo. ¿Qué hacía sola, en medio de la nada, con una pierna rota?

—A lo mejor se cayó de la montaña.

—Puede. O puede que no... —Pendergast aminoró en una intersección, una vez más sin indicaciones, y eligió la carretera de la izquierda—. ¿Qué impresión le ha causado ese hombre?

—Es un alma perdida. El pobre tiene más de ochenta años y aún la echa de menos. No lo ha superado nunca. En sus tiempos, Frost debía de ser una mujer increíble.

Ambos guardaron silencio hasta que entraron en la Ruta 141, otra carretera secundaria, aunque al menos parecía más transitada. Media hora después tomaron la I-84 en dirección a Portland. Coldmoon empezó a relajarse al ver la extensa autopista y las imponentes montañas desapareciendo en el espejo retrovisor.

—Para serle sincero —dijo Coldmoon—, no acabo de entender cómo encontró a ese tipo o qué tiene que ver con los asesinatos.

—En Savannah le expliqué lo mínimo posible porque quería

evitar cualquier suposición o conclusión precipitada. Sabía que Frost había encontrado su nueva identidad en esta zona del estado de Washington, en el cementerio de Puyallup. Teniendo en cuenta que el libro que examinó Constance parecía un regalo de despedida de su amante, era lógico pensar que había vivido en la región, y entonces me di cuenta de que Berry Patch no era un nido de amor privado, sino un pueblo. O, considerando su reducida población, lo que en el estado de Washington se conoce como un «lugar habitado».

—Yo no he visto ningún pueblo.

—Unas cuantas casas desperdigadas y una oficina de correos. Ochenta y cinco habitantes.

—Parece salido de *Li'l Abner*, la tira de prensa satírica —comentó Coldmoon.

—La escasez de población ha sido un golpe de suerte, al menos para mí. Solo había un vecino con las iniciales Z.Q.

—Entonces ¿cree que el viejo irá a buscarla?

—Me imagino la batalla titánica que estará librando ahora su mente pensando eso mismo.

—Pero eso no responde a mi pregunta básica: ¿qué relación guarda esto con los asesinatos? En Savannah tampoco me aclaró mucho al respecto.

—Piense en lo siguiente. Frost era la persona más cercana a Ellerby. Tuvieron un altercado dos días antes de que fuera asesinado. Ella se ha negado a ayudar a la policía. En el hotel corre el rumor, claramente absurdo, de que es una vampiresa. Puede que no esté tan débil como parece. La inscripción del libro demuestra que en una ocasión cometió un delito. Y, por último, está el hecho de que asumió una identidad falsa. Aunque nada de esto es concluyente, mi intuición me dice que tiene que estar relacionada de algún modo con los asesinatos.

—¿Y ha hecho progresos en ese sentido?

Pendergast no dijo nada.

—¿Y ahora qué? Veo que no vamos de camino al aeropuerto.

—Solo una parada más, amigo mío —respondió Pendergast, que puso el intermitente y se preparó para salir de la autopista—. Le prometo que pronto embarcaremos en nuestro vuelo a Atlanta y llegaremos a tiempo para cenar en el hotel.

Un rato después tomaron un desvío hacia Corbett, una pequeña población situada a las afueras de Portland.

—¿Qué estamos haciendo aquí? —preguntó Coldmoon.

—El jefe de correos que trabajaba en Berry Patch a principios de los años setenta lleva veinte años muerto, y su mujer lo ayudó hasta su jubilación. Después volvió a casarse, enviudó por segunda vez y ahora vive en la residencia de ancianos Riverview. —Hizo una pausa—. Estoy seguro de que en Berry Patch, igual que en otros pueblos aislados, incluido Spoon River, los cotilleos eran el pan de cada día.

La residencia Riverview se encontraba en lo alto de una colina, justo al lado de una curva de la carretera de Corbett Hill. Desde fuera parecía un colegio de primaria. Coldmoon detestaba las «casas de reposo», pero aquella tenía buenas vistas del río Columbia, y el interior era limpio y luminoso. Al parecer, todos los residentes tenían una habitación privada. Faith Matheny, la ayudante del jefe de correos y dos veces viuda, tenía noventa años y padecía demencia con cuerpos de Lewy, que, según Pendergast, solía provocar una pérdida de memoria más lenta que el alzhéimer. La anciana aseguraba no recordar nada de interés después de su segundo matrimonio, pero Pendergast fue tan encantador y convincente que pronto le estaba contando tantas historias sobre la vida en Berry Patch que Coldmoon tenía dificultades para seguir el hilo.

La mujer recordaba con afecto al joven Quincy. Era un médico agradable y atractivo. Pasaba consulta en Tacoma, pero casi todos los fines de semana volvía a la granja. La gente le tenía especial cariño porque, cada año, Quincy y su padre, que criaban pavos en su granja, donaban unos cuantos y presidían una cena de Acción de Gracias para los ochenta y cinco habitantes de Berry Patch, celebrada en la sala de actos de la iglesia presbiteriana. Entonces la anciana frunció el ceño. Se acordó de que hubo un año que Quincy no apareció, lo cual era muy extraño. La gente decía que su padre estaba en el hospital.

—¿Y en qué año fue eso? —preguntó Pendergast.

—En 1971 —recordó ella.

Estaba segura porque fue el mismo año que una tormenta derribó un árbol, que cayó encima de la iglesia, y que la yegua de los Dotson se ahogó en Walupt Creek.

Pendergast cumplió su palabra: una hora después estaban en sus asientos de primera clase en un vuelo que aterrizaría en Atlanta a las siete de la tarde. Durante el trayecto entre Corbett y el aeropuerto internacional de Portland, Pendergast estuvo callado, lo cual le parecía bien a Coldmoon, que no estaba de humor para conversaciones. Cuando los asistentes cerraron las puertas e iniciaron la rutina previa al vuelo, Coldmoon notó que Pendergast le apoyaba suavemente una mano en el brazo.

—Armstrong —dijo—, mi intención es pasarme el vuelo meditando. Le agradecería que se asegure de que nadie me molesta.

—Claro. Yo tengo pensado echar una cabezada.

Coldmoon se imaginó el extraño ejercicio mental que Pendergast denominaba «meditación». Lo había visto una vez en un hotel de Maine que había quedado aislado por la nieve. Cuando volvió la cabeza, notó que Pendergast seguía mirándolo.

—Quería comentarle una cosa —dijo este—. Es posible que entienda un poco más esta excursión si busca en internet a un tal D. B. Cooper. Creo que su historia le parecerá interesante.

—¿D. B. Cooper?

A Coldmoon le sonaba el nombre, pero no sabía de qué.

—Sí. En realidad se hacía llamar Dan Cooper, pero la prensa publicó por error el nombre de D. B. Cooper, que es el que ha persistido desde entonces.

—¿Desde cuándo?

—Desde la víspera de Acción de Gracias de 1971.

Pendergast se acomodó, cruzó los brazos como si fuera una momia egipcia y cerró los ojos.

46

El autocar de campaña sorteó las barreras policiales que bloquea-
ban la calle Drayton. Al verla, el senador Buford Drayton se
sintió orgulloso de su histórica familia. Los Drayton se remon-
taban a los Padres Fundadores, y uno de sus parientes había
firmado los Artículos de la Confederación. Además habían tenido un papel importante en la guerra de Secesión. No era de
extrañar que Savannah le hubiera puesto su apellido a una calle.
Ese era uno de los motivos por los que había elegido el parque
Forsyth para el primer mitin de su campaña de reelección. El
propósito era recordarles a los votantes el servicio patriótico
prestado por su familia al país y a los ciudadanos que lucharon
por la causa, a quienes habían dedicado un espléndido monumento en el parque Forsyth.

Cuando el autocar se detuvo con un chirrido de frenos, el
senador Drayton salió de su compartimento privado, forrado
de madera y situado al fondo. Su jefe de personal, su director de
comunicaciones y su jefe de campaña estaban sentados a una
mesa en la parte principal del autobús, y se levantaron todos al
verlo.

—Quiero revisar personalmente el escenario —dijo.

—Sí, senador —respondió el jefe de campaña.

Uno de los encargados de los preparativos ayudó al senador
a bajar las escaleras. Después Drayton se detuvo en la entrada
del parque y miró en derredor. En East Park Avenue ya empe-

zaban a darse cita grandes multitudes de seguidores, muchos de los cuales llevaban la característica gorra azul y roja y pancartas con el eslogan SIGUE CON DRAYTON e iban vestidos de rojo, blanco y azul. Cuando oyó el clamor lejano, lo embargó la alegría.

Su reloj marcaba las cinco y media. El acto estaba programado para las ocho, pero, como de costumbre, empezaría a las nueve. Había aprendido que, al menos en los mítines, la tensión de la espera, durante la cual los seguidores hablaban de forma animada entre ellos, disparaba su energía hasta cotas frenéticas. El parte meteorológico anunciaba alguna que otra tormenta eléctrica, pero solo había un veinte por ciento de posibilidades. El cielo estaba prácticamente despejado y todo era prometedor.

Al otro lado del extenso césped, bajo el monumento a los confederados muertos en la guerra civil, habían levantado un escenario, todo él rodeado de banderines. Delante estaban colocando centenares de sillas, con mucho césped libre detrás y a ambos lados para el exceso de asistentes.

Al dirigirse al escenario, Drayton vio que las sillas no estaban ordenadas como a él le habría gustado.

—¡Eh, tú!

El senador se desvió de su camino y se dirigió hacia un hombre corpulento que parecía ser el supervisor.

El hombre se giró de mala gana, pero al ver quién era, cambió de expresión inmediatamente.

—¿Eres el encargado? —preguntó Drayton.

—De colocar las sillas sí, senador.

—¿Y por qué están desordenadas?

—Lo siento, senador.

—Alinéalas. Las quiero todas perfectas e iguales, no torcidas como una panda de reclutas el primer día de instrucción.

Drayton soltó una carcajada y miró a los miembros de su equipo, que también se echaron a reír.

—Ponlas rectas.

—Sí, senador. Ahora mismo.

El supervisor asintió y se fue, gritando y haciendo gestos a los trabajadores que estaban desplegando y colocando las sillas. Drayton los observó mientras empezaban a reubicarlas. Si lo hubieran hecho bien la primera vez, no tendrían que repetir el proceso.

El senador continuó hacia el escenario y subió los escalones. En el centro había un podio con más banderines y una fila de veintiuna banderas que formaban el telón de fondo. Encima habían colocado dos pantallas gigantes que proyectarían la cara bronceada y sonriente de Drayton para la multitud más alejada. Ahora estaban emitiendo una fotografía de Drayton gesticulando en el Senado y el eslogan: «Georgia, sigue con Drayton».

Los técnicos de sonido aún estaban dando los últimos retoques al equipo —dos torres de altavoces Voice of the Theatre con potencia suficiente para un concierto de rock— y fijando cables al suelo. Al otro lado, un sargento de policía daba instrucciones a un grupo de unos treinta agentes.

Drayton miró a su jefe de personal.

—¿Dónde está la comandante?

—¿Se refiere a Delaplane? —preguntó el jefe—. No la he visto.

Drayton bajó las escaleras situadas al otro lado del escenario y se acercó al agente.

—Bienvenido, senador —dijo—. Parece que va a ser una gran noche.

—Es posible —repuso Drayton—. ¿Dónde está su comandante?

—No está aquí.

—Eso ya lo veo, sargento... —Miró la identificación del policía—. Sargento Adair. Lo que quiero saber es por qué.

—Creo que está ocupada con el caso, pero lo tenemos todo bajo control. Puede estar tranquilo.

—No, no lo estoy. El oficial de mayor rango debería estar aquí supervisando todo. Ahora mismo, esta es la operación de seguridad más importante de Savannah. Entonces ¿por qué cojones no ha venido?

—Senador, puedo preguntarlo si lo desea.

—Sí, claro que lo deseo, ¡joder!

El sargento Adair llamó por radio a comisaría, y Drayton oyó cómo la operadora le decía que Delaplane no estaba disponible.

—Señorita —respondió el sargento—, el senador Drayton está aquí y quiere saber por qué no está supervisando el acto en persona.

Al oír la conversación, Drayton empezó a perder los estribos.

—¡Quiero hablar personalmente con ella! —le dijo a Adair—. ¡Deme la puta radio!

Ruborizado, el sargento habló con la operadora y Drayton le cogió la radio.

—Soy el senador Drayton. Quiero hablar con la comandante.

Tras una larga espera, le pasaron con Delaplane.

—¿Comandante? No puedo entender por qué no está aquí controlando la seguridad del mitin. ¿No se da cuenta de que hay gente que amenaza con boicotearlo y puede que incluso haya violencia? He invertido casi medio millón de dólares en este acto.

—Senador, puedo asegurarle que tenemos a más de cien agentes ocupándose de la seguridad. Hemos instalado escáneres portátiles en seis puntos de entrada y está todo bajo control.

Drayton escuchó con impaciencia la voz fría de la comandante.

—¿Cómo lo sabe si no ha venido? La quiero aquí, ¿entendido?

Hubo un momentáneo silencio.

—De acuerdo. Iré dentro de media hora a verificar personalmente las medidas de seguridad, pero le aseguro una vez más que no hay de qué preocuparse.

—Comandante, no me imagino qué puede ser más importante que la seguridad del mitin político más multitudinario que se celebra en Savannah desde hace años.

—Allí estaré, senador. Pero, por responder a su comentario, debo mencionar que estamos trabajando en una investigación por homicidio bastante compleja, por la cual usted ha mostrado un interés personal.

—Sí, ¿y de quién es la culpa de que no se haya resuelto?

La comandante se despidió y Drayton le entregó la radio al sargento. Después se volvió hacia su jefe de personal.

—Creía que tenía esto controlado.

—Sí, señor. Lo tendré, señor.

—¡Dios, menuda panda de lerdos! Volvamos al autocar. Los del equipo de maquillaje ya deberían estar allí y tengo que prepararme.

Drayton subió al autocar justo cuando llegaba la maquilladora con sus dos ayudantes y el material.

—Suban —dijo Drayton—, y que empiece el espectáculo.

El equipo de maquillaje montó una silla y una mesa de maquillaje portátiles y, al sentarse, Drayton se alisó las arrugas de los pantalones. Después se apoyó en el reposacabezas.

—Preste especial atención a la nariz y debajo de los ojos —le dijo a la maquilladora—. Tape esas venas. Habrá cámaras grabando desde todos los ángulos, y focos también, así que asegúrese de que el maquillaje aguanta un par de horas.

—Por supuesto, senador.

Drayton cerró los ojos y dejó que la mujer le tapara las varices y las ojeras y disimulara con una brocha las arrugas y las manchas causadas por el sol.

Mientras ella trabajaba, el senador intentó relajarse y concentrarse en el discurso en lugar de pensar en el payaso que le disputaría el puesto, quien, según las encuestas, le llevaba ventaja. El mitin cortaría eso de raíz. Ya podía oír mentalmente los gritos de aprobación y ver el mar de rostros sonrientes, las pancartas ondeando y la banda tocando cuando bajara del escenario. Ese momento le proporcionaba siempre uno de los mayores placeres de su vida.

47

Eran las 19.30 cuando Pendergast le pidió a Constance que fuera a su habitación, a la que se accedía por una puerta común que unía ambas suites. Era austera y limpia, como acostumbraban a ser sus aposentos. Sin duda, le había pedido al personal que retirara muebles o elementos decorativos que él juzgaba objetables.

—¿Constance? —dijo Pendergast—. Por aquí, si es tan amable.

La voz provenía de una puerta abierta situada al fondo de la habitación. Constance sabía que Pendergast se había quedado aquella suite porque ofrecía esa habitación adicional, un espacio que, según la leyenda del hotel, había sido un nido de francotirador desde el que atacaban a los yanquis. Constance cruzó la habitación y entró con curiosidad en la otra estancia.

Pendergast la había convertido en una especie de sala de guerra privada. Las paredes eran de un tono ocre muy oscuro y había una ventana estrecha que daba credibilidad a la historia del francotirador. La habitación era pequeña y estaba abarrotada de libros sobre historia local, astrofísica, las creencias sobrenaturales de Europa del Este y una docena de temas que no parecían tener un hilo conductor. También había mapas de Savannah clavados en las paredes, tanto viejos como nuevos, con varias localizaciones marcadas con subrayador. Constance no sabía cuándo ni cómo había acumulado Pendergast todo aquello.

Pero fue el propio Pendergast quien más la sorprendió. Tenía los ojos enrojecidos y la piel aún más pálida de lo habitual.

Además parecía nervioso. Estaba sentado a una mesa, y una vieja lámpara de banquero proyectaba una luz de color absenta sobre la pila de libros y mapas. A pesar del desorden, en la mesa solo había una botella de Lagavulin, un vaso medio lleno y un frasco de pastillas. Aquello, además de su actitud, inquietó a Constance.

—Siéntese, por favor —le dijo.

Constance se sentó delante de él y Pendergast se inclinó hacia delante.

—Espero que me perdone si le parezco brusco, mi queridísima Constance, pero hay que actuar con rapidez. He unido muchas piezas del rompecabezas, pero algunas son conjeturas y otras no encajan del todo. Ahí es donde necesito su ayuda. Si no me equivoco, solo Frost puede ofrecer respuestas, y solo usted está en posición de conseguirlas.

—Puede que aún no esté despierta. Normalmente se levanta a las diez de la noche.

—Quizá tenga que despertarla. Ha forjado usted lazos con la anciana. Es su confidente.

—Yo no me definiría como confidente.

—Pero siente cierta afinidad con ella, ¿verdad?

—Podríamos decirlo así.

—¿Y ella siente lo mismo?

Constance asintió, pero por unos instantes se mostró dubitativa. Todo el cuerpo de Pendergast irradiaba ansiedad e impaciencia. Y, sin embargo, no pudo evitar hablar.

—Aloysius, la afinidad… es solo parte de ello.

—¿A qué se refiere?

—Sabe que no soy… lo que parezco.

—Sí, me lo explicó.

—Me dijo que mis ojos eran como los suyos, pero más viejos. Allí sentada hablando con ella… me vi a mí misma en ese sofá, rodeada de libros polvorientos y escribiendo en diarios que nadie leería. —De repente se echó hacia delante—. Aloysius, la verdad es que ya he sido esa mujer. Todas esas décadas que el doctor Leng prolongó mi vida artificialmente y me retuvo en esa mansión, yo era Felicity Frost... atrapada en un cuerpo joven en lugar de viejo. Y ahora que Leng ha muerto y envejezco a un ritmo normal... —Dejó la frase a medias y se echó hacia atrás—. ¿Estoy condenada a vivir eso dos veces? Ya estoy jubilada. ¿No lo ve?

—Sí lo veo, Constance. Y podría decirle que lo entiendo. Pero nadie, nadie, podría entender del todo lo que es recibir la bendición, o la maldición, de una vida como la suya. Las cosas terribles que ha presenciado, los años que ha sufrido sola, son cargas que nunca quiso llevar. Y, por desgracia, cargas que solo usted puede entender de verdad.

Constance lo miró en silencio.

—Pero usted me ha hablado, me ha susurrado, sobre muchas cosas. Conozco su historia casi tanto como usted. Su vida no es la de la señorita Frost. Ahora me tiene a mí.

—Lo tengo a usted —repitió ella con aire distante.

—Constance, no sé cómo...

—No puede —interrumpió Constance—. Pero yo sí. Volvamos al motivo por el que me ha hecho venir.

—Mi querida Constance...

—Necesita mi ayuda una vez más. ¿Cuáles son esas respuestas que según usted solo yo puedo arrancarle?

Pendergast dudó y, mirándola a los ojos, dejó la frase inacabada. Después sacó del bolsillo de la americana una hoja doblada que parecía papel de una aerolínea.

—Cuatro preguntas.

Constance empezó a desdoblar la hoja, pero Pendergast puso la mano sobre la de ella.

—Es posible que al principio mienta. Al fin y al cabo, casi toda su vida ha sido una mentira. Pero hay que hacerle entender que lo que ha estado haciendo todos estos años ahora amenaza con destruir Savannah. Si es necesario, enséñele esto.

Pendergast se metió la mano debajo de la americana y sacó unas hermosas fotografías de una granja a orillas de un lago.

—Qué bucólico —dijo Constance, que desdobló la hoja, la leyó un par de veces y miró a Pendergast con incredulidad—. Estas preguntas… son una locura. ¿Está…?

—Sé lo que parece —dijo él—. Pero, si estoy en lo cierto, Frost no opinará lo mismo.

Cogiéndole la otra mano, habló en voz baja y con impaciencia durante varios minutos. Poco a poco, la sorpresa en el rostro de Constance se vio reemplazada por el asombro. Era obvio que su tutor trataba de resolver un rompecabezas que lo absorbía por completo. Las manos que sujetaban las suyas estaban frías como el hielo.

—Si puede, sea amable —dijo Pendergast—. Pero debe formular estas preguntas con autoridad, y no puede salir de su habitación hasta que esté segura de que le ha contado la verdad.

—No parece la mejor receta para fomentar una amistad —respondió Constance.

—¡Esto es más importante que cualquier relación!

Aquellas palabras airadas e impacientes parecieron brotar de su interior. Entonces, Pendergast apartó la mirada y, por primera vez desde que Constance recordaba, se sonrojó.

Al ver que no le soltaba la mano, la apartó ella misma y se levantó de inmediato.

—Haré lo que pueda.

—No puedo pedirle más —respondió él tras una pausa—. Pero sí prometerle que…

Sin esperar a oír el resto, Constance salió de la pequeña habitación. Momentos después podían oírse sus tacones repiqueteando en el mármol del vestíbulo de la suite. Cuando se cerró la puerta, todo quedó en silencio.

48

Ya había anochecido cuando Wellstone esperaba en su coche frente a un almacén de tres plantas, cuyo piso superior habían alquilado Betts y su equipo. Fue allí sin ningún plan ni objetivo en mente, tan solo una ira latente mezclada con sentimientos de frustración y humillación. El hijo de puta lo había sacado de sus casillas en todo momento, no porque fuera más inteligente, sino porque poseía la malicia de un acosador nato.

Para tratarse de un almacén, era un bonito edificio situado en una zona antigua de Savannah, a unas seis manzanas del Ye Slee-pe. Qué suerte tenía Betts de poder permitirse un alojamiento para dormir y un estudio. A Wellstone le molestaba pensar que pudiera disponer de tanta financiación o, de hecho, de cualquier financiación. Aquello era una triste constatación de la ingenuidad de la gente, de la ignorancia, la falta de educación y la credulidad que permitían a un timador cínico como Betts embolsarse billetes.

Pensar en Betts le trajo a la memoria la sensación del suflé chorreándole por el cogote y se enfureció de nuevo. Si hubiera conseguido las tarjetas SD con las imágenes falsas, habría acaba-do para siempre con ese tipo y habría retratado a Moller como el charlatán que era. Parecía increíble que aquellos sucedáneos demoniacos que Moller había enviado por bluetooth a la prensa se hubieran hecho virales. Si hubiera podido denunciar que eran falsos y enseñar las tarjetas con imágenes aterradoras antes de que fueran superpuestas sobre unas fotografías tomadas hacía un momento, habría salido en todos los programas matinales de Estados Unidos.

No debería haberse sorprendido de que Fayette diera al traste con todo. No podía ser de otra manera, y estaba enfadado consigo mismo por no haberlo pensado. Pero lo cierto era que su elaborado plan para acceder a la cámara de Moller también había fracasado, y no sabía cuándo se presentaría otra oportunidad. Se había quedado sin opciones.

Sus pensamientos se vieron interrumpidos por unas personas que salían del edificio. Entre ellas estaban Betts y Moller, que se montaron en dos furgonetas blancas de alquiler. Esta vez no eran de Uber. Tal vez iban a rodar a algún sitio. Ver las caras de satisfacción de Betts y Moller no hizo sino empeorar sus sentimientos de vergüenza e ira. Aquellas tarjetas SD eran su billete, y estaban tan cerca —Moller llevaba el maletín— que Wellstone prácticamente podía tocarlas. ¿Estaba cayendo en la clásica trampa periodística de involucrarse personalmente en la historia?

En aquel momento salió otro grupo, que incluía a la hermosa directora de fotografía, cargando con material de grabación. El cabrón musculoso que le había empujado en el restaurante lo metió todo en la segunda furgoneta y cerró las puertas. Después se montaron todos, riendo y charlando.

Wellstone sintió una creciente curiosidad. Iban a un rodaje, pero ¿a aquellas horas de la noche? ¿A qué venía tanta prisa? Que él supiera, no había habido ningún nuevo asesinato.

Casi sin pensarlo, puso en marcha el motor. Las ruedas de las furgonetas chirriaron y, un momento después, el coche de Wellstone salió tras ellas.

49

Wellstone siguió a las dos furgonetas por las estrechas calles de Savannah, superando una maraña de desvíos y controles policiales causados por un mitin político, hasta que los tres vehículos pudieron circular sin obstáculos por Skidaway Road. Le pareció que se dirigían al cementerio y, en efecto, minutos después doblaron por Bonaventure Road y entraron en el aparcamiento del centro de bienvenida. Wellstone pasó de largo y estacionó en un callejón cercano. Después cogió la Canon, con su teleobjetivo de 200 mm, y volvió al cementerio. Las furgonetas habían salido del aparcamiento y recorrieron lentamente un camino de gravilla dentro del camposanto. Luego desaparecieron entre los robles, pero a Wellstone no le preocupaba: estaba convencido de que se dirigían al lugar donde habían secuestrado al chico.

En el cementerio hacía una noche agradable, y la tenue luz dibujaba largas sombras en las tumbas silenciosas. Pero Wellstone no estaba de humor para disfrutar del sosiego. Aquella era su última oportunidad. Pensaba investigar a los cabrones de Betts y Moller hasta que tuviera pruebas del fraude.

El cementerio era extenso, pero logró divisar las furgonetas al final de un camino de la parte vieja del camposanto, situado a unos ochocientos metros, y se aproximó con cautela. Por lo visto, no había turistas ni visitantes. Normalmente estaba cerrado por la noche, pero Betts debió de obtener permiso para rodar pasadas las diez.

Al acercarse vio que no había nadie en las furgonetas ni cerca de ellas. La cinta perimetral ya no estaba, y aquel rincón del cementerio había recuperado su antigua dejadez. Entonces ¿dónde estaban? Localizó la tumba del ángel con el brazo en alto, que era donde se había producido el secuestro, pero allí tampoco había nadie.

Wellstone se detuvo a escuchar, y entonces oyó unas voces provenientes de la zona cubierta de vegetación situada al fondo. Agazapado detrás de una tumba, vio que el grupo había entrado en la parte abandonada del cementerio. Tras asegurarse de que no lo veían, se acercó hasta que pudo divisar al equipo. Estaban montando focos y un generador cerca de un viejo mausoleo cubierto de vides y con la puerta entreabierta. Y allí estaba Moller, el charlatán, con el maletín abierto, una tela de terciopelo negro extendida en el suelo y su falso instrumental.

Cámara en mano, Wellstone se ubicó detrás de una lápida grande y esperó con nerviosismo. Como creían estar solos, tal vez se sentirían más libres de perpetrar su estafa abiertamente. El teleobjetivo 200 mm f/2 de su Canon R5 podría captarlo casi todo, incluso con poca luz. Y siempre cabía la posibilidad de que hubieran pergeñado otro plan que dejara desprotegida la cámara de Moller, aunque fuera de manera temporal. Si tenía la oportunidad, esta vez la cogería y saldría corriendo. Más tarde podría inventarse las excusas necesarias.

La luz dorada desapareció de las copas de los árboles y la oscuridad inundó el cementerio. Entonces empezó el rodaje. Resultaba obvio que al principio eran solo imágenes de prueba para decidir planos entre las lápidas. Moller seguía trasteando con su equipo, y Betts y el tipo musculoso estaban empujando la puerta del mausoleo para abrirla más. Golpearon las bisagras con martillos e intentaron forzarla utilizando una barra de hierro, lo cual era una vergonzosa violación de la privacidad de los muertos. Sus débiles protestas resonaban entre las tumbas, pero la puerta no cedía.

En vista del fracaso, ambos se adentraron en la zona abandonada mientras el resto del equipo continuaba con la grabación, y Wellstone los siguió a una distancia prudencial. Dando un rodeo, se acercó un poco más, ya que la densa maleza le permitía esconderse mejor. Allí, las tumbas eran aún más viejas y descuidadas, y muchas estaban ladeadas o rotas. A través de la vegetación pudo distinguir un enorme mausoleo medio en ruinas. Al aproximarse vio que era de estilo gótico y estaba rodeado de una valla de hierro forjado. La puerta de bronce que antaño protegía el mausoleo estaba en el suelo, y en su lugar se abría un gran rectángulo de oscuridad. Aquella tumba parecía incluso más abandonada que el resto de la zona degradada del cementerio: el granito estaba resquebrajado y salpicado de humedades, vides y liquen. Había dos ventanas tapadas con rejillas de bronce en lugar de un cristal. En su día, unas urnas de mármol decoraban los frontones situados a ambos lados de la puerta, pero se habían caído y los pedazos estaban esparcidos por el suelo.

Wellstone observó mientras Betts y el tipo musculoso pasaban por debajo de las vides colgantes y entraban en el mausoleo. Durante unos minutos pudo ver los haces de sus linternas. Entonces salieron con cara de satisfacción y volvieron con el equipo de rodaje. Wellstone los siguió a cierta distancia.

Al parecer, ya habían terminado de grabar las imágenes de prueba. Oyó a Betts hablar con entusiasmo del lugar que acababan de descubrir y ordenar que lo desmontaran todo y lo trasladaran a la nueva localización.

Con una eficiencia extraordinaria, el equipo encabezado por Betts llevó el material a una zona que se hallaba más en el interior del cementerio. Al llegar al viejo mausoleo, pusieron en marcha el generador y empezaron a montar los focos en los trípodes y a dar indicaciones mientras el crepúsculo dejaba paso a una oscuridad púrpura. Las luces proyectaban unas sombras dramáticas. El hombre musculoso colocó dos máquinas extrañas a ambos lados de la zona de rodaje, ocultas detrás de unas lápidas. Wellstone no entendió para qué servían hasta que empezaron a escupir humo. La niebla se elevaba en volutas y resultaba sorprendentemente realista, y bajo los focos florecía como una lámpara encendida, creando un efecto fantasmagórico.

Wellstone lo fotografió todo y grabó vídeos de corta duración para documentar la transformación de un cementerio abandonado y corriente, aunque espeluznante, en algo que parecía salido de una película de terror. Aunque esas imágenes no demostraban el fraude, daban sensación de manipulación. De momento, todo iba bien.

Entonces, el equipo empezó a organizar una toma con Moller. La directora de fotografía dictó una serie de indicaciones relacionadas con la iluminación y las máquinas de humo, y Betts y Moller repasaron la escena que estaban a punto de rodar. El director mostraba al estafador dónde situarse, hacia dónde caminar y qué hacer.

Cuando la escena estuvo lista, Moller, rodeado de niebla ondulante, recorrió la zona empuñando la vara plateada de radiestesia con unos brazos temblorosos. Como si estuviera poseída, la vara parecía atraerlo insistentemente hacia la puerta del mausoleo.

—¡Aquí hay algo maligno! —exclamó Moller—. *Sehr teuflisch!* ¡Maligno, maligno! ¡En la cripta!

Con gran excitación, Wellstone lo grabó todo en vídeo, procurando captar los focos, la máquina de humo, las señas que hacía Betts con las manos y las órdenes de la directora de fotografía. Aunque Moller actuaba con aparente espontaneidad, todo estaba planificado. Entonces montó la cámara de madera e hizo varias fotos, sin duda tan falsas como las anteriores. En ese momento, Wellstone se dio cuenta de que quizá no necesitaría las tarjetas de memoria: las imágenes bastarían para denunciar semejante farsa. Aquella podía ser la noticia que necesitaba, y le había caído del cielo. Su emoción e interés aumentaron cuando vio que iban a realizar una segunda toma, y luego una tercera, rodando la misma escena varias veces. Si eso no era una demostración de fraude, ¿qué lo era?

Después de la tercera toma, Betts parecía satisfecho. En lugar de recoger el material, reubicó al equipo y prepararon otra escena. Al parecer, esta se desarrollaría dentro del mausoleo. La directora de fotografía y sus ayudantes colocaron los trípodes cerca del muro exterior para que los focos iluminaran la cripta a través de las rejillas de las ventanas.

Wellstone buscó un sitio donde pudiera ver mejor. Las luces que entraban por las ventanas creaban una extraña mezcolanza de sombras. El efecto era muy eficaz, y tomó más fotos y vídeos mientras los técnicos lo preparaban todo.

Entonces dio comienzo la segunda escena. Moller dejó que la vara lo llevase al interior del mausoleo, todo ello acompañado de muchos tirones y temblores. Deteniéndose en el umbral, proclamó «¡Maldad, maldad!» con su voz grave mientras la vara de plata daba sacudidas. Grabaron cuatro tomas, pero, por supuesto, en manos de un buen editor parecería una sola, y convincente. Aunque eso no importaba. Wellstone tenía todos los elementos, la pistola humeante. Estaba captando el proceso de creación de un falso suceso paranormal. Aquellas imágenes permitirían ver, en la televisión y en la sala de conferencias, cómo trabajaban aquellos estafadores. Y no solo eso: podían convertirse en un excelente documental sobre fraudes paranormales.

Se preguntaba si Betts sabría apreciar la ironía.

Los técnicos desmontaron de nuevo el material y se adentraron más en el mausoleo. Tendiendo cables de electricidad desde el generador, llevaron los focos dentro. Después acercaron a la puerta una máquina de humo, que escupía niebla hacia la enorme cavidad. Era una noche oscura, la luna permanecía oculta detrás de las nubes y empezó a soplar un viento frío. Wellstone no sabía cómo pretendían hacinarse todos en el pequeño templo de piedra. Pero, cuando las luces se atenuaron, comprobó sorprendido que el mausoleo tenía un segundo nivel, con un pasaje que descendía a un espacio más amplio. Por eso Betts estaba tan contento: aquello parecía un plató hecho a medida para su pantomima.

Cuando todo el equipo estuvo dentro, Wellstone avanzó raudo entre los árboles y se pegó a la pared trasera del mausoleo.

Obviamente, allí era donde se produciría el mayor fraude de todos, el lugar en el que Moller inmortalizaría con su cámara al falso vampiro o cualquier otra imagen que hubiera preparado para aquella noche.

Poniéndose de puntillas frente a una ventana, Wellstone empezó a grabar como pudo todo lo que sucedía dentro.

50

Coldmoon despertó de una pesadilla en la que aparecían árboles grandes, trineos y leñadores con camisas de cuadros que lo perseguían con hachas. Una mano estaba sacudiéndole ligeramente el hombro. Estaba medio despierto —y agotado—, pero se alegró al descubrir que solo había sido un sueño. La figura que se recortaba contra la luz dorada y lo tocaba con unos dedos suaves era extremadamente atractiva. Quizá podía saltar de un tipo de sueño a otro bien distinto.

Pero la silueta no lo dejaba en paz y, gruñendo y maldiciendo entre dientes, Coldmoon recobró la conciencia. En la oscuridad vio que la figura esbelta que lo había despertado era Constance Greene.

—¿Qué? —dijo.

—Pendergast le necesita —respondió ella con voz de contralto—. Y a mí también.

Coldmoon miró el reloj.

—¿Ahora? Por culpa de Pendergast acabo de coger dos vuelos de una punta a otra del país.

—Vístase, por favor, y baje a la biblioteca del hotel.

Coldmoon se incorporó y volvió a tumbarse entre protestas.

—Si está allí en cinco minutos y suficientemente presentable —dijo Constance—, le conseguiré *pejúta sápa*.

—¿Como a mí me gusta?

—No, por Dios.

Constance dio media vuelta, y la seda cara de su vestido siseó cuando salió de la habitación.

Diez minutos después, Coldmoon, ya vestido y totalmente despierto, entró en la biblioteca de la Casa Chandler, una habitación estrecha que daba a la calle Taylor. Dentro había estanterías de pared a pared, unas pocas mesas y cómodas sillas de lectura. En una esquina estaban Pendergast y Constance, que habían apartado un sofá y dos butacas del resto de los muebles en una especie de maniobra defensiva. Sin mediar palabra, Coldmoon se sirvió una taza de café, bebió un sorbo con actitud desconfiada, dejó la taza encima de la mesa y se acomodó.

Pendergast, tan demacrado y pálido que podría haber sido un candidato para el equipo de diagnóstico de monstruos que empleaba Moller, estaba sentado frente a él.

—Les voy a contar una historia —dijo.

—Uy, qué bien —respondió Coldmoon sarcástico.

Había buscado a D. B. Cooper en Wikipedia y su historia le pareció tan interesante como prometía Pendergast, pero no entendía qué relación existía entre el célebre caso sin resolver y los asesinatos actuales, aunque detectó varios vínculos potenciales con su viaje al oeste.

—Ambos han oído partes distintas de la historia —añadió Pendergast—, pero ninguno la conoce en su totalidad. Nuestro viaje al oeste respondió la mitad. La otra mitad está en manos de Constance. Le encargué la tarea más difícil y ha cumplido.

—¿En qué consistía? —dijo Coldmoon.

—En hacerle cuatro preguntas a la propietaria de la Casa Chandler.

¿Cuatro preguntas? Coldmoon clavó la mirada en Constance, que estaba sentada en el sofá entre él y Pendergast, absolutamente quieta y sin mostrar emoción alguna. Por experiencia propia, Coldmoon sabía que aquello era mala señal, y, con discreción, apartó la butaca del sofá.

—Con la ayuda de Constance relataré la historia con la mayor eficiencia posible. El tiempo es oro. —Pendergast inspiró—. Hace algo más de cincuenta años, una joven llamada Alicia Rime trabajaba como diseñadora de carrocerías de avión en el complejo aeroespacial Boeing de Portland, Oregón. Era una ingeniera joven y brillante, y la habían trasladado de la central de la empresa en Chicago a las instalaciones de operaciones avanzadas. Era un lugar secreto, similar a Skunk Works de Lockheed, donde los empleados desarrollaban nuevas tecnologías. A partir de 1970 se dieron pasos importantes hacia los sistemas de pilotaje por mandos electrónicos, además de nuevas estrategias para mejorar la seguridad. Por aquel entonces, Rime era la única mujer ingeniera de Boeing.

»Al poco tiempo, Rime se enteró de que los ingenieros superiores de su departamento estaban aprovechándose de su trabajo y atribuyéndose todo el mérito. Debido a su bajo rango y, por desgracia, al hecho de ser mujer, los directivos se defendieron e hicieron la vista gorda ante lo que estaba ocurriendo, y el entusiasmo de Rime no tardó en convertirse en desilusión y, más tarde, en amargura.

»Por aquel entonces entabló relación con un ingeniero mayor que ella, el cual trabajaba en operaciones avanzadas. En sus primeros años había sido una estrella en ciernes, pero, dado que sus ideas eran consideradas cada vez más impracticables, e incluso extravagantes, su labor era criticada o, peor aún, desestimada. Cuando Rime lo conoció, la situación lo había empujado a trabajar solo y no hablaba con nadie. Era viudo y no tenía familia. Se habían reído demasiado de él, y ahora llevaba sus proyectos en secreto y los guardaba en una caja fuerte al finalizar la jornada.

»Como cabría esperar, el anciano y Alicia Rime, los dos marginados del departamento, se hicieron amigos y, finalmente, empezó a compartir con ella el secreto de su trabajo.

»Su idea era desarrollar hardware y software que pudieran modelar el comportamiento humano. Su perspectiva era extremadamente heterodoxa y utilizaba un lenguaje informático de su propia invención, mucho más avanzado que el LISP. El objetivo era predecir la conducta de los pilotos empleando la inteligencia artificial. Si un ordenador podía vaticinar, incluso con un minuto de antelación, lo que haría el piloto en unas circunstancias determinadas, sería una herramienta extremadamente poderosa para evitar errores humanos.

»Pero sus esfuerzos por crear una inteligencia artificial predictiva fracasaron. El mundo se rige por el caos, y la conducta humana es demasiado compleja.

Pendergast dejó que calara aquella observación antes de continuar.

—No obstante, el científico era un auténtico genio y no estaba dispuesto a admitir la derrota. Después de abandonar la inteligencia artificial como herramienta, se le ocurrió otra idea basada en el efecto del gato de Schrödinger y en la teoría de los universos paralelos del físico Hugh Everett, propuesta en 1957.

—¿Qué coño tiene que ver un gato con todo esto? —interrumpió Coldmoon.

—El gato no importa. La teoría de los universos paralelos es un fenómeno de la mecánica cuántica que dice que todos los mundos posibles se materializan físicamente en innumerables universos paralelos al nuestro.

—No entiendo nada de lo que dice.

—No me sorprende. Lo relevante es que nuestro ingeniero logró fabricar un dispositivo que utilizaba efectos cuánticos para predecir el futuro.

Coldmoon negó con la cabeza.

—Vuelvo a la cama —anunció.

—No tan deprisa. Creo que el resto de la historia merece su tiempo. La máquina del ingeniero empleaba la mecánica cuántica de una manera muy original y práctica. La mayoría de los físicos se pasan el día especulando y teorizando. Él, en cambio, construyó algo.

—Que puede ver el futuro —dijo Coldmoon—. Claro que sí.

—*Modicae fidei!* —terció Constance molesta—. Hombre de poca fe. Cállese y a lo mejor aprende algo.

Se hizo un silencio incómodo y Coldmoon, humillado, se sirvió otra taza de café. Tal como le habían sugerido, se guardó sus opiniones para él.

Pendergast juntó las yemas de los dedos.

—La interpretación de los universos paralelos afirma que vivimos en un multiverso, un lugar en el que todos los resultados posibles de una acción están produciéndose de forma simultánea. El gato de Schrödinger está vivo en un mundo y muerto en otro.

—Ya estamos otra vez con el gato —dijo Coldmoon.

—O, por ser más prosaico: en nuestro universo estamos aquí hablando tranquilamente. En un universo diferente pero paralelo, usted se ha levantado y ha vuelto a la cama. En otro, el techo está podrido y se nos ha caído encima. Y así sucesivamente, *ad infinitum*.

Pendergast hizo una pausa, como esperando otra protesta de Coldmoon. Al ver que no llegaba, miró a Constance y continuó.

—Los acontecimientos que se producen en universos paralelos al nuestro no siempre cambian de manera tan drástica. Los físicos creen que los universos más similares al nuestro son los que existen más cerca de nosotros en el devenir del tiempo cuántico. Según la teoría de branas, esos universos están estratificados uno al lado del otro, como membranas, en un espacio dimensional más elevado. Están tan cerca que a veces se tocan y, de ese modo, se abre una ventana o portal entre ambos.

»Utilizando los principios que acabo de describir, el longevo ingeniero pudo crear una máquina capaz de abrir esa ventana y ver otro universo a través de ella, un universo muy cercano al nuestro, aunque discurriendo en una línea temporal ligeramente distinta. La máquina no ve nuestro futuro. Observa un universo casi idéntico al nuestro con un minuto de antelación.

—Eso es una locura —dijo Coldmoon.

—Le aseguro que es una teoría consolidada en la que creen muchos físicos, por no decir la mayoría.

—¿Y qué ventaja tiene ver el futuro con un minuto de antelación? —preguntó Coldmoon.

—Como verá, lo cambia todo.

Coldmoon se quedó callado y Pendergast continuó.

—Así que nuestro científico construyó un prototipo. Ese minuto extra de tiempo predictivo sería suficiente para advertir a un piloto de algún hecho catastrófico: un relámpago, turbulencias extremas o un fallo de motor. Sin embargo, el ingeniero estaba harto de que sus compañeros se rieran de él. Tenía que hacer una demostración espectacular de su poder, una que pudiese apreciar cualquiera: invertir en la bolsa de Wall Street. La máquina mostraría el valor de una acción con un minuto de antelación. No hace falta ser un genio para imaginar el valor que tendría ese dispositivo.

»El anciano le contó a Alicia Rime que iba a llevar el aparato, tan pequeño que cabía en un maletín, a la central de Seattle, donde podría enseñárselo al consejero delegado y a la junta directiva de Boeing durante un retiro el fin de semana posterior al día de Acción de Gracias.

»A Rime le parecía un crimen que Boeing se hiciera con un dispositivo como aquel, sobre todo después del trato que habían recibido ella y el ingeniero. Intentó convencerlo de que se quedara con la máquina y no se la entregara a la compañía aérea, y planteó la posibilidad de que ambos dejaran su trabajo y la utilizaran para ganar dinero. Pero él insistió: le pertenecía a Boeing, ya que la había desarrollado durante su jornada laboral. Tuvieron una acalorada discusión. Ella odiaba a Boeing y, aunque no tenía ningún derecho sobre la máquina, la veía como un pasaporte para dejar la compañía. Pero el anciano nunca le dio la oportunidad de examinar el dispositivo o tan siquiera echar un vistazo a los planos, y para entonces se habían distanciado. Además, siempre guardaba la máquina y los planos en su caja fuerte o los llevaba encima.

»Rime sabía que el ingeniero planeaba tomar un vuelo de Portland a Seattle, el Northwest Orient 305, y que llevaría el maletín con el dispositivo. También sabía que el modelo de avión que cubría esa ruta era un Boeing 727-100. Este es un punto de inflexión crucial en nuestra historia, porque Rime conocía muy bien ese avión. Por ejemplo, sus tres motores estaban situados a una altura inusual en el fuselaje trasero. Podía volar a menor altitud y velocidad que otros aviones comerciales sin entrar en parada. Pero un elemento especialmente importante y casi único del 727-100 era la escalerilla trasera, que podía bajarse en pleno vuelo mediante un control que nadie podía anular desde la cabina. Esa capacidad era tan secreta que ni siquiera la conocían muchas tripulaciones de aviones comerciales. Sin embargo, no era un secreto para los ingenieros de Boeing.

»El retiro de los directivos en Seattle estaba previsto para el 27 de noviembre de 1971, el sábado después del Día de Acción de Gracias. El martes anterior, Rime forzó un altercado con su director, a quien acusó de haberse atribuido el mérito de algunos de sus anteproyectos. A consecuencia de ello, el director le dijo que recogiera sus cosas cuando terminara la jornada. Nadie volvió a verla nunca más como Alicia Rime... excepto el granjero-doctor al que conocimos en las profundidades de Washington.

—¿Y cómo ha averiguado todo eso? —preguntó Coldmoon.

—Como verá, gracias a las cuatro preguntas. —Pendergast cambió de postura, apoyó su peso sobre los codos y miró fijamente a Coldmoon—. ¿Aún está pensando en volver a la cama, compañero?

51

Gannon acabó de colocar los focos y posicionar a sus dos cámaras en esquinas opuestas del mausoleo para que no se grabaran accidentalmente el uno al otro. Miró a su alrededor y sintió cierta satisfacción. Un escenógrafo de Hollywood no habría creado un interior más creíble. Los dos muros laterales estaban ocupados por criptas de mármol, cada una con una puerta en la que aparecían tallados el nombre y las fechas y varios epitafios breves en latín o en inglés. Algunas puertas habían sido destruidas por vándalos o por el paso del tiempo. En varias criptas incluso asomaban huesos, y en el suelo, una calavera humana miraba hacia arriba con la boca abierta, como si estuviera gritando permanentemente. De otra cripta colgaba un brazo con tendones adheridos al hueso y cubierto con una manga de seda y encaje raída. Un anillo de oro decoraba un dedo huesudo. Aquello era el sueño de cualquier director, pero al mismo tiempo la incomodaba pensar que los restos habían sido personas, que no era el yeso y la pintura de un plató. ¿Por qué nadie cuidaba de viejas criptas como aquellas para que no se deterioraran de manera tan aterradora?

La parte central de la cripta se hallaba abierta y llevaba a una puerta grande situada en la parte trasera. Las puertas de madera estaban podridas y habían sido destrozadas y arrancadas de sus goznes por unos vándalos. Había astillas por todas partes. Más adelante, una escalera conducía a un segundo nivel con paredes de piedra y un techo abovedado con pequeñas estalactitas de cal, algunas de las cuales goteaban. En las zonas iluminadas alcanzaba a ver más criptas, también destruidas por gamberros. Aquel lugar le provocaba escalofríos.

Apartó la vista del umbral, se volvió hacia Gregor y dijo:

—Trae la máquina de humo.

Gregor, un tipo grande y musculoso al que odiaba siempre hacía todo lo que le pedía, aunque a regañadientes y con absoluta desgana. Como era de esperar, cogió la máquina frunciendo el ceño.

—¿Dónde la quieres exactamente? —preguntó molesto, como si la petición de Gannon hubiera sido demasiado imprecisa.

—En esa esquina, donde no se vea —dijo ella.

Nunca había participado en un rodaje en el que no hubiera como mínimo un gilipollas, pero no se dejaba provocar, ni siquiera por capullos sexistas. En aquel rodaje había varios, pero lo compensaban la diversión de estar en Savannah, la eficiencia de Betts y el talento de Moller, los cuales sabían con absoluta precisión qué estaban haciendo, fuera un timo o no.

—Gregor —dijo—, pon un Lume Cube en la pared trasera, más o menos a un metro del suelo.

Sin mediar palabra, Gregor instaló el foco, lo conectó a un cable y lo encendió. Gannon observó el foco con ojo crítico. Proyectaba luz desde abajo, lo cual confería a la escena un ambiente aterrador al estilo Lon Chaney, eficaz pero sin excesos.

Betts había estado repasando los movimientos de Moller en la siguiente escena. Ahora, con las cámaras encendidas, Moller entró por la puerta del mausoleo. Detrás de él había un foco que penetraba en la niebla, y la vara plateada empezó a dar tirones.

—Maldad —dijo en un tono estentóreo—. Aquí hay una gran maldad...

Su voz se redujo a un susurro al pronunciar esas últimas palabras. Una vez más, resultó eficaz, y Gannon vio que sus operadores de cámara estaban dando en el clavo, como de costumbre.

—Uno, haz un barrido lento de las criptas —murmuró por el micrófono.

Craig inició el barrido y se detuvo en el brazo del esqueleto y la calavera que había en el suelo. Genial.

—Dos, primer plano de la cara.

Pavel hizo un zoom sobre Moller, que tenía el rostro contraído y los ojos muy abiertos. La vara seguía temblando y, lentamente, apuntó hacia el umbral y las escaleras.

—Abajo —dijo Moller con un susurro trémulo—. Abajo.

52

Durante los últimos minutos de la narración de Pendergast, Coldmoon se sintió más fascinado, y también más incrédulo, al unir mentalmente las piezas con lo que había leído acerca de D. B. Cooper.

—Entonces, según usted, esa tal Alicia Rime es D. B. Cooper —dijo Coldmoon—. El pirata aéreo que nunca fue encontrado y cuyo delito quedó sin resolver.

—¡Bravo! —Pendergast se volvió hacia su tutelada—. ¿Fortalecemos a este hombre con una copita de Lagavulin?

—¿Por qué no?

Coldmoon reparó en que, aparte de la ausencia de emoción, Constance proyectaba una gelidez inusual, tanto hacia él como hacia Pendergast. Después aceptó agradecido la generosa copa que le ofreció Pendergast, que también sirvió whisky para Constance y para él.

Pendergast volvió a cambiar de postura para estar más cómodo.

—Agente Coldmoon, podría tirar usted del hilo y decirnos adónde nos lleva.

Coldmoon estuvo a punto de negarse, pues le parecía que lo estaban tratando con condescendencia, pero la historia era tan estrafalaria e interesante, y las piezas empezaban a encajar con tanta rapidez, que no pudo evitarlo.

—De acuerdo, veamos. Rime forzó su despido de Boeing

para que su posterior desaparición no levantara sospechas. Reservó un asiento en el mismo vuelo, disfrazada de hombre para que el viejo científico no la reconociera y para confundir a los investigadores. Utilizó el nombre de Dan Cooper.

—Correcto —dijo Pendergast—. En aquellos tiempos era fácil comprar un billete de avión con un nombre falso.

—Era miércoles, la víspera de Acción de Gracias. Cuando despegaron, le enseñó a la azafata un maletín que contenía una bomba falsa y una nota exigiendo doscientos mil dólares. La idea era que pareciese un secuestro normal y corriente para desviar la atención de su verdadero propósito. Pidió dos paracaídas civiles, uno principal y otro de reserva.

Pendergast asintió.

—Lo hizo para asegurarse de que las autoridades no saboteaban los paracaídas, ya que pedir dos significaba que podía llevarse a un rehén.

—Sí. Cuando el avión aterrizó en Seattle, recogió los doscientos mil dólares del rescate y los paracaídas y ordenó a todos los pasajeros que bajaran del avión. Pero no les permitió llevarse el equipaje de mano.

—Eso es —dijo Pendergast.

—Veamos… —Coldmoon intentó recordar los informes que había leído—. Cooper le ordenó al piloto que la llevara a Ciudad de México, con una escala para repostar en Reno. Eso desviaría el avión por una ruta nocturna de bosques extensos y remotos. Después les dijo a todos que entraran en la cabina de mando, donde no podrían verla. Entonces abrió los compartimentos de equipajes y cogió el maletín que buscaba.

—Sí —dijo Pendergast—. Y más tarde se supo que muchos de los compartimentos habían sido abiertos, que su contenido estaba desperdigado por el avión y que faltaban algunas cosas. Sin duda, abrió la escalerilla trasera y tiró parte del equipaje para crear confusión y ocultar su verdadero objetivo.

—Correcto. Así que cogió el maletín y saltó. —Coldmoon negó con la cabeza—. Imagínese saltar de noche con una tormenta como aquella. Seas hombre o mujer, para hacer eso hacen falta huevos.

Pendergast bebió un sorbo de Lagavulin.

—El de D. B. Cooper fue uno de los casos no resueltos más largos de la historia. De hecho, no se cerró hasta hace unos años, y sin solución. Se propusieron varias zonas de aterrizaje y se interrogó y descartó a innumerables sospechosos. Se utilizaron infinitas simulaciones informáticas y físicas, teniendo en cuenta distintas velocidades superficiales, intensidades del viento y altitudes, pero ninguna logró encontrar un cuerpo o el dinero. Años después se descubrió un paquete podrido con el dinero del rescate en un banco de arena del río Columbia. Eso hizo que muchos lo dieran por muerto.

Pendergast miró a Coldmoon.

—Si usted fuera Cooper, ¿qué habría hecho después de saltar del avión?

Coldmoon pensó en ello unos instantes.

—No podía gastarse el dinero del rescate. Eso es lo que delató a los secuestradores de Lindbergh. Debía de saber que el FBI microfilmó o marcó todos los billetes antes de entregárselos, así que tiró el dinero para que pareciese que había muerto en la caída. —Hizo una pausa—. Después yo habría mantenido la caída libre el máximo tiempo posible para que los cálculos sobre dónde tomé tierra, junto con la nube de dinero, despistaran a los investigadores. Y habría menos posibilidades de que alguien viera el paracaídas.

Pendergast intervino mientras Coldmoon bebía otro sorbo de Lagavulin.

—Eso es justo lo que ocurrió, con una salvedad. Hubo un problema con el paracaídas y la mujer sufrió un impacto violento.

—Pero no murió —dijo Coldmoon—. Obviamente, porque el doctor Quincy le salvó la vida.

—Eso es —respondió Pendergast—. Y ahora deberíamos dejarle la parte final de la historia a Constance, porque la ha oído directamente de la fuente.

—Es probable que esa entrevista haya sido la última conversación que tendré con Felicity Frost —dijo Constance tras una breve pausa.

—Querrá decir Alicia Rime —precisó Coldmoon—. Alias D. B. Cooper.

Pendergast asintió.

—Esa fue la primera pregunta que le pedí que le hiciera a Frost: «¿Es usted D. B. Cooper?». Tal como esperaba, la cogió tan desprevenida que luego resultó más sencillo obtener respuesta a las otras tres preguntas. ¿Constance?

La joven hablaba en voz baja pero rápido, como si quisiera zanjar el asunto lo antes posible.

—La señorita Frost, Alicia, poseía amplios conocimientos sobre aeronáutica. Sabía que el secuestro provocaría una gran cacería. En una época en la que no existían los GPS, no podrían determinar el momento del salto y la ubicación del avión. Saltó en una noche de tormenta y sin luna, y aterrizó en algún punto de los extensos bosques del sur de Washington y el norte de Oregón, una zona enorme en la que la búsqueda era prácticamente imposible. Los cazas militares a los que se ordenó que siguieran al 727 no la vieron saltar.

»Me contó que abrió el paracaídas principal y empezó a tirar el dinero, pero los billetes se atascaron en la campana y esta se desinfló. Cortó las cuerdas del paracaídas y desplegó el de reserva. Y ese fue su único error: no se había dado cuenta de que el paracaídas de reserva era de entrenamiento y no estaba pensado para su uso. Normalmente, esos paracaídas se cierran con unas costuras flojas. No se le ocurrió comprobarlo y ahora se estaba acercando demasiado rápido al suelo sin ningún paracaídas abierto.

»Tuvo la entereza de cortar las costuras y liberar el paracaídas de entrenamiento. Por suerte, llevaba un cuchillo y el cordón de apertura funcionaba. El paracaídas se abrió sin problemas, pero seguía cayendo a gran velocidad cuando impactó en el agua.

—¿En el agua? —preguntó Coldmoon.

—Sí, aterrizó poco antes de las cascadas de Walupt Creek. La corriente la arrastró hasta allí y llegó al lago de Walupt, cerca de Berry Patch. La despertó el agua fría y pudo nadar hasta la orilla a pesar de tener una pierna fracturada. Perdió el conocimiento en una playa de guijarros. Y allí fue donde a la mañana siguiente la encontró un joven granjero. El maletín que robó seguía atado a su cuerpo con una cuerda de paracaídas.

—Y ese joven granjero era Zephraim Quincy —dijo Coldmoon.

Constance asintió.

—Aquella mañana todavía no se había enterado del secuestro del avión. Vivía solo en la casa. Su padre estaba ingresado en una clínica con una lesión grave en la cabeza, de la cual acabaría falleciendo. Quincy tenía dificultades para mantener la granja. Al principio, Alicia no le explicó nada, pero se negó categóricamente a que la trasladara a un hospital. Quincy la llevó a su clínica, donde le entablilló y enyesó la pierna fracturada. El periódico de aquella mañana no había publicado la noticia del secuestro, que se había producido de madrugada, así que cuidó de ella aquel día, aquella tarde y aquella noche. Por cierto, esa es la razón por la que no asistió a la tradicional cena de Acción de Gracias en Berry Patch. A la mañana siguiente, cuando cogió el periódico de su porche, vio el titular y el retrato robot de D. B. Cooper y se dio cuenta de que la mujer a la que había rescatado, que curiosamente llevaba ropa de hombre, tenía que ser él.

»Cinco minutos después, cuando entró en la clínica, llevaba el periódico. Mientras le vendaba las heridas, mencionó que había avisado al sheriff y le preguntó si quería contarle algo antes de que este llegara. Ella se lo explicó todo, o casi todo. Puso especial énfasis en que no había hecho daño a nadie y en que la bomba era falsa, y le suplicó que no la entregara, que avisara al sheriff de que no fuese.

»Sospecho que en aquel momento, el joven granjero ya estaba enamorado. Un caso de amor a primera vista. Lo conmovieron sus ruegos. En realidad no había llamado al sheriff; lo dijo solo para ver su reacción, así que la acogió en la granja y cuidó de ella hasta que se hubo recuperado. Ella también se enamoró de él. Durante unos meses fueron felices en mitad de la nada, como Tristán e Isolda en el bosque de Morois. Nadie sabía que estaba allí. Pero, por supuesto, era demasiado bonito para ser verdad, y no podía durar por razones obvias. Cada vez había más posibilidades de que se produjera un registro en la granja de Quincy, que el FBI visitó varias veces. Ahora, D. B. Cooper figuraba en la lista de los más buscados del FBI y en el caso trabajaban más de doscientos agentes. No podía esconderse para siempre.

»En primavera, Alicia se había recuperado lo suficiente como para viajar. Sabía que si no dejaba a Quincy entonces, no lo haría nunca, así que le escribió una nota de agradecimiento, que pensaba dejar en la mesa de la cocina una mañana a primera hora para evitar una escena difícil. Pero, para su sorpresa, Quincy ya sospechaba de sus planes: se levantó antes de que amaneciera, y no solo le preparó el desayuno, sino una mochila llena de víveres, suficiente para salir del estado y alejarse del peligro de ser arrestada. Le dio el poco dinero que tenía. En la mochila también metió el libro favorito de ambos con una dedicatoria. Ella ya había investigado cómo conseguir una nueva identidad y sabía exactamente qué debía hacer. Cuando salió de la granja, se dirigió a un cementerio situado en Puyallup, no muy lejos de allí, encontró la tumba de una chica que había nacido por las mismas fechas que ella y asumió su identidad.

—Está claro que a Quincy le encantaba su coraje —observó Pendergast—. Incluso admiraba el hecho de que fuera una rebelde, una forajida, como evidencia la dedicatoria: «Ese gran nómada social que acecha en los confines de un orden dócil y asustado».

—¿Cómo consiguió que le contara todo esto? —preguntó Coldmoon.

—Lo que la desarmó, lo que la hizo hablar, fue la segunda pregunta de Aloysius: «¿Secuestró el avión para robar el maletín con el dispositivo?». Respondió afirmativamente.

Constance dejó que absorbieran el mensaje antes de continuar.

—Con el nuevo nombre de Felicity Frost, viajó al Medio Oeste. Era 1972. En algún momento después de abandonar la granja, logró poner en funcionamiento la máquina del científico. Su plan, al menos a corto plazo, era ganar dinero suficiente para ser independiente. El futuro podía esperar. Utilizando el dispositivo, aprendió a avanzarse un minuto y empezó a realizar modestas operaciones con varias acciones del Big Board. Cuando adquirió experiencia, empezó a operar con opciones y pudo obtener mayores beneficios. Y, aunque nunca se volvió avariciosa, al cabo de un año había ganado suficiente para cancelar la hipoteca de la granja de Quincy y enviar fondos a la Facultad de Medicina de la Universidad de Washington para pagar el resto de sus estudios. Anónimamente, por supuesto.

A Coldmoon no le hizo falta preguntar si alguna vez habían vuelto a mantener comunicación. El anhelo que irradiaban los ojos del doctor Quincy ante cualquier migaja de información sobre aquella mujer evidenciaba que no lo habían hecho.

53

Con la cámara pegada a la rejilla, Wellstone grabó la lamentable escena: las máquinas de humo, las triquiñuelas con la vara de radiestesia, las falsas fotografías con la cámara estenopeica y las órdenes de Betts entre toma y toma: «Haz esto, haz lo otro». Le repugnaba un poco lo irrespetuoso que era todo aquello con los muertos. De pronto vio una calavera en el suelo. Por el amor de Dios, había sido el padre o la madre de alguien, no un elemento de atrezo. Pero se aseguraría de que aquella profanación supusiera la última estocada a la reputación de Betts.

El ángulo no era óptimo, así que fue a la parte delantera del mausoleo y, agazapado en la oscuridad, grabó a través del umbral. La puerta junto a la cual estaba agachado era de bronce, y vio que sus pesadas bisagras habían sido destrozadas recientemente, ya que el metal estaba reluciente en algunos puntos. Por unos instantes pensó en quién lo habría hecho y por qué: arrancar aquella puerta no debió de ser tarea fácil, se necesitaba fuerza. Luego se encogió de hombros y volvió a concentrarse en el falso espectáculo de terror.

Desde allí vio que había otra escalera que llevaba a un piso inferior, y se preguntó qué hacía una tumba tan elaborada como aquella abandonada y olvidada al final del cementerio. En su día debía de ser de una familia importante de Savannah, sin duda ya extinguida. Tendría que indagar en su historia. Formarían parte del relato, de la indignación. Wellstone entornó los ojos y miró a través del largo objetivo, intentando leer los apellidos en las puertas de las criptas. Debajo había una inscripción.

HEWITT HUNNICUTT III

1810 - 1910

Y DICE DIOS A ESTOS HUESOS: «YO HARÉ QUE
EL ALIENTO ENTRE EN VOSOTROS Y VIVIRÉIS»

También captó imágenes de la inscripción.

El equipo había terminado de grabar en la sala exterior de la tumba, y Wellstone esperó mientras Betts y Gannon indicaban a los técnicos que desmontaran el material y lo llevaran al sótano. Estuvieron a punto de descubrirlo cuando alguien salió a desenrollar más cable del generador, pero era una noche nubosa y pudo ocultarse a tiempo en la oscuridad. Un viento gélido le provocó escalofríos y agitó las hojas invisibles que había sobre su cabeza; el sonido, que se elevaba y decrecía, parecía la respiración de un fantasma. ¿Por qué una tumba tenía dos niveles? Recordaba un relato de H. P. Lovecraft en el que un hombre trabajaba en un subsótano o algo así y, al agujerear el suelo, accedía a un pasadizo perforado desde abajo…

Intentó desterrar aquellos pensamientos. Ahora, incluso él, el escéptico, estaba asustado.

Aprovechó un instante en que no había nadie cerca para cambiar la tarjeta de memoria de la cámara, que estaba casi llena.

El equipo estaba cargando con los focos y las máquinas de humo escaleras abajo. Wellstone esperó, vigilando desde la oscuridad, hasta que la sala superior quedó vacía. Aunque era arriesgado, se dio cuenta de que tendría que entrar en la tumba si quería seguir la grabación. Evidentemente el gran acontecimiento tendría lugar en el sótano, y era algo que no podía perderse. Se le ocurrió que, si era descubierto, lo primero que harían sería confiscarle la tarjeta de memoria de la cámara, así que la sacó del bolsillo y la escondió en el zapato.

En el momento oportuno, cuando estaban todos ocupados,

entró en el mausoleo, cruzó la sala superior y apoyó la espalda en la pared situada junto a las escaleras que descendían a la tumba. Desde arriba oyó a Betts diciéndole a Moller cómo llevarían a cabo la siguiente toma.

Agachado y con la barriga casi pegada al suelo, Wellstone franqueó el umbral y apartó la calavera humana para poder mirar por las escaleras. De abajo llegaba un olor húmedo y desagradable, lo cual no era de extrañar teniendo en cuenta lo que se almacenaba allí.

Wellstone levantó la cámara y empezó a grabar otra vez.

54

Aquello era una locura absoluta, pensó Gannon al contemplar el sótano de la tumba. Originalmente era una sala bastante pequeña, similar a la cripta de arriba, revestida de mármol. Las paredes y el techo estaban construidos con bloques de piedra tallada, que con el tiempo se había vuelto húmeda y viscosa. Las criptas del piso inferior parecían aún más antiguas que las otras. Los vándalos habían tirado la casa por la ventana: muchas estaban destrozadas, con fragmentos de mármol y huesos por todas partes, además de jirones de ropa podrida, botas de mujer arrugadas con huesos en su interior, unas gafas y una cabeza momificada con unas trenzas rubias y dos lazos descompuestos.

Pero lo que verdaderamente le sorprendió fue lo que había más adelante. Alguien había derribado el muro trasero de la cripta y se veía un pasadizo de tierra que, contra toda lógica, se adentraba en la oscuridad como si fuera un túnel. Además no era un túnel bien acabado; más bien parecía que alguien hubiera utilizado un pico o las manos para cavar. De la parte superior colgaban raíces y el suelo era un mar de barro. En las profundidades del túnel distinguió lo que parecían unas luces tenues, como el brillo de las luciérnagas pero estático. ¿Qué era aquello? ¿Una especie de hongos resplandecientes?

Cuanto más miraba, más inexplicable le parecía. Unos simples gamberros no habrían invertido tiempo y esfuerzo en cavar un pasadizo tan largo y a tanta profundidad. ¿Se trataba de una obra inacabada, un primer paso rudimentario para ampliar el mausoleo y acoger a más muertos? No parecía muy probable. Además, si alguien había cavado aquel túnel, ¿dónde había metido la tierra?

—Esto no está bien —murmuró Craig, el cámara principal, a través del micrófono—. No deberíamos haber bajado.

Gannon no contestó, pero notaba su nerviosismo. Es más, lo compartía. Incluso el fornido Gregor estaba comedido y sudoroso. El aire parecía muy cargado.

—¡Gannon! ¿Está despierta? Hay que montar esos focos.

Al levantar la cabeza vio a Betts dirigiéndose hacia ella.

—Este sitio es una mina de oro —le dijo Betts—. Por ejemplo, ese túnel de ahí es un regalo caído del cielo. Ni excavándolo yo habría quedado mejor. Peor, quería decir. En fin, el plan es el siguiente: Moller se situará al final de las escaleras, pasará entre todos esos huesos e irá hacia la entrada de ese túnel. Quiero planos de todo lo que hay por el suelo, especialmente… Mierda, ¿eso es la cabeza de una chica? Menudo hallazgo. Saque un buen primer plano. ¿Cree que podrá soportarlo?

—Claro. —Gannon tragó saliva—. Escuche, estoy un poco preocupada.

—¿Por qué?

—Esto no me parece bien. ¿Es legal que estemos aquí? Mire todos esos huesos. Alguien destruyó este lugar, lo profanó. Casi no podemos movernos sin pisarlos.

Betts la miró fijamente y, echando la cabeza hacia atrás, se puso a reír.

—¡Vaya! Un rodaje en una tumba a treinta metros de profundidad es el sitio perfecto para ponerse en plan ético.

—¿Se ha planteado que lo que estamos haciendo podría ser ilegal?

—¡Pues claro que me lo he planteado! Mire, no hemos forzado la puerta. Ya estaba abierta. El cementerio es un lugar público y tenemos permiso para estar aquí. Y, aunque no lo tuviéramos, somos un equipo de información documental. La primera enmienda nos da derecho a seguir una noticia, incluso en una propiedad privada.

—Pero esto no es una noticia.

—¿Bromea? Moller encontrará algo de interés aquí abajo. Es la primera vez que lo veo realmente entusiasmado. —Señaló la irregular entrada del túnel—. Dice que el origen de la turbulencia maligna está ahí, y cuando lleguemos hasta ella, la fotografiará con esa cámara especial suya. —La agarró del hombro—. Gannon, no es momento para echarse atrás. De perdidos al río. ¿No le parece?

—Sí.

Y en cierto modo tenía razón. Ella no era así. Había grabado accidentes de tráfico, incendios, suicidios y escenas de crímenes sin tan siquiera pestañear. Pero aquello… aquello era distinto. Los huesos, el túnel y el olor atroz que se pegaba a todo la aterraban.

La directora de fotografía respiró hondo y volvió al trabajo. Le indicó a Gregor dónde ubicar los focos y la máquina de humo y trabajó en sus exposiciones. Gregor parecía inusualmente cooperador y taciturno, y Gannon se dio cuenta de que estaba verdaderamente aterrado. Al menos era un cambio positivo. Quizá debería asustarse más a menudo. De hecho, al único al que no se le veía afectado era Pavel, el operador de la Steadicam. Como siempre, parecía que estuviera a punto de dormirse. Observar sus párpados gruesos y sus ojos entornados la tranquilizaba, aunque fuera solo un poco.

55

—El resto de la historia puede resumirse rápidamente —dijo Constance—. No me contó qué hizo en las dos décadas que transcurrieron desde su paso por el Medio Oeste hasta su llegada a Savannah, pero cuando vino aquí era rica. Me dijo que le atrajo la idea de rescatar un edificio histórico y convertirlo en un hotel de lujo. Durante una visita a Savannah se enamoró de la ciudad y encontró el edificio adecuado. Compró la fábrica abandonada y la rebautizó como Casa Chandler. Allí podría deleitarse en su amor por los libros, la pintura y la música. Se convirtió en una propietaria imperiosa y excéntrica, brillante e imponente. Siguió haciendo inversiones rentables, pero nunca se dejó seducir por la máquina. Sabía que sería peligroso llevar la tecnología más allá, aunque la potencia de los ordenadores aumentó de forma considerable a lo largo de los años. Ganaba suficiente para vivir bien y tener todo lo que quería, no más. Naturalmente, mantuvo en secreto la existencia del dispositivo.

—¿A quién podrías confiarle algo así? —aventuró Coldmoon.

—Ese es el problema —dijo Constance—. Así que pasaron los años y al final vio que la edad se le empezaba a echar encima.

Constance permaneció callada un buen rato. Confuso, Coldmoon se la quedó mirando a ella y después a Pendergast, y se volvió de nuevo hacia Constance.

—Cada vez recurría más a Patrick Ellerby —continuó—, el

director del hotel. Había empezado como subdirector y era un hombre atractivo y un tanto pícaro. Frost se negó a desvelar cómo habían llegado a intimar tanto, pero está claro que sentía un verdadero afecto por él. Creo que, hasta cierto punto, era un sustituto del doctor Quincy: empático, un poco torpe quizá, y amante de la poesía y las matemáticas. Pero, a diferencia de Quincy, Ellerby no era una persona honorable, y veía en Frost un camino hacia una existencia confortable. A lo mejor empezó a conquistarla como en *Los papeles de Aspern*, congraciándose con ella, enamorándola y ganándose su confianza. Con el tiempo, ella le confesó su secreto más profundo: la máquina que había instalado en el sótano y, lo que era igual de importante, la física que había detrás de su funcionamiento. Esa es básicamente la misma información que me dio en respuesta a nuestra tercera pregunta: «¿Cómo puede ver el futuro esa máquina?». Y eso aportó gran parte de la ciencia que sustenta lo que acaba de explicar Aloysius, además de…

Constance se quedó callada de repente.

—¿Está bien, querida? —preguntó Pendergast al cabo de un momento.

—Sí, estoy bien. —Respiró hondo—. Como les decía, Frost acabó explicándole el funcionamiento del dispositivo, ya que cada vez estaba más confinada en sus habitaciones del quinto piso.

En ese momento se volvió hacia Pendergast.

—Cuente usted el resto, por favor.

Pendergast cambió de postura.

—Aquí entra en escena un nuevo elemento. Ellerby estudió el dispositivo y los planos que lo acompañaban, y al parecer se dio cuenta —con los avances en hardware y software y un mayor conocimiento de la mecánica cuántica y la cosmología de branas— de que la máquina, que tenía casi cincuenta años de antigüedad, podía ser más potente. Mucho más potente. Y poseía los conocimientos matemáticos e informáticos para «actualizarla», como se suele decir. Ellerby estaba seguro de que si aumentaba la potencia de la máquina, no solo sería capaz de predecir un minuto hacia el futuro, sino treinta, y puede que incluso una hora. Tiempo suficiente para ganar miles de millones.

»Evidentemente intentó ocultarle esas ambiciones a Frost, pero ella era demasiado astuta como para no saber qué se traía entre manos. Como demuestran los registros financieros y la informática forense, de repente empezó a ganar ingentes sumas de dinero: doscientos millones de dólares en tres semanas. Todo absolutamente legal y transparente, porque no existen leyes que prohíban utilizar una máquina del tiempo para invertir en bolsa. Fue en ese momento cuando Frost dio el paso extraordinario de salir de sus aposentos e investigar en el sótano, donde encontró a Ellerby haciendo lo único que le había prohibido expresamente. Eso provocó su famosa discusión, que oyeron la mitad de los empleados. Pero, al ser una anciana, no pudo hacer nada para impedírselo.

—Entonces ¿me está diciendo que Ellerby encontró una manera de aumentar la potencia de la máquina para abrir un agujero más grande en ese universo paralelo?

Pendergast asintió.

—La analogía del agujero es adecuada, porque ahí es donde termina la historia de Ellerby y empieza nuestra investigación por asesinato. Y ahí es donde entra en juego mi cuarta y última pregunta.

—¿Y cuál era? —preguntó Coldmoon.

—«¿La muerte de Ellerby estuvo relacionada con el dispositivo del maletín?» —respondió Pendergast—. Pero aquí nos adentramos en un territorio más especulativo que Frost no quiso esclarecerle a Constance. Sin embargo, es de lógica que el «agujero» que hizo Ellerby se fue agrandando a medida que la máquina adquiría potencia. Ellerby ganaba cada vez más dinero en la bolsa… y entonces ocurrió.

—¿El qué? —preguntó Coldmoon.

—El agujero se agrandó lo suficiente para que… —Hizo una pausa y los miró fijamente a ambos con unos ojos relucientes—. Para que algo lo atravesara.

—¿Algo? ¿A qué se refiere? ¿Desde dónde?

—Desde el otro lado.

Pendergast se levantó.

—Pero creo que se ha acabado el tiempo para explicaciones. Ya es hora de verlo por nosotros mismos.

Se volvió hacia Constance.

—Usted primero, por favor.

56

Tumbado boca abajo en lo alto de las escaleras que llevaban al sótano de la tumba, Wellstone grabó sucesivos vídeos con la cámara, procurando no llenar la segunda y última tarjeta de memoria. Debería haber llevado más, pero no tenía ni idea de que encontraría una mina de oro. Porque es lo que era aquello: la última conversación, en la que Betts tranquilizaba a la directora de fotografía y acallaba sus objeciones, bastaría para acabar con él. Había muchas cosas censurables: fraude paranormal, allanamiento y una repugnante falta de respeto por los muertos. A veces incluso podía oírlos pisoteando huesos mientras tendían cables de un lado a otro e instalaban los focos y la máquina de humo.

«Pero ¿qué pasó aquí?», se preguntó mientras esperaba con la cámara preparada. Aquello era algo más que vandalismo. Alguien, probablemente más de una persona, se había tomado muchas molestias para destrozar aquellas criptas, sacar los restos y esparcirlos por todas partes. Aquello no era obra de unos adolescentes borrachos sin nada más que hacer. Más bien parecía un intento deliberado de profanar el lugar de reposo de la familia Hunnicutt.

En el piso de abajo habían retomado el rodaje. La iluminación penetraba en la niebla artificial mientras Moller continuaba su bufonada con la vara plateada y la obsidiana. También había sacado su cámara falsa. A Wellstone le habría gustado hacerse con ella, pero se recordó a sí mismo que ahora era irrelevante: las imágenes, fotografías y sonidos que había captado en la última media hora hundirían a Betts en la miseria.

Desde abajo llegaba un aire nauseabundo, como salido de la garganta de un demonio necrófago. ¿Qué estaban manoseando que rezumaba un olor tan desagradable? Las ráfagas continuaron y el ambiente se volvió aún más intolerable. El aire parecía casi viscoso. Espontáneamente, a Wellstone le venían imágenes mentales de cuerpos putrefactos, criptas deterioradas y la carne supurante de los muertos exhalando gas. Intentó respirar por la boca.

Al parecer, el absurdo cachivache de Moller estaba guiándolos hacia algo que se hallaba en la entrada lodosa del extraño túnel, que Wellstone apenas alcanzaba a distinguir. Y, por lo visto, Betts quería realizar la siguiente toma allí.

Pero Wellstone se dio cuenta de que el equipo estaba harto. La propuesta fue recibida con renuencia, e incluso resistencia. El tipo musculoso protestó, y Wellstone pudo oír sus palabras distorsionadas en aquel espacio cerrado: no quería entrar en el túnel. El barro les llegaba hasta los tobillos y casi no se podía respirar. Dadas las circunstancias, solo podrían meter la Steadicam. La directora de fotografía lo apoyaba, aduciendo que era peligroso arrastrar cables por una zona con tanta agua.

Betts discutió con ellos e intentó engatusarlos. Moller, por su parte, permaneció en silencio con su equipo preparado. Gannon seguía argumentando que era peligroso, que no deberían estar allí, e insistió en la preocupación por que aquello pudiera ocasionarles problemas graves.

No parecía que Betts estuviera consiguiendo nada. Wellstone retrocedió un poco, preparándose para salir a toda prisa del mausoleo si se desencadenaba un motín.

Entretanto, Betts se volvió hacia Moller para involucrarlo en la discusión.

Wellstone aguzó el oído para escuchar la voz grave de Moller, que se elevaba desde abajo con su marcado acento alemán. Él era partidario de entrar en el túnel. Al fin y al cabo, allí se encontraba el origen del mal. Las indicaciones estaban claras y sus instrumentos coincidían. Eso era lo que habían ido a buscar. Estaban arriesgándolo todo por aquello, y si ahora daban media vuelta, todo se iría por la borda. Habría sido una gran oportunidad perdida.

Betts la tomó con el hombre musculoso, al que acusó de cobarde. Podían hacerlo ellos solos, dijo con desprecio. La Steadicam tenía luz y Betts podía cargar con el resto del equipo. Si quería, Gannon podía quedarse en la entrada el túnel con los demás. Betts y Moller entrarían con la Steadicam.

La directora de fotografía aceptó a regañadientes.

Mientras desmontaban y todos se dirigían a la parte trasera del sótano, donde se encontraba la boca del túnel, Wellstone vio otra oportunidad y la aprovechó. Empezó a bajar los escalones viscosos, pegando la espalda al muro opuesto, que estaba a oscuras. El aire se tornaba más viciado y nauseabundo a cada paso que daba.

Cerca de la base de la escalera encontró un escondite detrás de una cripta destrozada, los restos de su enorme tapa apoyados en la pared. Se agachó detrás de la tapa y miró por el visor de la cámara. Era un lugar perfecto. Desde allí podía verlo todo, grabarlo todo, y su potente teleobjetivo acercaría al máximo la acción.

57

A la hora acordada, el senador Drayton bajó del autocar, que había recorrido unos metros por encima del césped y aparcado detrás del monumento a los confederados. Con sus ayudantes delante y detrás y su esposa al lado, subió las escaleras y recorrió el escenario mientras la banda interpretaba «Battle Hymn of the Republic». Miró el voluminoso Rolex Presidential que llevaba en la muñeca: eran las nueve en punto. En ese momento oyó una mezcla de aplausos, bocinas, pitos y carracas. Disfrutando unos instantes del estruendo, levantó los brazos haciendo el signo de la victoria con ambas manos. Miles de personas que estaban sentadas en el extenso césped se levantaron al unísono como si fueran una sola mente y lanzaron vítores mientras la multitud situada en la parte trasera y a ambos lados se volvía igual de loca.

El senador sonrió y la oleada de ruido continuó, mientras los segundos se convertían en minutos. Sintió ese placer indescriptible, una sensación mejor que el sexo, mejor que un trago de bourbon del bueno, una descarga eléctrica en todo su cuerpo provocada por la victoria, la admiración y el poder. ¿Cómo iba a perder con aquella muestra de apoyo? Su patético oponente jamás podría congregar a una multitud así, ni siquiera antes de que los piratas informáticos y los analistas de la desinformación que había contratado Drayton empezaran a trabajar contra él.

El único obstáculo en el camino a la reelección era la dichosa investigación de los asesinatos. Pickett, su viejo «amigo», le había fallado al asignarles el caso al gilipollas del FBI y su secuaz. No habían hecho una mierda y, como si quisieran restregárselo por la cara, se habían ido al estado de Washington la noche anterior, después de que él les diera instrucciones claras y les hiciera una advertencia muy concreta. Y la comandante Delaplane no era mejor, una agente que se limitaba a cumplir el expediente, una inútil, sin duda.

El senador siguió saludando entre vítores. Si todo iba bien, ¿por qué sentía aquella punzada de aprensión? Porque no solo quería ganar las elecciones; necesitaba ganarlas. El nuevo plan de alcantarillado de Jekyll Island saldría a concurso público y se podía ganar mucho dinero en sobornos. Sobornos no, se recordó a sí mismo: aportaciones legales a la campaña realizadas por quienes se presentaran al concurso. «Soborno» era un concepto casi moribundo. Gracias al Tribunal Supremo, era totalmente legal que alguien hiciera una aportación a cambio de «servicios al votante» siempre y cuando no hubiera *quid pro quo*. Y nunca habría *quid pro quo*, porque nadie tenía que decir o escribir nada. Todo se acordaba en el lenguaje secreto y tácito de la política. Pero, aun siendo tácito, era tan viejo como el sol: tú me rascas la espalda a mí y yo te la rasco a ti.

Drayton volvió a pensar en Pendergast, el díscolo agente del FBI, y en su compañero Coldmoon. Sobre todo en Coldmoon. Después de la reelección, con Pickett fuera de escena, pensaba dedicarle un proyecto especial a ese capullo. Todo el poder de su administración caería sobre ese listillo, fuera un insecto o no. Coldmoon lamentaría haber abierto la bocaza. Drayton lo mandaría a la reserva más cercana. Y también se ocuparía de Pendergast. A ese enterrador del sur lo enviaría a pastar a Alaska o Dakota del Norte, donde se pelaría de frío el resto de su carrera.

Esas ideas daban vueltas en su cabeza mientras continuaba saludando al público. Esperaba que los hijos de puta de la prensa estuvieran documentándolo todo. Entonces le vino a la mente la palabra «invencible». Su gente lo amaba.

Finalmente los vítores cesaron cuando el gobernador de Georgia subió al estrado para presentarlo. El hombre se deshizo en halagos hacia él. Fue un discurso perfecto, breve, elegante y conciso, y a continuación, el gobernador le cedió el protagonismo.

Los vítores empezaron de nuevo y Drayton esperó, saludó, esperó un poco más, volvió a saludar y por último se aclaró la garganta para indicar el inicio de su discurso. A lo lejos oyó algunos abucheos y mofas, pero eran casi imperceptibles. Les había dejado claro a sus ayudantes que había que mantener a raya a esos cabrones, y no con amabilidad.

—Compañeros georgianos —dijo, y las torres de altavoces proyectaron su voz desde los edificios que rodeaban el parque—. Ahora es el momento de la decisión. Ahora es el momento de la firmeza. Ahora es el momento de...

Drayton siguió leyendo el discurso en el *teleprompter*, aunque lo había ensayado tantas veces que se lo sabía de memoria. Hacía pausas en momentos especialmente acertados para dejar que el público animara y aplaudiera.

Aquello iba bien, muy bien. Sus enemigos y detractores podían morirse. Con un apoyo como aquel era imposible que perdiera las elecciones.

58

Cuando salieron de la biblioteca, Coldmoon notó un poco el efecto del Lagavulin. ¿O era por el alucinante concepto de una máquina que había abierto un agujero en el universo? La idea era absurda, imposible. Pero, desde que Pendergast era su compañero, lo absurdo y lo imposible parecían haberse convertido en algo habitual. Coldmoon se dio cuenta de que el mundo según Pendergast era un lugar mucho más extraño de lo que imaginaba.

Al entrar en el vestíbulo del hotel, Coldmoon vio un televisor a todo volumen en la zona de la cafetería. En la pantalla aparecía Drayton, levantando el dedo y hablando en directo ante una bulliciosa multitud desde un escenario elevado.

—Mire a ese *wasichu*, a ese hombre blanco —resopló Coldmoon al pasar. Y entonces se detuvo—. Espere un minuto.

—Que hayáis venido tantos de vosotros esta noche a pesar de la oleada de crímenes es una señal de vuestro valor y convicción... —estaba diciendo Drayton.

Pendergast y Constance también se detuvieron.

—Me ha consternado la incapacidad del FBI para resolver esos crímenes, pero os aseguro que en mi condición de senador...

—Eh —dijo Coldmoon—, está hablando de nosotros.

—En vista de su ineficacia, voy a emplear todos los recursos estatales y locales para atrapar al monstruoso criminal o criminales que están detrás de esos asesinatos salvajes...

—¡El cabrón nos echa la culpa a nosotros!

—No solo a nosotros, mi querido amigo, sino al director adjunto Pickett, que por lo visto lleva todo este tiempo protegiéndonos de la ira del senador y pagará las consecuencias profesionalmente.

Después de escuchar un momento, Pendergast y Constance siguieron adelante y Coldmoon salió detrás de ellos. En el mostrador no había nadie y se dirigieron a los despachos.

—¿Qué vamos a hacer al respecto? —preguntó Coldmoon.

—¿El FBI interviene en política? —preguntó Pendergast cuando llegaron a la puerta del sótano.

—Supuestamente no.

—Pues ahí tiene su respuesta.

La puerta del sótano estaba cerrada con llave, así que Pendergast sacó una pequeña herramienta del bolsillo y consiguió abrirla con un leve giro de muñeca.

El lugar estaba a oscuras y, cuando bajaron las escaleras, Pendergast paró a quitarse la americana.

—Quizá debería comprobar su arma, agente Coldmoon.

—Cierto.

Pendergast desenfundó la Les Baer, extrajo el cargador, lo inspeccionó y volvió a introducirlo. Coldmoon no entendía por qué era necesaria aquella precaución para examinar una máquina en el sótano, pero se aseguró de que su Browning tuviera una bala en la recámara. Entonces vio que Constance no quería verse superada y había sacado de debajo de la manga su estilete, una pequeña arma despiadada, pensó Coldmoon mientras observaba la delgada y perversa hoja saliendo a la velocidad del rayo. Además sabía utilizarla. Al darse cuenta de que la estaba observando, Constance le guiñó un ojo con aire burlón y guardó de nuevo el arma.

—Por aquí —dijo la joven.

Pasaron por delante del despacho donde Ellerby realizaba sus operaciones bursátiles y se alejaron del pasillo central hasta llegar a una zona acordonada con unos carteles que anunciaban que era estructuralmente insegura.

—Era una forma de desviar la atención —murmuró Pendergast.

Justo cuando empezaba a estar todo demasiado oscuro, Constance pulsó un interruptor y se encendieron unas bombillas que
formaban sombras siniestras. Coldmoon percibió un extraño
olor industrial, como a goma quemada, y al caminar se dio cuenta de que iban pisoteando insectos muertos. Constance los llevó
por delante de una hilera de viejos almacenes cuyas puertas de
madera estaban podridas y astilladas.

—¿La señorita Frost le dio indicaciones precisas o es usted
una Natty Bumppo moderna? —preguntó Coldmoon, compa-
rándola con la protagonista de *El cazador de ciervos*, de James
Fenimor Cooper.

—Prefiero el alias «la cazadora de ciervos», gracias —repuso
Constance.

Más adelante, una puerta maltrecha les bloqueaba el paso.
Cuando Constance la abrió, vieron un gran almacén. Parecía un
cementerio de viejos muebles del hotel. Casi todo estaba tapado
con sábanas mohosas, y las rasgaduras dejaban ver restos de ar-
marios y postes de cama. Constance los guio por aquel espacio
abarrotado, que culminaba en un amplio guardarropa apoyado
en la pared trasera. Constance intentó abrirlo, pero estaba cerrado con llave.

—¿Aloysius? —dijo, a la vez que retrocedía.

Una vez más, Pendergast utilizó su herramienta y las puertas
se abrieron obedientes para mostrar el interior, donde había ropa
vieja.

—¿Es posible que nuestro amigo Ellerby fuera aficionado a
C. S. Lewis? —preguntó Pendergast con indiferencia.

Constance apartó los colgadores y detrás vieron un panel que
llegaba a media altura.

—De ser así, aquí está Narnia.

Al tirar de él, apareció un agujero oscuro.

—Yo primero —dijo Pendergast, que entró agachado.

Sus compañeros lo siguieron. Tras unos momentos a oscuras,

Pendergast encendió una luz. Se encontraban en una habitación de tamaño medio, más de la mitad de la cual estaba ocupada por una máquina situada en la pared del fondo. Coldmoon no sabía qué pensar. «Máquina» no le hacía justicia, y «artilugio», tampoco. Nunca había visto nada parecido. Era una especie de fusión de dos grandes aparatos conectados por cables. El primero era un dispositivo con una deslumbrante variedad de engranajes, ruedas, botones, diales, cadenas y resortes de bella factura, parecido al interior de un reloj gigante. El dispositivo estaba conectado mediante gruesos cables a un caos de material informático: placas base, discos duros, teclados y monitores atornillados de un modo aparentemente desprolijo. De ambos extremos de la máquina sobresalían sendas varas de acero inoxidable con bombillas de cobre que se apuntaban mutuamente formando un ángulo de noventa grados.

—¿Cómo...? ¿Cómo se enciende ese trasto? —preguntó Coldmoon—. Yo no veo ningún interruptor.

Pendergast se acercó lentamente y examinó el fantástico dispositivo, moviéndose de un lado a otro y observándolo en silencio con ojos relucientes. Después sacó una pequeña linterna y empezó a indagar en sus entrañas.

Coldmoon respiró hondo y se obligó a apartar la mirada y escrutar el resto de la sala. Frente a la máquina había una pequeña mesa metálica con una silla y una lámpara barata. Encima de la mesa había un ordenador portátil junto a un montón de papeles desordenados y un cuaderno. Cerca de allí, una papelera estaba a rebosar de bolas de papel.

La habitación se encontraba medio en ruinas. A la izquierda de la máquina, la pared tenía un gran agujero y había fragmentos de ladrillo tirados por el suelo, como si la hubieran golpeado con una bola de demolición. Varias hendiduras profundas rodeaban la apertura, y la pared mostraba salpicaduras del mismo lubricante o grasa que habían encontrado en los cadáveres desangrados. El suelo estaba lleno de escombros, cables, tubos, cristales rotos, plástico e insectos, sobre todo debajo de la bombilla que colgaba del techo. No eran polillas como creía Coldmoon. Quizá se trataba de libélulas. Pero, al mirar más de cerca, vio que tampoco era correcto: aunque los insectos muertos tenían alas como las libélulas, el cuerpo se asemejaba más al de un avispón.

Coldmoon se dirigió a la pared agujereada y al otro lado vio lo que parecía un viejo túnel de carbón. En el suelo de piedra aún había trozos de carbón entre charcos de agua, y las paredes y el techo estaban emblanquecidos por la cal.

El agente se dio cuenta de que tenía a Constance al lado.

—Imagino que es por donde escapó la criatura.

Coldmoon parpadeó un par de veces.

—¿Criatura?

—Sí, la que asolaba Savannah.

—Esto es demasiado extraño.

Constance clavó en él sus ojos violeta y citó:

—«El universo no solo es más extraño de lo que suponemos. Es más extraño de lo que podemos suponer».

—¿Y a quién pertenece esa perla inmortal de conocimiento?

—A Heisenberg, según algunos.

—¿El de *Breaking Bad*?

Constance se rio con desgana y Coldmoon observó la máquina negando con la cabeza.

—Es el trasto más raro que he visto en mi vida.

—Yo creo que la auténtica rareza empezará cuando Aloysius averigüe cómo ponerlo en marcha —respondió Constance.

Como si los hubiera oído, una voz dulce dijo:

—Creo que he encontrado el interruptor.

59

Pavel parecía dispuesto a entrar con Betts y Moller en el túnel trasero de la tumba. Gannon le dio permiso, muy aliviada de no tener que acompañarlos. Instaló unos focos en la entrada, pero no penetraban demasiado en la oscuridad, ya que el túnel describía una curva gradual hacia la derecha. La directora de fotografía llegó a la conclusión de que no tenía importancia: la Steadicam llevaba luz incorporada, lo cual permitiría a Pavel grabar. Lo verdaderamente importante era obtener las imágenes lo antes posible y largarse de allí, y tenía la esperanza de que Moller no se demorara.

A través del monitor veía lo que estaba grabando Pavel. Moller avanzaba con lentitud por delante del resto. Había dejado la vara de radiestesia y ahora solo utilizaba la Cámara Perceptiva, lista para hacer fotos de la turbulencia espiritual. Las paredes irregulares de arcilla, con surcos y arañazos que parecían causados por un rastrillo, aparecían y desaparecían cuando eran captadas por la iluminación de la Steadicam. A Gannon le recordaba a una madriguera gigante. Era un lugar increíblemente espectacular y aterrador. Estaba asustada. Al mismo tiempo, se dijo, las imágenes tenían credibilidad. Betts, Moller y sus productores ganarían una fortuna y, sin duda, el documental catapultaría la carrera de Gannon, puede que incluso al terreno del cine. Ser directora de películas de terror era su ambición desde que había visto la hermosa versión original de *La maldición* cuando era niña.

Lamentaba un poco que Pavel estuviera utilizando la Steadicam, que no conseguía un efecto de grabación manual que, a su
juicio, habría sido perfecto. Pero ya era demasiado tarde para
cambiarla. Si Betts insistía en una segunda toma, optaría por la
cámara de Craig, pero estaba rezando para que terminaran aquella escena lo antes posible. Se animó un poco al ver que a Betts y
Moller les llegaba el barro hasta los tobillos, y dudaba que quisieran repetirla. Moller solo debía hacer las puñeteras fotos de
alteraciones espectrales y luego podrían irse de allí. No veía el
momento de respirar aire fresco; era como estar debajo de una
manta maloliente y húmeda. Ahora el olor a goma quemada
se mezclaba con el hedor de un vestuario... o algo peor.

Gannon desterró aquellos pensamientos y se concentró en el
monitor. ¿Qué carajo eran aquellos puntitos brillantes?

—Dos, mira si puedes hacer un primer plano de esos puntos
brillantes cuando te acerques —dijo por el micrófono.

—Sin problema —respondió el cámara.

Moller avanzó muy despacio por el túnel, y a cada paso se
oía el chapoteo de sus zapatos. Entonces se detuvo, levantó la
cámara e hizo varias fotos. Después continuó con sumo cuidado
y, cuando llegó a la curvatura del túnel, Gannon vio manchas
brillantes.

—Pavel, acércate más a esos puntos, por favor —le indicó.

La cámara hizo zoom sobre las manchas.

—¿Qué coño es eso? —dijo Gannon más para sí misma que
para los demás.

Parecían masas de baba que goteaban, o tal vez formaciones
de hongos de un tono verdoso sucio que se volvía azul hacia el
interior.

Pavel acababa de conseguir buenas imágenes de aquel lodo
repugnante cuando oyeron a Moller gemir sorprendido. La Steadicam apuntó hacia él y Gannon lo vio levantar la cámara para
hacer una fotografía de la densa oscuridad.

Frente a él, Gannon alcanzaba a ver una forma amenazante.
Por un momento la invadió el pánico, pero se dio cuenta de que

tenía que ser uno de los trucos patéticos de Betts: dos grandes ojos de color rojo sangre que brillaban en la oscuridad. ¿Qué coño...? No era de extrañar que Betts tuviera tantas ganas de entrar en el túnel para encontrarse con aquella maqueta o maniquí. Aquello era excesivo. Debería haber avisado al resto. Aunque fuera su jefe, Gannon le serviría sus propios cojones para desayunar.

Unos párpados dobles, el interno horizontal y el externo vertical, se cerraron y volvieron a abrirse, y las sombrías esferas de color carmesí se desvanecieron y aparecieron de nuevo. Con un sonido que recordaba al crujido de las hojas muertas, los ojos se acercaron.

—¿Qué hostias...? —dijo Pavel. La Steadicam se tambaleó en su soporte y se equilibró de nuevo cuando el operador empezó a retroceder.

Aun hallándose a la entrada del túnel, Gannon notó un aire caliente y hediondo en el rostro. Después oyó un susurro sibilante, como un fuelle comprimiéndose, y ante la luz de la cámara se materializó una silueta.

Gannon miró el monitor. Aquello no podía ser un artilugio mecánico creado por Betts. Aquello era real.

Pavel siguió retrocediendo paso a paso.

—Dios mío —murmuró Gannon—. Oh, Dios mío...

A través del monitor vio a Moller un poco más adelante. Estaba inmóvil, pero al momento dio media vuelta y soltó la cámara con una expresión de terror absoluto y los ojos saliéndose de las cuencas. Abrió la boca y un grito hendió el aire mefítico, un grito espantoso y húmedo mientras corría con torpeza sobre el barro. Moller desapareció del campo de visión de la cámara, ya que aquella forma oscura le tapaba la espalda. Betts, situado a tres metros de Moller, intentó huir, pero él también perdió el equilibrio y se desplomó gimiendo como un cerdo aterrado. Pavel se dio la vuelta y echó a correr con la Steadicam bamboleándose en su arnés.

Gannon retrocedió, tratando de soltar el monitor del arnés,

desesperada por deshacerse de aquel peso muerto. A su alrededor, todos intentaban escapar entre gritos de pánico y agonía. De la entrada del túnel llegó una gran bocanada de aire húmedo y aceitoso, y una silueta enorme corrió hacia ellos con unas alas demoniacas desplegándose como una capa.

60

Escondido detrás de la cripta situada a la entrada del sótano, Wellstone empezaba a preocuparse. Moller y Betts habían entrado en el túnel seguidos de un cámara, pero como descendía y describía una curva, no tardó en perderlos de vista. Era imposible acercarse más sin ser descubierto, así que tuvo que conformarse con grabar a los miembros del equipo que se habían quedado atrás. Eso incluía a la directora de fotografía, que se había negado a entrar en el túnel. Y no era de extrañar, teniendo en cuenta el barro que cubría el suelo y el hedor que emanaba. Pero eso no representaba ningún impedimento para Betts y Moller, que parecían sabuesos siguiendo un rastro olfativo.

Por lo visto, no podría grabar el último acto de lo que fuese que había planeado Moller. Sin duda intervendría la cámara falsa, que Moller llevaba en la mano cuando entró. Wellstone ya tenía imágenes suficientes para demostrar que todo aquello era un engaño, pero le molestaba perder la oportunidad de grabar el final.

Cuando vio a los tres desaparecer en la curva del túnel, se detuvo manteniendo el dedo en el disparador. Aunque quisiera documentar más, prácticamente había agotado la segunda tarjeta de memoria. Agachado en su escondite, sintió una mezcla de emociones: excitación, incredulidad y miedo. No, «miedo» era una palabra demasiado fuerte. Empezaba a estar nervioso, pero era normal. No veía el momento de largarse de aquella cripta oscura y profanada. Quizá ya tenía suficientes imágenes. Sería un desastre ser descubierto ahora, y probablemente cacheado o incluso agredido por aquel gorila musculoso. Pero debía reconocer que el tipo parecía bastante sudado y nervioso. Los tipos duros siempre eran los primeros en rajarse.

En el túnel oyó un sonido amortiguado, como una gaita soltando aire, y preparó enseguida la cámara. A lo mejor tenía la oportunidad de hacer una foto decente. Al momento oyó otro sonido, este mucho más fuerte, un grito y un potente golpe que sacudió la tumba. ¿Qué estaba ocurriendo? Pero entonces, el miedo se atenuó al comprender que había empezado el espectáculo de Moller. Oyó otro grito. La directora de fotografía, que se encontraba en la entrada del túnel, estaba retrocediendo aterrada. De repente dio media vuelta y se arrancó el monitor y el arnés mientras el resto del equipo corría desordenadamente hacia las escaleras.

¿Qué estaba pasando?

En ese preciso instante, una silueta oscura, tan grande que sus alas rozaban las paredes, salió del túnel provocando una racha de aire pestilente. La criatura se abalanzó sobre el hombre musculoso y lo tiró al suelo desplegando aquellas alas monstruosas.

Wellstone no podía moverse ni respirar. Tenía la sensación de estar viviendo una pesadilla, sus extremidades paralizadas, su torso inmóvil. El cuerpo enorme y rugoso de la criatura estaba coronado por una cabeza diminuta con ojos compuestos y bulbosos. De ella sobresalía un tubo cubierto de pelo que apuñalaba espasmódicamente.

La criatura sujetó al hombre musculoso con unas pinzas peludas como las de un cangrejo. El tubo se desvió hacia la pierna del hombre y, de repente, se clavó en la parte superior del muslo. Mientras sus espantosos gritos resonaban por toda la tumba, se oía una succión profunda y rítmica. Las alas de la criatura cubrieron el cuerpo como si fueran una manta y los gritos cesaron de golpe.

Segundos después, aunque el tiempo ya no importaba para

Wellstone, la succión paró y la criatura volvió a levantarse, dejando atrás los restos desecados del hombre musculoso. Con un movimiento rápido agarró a otra operadora del equipo y la despedazó como si estuviera retorciendo una barra de pan, escupiendo sangre y vísceras como un tomate aplastado.

Wellstone no veía nada, y al momento se dio cuenta de que era su propia mano, que había situado delante de la cara para protegerse. Se apoderó de él un impulso atávico, sus músculos se relajaron y se escondió detrás de la maltrecha cripta, enroscado como un feto e intentando no hacer ruido, inmóvil, su cuerpo en modo piloto automático. Oyó los gritos, el fuerte aleteo de aquellas alas horrendas, el sonido de la carne desgarrándose y la succión alienígena. Percibió el hedor a goma quemada y húmeda cuando el viento llegó hasta él.

Y entonces los golpes se desvanecieron, se hizo el silencio y sobrevino una oscuridad absoluta.

Pasó el tiempo.

Wellstone se descubrió gateando en la negrura, derramando lágrimas y moqueando. Encontró algo húmedo y pegajoso y, sin que él así lo ordenara, su cuerpo lo esquivó. Una mano encontró un escalón de piedra desgastada y, espontáneamente, su cuerpo se acercó y subió el escalón, y luego el siguiente, y luego el siguiente.

Ahora veía un tenue rayo de luz y su cuerpo fue hacia él.

Al llegar arriba vio una sala y, más allá, unas puertas abiertas que daban a un mausoleo. La luz que había visto estaba al otro lado de las puertas destrozadas. Reptó hacia la luz, haciendo avanzar primero una rodilla, después una mano y a continuación la otra rodilla, moviéndose lentamente y sin pensar.

A la postre franqueó la puerta. La intensa luz estaba a su derecha y, a su izquierda, una máquina escupía niebla. Oía el ruido de un generador.

Allí había una mujer, sentada en el suelo con las piernas cruzadas. Era una mujer rubia, cubierta de sangre y con la cabeza apoyada en las manos. Cuando salió de la tumba, la mujer levantó la cabeza y se lo quedó mirando inexpresivamente. La sangre que tenía en la cara recordaba a pecas rojas cadavéricas.

Después de observarlo un rato, bajó de nuevo la cabeza.

Entonces, el cuerpo de Wellstone decidió que no reptaría más. Era como si su voluntad se hubiera esfumado. Se tumbó al lado de la mujer y se hizo un ovillo, tapándose la cabeza con las manos. Tuvo la vaga sensación de estar esperando, pero no sabía a qué ni a quién, igual que no sabía si podría decir o si diría algo más en su vida.

61

Terry O'Herlihy apartó a Deuce del regazo, se levantó del sofá y fue a la nevera. Tras una sucinta inspección, sacó un té helado sin azúcar, quitó el tapón y regresó frente al televisor. Se dejó caer con un suspiro, y su cuerpo encajó sin problemas en la depresión que formaban los muelles del sofá. Al cabo de un momento, Deuce saltó de nuevo encima de él. Deuce era un Pomerania negro, la niñita de su esposa. La tarea de Terry era sacar a Deuce a dar su paseo nocturno, y el modo en que la gente se reía disimuladamente al verlo con un perrito faldero lo hacía sentir como el pardillo de la cárcel.

Terry bebió un sorbo de té helado, maldijo entre dientes y volvió a enroscar el tapón. Por las ventanas entraba una brisa húmeda que movía las cortinas de encaje y se apoyó la botella en la sien. El aparato de aire acondicionado se había estropeado hacía dos días, y su cheque de la seguridad social no llegaría hasta la semana siguiente. Si el té era imbebible, al menos le refrescaría un poco.

Observó el oscuro salón, la mesa desvencijada, la alfombra raída y las fotos de familiares en marcos cuidadosamente desempolvados pero amarillentos. Cuarenta y dos años en la fábrica de herramientas y troqueles, cinco días por semana, y por fin estaba jubilado.

Sus ojos se posaron en el cenicero que había encima de la mesita. Molly lo había limpiado tan a fondo que casi brillaba en la oscuridad. Era una mujer pulcra, pero aquello no tenía nada que ver con la pulcritud; en la habitación no quería ceniza, colillas ni nada que hiciera pensar a Terry en fumar.

Y lo mismo con el licor. Una por una, había tirado todas sus botellas de whisky de centeno y las había sustituido por fruslerías. En la estantería de la cocina, antaño ocupada por el alcohol, ahora había montones de platos. También había encontrado la botella que guardaba en el sótano y se había deshecho de ella con gran teatralidad. Aquella mujer era un sabueso de piedra.

—Menuda mierda —farfulló, y apuró el té helado de un trago.

¿Por qué no lo dejaba en paz? Se había pasado la vida trabajando. ¿Qué había de malo en un paquete de tabaco y media pinta? O mejor aún, una pinta. Se encontraba bien. Le daba igual lo que dijeran los médicos. Ni que le estuviera poniendo los cuernos a aquella arpía. Un hombre se merecía sus pequeños placeres.

Lo cierto era que para las épocas de vacas flacas tenía escondidos un cartón de Kool y un par de botellas de Old Overholt Bonded en un lugar que Molly jamás encontraría. El mero hecho de saber que estaban allí le hacía sentir mejor.

Levantando una nalga, se tiró un pedo, y Deuce irguió las orejas y lo miró con desaprobación.

—Venga, chico —dijo. Se sentía un poco culpable, así que se levantó otra vez del sofá y cogió la correa—. Vamos a quitarnos esto de encima.

Al salir, vio que el aire nocturno era más frío que la casa, pero solo un poco, y se detuvo un momento. Las nubes empezaban a disiparse. El barrio de Avondale, situado en el este de Savannah, estaba tranquilo, pero a lo lejos pudo distinguir unas luces y oyó jaleo: el senador había regresado a la ciudad a dar la tabarra.

Terry dio un tirón a la correa y se dirigió al este por la avenida Luisiana. Siempre seguía la misma ruta: unas cuantas manzanas por New Jersey, una manzana al oeste por New York, un par más por la avenida Ohio y vuelta a casa.

Era un trayecto de solo cinco minutos, a menos que Deuce se entretuviera a olisquear las necesidades de otro perro.

Cuando dobló por la avenida New Jersey, vio a los chicos de los Deloach sentados a oscuras en el porche. Le llegó un fuerte olor a marihuana, seguido de susurros, risitas y, finalmente, una voz en falsete:

—Bonito hámster, señor O'Herlihy.

«Muertos de hambre», pensó. Terry los ignoró y apretó un poco el paso, lo cual obligaba a Deuce a caminar al trote.

Tenía que empezar a coger un cigarrillo para aquellos paseos. Al menos así los disfrutaría. Por ejemplo, aquella noche Molly estaría al menos hasta las diez en New Jerusalem planeando la siguiente velada de juegos y subastas. Pero no era buena idea. Cuando llegara a casa notaría el aliento.

Más adelante divisó la intersección con la avenida New York. Deuce paró a investigar una caca enorme, pero Terry no estaba de humor y tiró de la correa.

—Esta noche no hay diversión, chico.

A ese paso llegaría a casa en un santiamén.

El viento cambió y de repente oyó más ruido, pero no provenía del centro de la ciudad, sino del cementerio. Y no eran vítores y aplausos, sino más bien gritos.

Miró con curiosidad y vio una nube oscura que se elevaba hacia el cielo. Pero las nubes no ascendían así. Y las nubes no tenían alas.

Deuce empezó a tirar de la correa, gimiendo y ladrando como un histérico, pero Terry no se dio cuenta. Tenía la mirada clavada en el cielo.

La criatura se elevó batiendo lentamente unas alas esqueléticas y emitiendo un brillo azul claro bajo la luz fantasmagórica de la luna. Incluso desde aquella distancia vio que su cuerpo parecía hecho de cuero reseco. Bajo la atenta mirada de Terry, la bestia planeó sobre el canal de Placentia y la zona industrial situada junto al cementerio, moviendo su horrible cabeza de un lado a otro como si buscara algo. Y, de manera bastante súbita, hizo un viraje y se alejó a gran velocidad.

Iba hacia el centro.

Terry observó hasta que la criatura hubo desaparecido en el cielo nuboso de finales de primavera y se quedó allí unos instantes. Después dio media vuelta y, con las piernas rígidas, atravesó patios y caminos, trazando una línea recta hacia su casa. En cuanto abrió la puerta, Deuce entró corriendo y se escondió debajo del sofá, pero Terry seguía sin hacerle caso. Enfiló el pasillo y fue a la habitación de invitados. Al fondo del armario encontró el panel suelto y metió la mano. A tientas, cogió el cartón de tabaco y lo sacó. Después metió de nuevo la mano y encontró una botella de Old Overholt. Ignorando los cigarrillos, volvió al comedor, abrió la botella y se puso a beber lenta y meditativamente mientras los sonidos distantes de la noche empezaban a cambiar.

62

Pendergast había cogido la libreta y la estaba examinando. La tenía en la mano izquierda, y en la derecha sostenía con sumo cuidado una palanca montada en dos soportes metálicos. Al lado había un gran contador con un dial negro.

—A mí eso no me parece un interruptor —dijo Coldmoon.

—Se llama interruptor de cuchillas. Es primitivo, y un usuario descuidado puede electrocutarse fácilmente. —Pendergast consultó de nuevo la libreta—. Sería aconsejable que retrocedieran. Creo que lo que se manifieste lo hará en el espacio que ocupan ahora mismo, donde apuntan esos dos electrodos gigantes —añadió, señalando las varas de acero pulido, ambas coronadas por una pequeña esfera de cobre.

Coldmoon y Constance dieron un paso atrás.

—Esto —Pendergast señaló un dial situado en la parte delantera de la máquina en el que habían escrito a mano «I» y «II» — parece indicar dos opciones de potencia. Empezaremos con la más baja.

—¿Está seguro de que quiere hacerlo? —preguntó Coldmoon.

—No del todo.

Pendergast giró un poco el interruptor de cuchillas hacia el soporte opuesto. Cuando hizo contacto, provocó una chispa y una ligera vibración. Pendergast se situó junto a ellos en la pared del fondo, y los tres observaron cómo se calentaba la máquina.

Entonces se encendió una pantalla de ordenador y aparecieron datos en varias ventanas.

A Coldmoon le latía el corazón con fuerza. No le parecía buena idea encender la puñetera máquina de aquella manera, pero no tenía ninguna propuesta alternativa. Además era absurdo discutir con Pendergast; siempre lo era.

La vibración fue intensificándose gradualmente y casi podía notarla en las tripas. La aguja del dial situado junto al interruptor empezó a temblar y en la sala penetró un calor singular, como el brillo de una lámpara de infrarrojos. Entonces, un destello de luz pasó a toda velocidad de una esfera de cobre a la otra. Otro destello bailó de esfera a esfera. Después apareció un tercer arco de luz, pero esta vez se detuvo en la intersección hacia la que señalaban las dos varas de acero. Coldmoon miró fijamente. El destello empezó a expandirse poco a poco, y le pareció que el aire entre las esferas de cobre se había vuelto visible: velos delgados, brillantes y plateados que ondeaban en un viento cada vez más fuerte. De repente, el efecto resplandeciente empezó a desvanecerse y, al hacerlo, el aire se aclaró y dio paso a una imagen nocturna de una plaza urbana abarrotada de gente y de coches y rodeada de rascacielos.

Sobresaltado, Coldmoon la reconoció.

—Eh, ¿no es Nueva York?

—Eso parece —murmuró Pendergast.

Era como si se hubiera abierto ante ellos una ventana a un lugar lejano. Pero sus bordes eran difusos y borrosos, compuestos de una luz iridiscente y siempre cambiante. Coldmoon tragó saliva. La ventana, el portal, se movía y parpadeaba en el centro de la sala. Era imposible. Y, sin embargo, allí estaba, frente a él.

—Es Times Square —dijo Constance—, mirando al sur hacia el edificio del *New York Times* desde una altura considerable. —Hizo una pausa—. Yo diría que está en la calle Cuarenta y Seis Oeste, probablemente el hotel Marriott Marquis.

—Creo que tiene razón —dijo Pendergast.

Eran unas vistas deslumbrantes de la plaza, iluminada y engalanada con pantallas enormes instaladas en los edificios circundantes, todas ellas emitiendo publicidad, logotipos e imágenes. A los pies del edificio del *Times* discurría la tradicional pantalla alargada que retransmitía titulares y, debajo, una cinta de cotizaciones bursátiles con los precios de las acciones desplazándose de forma continua. Era una noche animada, y la plaza estaba atestada de turistas y gente que iba al teatro. Coldmoon podía distinguir tenuemente los sonidos de Times Square filtrándose a través del portal: bocinas de vehículos, el murmullo y los gritos de la multitud, el silbato de un policía y las llamadas de los músicos callejeros y los vendedores ambulantes. También percibió un olor evanescente: el olor de la ciudad, de los tubos de escape, del asfalto, de los pretzels quemados y los kebabs en una cálida noche de mayo.

El agente especial siguió observando. Era demasiado realista para ser una pantalla, por alta que fuera la resolución. No había mejor comparación: era como estar mirando por una ventana. Coldmoon miró hacia arriba maravillado y luego volvió a centrarse en el edificio del *Times* y sus icónicas pantallas gigantes, que incluían la fecha y la hora.

La fecha y la hora.

—Eso es Times Square ahora mismo —dijo asombrado.

Tras un breve silencio, Constance respondió:

—No, no lo es.

—¿Perdón?

—Eso no es Times Square, al menos nuestro Times Square. Y tampoco es ahora.

—¿Cómo que no? La fecha y la hora aparecen en esas pantallas. ¿No lo ve? Las nueve y once de la noche.

Constance sacó un teléfono móvil y le mostró la pantalla a Coldmoon.

—Son las nueve y diez. El Times Square que estamos viendo es el de dentro de un minuto.

Coldmoon miró el teléfono y la imagen. La hora de la pantalla que había dentro del portal cambió a las 9.12. Cuando lo hizo, el móvil de Constance marcaba las 9.11.

—Este es el secreto de las inversiones de Ellerby —terció Pendergast—. Y el de Frost antes que él. Como ven, la cinta de cotizaciones bursátiles está anunciando el precio que tendrán varias acciones dentro de un minuto. Y solo aparecen las acciones de grandes empresas, lo cual explica por qué Ellerby limitaba sus operaciones al Dow Jones Industrials.

Coldmoon se quedó mirando la pantalla. En efecto, símbolos y cifras bursátiles desfilaban incansablemente, aunque a él le parecían un galimatías.

—Eh... ¿Un minuto? No parece una gran ventaja.

—Es suficiente para obtener unos beneficios modestos, sobre todo si el mercado es volátil —dijo Pendergast—. Es lo que había estado haciendo la señorita Frost todos esos años: cosechar beneficios pequeños pero continuados. Sin embargo, cuando Ellerby tomó las riendas, no le satisfacía una pequeña rentabilidad. Cuando averiguó cómo funcionaba la máquina, pudo fabricar una versión mejorada utilizando tecnología más actual. —Extendió un brazo hacia el dispositivo—. Como pueden ver, esta no es la máquina que Frost llevaba en un maletín, sino una mucho más potente, capaz de avanzarse más en el tiempo.

Coldmoon solo pudo negar con la cabeza una vez más.

Pendergast levantó la libreta.

—Si he entendido bien las notas de Ellerby, el número romano II de ese dial es el segundo nivel de potencia. Eso la incrementa más allá de lo que Frost y su amigo de Boeing pretendían, lo cual permite que el dispositivo penetre en un universo paralelo que se avanza alrededor de una hora en el futuro. Pero recuerden: lo que estamos viendo aquí no es nuestro futuro; es una ventana a universos paralelos exactamente iguales que los nuestros, ya sea dentro de un minuto o de una hora. Conocer la cotización de las acciones una hora después, o comerciar con esa información, permitiría ganar millones. Cientos de millones.

—Entonces ¿por qué estamos viendo esto y no otra cosa? —preguntó Coldmoon.

—Frost me lo explicó —dijo Constance—. Poco después de

poner en funcionamiento la máquina original, fue a Times Square, entró en un edificio situado en la parte norte de la intersección, subió hasta una altura que ofreciera buenas vistas y orientó la máquina hacia Broadway. La enfocó, o más bien la sintonizó con esta misma escena. A partir de entonces, siempre que utilizaba la máquina, podía observar el Times Square paralelo desde ese mismo punto de vista. Mientras la cinta de cotizaciones bursátiles anunciara los precios actuales y mientras no apuntara con la máquina hacia otra parte, podría hacer negocio con esa información.

—Esto es una locura —murmuró Coldmoon—. Me está costando digerirlo.

—Por favor, digiéralo —dijo Pendergast—, porque tengo intención de aumentar la potencia.

—¿Por qué? —preguntó Coldmoon.

—Porque eso es lo que hizo Ellerby.

Coldmoon se quedó mirando a Constance, que se había vuelto hacia Pendergast con cara de extrañeza.

—De verdad, no creo que sea buena idea —añadió Coldmoon—. Deberíamos llamar al equipo de recogida de pruebas del FBI y pedirles que se lleven este trasto a Quantico. Allí podrán estudiarlo en un laboratorio con la última tecnología.

Pendergast arqueó una ceja.

—¿Preferiría que nuestro amado gobierno se hiciera con la máquina? ¿Realmente confía tanto en que nuestros líderes políticos la utilizarán de una manera sabia y beneficiosa?

—Ah. —Coldmoon hizo una pausa—. No había pensado en eso.

—Tenemos que hacerlo nosotros —dijo Pendergast, extendiendo la mano hacia el dial—. Estoy convencido de que este dispositivo es clave para saber quién o qué está atacando Savannah. Si queremos entenderlo y enfrentarnos a ello, primero necesitamos más información.

Y, lentamente, empezó a girar el dial.

63

Cuando Pendergast aumentó la potencia, a Coldmoon le pareció que alguien había lanzado una piedra al agua. La imagen nítida de Times Square empezó a temblar y se distorsionó de repente. La vibración en la sala fue a más, lo cual provocó a Coldmoon una sensación extraña y un poco nauseabunda en las tripas, algo que el cuerpo no alcanzaba a oír pero sí a percibir.

Entonces, el portal empezó a parpadear, y las imágenes pasaban tan rápido que apenas podía distinguirlas: a una velocidad vertiginosa en una fotografía secuencial, retorciéndose en formas siempre cambiantes que parecían nudos, doblándose repetidamente unas sobre otras. Coldmoon vio muchos Times Square en un abrir y cerrar de ojos, pero también vio, o le pareció ver, extrañas imágenes astronómicas de estrellas, galaxias y nebulosas, paisajes alienígenas y agujeros negros arremolinándose, todo ello en furiosa sucesión.

Los dedos de Pendergast se detuvieron en el segundo y último nivel del dial. Las agitadas visiones cesaron y la imagen de Times Square volvió a estabilizarse, como un estanque que recupera un estado quiescente. Aún era de noche y todo parecía igual que antes, pero Coldmoon reparó en que el reloj del edificio del Times marcaba las 22.15, una hora más tarde.

El portal también parecía distinto. Ahora, los bordes resplandecientes de la imagen eran más intensos, y daba la sensación de que estuvieran observando Times Square a través de un túnel brillante. En las paredes del túnel, Coldmoon podía distinguir unas formas grotescas y etéreas revoloteando. El olor a goma quemada, que no había desaparecido en ningún momento, se intensificó, formando una corriente de aire caliente y húmedo procedente del portal.

Con un movimiento repentino, dos de las siluetas, que recordaban a un par de libélulas, se acercaron desde los bordes del túnel. Luego se detuvieron y avanzaron con esfuerzo, como si estuvieran saliendo de un capullo.

—Atrás, por favor —dijo Pendergast, que extendió un brazo a modo de advertencia.

Los tres observaron a los insectos revolotear por la sala, las mismas criaturas que Coldmoon había visto muertas en el suelo, con alas delgadas y un abdomen grueso del que sobresalían feroces aguijones. Los dos ascendieron hacia la bombilla que colgaba del techo y la golpearon una y otra vez hasta que se rompieron las alas y se precipitaron al suelo. Al mismo tiempo, varios insectos más salieron de la membrana del portal y volaron hacia la bombilla, rodeándola y golpeándola sin cesar hasta que quedaron enmarañados entre sí.

—Al parecer —dijo Pendergast inexpresivamente—, el nivel más alto permite que pasen criaturas, pero no de un Times Square que conozcamos. —Hizo una pausa—. Por lo visto, ahí dentro hay universos bastante diferentes al nuestro.

Coldmoon observó a los insectos, que forcejeaban y se pinchaban unos a otros de forma frenética al caer al suelo, rodando en un abrazo de la muerte.

—Solo criaturas pequeñas —precisó Constance—. Me lo explicó Frost. Esos universos paralelos se amontonan unos sobre otros como membranas. Cuando miras a través del túnel, puedes ver los bordes. Ella lo describió como un espacio múltiple. Los pequeños insectos salen de ese espacio.

Pendergast frunció el ceño.

—¿Frost sabía todo esto?

—Eran especulaciones —dijo Constance.

Coldmoon vio cómo se deterioraba el portal. La interfaz empezó a desestabilizarse y a parpadear. El mal olor y los sonidos provenientes del otro lado se acentuaron, un extraño revoloteo que le erizó el vello de la nuca.

—Creo que ya hemos visto suficiente —dijo Pendergast, que se dispuso a apagar la máquina.

—¡Espere! —gritó Coldmoon. ¿Ve eso? —añadió, señalando la pantalla más grande del edificio del *Times*, todavía visible bajo la luz inestable. Estaba anunciando una noticia de última hora. Entonces mostró lo que parecía un vídeo en directo grabado desde un helicóptero de la prensa: una ciudad en llamas, gente corriendo aterrada por las calles y cadáveres por todas partes.

—¡Es Savannah! —gritó Coldmoon—. Dios mío, ¿qué está ocurriendo?

De repente entró en el plano una bestia de pesadilla: un murciélago gigante con el cuerpo hinchado, una cabeza de mosquito que giraba de un lado a otro y un morro que moqueaba y se movía adelante y atrás. En ese momento la pantalla de informativos empezó a retransmitir: CENTENARES DE MUERTOS EN UN ATAQUE BRUTAL EN SAVANNAH (GEORGIA), EJÉRCITO MOVILIZADO...

64

Segundos después de ver las noticias a través del portal, mientras Pendergast y Coldmoon permanecían atentos a la escena que se desarrollaba en la pantalla de Times Square, Constance salió del vestidor y se dirigió al sótano. Había tenido una revelación, y ya estaba pensando más allá de la devastación que estaba sufriendo —o que sufriría— Savannah.

Subió las escaleras del vestíbulo y luego tres pisos más. Avanzando con presteza por el pasillo, llegó a la puerta que llevaba al ático de Felicity Frost. Esta vez estaba cerrada con llave, así que Constance sacó una horquilla del bolsillo del vestido, forzó la cerradura y subió corriendo las escaleras. La puerta situada en lo alto del descansillo también estaba cerrada. Constance forcejeó con el pomo y, en una muestra repentina de ira, lo golpeó un par de veces hasta que la puerta se abrió con violencia.

El interior del apartamento estaba aún más oscuro de lo habitual, iluminado tan solo por unas pocas lámparas de Tiffany. Al fondo de la sala, las persianas de las puertas francesas estaban subidas y vio el balcón y los tejados relucientes. Habían apartado los biombos *byōbu*, lo cual brindaba a las habitaciones unas vistas espectaculares de Savannah. La luz de la luna, puntuada por unas nubes que se desplazaban rápidamente, proyectaba sombras veteadas sobre las estanterías de libros, las esculturas y los muebles.

Constance echó un vistazo rápido y allí estaba Frost, con el bastón con empuñadura nacarada a su lado y sentada en el mismo sofá en el que habían mantenido su anterior conversación. Llevaba un elegante vestido de seda carmesí que parecía un quimono y debajo una blusa blanca también de seda. En la mesita había una botella de vino abierta y un vaso medio lleno.

Tenía en el regazo el libro del que nunca parecía separarse, y estaba realizando una anotación en él. Cuando hubo terminado, dejó el libro y el bolígrafo.

—Eso ha sido de mala educación —dijo—, pero al menos me ha ahorrado la molestia de tener que abrir la puerta. Me temo que este viejo cuerpo mío está protestando más de lo habitual esta noche.

Lo dijo con el mismo tono jocoso que había utilizado anteriormente. No obstante, Constance detectó un temblor en la voz de la anciana, un trasfondo de miedo. Respirando con dificultad, dio un paso adelante.

—Tómese un vaso de Giacomo Conterno. Desde su última visita, he estado rebuscando en mis colecciones.

—No hay tiempo para vino ni parloteos —dijo Constance.

—Querida, la veo un poco sobreexcitada.

—Me mintió.

—Yo nunca le he mentido.

Constance la interrumpió con un gesto.

—Como mínimo omitió algo importante, algo que hizo Ellerby.

En lugar de responder, la señorita Frost levantó el vaso, pero le temblaba tanto la mano que volvió a dejarlo en la mesa sin beber.

—He visto la máquina —añadió Constance—. En marcha. Tanto en el primer nivel… como en el segundo. Sin duda, usted también la vio cuando sorprendió a Ellerby en el sótano. Pero la cosa no acaba ahí, ¿verdad?

Frost guardó silencio y, en un instante, Constance se situó frente a ella.

—No quiero excusas ni protestas —dijo—. Es usted demasiado vieja para eso… señorita Rime.

Al oír su verdadero apellido, Frost abrió más sus ojos pálidos.

—Le robó a un anciano el trabajo de su vida y ahora ha permitido que Ellerby convirtiera su invento en una pesadilla. Fuera intencionado o no, tendrá que responder por ello, así que cuénteme lo que se ha guardado, empezando por si Ellerby experimentó con niveles superiores a los que indica el dial.

El cinismo se esfumó del rostro de Frost.

—Ya no es momento para mentiras. Savannah está al borde de la destrucción. Lo vimos en la máquina. Cuénteme ahora mismo todo lo que sabe, todo lo que sospecha —insistió Constance.

—Se trata de la hipótesis de los universos paralelos que mencioné —dijo Frost inmediatamente—. Patrick era avaricioso. Trucó la máquina para ver el mundo una hora después. Pero, para hacer eso, el portal debe atravesar muchos más universos, algunos bastante distintos del nuestro. Y eso aumenta la posibilidad de que el portal no solo atraviese esos mundos, sino de que… se entrecruce con ellos, de que abra una puerta a ellos.

Cuando Frost acabó la frase, Constance oyó gritos que llegaban desde abajo. Aunque las ventanas estaban cerradas, eran claramente audibles.

—¿Oye eso?

—Parecen los típicos borrachos de Savannah —respondió Frost.

—No lo son. Se nos acaba el tiempo. Responda a mi pregunta: si Ellerby hubiera rebasado el nivel dos de la máquina, ¿qué habría ocurrido?

Pero, cuando Frost se disponía a protestar, se oyó un tremendo golpe en el exterior. Ambas se miraron fijamente y fueron hacia las puertas francesas que daban a la ciudad. Constance las abrió y salió al balcón empuñando el estilete. Una luz amarilla le inundó el rostro al mirar hacia el este, hacia el sonido del tumulto y el caos. Frost salió al balcón y se situó a su lado. Mientras contemplaban la ciudad, Frost se llevó una mano a la boca, pero apenas sirvió para ahogar el grito de horror que salió involuntariamente de sus labios.

65

Flanqueada por dos tenientes, la comandante Alanna Delaplane estaba viendo el mitin en la parte sur del parque Forsyth. De momento, todo había transcurrido sin incidentes. Veía al senador en el estrado, por encima de la multitud, y su voz atronaba desde la torre de altavoces. Detrás había dos pantallas gigantes que retransmitían y amplificaban su discurso mientras levantaba el dedo y cerraba el puño, y el público demostraba su aprobación gritando y ondeando pancartas y banderas.

Delaplane consideraba a Drayton un capullo de primera categoría, uno de esos políticos que se llenaban la boca manifestando su apoyo a las fuerzas de la ley y el orden cuando en realidad siempre era el primero en recortarles el presupuesto. Pero jamás compartía opiniones personales con sus compañeros. Nadie conocía sus inclinaciones políticas, lo cual le parecía bien.

Los manifestantes que tanto preocupaban al senador no eran más que media docena de jóvenes con pancartas, desanimados e incapaces de imponerse al estruendo de los altavoces y los gritos de la gente. No entendía que una persona como Drayton pudiera reunir a una multitud tan numerosa y entusiasta. Al parecer, tenía algo que cautivaba a cierto tipo de personas, pero ella no acababa de verlo.

En ese momento su radio emitió un chirrido y un torrente de gritos ininteligibles.

—Agente —dijo—, respire hondo e identifíquese.

—¡Agente Warner, diez treinta y tres! Tengo una... cosa rara volando... atacando... ¿Qué coño...?

Había tanto ruido de fondo que sus palabras se perdían en el clamor.

—¿Cuál es su situación? —gritó Delaplane.

El agente hablaba de manera incoherente y parecía aterrado.

Se oyó un estallido de electricidad estática y se cortó la transmisión.

De repente las radios de todos los policías que la rodeaban eran un hervidero de actividad. Mientras intentaba conectar con la frecuencia de emergencias, que estaba saturada, oyó sirenas al este. Y algo más: un coro de alarmas de coche y gritos débiles.

Pulsó el botón de la radio.

—Operadora, operadora, aquí Delaplane. ¿Qué está ocurriendo?

—Avondale, este de Savannah, múltiples denuncias de ataques. Algo que... vuela... está atacando a la gente.

—¿Qué dice?

Mientras hablaba la operadora —y nada de lo que decía tenía sentido—, Delaplane oyó un estruendo cada vez más intenso proveniente del este, donde estaban produciéndose los altercados. Al darse la vuelta y mirar por encima de los robles que bordeaban la calle Drayton, vio en el cielo una luz naranja y una columna de humo. Era un incendio.

Delaplane se concentró en la radio, pero la operadora no decía nada con sentido y seguía emitiendo una y otra vez un diez treinta y tres. Los demás agentes no sabían qué hacer y estaban esperando a que ella les diera instrucciones.

La comandante se volvió hacia ellos.

—De acuerdo, ya lo han oído. Tenemos una emergencia en el este de Savannah. Algo grande, un diez treinta y tres. Llamada a todos los agentes. Vamos a...

La voz de Drayton se quebró a media frase y la multitud calló de repente. Hacia el este, el cielo se había teñido de rojo y la noche se llenó con el sonido de las alarmas de los coches y las sirenas. La voz atronadora de los altavoces se desvaneció y Delaplane se giró hacia el escenario. Drayton estaba mirando boquiabierto en dirección este. Entonces la comandante vio qué miraba: una silueta oscura, iluminada desde atrás por el cielo rojizo y batiendo lentamente las alas, casi con indolencia. Delaplane se quedó absorta mientras su cerebro intentaba digerir todo aquello. ¿Era un pájaro de presa? No, era demasiado grande y estaba demasiado lejos. ¿Era una máquina voladora? Era oscuro y a la vez brillante. Se deslizaba por encima de los edificios, que parecían reflejarse en su vientre, y era del tamaño de un avión pequeño.

El silencio que reinaba entre el público se vio interrumpido por un alarido, y entonces se desató el caos. La enorme silueta se precipitó sobre la gente, planeando como si se sintiera atraída por el ruido, la luz y la multitud. Sobrevoló el escenario, repentinamente iluminado desde abajo por los focos. Ahora podía verla con detalle, pero de poco sirvió; nunca había visto nada parecido. Tenía cabeza de mosquito, con enormes ojos de insecto y una trompa aceitosa pegada a un cuerpo monstruoso de color marrón rojizo parecido al de un murciélago. Las alas estaban surcadas por vasos sanguíneos abultados y de la barriga colgaban dos filas de ubres peludas y marchitas. Después de pasar por encima del escenario, se ladeó y dio media vuelta, aleteando con un sonido parecido al de la seda rasgándose, y planeó a baja altura. Cada embestida propulsaba un chorro de aire hediondo y húmedo sobre la multitud aterrada. Delaplane vio la trompa grasienta, igual que el morro de un perro olisqueando, y los ojos compuestos desplazándose de un lado a otro.

En un instante, la muchedumbre se había sumido en el caos. Los miles de asistentes al mitin huyeron del estrado como una ola gigantesca, emitiendo un rugido de terror, corriendo de un lado a otro, cayendo y recibiendo pisotones, con sillas traqueteando y volcando, zapatos soltándose y gente aferrándose a la espalda de otros al intentar escapar. Y sobre el escenario estaba Drayton, mirando las pantallas gigantes con la mandíbula apretada y los carrillos temblando mientras la criatura se abalanzaba sobre él. Delaplane vio unas garras salvajes cerrándose alrededor del torso del senador como una trampa de acero, y la criatura se elevó batiendo sus alas coriáceas mientras la presa se retorcía como un pez al que un águila hubiera sacado del agua.

Los guardaespaldas del senador —los pocos que no habían huido— sacaron las armas y, agazapados en el escenario, abrieron fuego sobre la criatura. Delaplane desenfundó la Glock, y los agentes que había a su alrededor siguieron su ejemplo, pero la criatura estaba fuera de su alcance, así que no abrió fuego. Las posibilidades de dispararle al senador eran demasiado altas. Además no parecía que la lluvia de balas afectara a la criatura, tan solo la enojaba más. Bajo la atenta mirada de Delaplane, volvió su cabeza de mosquito y clavó el extremo puntiagudo del labro tubular en el cuerpo del senador. La voz aguda de Drayton se apagó, sustituida de inmediato por un borboteo que recordaba a un batido de leche bebido con pajita.

Delaplane cogió de nuevo la radio.

—Comandante Delaplane en el parque Forsyth. Necesitamos a los SWAT, a la Guardia Nacional, armamento pesado y a todas las unidades. ¡Ahora mismo! ¡Ahora mismo!

Justo en ese momento, la multitud aterrorizada llegó a la posición que ocupaban los agentes y los arrolló como un tsunami humano. Delaplane sintió de refilón el impacto de un hombre corpulento con la cabeza afeitada y cayó hacia atrás mientras la muchedumbre seguía avanzando.

66

Siguiendo a Pendergast, Coldmoon subió a toda prisa las escaleras del sótano y entró en el vestíbulo. El lugar, normalmente tranquilo, se estaba llenando rápidamente de gente asustada que llegaba del exterior en busca de refugio. Mientras se abrían paso entre la marea, Coldmoon se preguntó dónde habría ido Constance cuando salió a hurtadillas de la sala. Solo Dios sabía qué podía hacer aquella mujer sedienta de sangre.

Fuera del hotel, la situación era aún más caótica. Hacia el sur, en dirección al lugar donde se había celebrado el mitin, vio una criatura monstruosa volando en círculos como un buitre, su perfil emanando un brillo de otro mundo, con una extraña cruz reluciente, casi como una cicatriz, en su ala izquierda. Llevaba algo —un cuerpo— en las garras. Pendergast sacó el arma y corrió hacia la criatura mientras avanzaba entre la multitud. Coldmoon intentó seguirlo. El aire estaba dominado por el estruendo de los gritos, las sirenas y los disparos esporádicos. Las aceras y las calles se hallaban abarrotadas de gente que intentaba huir desesperadamente, refugiarse de aquella criatura.

Mientras miraba boquiabierto y horrorizado, el monstruo se llevó el cadáver, que iba dando sacudidas en la oscuridad, y luego se abalanzó sobre la despavorida multitud que quedaba en el parque entre un coro de gritos y una andanada de disparos. Después se elevó de nuevo batiendo sus alas brillantes, con más gente retorciéndose entre sus garras. Coldmoon observó a aquella figura horripilante, tratando de seguir avanzando, tratando de comprender lo que estaba viendo. Aquel no era Wakinyan, el espíritu del trueno del que le había hablado su abuela. Tampoco era Unktehi, la enorme serpiente con cuernos que poblaba sus pesadillas de niñez. No, aquello era una amalgama terrible, una obscenidad nauseabunda, un monstruo con heridas de guerra que no tenía cabida ni en la Tierra ni en la mitología.

No tenía cabida en la Tierra...

—¡Corra! —gritó Pendergast, intentando ir hacia el parque mientras la criatura sobrevolaba la zona, atormentada por las balas igual que las pulgas atormentarían a un toro. De vez en cuando descendía para atrapar a más gente, la despedazaba en pleno vuelo, arrojaba los trozos y volvía a bajar en picado sedienta de sangre.

Pendergast iba esquivando a la marea de gente como un gato, seguido de Coldmoon.

—Tenemos que acercarnos más —dijo— y ganar un poco de altura. —De repente, señaló—. ¡La iglesia!

Más adelante, Coldmoon oyó un estrépito y vio las torres de altavoces cayendo con una lluvia de chispas y arcos crepitantes de electricidad. Al cabo de un momento, el gigantesco escenario de madera quedó envuelto en llamas. El fuego pareció excitar a la criatura y la sumió en algo rayano en la locura: empezó a volar en círculos, rozando las llamas con las alas y esparciendo trozos de madera ardiendo. Después sobrevoló la calle Whitaker, cortando árboles con la punta de las alas, golpeando las fachadas que daban al parque y lanzando cristales y ladrillos a las calles abarrotadas. Un coche aplastado por un árbol empezó a arder.

Pendergast y Coldmoon vieron la silueta de la iglesia metodista de la calle Whitaker, cuyo campanario se recortaba contra la luz del incendio, y subieron corriendo las escaleras. Las puertas de roble estaban cerradas a cal y canto y en el portal se agolpaban algunas personas aterrorizadas. Pendergast se abrió paso y en un momento consiguió forzar la cerradura.

Mientras la gente entraba en el santuario, Pendergast fue hacia un lado y él y su compañero se detuvieron para recobrar el aliento y evaluar la situación. Coldmoon podía ver la luz naranja del escenario en llamas a través de los vitrales.

—Por aquí —dijo Pendergast.

Había encontrado una escalera detrás de la puerta, y empezaron a subir los escalones de dos en dos. Al poco se encontraban en el balcón del coro, frente a un muro formado por tubos de órgano. Pero Pendergast ya estaba dirigiéndose a una puerta situada en una esquina. Con un giro rápido de muñeca, la puerta se abrió y vieron una vieja escalera de hierro que ascendía hacia la oscuridad.

Los agentes subieron la torre hasta que una trampilla les impidió el paso. Pendergast la abrió golpeándola con el hombro y treparon hasta una pequeña habitación cuadrada rodeada de listones. Innumerables campanas colgaban de unas cuerdas atadas a vigas horizontales: era el carillón de la iglesia. Pero Pendergast no le prestó atención y, apartando los listones, lo cual desencadenó un estruendo de campanas, salió a una pequeña pasarela que rodeaba el campanario. Coldmoon vio las copas de los árboles más abajo. Todavía volando en círculos, el monstruo se aproximaba a la iglesia en un largo y perezoso bucle.

—Más arriba —dijo Pendergast, que se agarró a una oxidada escalera de hierro clavada a la pendiente del campanario.

—¡Espere! —gritó Coldmoon—. ¿No ve que esto es inútil? Pendergast se detuvo un instante.

—¡Ya sabemos qué ocurrirá! —dijo Coldmoon—. ¡Lo hemos visto!

—¡No hay nada seguro! —repuso Pendergast con ferocidad, y empezó a subir.

67

Al mirar por encima de los tejados, Constance vio una criatura de pesadilla volando en círculos sobre el parque Forsyth. Unas alas coriáceas de ocho metros o más brotaban de un abdomen hinchado y peludo, a su vez engalanado con dos filas de ubres grasientas de treinta centímetros de longitud. Sobre las alas asomaba una cabeza que parecía una mezcla infernal de tábano y mosquito: ojos compuestos que brillaban con la luz reflejada y una trompa maligna que entraba y salía de sus fauces. A pesar de su envergadura, la cabeza era horriblemente pequeña en comparación con el cuerpo abotargado y relucía como el exoesqueleto quitinoso de una hormiga. La bestia parecía enfocarse y desenfocarse, y su silueta parpadeaba como un vídeo de mala calidad.

Constance ya había visto ese efecto antes al mirar a través del portal.

Mientras observaba con una mezcla de horror y fascinación, la criatura descendió hacia el parque y, agujereando el suelo con las garras, atrapó a dos personas. Al elevarse, las aplastó como si fueran uvas y dejó caer los restos.

Constance se dio la vuelta. La señorita Frost estaba a su lado, aterrada y tapándose la boca con una mano.

—Imagino que esto es obra suya —dijo con frialdad—. Suya y de Ellerby.

—No...

—Ellerby llevó la máquina demasiado lejos, ¿no es así?

La anciana la miró fijamente.

—Entró en el sótano y se enfrentó a él. Se enteró de que había construido una máquina nueva y sabía de qué era capaz.

—No lo sabía —dijo Frost sin aliento, y retrocedió hacia las puertas francesas.

—Pero lo intuía. —Constance avanzó hacia ella—. Podría habérselo impedido. Podría haber destruido la máquina.

—Me amenazó...

—No se lo impidió porque lo amaba.

Frost no supo qué responder.

—Cuando Ellerby fue asesinado, usted podría haber dicho algo. Quizá se podría haber evitado todo esto —añadió, haciendo un barrido con el brazo extendido—. Pero se engañó a sí misma. Se quedó aquí arriba tocando el piano y bebiendo absenta mientras ese demonio salido del Viejo Testamento mataba una y otra vez. Y ahora, estas muertes y esta destrucción son responsabilidad suya.

—No, no —protestó la anciana—. Por favor, yo no lo sabía. Haré lo que sea...

—A lo mejor puede redimirse —dijo Constance.

La mujer intentó coger aire.

—¿Cómo?

—Ayúdeme a matarlo. Me dijo que tenía una colección de armas. Enséñemela.

Con otra inspiración temblorosa, Frost agarró el bastón y se dirigió a la biblioteca. En una pared había vitrinas con ejemplos inusuales del diseño industrial. La anciana se acercó a la pared adyacente y tocó el embellecedor de un interruptor, tras el cual había un gran tirador de latón atornillado verticalmente.

—Hágalo usted —dijo Frost apartándose—. Requiere una fuerza que yo ya no tengo.

Constance cogió el tirador y, con un crujido, un gran tramo de pared giró sobre unas bisagras ocultas. Al otro lado vio una hilera de puertas metálicas estrechas situadas a un metro de distancia entre sí, todas ellas cerradas y marcadas con rótulos.

Frost señaló con el bastón.

—Tercera a la izquierda.

Constance abrió la puerta y, al encender la luz, vio un auténtico museo de armas en unas estanterías. En la pared izquierda había revólveres, pistolas para duelos e, irónicamente, una Les Baer 1911 Heavyweight. A la derecha había dos armas largas, incluyendo una vieja Henry calibre 44 de percusión anular. Además de los rifles, había un arma automática con cargador de tambor y, debajo, una caja de madera desgastada con letras negras estarcidas en un lado.

—Yo ayudé a crear eso —dijo Frost—, y tengo el deber de destruirlo.

—¿Hay munición?

La anciana señaló el arma con el cargador de tambor, que descansaba sobre dos ganchos forrados de goma.

—Esa Thompson tiene el cargador lleno. —Se volvió hacia Constance—. Imagino que nunca ha manejado una ametralladora.

—Tan pequeña no.

Frost se echó a reír, pero dejó de hacerlo al ver que Constance hablaba en serio.

—¿Y eso? —preguntó Constance señalando la caja de madera.

—Es una bazuca M1 sin retroceso.

Al retirar la tapa de madera y el recubrimiento de paja, Constance vio un tubo de metal, más o menos de la longitud de un fagot pero con la boca más ancha y pintado de camuflaje. Tenía una empuñadura en la parte inferior y a su lado había proyectiles con aleta. Constance lo cogió.

—No —dijo Frost—. Es un suicidio utilizar esa bazuca. Los cohetes de combustible sólido se vuelven inestables con el tiempo. Los que hay en ese cajón solo tienen diez años menos que yo.

—De acuerdo.

Constance dejó la bazuca, cogió la metralleta y la examinó rápidamente. En la parte izquierda, justo encima de la empuñadura de madera, había dos interruptores de palanca. Constance movió el trasero de la posición «seguro» a «disparar» y el delantero de «uno» a «continuo». Luego agarró la palanca de carga situada a la derecha del receptor y tiró de ella con fuerza.

—Veo que no bromeaba —dijo Frost.

En ese momento las luces empezaron a parpadear y se apagaron.

Metralleta en mano, Constance salió del almacén, cruzó la biblioteca y se dirigió al balcón. Fuera había más luz, las llamas de una docena de incendios iluminaban la ciudad. Se detuvo, nuevamente conmocionada al ver la destrucción y la muerte que esa criatura estaba causando. Ahora sobrevolaba el parque en dirección al hotel, más cerca que la primera vez que la había visto.

Sabía que el cargador contenía cien balas, lo cual parecía un número adecuado para acabar con esa bestia. El arma no se caracterizaba por su precisión, y era mejor disparar a corta distancia que intentar alcanzar un blanco alejado.

Constance esperó. El monstruo estaba describiendo grandes círculos a baja altura, descendiendo y causando víctimas mortales por el camino, y acercándose más a ella con cada giro. De vez en cuando veía que algunas balas impactaban en él. Los disparos dejaban marcas en el exterior quitinoso y en ocasiones lo penetraban, pero ninguno parecía causar daños graves.

Entonces levantó el arma, alineó las miras trasera y delantera y esperó. Al acercarse, la criatura se ladeó mostrando su vientre y Constance disparó una ráfaga. La metralleta daba sacudidas entre sus manos y las balas traqueteaban en el tambor. Con la segunda ráfaga vio destellos azules tachonando la barriga de aquella cosa y supo que había dado en el blanco.

Con un chillido sobrenatural, la criatura dio media vuelta y fue directa hacia ella, sus alas hendiendo el aire. Mientras se aproximaba, Constance mantuvo su posición y disparó varias ráfagas cortas. Aunque la mayoría de las balas acertaron el blanco y causaron ciertos daños, el efecto principal fue enfurecerla aún más.

Y, entre chillidos, siguió avanzando hacia ella. Constance

permaneció inmóvil y abrió fuego. En ese momento oyó un silbido y una lengua de humo que parecía una bala trazadora fue directa hacia la criatura e impactó en un ala, lo cual provocó una lluvia de carne y sangre fosforescentes. La criatura soltó un grito y se alejó.

Frost se encontraba en el otro extremo del balcón con la bazuca apoyada en el parapeto.

—¡Creía que había dicho que era demasiado peligroso utilizarla! —gritó Constance.

—Es menos peligroso que esa criatura del infierno —respondió Frost.

El monstruo apareció de nuevo en su campo de visión con unos ojos que brillaban como reflectores abominables. Ahora se apreciaba un pequeño desgarro en el ala, tal vez provocado por la bazuca. Apuntando hacia él, Constance disparó la última ráfaga del cargador.

Y, de repente, fue derribada por una explosión, y la Thompson se le escurrió de las manos y cayó por el borde del balcón. Con un zumbido en los oídos, Constance se incorporó y vio una nube de humo y a Frost yaciendo cerca de las puertas francesas, que habían quedado prácticamente destruidas. Tenía la bazuca delante de ella, y el tubo estaba retorcido y en llamas.

Lo que había sucedido era obvio.

La bestia dio un giro y Constance aprovechó la oportunidad para llevar a Frost dentro y dejarla encima de un sofá. El camisón japonés de la anciana estaba empapado de sangre. De repente oyeron un golpe escalofriante en el exterior. La criatura había arremetido contra el edificio. Las ventanas se rompieron, los cristales cayeron sobre las alfombras y toda la estructura empezó a temblar.

Al oír el ruido, Frost abrió los ojos lentamente y, cuando logró enfocar, miró a Constance. Y entonces, la mujer, herida de muerte, levantó un brazo y, doblando ligeramente el dedo índice, le pidió que se acercara.

La criatura embistió el edificio una vez más, lo cual hizo que se desprendieran trozos de yeso y que aparecieran grietas en las paredes y en el techo. Una lámpara de araña cayó con gran estruendo.

Constance se arrodilló y la mujer la agarró del antebrazo con una fuerza sorprendente y la miró a los ojos. Sus labios se movían, pero no emitían sonido alguno.

—¿Cómo podemos matarlo? —preguntó Constance—. Parece casi inmune.

—Tiene que ser… una… super…

—¿Qué?

—Superposición —dijo jadeando—. Existe… existe en ambos mundos. Pero se le puede hacer más daño… en el suyo.

La mano de la anciana quedó laxa y cayó al suelo.

Constance oyó el grito de rabia de la criatura y la vio dirigirse de nuevo hacia el balcón. La joven corrió en dirección a la puerta al oír otro golpe, esta vez enorme y apocalíptico. La bestia estaba atacando el edificio con las alas y las garras, haciéndolo temblar hasta los cimientos. Constance abrió la puerta de la escalera y empezó a bajar justo en el momento que se produjo otro golpe. Se oyó un crujido de madera astillándose y ladrillos rotos. Y entonces todo se desplomó a su alrededor y solo había oscuridad.

68

Maldiciendo, Coldmoon siguió a Pendergast por la pendiente del campanario agarrándose a los peldaños. Normalmente no le daban miedo las alturas, pero la escalera estaba muy corroída y notaba cómo se movía y gemía bajo el peso de ambos. Más abajo todo parecía diminuto: la gente como hormigas, sus gritos lejanos. Pero allí, a su mismo nivel, el monstruo era enorme y aterrador: aleteando y planeando, sus ojos de insecto volteándose, aquella trompa horrible entrando y saliendo. Al pasar dejaba un hedor a goma quemada y de sus garras colgaban trozos de carne y jirones de ropa.

Mientras volaba hacia el norte en dirección a su hotel, Coldmoon, que se aferraba desesperadamente a las barandillas, oyó el tableteo de un arma automática y vio pequeños fogonazos clavándose en el vientre de la bestia. Después llegó un rugido ahogado y la criatura gritó de dolor al ser alcanzada por una explosión más potente.

Los agentes siguieron trepando hasta situarse por encima de las copas de los árboles, donde tenían una línea de fuego despejada en todas las direcciones. Al mirar hacia el norte, Coldmoon vio a la bestia atacando un edificio, golpeándolo con sus enormes alas, sobrevolándolo en círculos y embistiendo de nuevo la estructura entre alaridos. Ladrillos, trozos de madera y cristales saltaron por los aires y cayeron formando una nube de polvo cada vez más grande. La bestia viró bruscamente y, con un chillido horripilante, retomó su embestida.

—Dios mío —murmuró Coldmoon, más para sí mismo que para Pendergast.

Aquella cosa parecía haber arrancado la planta superior de su hotel y luego empezó a describir círculos en dirección a ellos.

—¡Prepárese! —gritó Pendergast, que rodeó un peldaño con el brazo y sacó la 1911.

Coldmoon se asió a la escalera y desenfundó su Browning. Se oyó un chasquido cuando una de las fijaciones de la escalera se rompió, escupiendo óxido verde. Al momento se produjo otro chasquido y la escalera empezó a balancearse.

Ahora no podía pensar en eso. Tenía que concentrarse en la criatura, que estaba aproximándose a la iglesia. De cerca parecía más extraña que nunca, casi como una proyección, con un brillo semitransparente que ondulaba sobre su piel oscura y recordaba al exoesqueleto de un insecto.

Coldmoon apuntó, tratando de controlar la respiración y las palpitaciones. Cuando el monstruo pasó a menos de cinco metros, abrió fuego varias veces; intentaba alcanzar a la criatura en el centro. Justo encima de él podía oír los disparos medidos de Pendergast, que vació el cargador.

La bestia recibió varios impactos. Empezó a retorcerse en pleno vuelo, emitió un grito horrible a la máxima frecuencia de audibilidad, dio media vuelta y se dirigió hacia ellos.

—¡Abajo! —gritó Pendergast.

A Coldmoon no le hizo falta que se lo dijera dos veces. Enfundó la Browning y bajó los escalones, medio deslizándose por las barandillas, mientras la criatura se aproximaba. Con una sacudida metálica, la escalera podrida se soltó de una hilera de fijaciones y quedó colgando en el aire. Coldmoon perdió el equilibrio y se agarró con desesperación a un escalón, y quedó suspendido a treinta metros del suelo. Abajo, los cuerpos y los coches parecían juguetes. Pero entonces, la escalera osciló de nuevo y, cuando impactó en el tejado, Coldmoon pudo poner los pies en el escalón inferior. Después saltó veloz al estrecho balcón y cayó con un fuerte golpe. La escalera volvió a oscilar violentamente con Pendergast agarrado a ella. Asiéndose al parapeto, Coldmoon extendió el brazo y tiró del agente, y ambos cayeron en la sala del carillón justo cuando la escalera se desprendía por completo y la criatura golpeaba el campanario.

Cuando la parte superior empezó a desmoronarse, se oyó un estruendo y toda la estructura se ladeó con un sonoro crujido de vigas de madera y una cascada de tejas de pizarra.

Coldmoon se coló por la trampilla y rodó por la escalera de caracol. Cuando recuperó el equilibrio, siguió bajando a toda velocidad con Pendergast a la zaga. Las escaleras restallaban como si fueran fuegos artificiales y los rociaron con astillas de madera. Los agentes llegaron abajo en el preciso instante en que la torre se desplomaba sobre la calle abarrotada y se formaba una densa columna de humo.

Coldmoon y Pendergast salieron a la nave justo cuando la criatura golpeaba las ventanas laterales de la iglesia y hacía pedazos los vitrales. La multitud fue corriendo hacia las puertas bajo una lluvia de cristal y vigas. Pendergast agarró a una anciana y la sacó por la puerta trasera y Coldmoon los siguió con un niño hasta un pequeño patio mientras la criatura se alejaba para retomar su círculo de destrucción.

En el patio se detuvieron a recuperar el aliento y la calma.

—Necesitamos armas más pesadas —dijo Pendergast sacando un cargador vacío e introduciendo uno nuevo—. Los daños que causan estas son mínimos.

Coldmoon comprobó su Browning.

—Escúcheme: ese armamento pesado no llegará a tiempo. Sabemos cómo acabará esto. Vimos el futuro: Savannah en ruinas y esta iglesia ardiendo hasta los cimientos.

Cuando miró a su compañero a los ojos, vio una desesperación real.

Pendergast extendió el brazo y le puso una mano en el hombro.

—Se olvida de una cosa.

—¿Qué? —preguntó Coldmoon.

—Tal vez se pueda cambiar el futuro.

Coldmoon lo miró fijamente y vio algo distinto en sus ojos.

—¿Cómo?

—No me siga —zanjó Pendergast, que se fue sin añadir nada más.

Coldmoon se dio la vuelta. La criatura estaba regresando con las garras ensangrentadas y extendidas, atacando a la gente que escapaba.

Le quedaban cuatro balas. Empuñando la Browning con las dos manos, apuntó al monstruo, que iba directo hacia él.

69

En el refugio del viejo monumento a la guerra, la comandante Delaplane creó un centro de mando improvisado y requisó el autocar de campaña del senador. Drayton se había ido para siempre y su gente había huido. Pero el autocar era exactamente lo que necesitaba, ya que contaba con escáner de la policía, radio, conexión rápida a internet y varias pantallas planas que emitían canales informativos. El vehículo también tenía una fuente de energía independiente, imprescindible ahora que algunas zonas de la ciudad se habían quedado a oscuras.

Lo que estaba presenciando era incomprensible, así que intentó bloquear la parte incrédula de su mente y concentrarse en las tareas que tenía entre manos. El escenario seguía envuelto en llamas. En el parque apenas quedaba nadie que estuviera vivo y tuviera movilidad. La escena era espantosa, con heridos gritando de dolor y muertos pisoteados en posturas grotescas sobre la hierba y los senderos. Aquí y allá se veían los haces amarillos de las linternas. Habían llegado algunos técnicos de emergencias, que tenían dificultades para realizar un cribado básico, pero apenas había ambulancias y material.

El problema era que la gente solo podía escapar del centro histórico a pie. Las estrechas calles estaban atestadas de coches amontonados, muchos de ellos en llamas. La mayoría de los técnicos de emergencias y dotaciones de bomberos no podían pasar. Además de las hordas de turistas, habían llegado miles de personas para el mitin y los autobuses aparcados en las calles secundarias también estaban provocando atascos. La gente estaba desesperada por refugiarse en algún sitio. Delaplane oyó por radio los partes sobre restaurantes y vestíbulos de hotel rebosantes de seres humanos. Y la criatura infernal seguía volando furiosa, matando indiscriminadamente y derribando postes de electricidad y farolas.

Ella y sus agentes trataban de organizar una evacuación ordenada, pero la escena era demasiado caótica. Nunca había visto nada parecido. Mucha gente, incluidos algunos de sus hombres, estaba perdiendo la cabeza.

Había aparecido un helicóptero de la prensa con varios cámaras y sobrevoló el extremo sur del distrito histórico. La comandante vio la transmisión simultánea en una de las pantallas del autocar. O tenían un par de huevos o simplemente eran tontos. Cuando el monstruo vio el helicóptero, fue directo hacia él con las garras extendidas. Delaplane cogió una escopeta del depósito de armas y salió corriendo del autocar justo a tiempo para ver el aparato precipitándose hacia el bulevar Martin Luther King Jr. Una bola de fuego se elevó por encima de los tejados y envolvió la biblioteca de West Broad.

Delaplane se quedó frente al autocar, utilizando la radio para dictar órdenes en su mayoría ineficaces. Tras derribar el helicóptero, el monstruo se puso a recorrer la calle Whitaker a baja altura. La comandante oyó disparos provenientes de la iglesia metodista. Dos personas estaban atacando a la bestia desde la escalera del campanario. A aquella distancia no podía estar segura, pero parecían los dos agentes del FBI. Eran unos valientes. El monstruo, enfurecido por los disparos, dio media vuelta y derribó el campanario con las alas. Después agarró la fachada aleteando con violencia. Mucha gente se había cobijado en la iglesia y empezó a salir como hormigas de un tronco en llamas.

Delaplane cogió de nuevo la radio.

—¿Dónde coño está la Guardia Nacional? —gritó—. ¡Necesitamos armas más potentes!

La desesperada operadora respondió que la guardia no podía pasar. Las calles estaban bloqueadas.

—¡Ordéneles que salgan de los putos vehículos y vayan a pie! —Hizo una pausa—. ¡Páseme con ellos directamente!

Segundos después un guardia de operaciones le dijo que su petición era imposible. Iba contra el protocolo abandonar las armas de refuerzo, la munición y el material en los vehículos.

—¡Pues trasládenlos en helicóptero!

El hombre le dijo que estaban preparando los Black Hawk y en quince minutos despegarían cargados de tropas y misiles.

Aquella voz inquietamente tranquila la sacó de sus casillas.

—¿En quince minutos? —dijo con voz ronca de tanto gritar—. ¡Los quiero ahora mismo! ¿Y dónde cojones están esos vehículos blindados que según ustedes venían de camino?

Se dirigían hacia allí, le aseguró, intentando abrir pasadizos desde la interestatal hasta la calle Gaston Oeste y desde Truman Parkway hasta East President y Bay, pero ambas rutas se encontraban bloqueadas por vehículos abandonados y les estaba costando despejarlas.

—¡Pues traigan soldados por el río!

Estaban trabajando en ello, dijo el hombre, pero no era tan sencillo y…

Maldiciendo, Delaplane cortó la transmisión, guardó la radio en su funda y se volvió hacia los agentes que habían respondido a su llamada. Solo doce. Pero eran buenos hombres y mujeres, y esperaban órdenes.

—¡Atentos! —exclamó, observando la fila de policías—. La Guardia Nacional está en camino, pero no podemos esperar. Hasta que consigan pasar, tendremos que intentar derribar a ese hijo de puta nosotros mismos. ¿Están preparados?

Todos asintieron en silencio.

—¡Así me gusta! —Delaplane levantó la escopeta e introdujo una bala en la recámara—. ¡Carguen sus armas!

70

Pendergast corrió por la calle Whitaker, ignorando los chillidos de la criatura que volaba en círculos sobre él y esquivando los vehículos medio quemados, hasta que, a través de la humareda, divisó la Casa Chandler a su izquierda.

La planta superior del edificio había quedado destruida y la estructura parecía inestable, con grandes grietas que se abrían en la fachada. Al entrar, Pendergast encontró el vestíbulo vacío y a oscuras. El aire fétido estaba cargado de polvo y la estructura seguía gimiendo y recuperándose de los desperfectos. El agente especial metió la mano en el bolsillo de la americana y sacó una pequeña linterna Fenix. Avanzando con rapidez, se dirigió a la puerta de servicio y bajó al sótano. Después corrió por el largo pasillo e, ignorando el cartel de PROHIBIDO EL PASO, se adentró en un espacio donde se almacenaban los muebles viejos del hotel. Allí abajo todo estaba mucho más tranquilo y el clamor de la calle era casi inaudible. Se oían con mucha más fuerza los crujidos de las viejas vigas del hotel protestando por el reciente ataque. Pendergast llegó al espacioso armario de la pared del fondo, abrió la puerta y entró en la sala secreta. Entonces le vino a la mente una frase de Constance: «Esos universos están estratificados uno al lado del otro como membranas». Constance le ocultaba algo, y ahora creía saber qué.

Cuando accedió al laboratorio de Ellerby, encendió la luz y se sintió aliviado al comprobar que la energía de reserva del hotel seguía funcionando. Todo parecía estar como él y Coldmoon lo habían dejado. Vio que el dispositivo estaba apagado, el interruptor de cuchillas abierto y el dial totalmente girado en el sentido contrario a las agujas del reloj.

Gracias a Dios, Constance no había llegado antes que él. Estaba seguro de que ella también sabía lo que él había descubierto.

Pendergast comprobó su arma: una bala en la recámara y un cargador entero. Después giró el interruptor de cuchillas para activar la máquina y situarla en la primera posición y esperó a que cobrara vida. Cuando apareció el portal entre los dos polos —titilando, emanando luz a raudales—, giró el dial hasta la segunda posición. Después volvió al portal, llenó los pulmones de aire, dio un paso dubitativo y entró.

Se oyó un restallido y del portal brotaron unos arcos azules de electricidad que tiraron a Pendergast al suelo.

Intentando recomponerse, se levantó poco a poco. ¿Qué había ido mal? Había visto a muchos insectos atravesar el portal y, sin duda, la bestia también lo había hecho. ¿Por qué él no podía emprender el viaje a la inversa?

Al repasar sus reflexiones de aquella noche, volvieron a él sus propias palabras: «El "agujero" que hizo Ellerby se fue agrandando a medida que la máquina adquiría potencia. Ellerby ganaba cada vez más dinero en la bolsa… y entonces ocurrió». El agujero era lo bastante grande para que lo atravesara algo. Algo del otro lado.

Pero Ellerby llevaba semanas utilizando la máquina al nivel más alto y podía avanzarse una hora hacia el futuro. La criatura no había cruzado el portal recientemente. De hecho, la última vez que Ellerby encendió la máquina…

Y entonces lo entendió. Presa de la avaricia o la curiosidad, Ellerby decidió llevar la máquina más allá del segundo nivel y, al hacerlo, creó un portal con amplitud suficiente para algo mucho más grande que los insectos…

Miró rápidamente el dial que controlaba la potencia principal y lo giró hasta superar el II.

El zumbido de la máquina se convirtió en algo parecido a un grito. El portal se iluminó y sus bordes empezaron a parpadear con furiosa intensidad. La imagen de Times Square, que acababa de estabilizarse al otro lado del portal, se desvaneció en un túnel brillante, y la plaza quedó reducida a una pequeña imagen de fondo. «Esos universos paralelos son visibles al mirar por el túnel».

Pendergast extendió el brazo y esta vez pudo penetrar en la membrana, pero apartó la mano instintivamente al notar un hormigueo.

Respirando hondo y sin darse tiempo para pensar más, entró en el portal.

71

La comandante llevó a sus agentes por el parque en dirección a la bestia, que en ese momento estaba embistiendo otra iglesia, esta vez en la calle Drayton. Ver su furioso ataque a un icono cristiano aún la convenció más de que se trataba de una criatura del mismísimo infierno. Se preguntaba si estaba presenciando el apocalipsis y si aquella era la bestia de la destrucción, el ángel oscuro del pozo sin fondo que describía la Biblia. Pero, fuera el final o no, tenía un deber que cumplir. Siempre había sido creyente y había intentado vivir como cristiana, y Dios dispondría ocurriera lo que ocurriese. Ahora mismo tenía la responsabilidad de proteger a la gente y matar a aquel monstruo repulsivo.

Delaplane y los agentes pasaron por delante del escenario en llamas y fueron hacia la parte norte del parque, donde la bestia estaba elevándose desde las ruinas de la iglesia. Con un chillido viró hacia el río, situado al norte, y por un momento la comandante pensó que tal vez se iría. Pero no hubo tanta suerte: la criatura dio media vuelta batiendo sus alas enormes para ganar velocidad. Volaba a baja altura y en línea recta, siguiendo una trayectoria que la llevaría hasta la calle Drayton. Cuando descendió, rozó con las alas un poste de electricidad y lo derribó entre una lluvia de chispas.

Delaplane se volvió hacia los agentes.

—Dispérsense y refúgiense entre los coches. Dispararemos cuando pase.

La calle Drayton estaba llena de coches abandonados en la calzada y en las aceras. Sus agentes se desperdigaron, agachándose detrás de los vehículos y apuntando cuando la criatura avanzó por la calle volando a baja altura y destrozando árboles con las alas.

—¡Esperen mi señal! —gritó Delaplane.

No quería que el pánico los hiciera disparar antes de que estuviera a su alcance.

La criatura descendió aún más y el hedor a goma quemada le llenó las fosas nasales. Ahora podía verla de cerca, su cabeza de insecto moviéndose de un lado a otro y su trompa como una aguja hipodérmica que temblaba y se retorcía. Todo su cuerpo despedía una luz azul tenue, como si estuviera electrificado, y a veces casi parecía transparente, más un holograma que algo sólido. Pero la muerte y la destrucción que sembraba a su paso eran muy reales.

Delaplane notó el rugido en los oídos cuando la bestia se aproximó.

—¡Fuego! —gritó.

La criatura reaccionó con violencia a la lluvia de plomo, se retorció y emitió un alarido infame. Aleteando con fuerza, se enredó un instante en un roble y arrancó una pesada rama al dar media vuelta y bajar en picado con las garras extendidas como trampas de acero. Los agentes siguieron disparando mientras la encolerizada bestia revoloteaba entre los coches, golpeándolos, aplastándolos y volcándolos al intentar llegar hasta ellos. Delaplane observó horrorizada cómo hundía las garras en el sargento Rollo, lo despedazaba, tiraba los restos y regresaba a por otra presa.

Aunque los disparos enfurecían a la criatura, que se desenfocó momentáneamente, no parecía que estuvieran causando daños importantes.

Delaplane siguió disparando hasta quedarse sin munición. Luego extrajo el cargador y cogió el que llevaba en el cinturón reglamentario.

La ira se había apoderado de ella, así que se puso de pie, empuñó la Glock con las dos manos, su figura recortándose contra el escenario en llamas, maldijo a la criatura y disparó hasta vaciar el cargador. La bestia fue hacia ella con unos ojos brillantes. Delaplane tiró la pistola y sacó la porra extensible y, maldiciendo de nuevo al monstruo, empezó a ondearla, preparándose para asestar el que probablemente sería su primer y único golpe.

72

Pendergast se vio rodeado por un túnel de luz giratorio, al final del cual se divisaba Times Square. Era como estar dentro del caleidoscopio de un niño: siempre rotando, siempre cambiando, desorientador y mareante. El túnel era un agujero que atravesaba varios estratos de luz, y Pendergast dedujo que eran los bordes de universos paralelos perforados para llegar al del final. Cambiaban constantemente, se movían y se plegaban unos sobre otros, avanzando y retrocediendo. Y a través de esos pliegues podía ver atisbos de otros mundos: paisajes extraños y mares infinitos, desiertos secos y montañas que atravesaban los cielos, volcanes en erupción y glaciares azules. Al principio tuvo la sensación de que le ardía la piel y se le congelaba al mismo tiempo. Esa sensación desapareció y fue reemplazada por un cosquilleo que se intensificó hasta tal punto que parecía que innumerables hormigas corretearan por cada milímetro de su piel.

Pendergast ignoró aquella sensación. De hecho lo ignoró todo excepto la misión crucial que tenía entre manos: observar y esperar el momento en que apareciera el mundo que estaba buscando.

Dio un paso más y luego otro. Sus pies se hundieron en la superficie iridiscente, que lo absorbió hasta los tobillos y después lo lanzó hacia delante con una sensación vertiginosa de gravedad negativa. De repente, el aire se llenó de corrientes fulgurantes con partículas casi microscópicas que relucían como el polvo de oro al moverse en patrones ondulantes y siempre cambiantes.

En todo momento, Pendergast observó y esperó mientras los mundos situados más allá del túnel de luz aparecían y desaparecían uno tras otro, diáfanos como sueños.

Entonces vio el universo que estaba buscando y se zambulló en él.

La intensa negrura inicial fue sustituida por un blanco brillante. Pendergast estaba tumbado en el suelo y por un momento fue incapaz de recordar dónde se encontraba, qué había ocurrido o incluso quién era. La desorientación duró solo unos instantes, y se puso en pie para escrutar el paisaje que lo rodeaba. No sabía si había estado inconsciente un minuto o una hora; era imposible saberlo a ciencia cierta. A su reloj, un Philippe Dufour de cuerda manual, no le había sentado bien el viaje: al parecer, las agujas habían girado tan rápido que se habían fundido con el guilloché de la esfera. Al darse la vuelta para examinar el lugar estuvo a punto de perder el equilibrio, y entonces se dio cuenta de que la gravedad era menor que en la Tierra. Significativamente menor.

Se encontraba en lo que podría haber sido una llanura de sal de no ser porque era de un blanco cegador y suave como la seda. Pendergast dio un paso hacia delante protegiéndose los ojos. Cuando su pie volvió a tocar el suelo, se formó una pequeña nube de cristales, como copos de nieve centelleantes. El cielo era de un tono salmón y a medida que ascendía se tornaba negro, y unas nubes extrañas parecían arrastrarse más que desplazarse por él. Con cautela, Pendergast inspiró. El aire tenía una desagradable textura oleaginosa y emanaba un fuerte olor a goma quemada.

Parecía hallarse en un cráter volcánico poco profundo. Las paredes del cráter eran totalmente negras y se elevaban de golpe desde el suelo blanco. Por encima de su borde irregular, el sol estaba bajo y era más pequeño que el de la Tierra y de un color rojo oscuro. A su lado y un poco más arriba había otro sol aún más pequeño, este de un tono azul verdoso. Era un sistema de doble astro. Más arriba había un empíreo negro surcado por lenguas de luz furiosa, como si estuviera librándose una tremenda batalla en el cielo. Pero no había truenos, y los relámpagos de energía no se apagaban de inmediato, sino que se dispersaban lentamente hacia fuera y se convertían en formas enmarañadas, como gotas de tinta sobre papel. En las llanuras había columnas cristalizadas de sal que se retorcían sobre sí mismas como sacacorchos. A Pendergast le recordaron a la mujer de Lot. Aquí y allá, el blanco inmisericorde del lecho de sal se veía aliviado por la forma verde de unos arbustos con púas. Pero no eran arbustos, sino una especie de animal que se movía con la lentitud de una oruga.

Pendergast sacudió la cabeza para intentar despejarse. A unos centenares de metros vio movimiento: una manada de animales había advertido su presencia y avanzaba hacia él dando grandes zancadas. Pendergast desenfundó la Les Baer y la examinó rápidamente para cerciorarse de que había sobrevivido intacta al viaje. Los animales tenían cabeza de insecto, como la criatura monstruosa de Savannah, ojos compuestos y bulbosos y bocas tubulares, y estaban cubiertos por una piel marrón coriácea en la que palpitaban unos vasos sanguíneos abultados. Entonces se dispersaron como una manada de lobos y se acercaron.

Pendergast se dio cuenta de que era una presa de caza.

Esperaba que fueran animales inteligentes, al menos lo suficiente para tenerle miedo. Dejó que avanzaran hasta tenerlos a tiro, puso la mira láser, centró con cuidado el punto en el pecho del líder y disparó una bala. El animal cayó hacia atrás escupiendo un chorro de sangre, empezó a dar vueltas en el aire y dejó un rastro carmesí en la baja gravedad.

Al menos, el hecho de que la criatura pudiera ser abatida de un disparo era tranquilizador.

Las otras criaturas se desperdigaron rápidamente y desaparecieron al otro lado del cráter. Pendergast se acercó al animal muerto, que había caído a unos diez metros. La sangre en aquel planeta era aún más roja que la suya. Le dio la vuelta a aquella bestia grotesca con la punta del pie. Tenía ocho patas, lo cual explicaría sus movimientos ondulantes. Parecía más *insecta* que *animalia*. Es posible que, en el universo alternativo, aquel fuera un mundo en el que los insectos habían evolucionado en las zonas ocupadas por los mamíferos terrestres.

De repente notó una vibración, y momentos después apareció una gran nube de insectos en el horizonte, millones de ellos, que adoptaron formas extrañas y cambiantes hasta casi cubrir el cielo. Pasaron igual de rápido y fueron hacia el otro lado del cráter, pero varios cayeron al suelo alrededor de Pendergast. Al arrodillarse, vio que eran idénticos a los que habían salido del portal.

Mientras observaba la nube formándose y deformándose al alejarse, vio una criatura que volaba sobre el borde del cráter. Unas alas coriáceas enormes, cabeza de insecto, ubres peludas bamboleándose… Rápidamente sacó un catalejo Leica del bolsillo de la americana, pero era demasiado tarde. La criatura había desaparecido por detrás del borde.

Aun así estaba seguro de que pertenecía a la misma especie que estaba reduciendo Savannah a escombros en su universo. Buscó otras criaturas en el cielo, pero no había nada.

A causa de la desorientación y la sorpresa, casi había olvidado que cada segundo contaba. El cráter se encontraba a ochocientos metros, pero con la baja gravedad, quizá podría llegar enseguida. Intentó correr, y pronto descubrió que si avanzaba saltando como un canguro podía moverse con rapidez. Solo tardó unos minutos en llegar al lugar donde la superficie blanca se encontraba con la base de lava negra del borde del cráter. Empezó a subir la escarpada pendiente, cubierta de lava y ceniza. Pero, una vez más, la baja gravedad le resultó útil y descubrió que, siempre que tuviera cuidado y vigilara dónde aterrizaba, podía subir dando saltos. Evitó a las criaturas con pinchos, las cuales parecían ser un híbrido de insecto y planta. Al cabo de un minuto llegó al borde del cráter y miró hacia abajo.

Allí, en un paisaje accidentado de lava sólida situado mil metros más abajo, había una hendidura de arena roja. Era un nido. En los bordes había media docena de bestias con las alas dobladas como si fueran murciélagos. En el centro se movía una criatura abotargada con unas alas vestigiales al menos el triple de grandes que las de las demás. Se encontraba sobre lo que parecían las celdas de un panal, pero, al observar con su Leica, Pendergast vio que las celdas no eran hexagonales, sino octogonales. En todas ellas vio larvas amarillas retorciéndose, segmentadas con tubérculos que parecían verrugas y vellos gruesos. Tenían una cabeza diminuta que culminaba en sifones afilados que apuntaban hacia arriba. La criatura hinchada —¿la reina, tal vez?— estaba vertiendo un líquido espeso de color melaza por los tubos, igual que un pájaro soltando gusanos en la boca de sus polluelos.

Pendergast apartó el catalejo de aquella imagen grotesca, y al examinar a las criaturas que la rodeaban vio que una de las que estaban más alejadas de la reina tenía en el ala izquierda la misma cicatriz cruciforme que la bestia de Savannah. Debía de ser aquella: el doble de la criatura que estaba atacando la ciudad, a la que había ido a matar.

Como en los últimos años había practicado la caza mayor, sabía qué debía hacer. Aquello sería un acecho clásico. Pero, armado solo con una pistola, tendría que acercarse mucho y encontrar la manera de apartar a la criatura de las demás. Era debatible si podría acabar con ella, pero contra todo el enjambre no tenía ni una sola posibilidad.

Pendergast guardó el catalejo en el bolsillo, se humedeció el dedo para comprobar la dirección del viento e inició su avance por el borde del cráter.

73

Al menos el viento jugaba a su favor y soplaba en dirección al nido. No sabía si las criaturas eran capaces de percibir el olor de un humano, pero no podía correr riesgos.

Sentía la inmensa presión del tiempo. Cada minuto que pasaba cazando a la bestia en aquel mundo estaba muriendo gente en el suyo. Su reloj estaba estropeado, pero sabía que había transcurrido al menos media hora desde que presenció la destrucción de Savannah en la pantalla informativa de Times Square. En otros treinta minutos, la Savannah que había visto se habría hecho realidad. Con eso en mente apretó el paso.

En la parte inferior derecha, el borde del cráter tenía cientos de conos empinados, formaciones volcánicas inertes creadas por la lava que brotaba de las fumarolas humeantes que salpicaban una llanura agreste. Dicha llanura era el camino idóneo para llegar al nido, pero quedaba la tarea difícil, si no imposible, de apartar a la criatura de las demás.

Pendergast subió por la pendiente con suma cautela y descendió hacia el valle de conos. El humo y el vapor que salían de las fumarolas ofrecían una pantalla excelente que le permitía ir de un cono a otro sin ser visto. El aire olía a goma quemada y a sulfuro. Avanzando lo más rápido que se atrevía, cruzó el bosque de afloramientos rocosos y se refugió en el cono situado más cerca del nido. Una vez allí, decidió trepar por él para tener mejor perspectiva.

El cono era escarpado, pero la lava rugosa que lo formaba ofrecía muchos asideros, así que pudo ascender rápidamente con la baja gravedad. En lo alto había una abertura, una angosta chimenea de lava congelada de un metro de diámetro, un tubo que ganaba anchura al penetrar en la oscuridad. El cono parecía inerte, y no salía humo ni vapor de él.

Desde allí arriba podía ver el nido a unos doscientos metros. En circunstancias normales, ese era el alcance máximo de su arma. No podía aproximarse más, pues no había parapetos de ningún tipo, y las bestias estaban en los bordes del nido mirando hacia todas partes en actitud alerta.

Pendergast se detuvo a pensar en el efecto de la baja gravedad y la densidad del aire a la hora de apuntar con su 1911. Una bala viajaría más lejos y sufriría menos caída y desviación a causa del viento. Con la capacidad de siete balas y un cargador con otras siete, disponía de catorce disparos para abatir a la criatura y, si era absolutamente necesario, a sus compañeras de nido. Las perspectivas no eran buenas.

Por un momento barajó la posibilidad de que, si mataba a la reina, el resto muriera. Pero no era lo que ocurría con criaturas terrestres similares: si matabas a una termita o a la abeja reina, la colonia simplemente engendraba a una nueva.

Pendergast se preguntaba si tendrían buen oído. Aunque no veía nada parecido a unos órganos auditivos, teniendo en cuenta los gritos de la criatura en Savannah estaba seguro de que podían distinguir sonidos.

No tenía mucho tiempo para solucionar el problema. Cogió una pequeña piedra y la lanzó hacia la derecha. Después miró con el catalejo por encima del borde para observar el efecto.

La piedra emitió un pequeño ruido a unos cincuenta metros de distancia y el efecto fue impresionante: las bestias se irguieron de repente y volvieron la cabeza hacia el lugar de donde provenía el sonido, mirando con sus ojos de insecto y retorciendo las trompas.

Al parecer, tenían bastante buen oído.

Notó movimientos en el borde del cráter y se quedó quieto al ver una silueta en el cielo. Era mucho más grande que las demás, verdaderamente gigantesca. La observó con el catalejo mientras volaba en círculos para aterrizar en el nido. Además de enorme, era fornida, con una cabeza el doble de grande que la de la reina, una trompa grasienta y unas garras con venas abultadas, y cuando tomó tierra, dobló las alas y emitió suaves ruidos a sus compañeras.

Obviamente era el macho.

Pendergast se maldijo a sí mismo por no haberse dado cuenta antes de que todas las demás eran hembras. Ahora tendría que enfrentarse también a aquel monstruo. A pesar de que había dejado la caza, echaba mucho de menos su rifle doble Holland & Holland calibre 500/465, cuya potencia podía derribar cualquier cosa.

Pero esos deseos no servían de nada, así que los desterró. Debía tener en cuenta el comportamiento conductual. En algunas especies, el macho era el principal defensor de la manada. Pero, en el caso de las abejas y otros insectos sociales, eran las hembras las que se encargaban de eso. No sabía cómo funcionaría con aquellas bestias.

Lanzó otra piedra.

Todas las criaturas se pusieron de nuevo en alerta, pero fue el macho el que extendió las alas y salió a investigar, planeando sobre la zona en la que había caído la piedra y mirando en derredor con sus ojos compuestos. Pendergast se hizo tan invisible como pudo detrás del cono de lava, y el macho, convencido de que no había nada extraño, volvió al nido.

Ahora lo entendía: para poder atacar a la hembra, primero tendría que matar al macho.

El siguiente interrogante era dónde disparar. Si aquella cosa tenía corazón, adivinar su ubicación sería demasiado arriesgado, teniendo en cuenta su tamaño y fisiología alienígena. Además, si verdaderamente era un mosquito, podía tener tres corazones.

Eso convertía al disparo en la cabeza en el mejor método de

ataque. Era una lástima que la cabeza fuera tan pequeña en relación con el cuerpo. La alineación tendría que ser perfecta.

Pendergast tiró otra piedra, calculando cuidadosamente la distancia y la localización, y luego se preparó con la Les Baer en la mano. La piedra cayó cerca de la base del cono.

Al oír el golpe, el macho volvió de nuevo la cabeza y alzó el vuelo soltando un grito, más alerta en esta ocasión. Sobrevoló la zona donde había caído la piedra, mirando a todas partes con unos ojos que rotaban sobre pequeños pedúnculos. Pendergast tenía la esperanza de que su ruta de regreso pasara cerca del cono.

La bestia describió varios círculos y finalmente llegó a la conclusión de que no existía amenaza alguna. Cuando realizó un viraje para volver al nido, Pendergast esperó el momento adecuado y entonces se levantó, gritando y moviendo los brazos.

La criatura viró de golpe, miró a Pendergast y voló directa hacia él, alineándose exactamente como pretendía. El agente levantó el arma y esperó. Cuando la bestia estuvo más cerca, vio que era más repugnante de lo que creía. Tenía la piel arrugada como un rinoceronte, cubierta de vello grasiento y entreverada de venas abultadas como tuberías.

Pendergast apretó dos veces el gatillo apuntando a la cabeza y la Les Baer dio una fuerte sacudida. Cuando la bestia soltó un rugido de furia, el agente se tiró al suelo. La criatura sobrevoló el cono y sus garras rozaron la lava por encima de la cabeza de Pendergast, que vio con desánimo cómo efectuaba un viraje con uno de sus ojos colgando de un pedúnculo desgarrado. La trompa temblaba, y Pendergast se encontraba tan cerca que pudo distinguir dientes afilados como agujas en su interior.

Disparó dos veces más cuando la criatura volvió a por él, y ambas balas impactaron en el ojo bueno, que explotó como una sandía golpeada por un mazo. Pendergast se echó al suelo, pero esta vez no pudo esquivar las garras, una de las cuales le hirió en el hombro y lo hizo caer hasta la mitad de la escarpada pendiente.

Gimiendo de dolor, Pendergast extendió el otro brazo y logró frenar la caída aferrándose a la lava rugosa mientras la enfurecida criatura hendía el aire con sus garras y caía al suelo con una lluvia de sangre.

Las otras seis criaturas habían dejado a la madre e iban hacia él. No podría enfrentarse a todas a la vez. Con sangre brotándole de la herida del hombro, Pendergast empuñó la Les Baer con las dos manos y, cuidadosa y deliberadamente, apuntó al abdomen flácido y palpitante de la reina y disparó una vez. La criatura estaba a doscientos metros de distancia, pero era un blanco grande y la bala la alcanzó.

De su boca emanó un chillido como el de un cerdo atrapado. La bestia arqueó el lomo e irguió su diminuta cabeza, moviéndola adelante y atrás con un grito agudo. El efecto fue el que Pendergast esperaba: las seis bestias dieron media vuelta para proteger a su reina. El macho yacía en la base del cono de lava, gimiendo y dando zarpazos, con sangre y un fluido denso saliéndole de los ojos.

Al menos aquella bestia monstruosa ya no constituía una amenaza.

Entretanto, la reina herida seguía chillando. Más que gritos de dolor y rabia, a Pendergast le parecía que estaba comunicándose con las demás.

De repente, las seis criaturas interrumpieron el vuelo y volvieron hacia él. Después se separaron y se acercaron con más rapidez que antes, cosa que las convertía en blancos más difíciles. Dando media vuelta, lo atacaron al mismo tiempo en un patrón en espiral que convertía un disparo fatal en algo exponencialmente más complejo.

Pendergast se dio cuenta de que había subestimado su inteligencia y su capacidad para organizar una estrategia, y eso podía significar su muerte.

Cuando se aproximaban con las garras extendidas, vio que podía haber una salida. Un momento antes de que llegaran se metió en la pared interna del cono y descendió por la chimenea, apoyando los pies a ambos lados e intentando no caer hacia el abismo que se abría más abajo. Situado entre las paredes del tubo, empuñó la Les Baer con la mano buena y apuntó hacia arriba.

Nada más posarse, la primera criatura metió la cabeza en el agujero y la punta reluciente de su trompa descendió como una serpiente y le rozó en el hombro. La trompa siguió emitiendo un ruido de succión incluso cuando Pendergast disparó. La criatura cayó hacia atrás y una compañera suya asomó la cabeza moviendo la trompa, y después una segunda, que lo roció de grasa y líquidos mientras él disparaba a bocajarro a sus rostros de pesadilla, las trompas se movían a su alrededor, sorbiendo y pinchando, clavándose en él cuando no era lo bastante rápido. Pronto vació el primer cargador e introdujo el segundo para abrir fuego cada vez que apareciera una criatura.

Entonces todo quedó en silencio.

¿Las había matado a todas? Comprobó el cargador y vio que le quedaban tres balas. Notó sangre caliente bajándole por el brazo y las yemas de los dedos. Se le agotaba el tiempo en más de un sentido.

Intentó subir apoyando una pierna a cada lado del tubo de lava, pero estaba mareado. A juzgar por la cantidad de sangre que tenía en la camisa y el brazo, la garra del macho debía de haberle dañado o incluso cortado la arteria subclavia. Además había sufrido varios cortes superficiales en el torso. Estaba desarrollando hipotensión y debía contener la hemorragia de inmediato.

Todavía a horcajadas sobre el abismo y sintiendo cómo lo abandonaban las fuerzas, enfundó la pistola y se quitó la chaqueta, tratando de ignorar el dolor. Mordió el puño de la camisa y arrancó la manga, que utilizó para atarse un rudimentario torniquete por encima de la clavícula y poder ejercer presión. No tardaría en perder el conocimiento y, si lo hacía en aquella chimenea de lava, la caída sería mortal. Tenía que salir de allí.

Sacando fuerzas de flaqueza, logró abandonar la chimenea y se tumbó boca arriba en el cono, clavando los talones para no deslizarse por la escarpada pendiente. En la base contó cinco criaturas moribundas, además del macho adulto, todas ellas con la cabeza destrozada por las balas y una o dos retorciéndose y chillando.

¿Dónde estaba la sexta?

La duda quedó resuelta cuando la última de la camada —podía ver la cicatriz en forma de cruz en el ala y un nuevo desgarro— fue hacia él como un meteorito salido directamente del Sol. Todavía boca arriba, Pendergast desenfundó la Les Baer y, sin apenas fuerzas para levantar el brazo, disparó las tres últimas balas cuando la criatura se abalanzó sobre él rozando la lava con las garras. La bestia se ladeó y acabó desplomándose de través sobre el cuerpo de Pendergast, que notaba el calor desagradable, las alas y las ubres palpitando y retorciéndose. Intentó quitarse de encima a la criatura, pero era muy pesada y él estaba demasiado débil.

Una vez terminada la batalla, Pendergast se quedó tumbado contemplando el cielo alienígena con sus dos soles. Se encontraba a casi dos kilómetros del portal y le era imposible apartar a la criatura y levantarse, y más aún volver caminando hasta allí. Poco a poco empezó a perder de vista aquel mundo extraño.

Era imposible que lo rescataran. Nadie sabía dónde estaba ni cómo llegar hasta él. Su último pensamiento mientras lo envolvía la oscuridad fue la tristeza resignada de tener que morir allí solo, sin nadie que lo llorara, en un mundo desconocido y extraño.

74

Rodeado de coches ardiendo en la calle Drayton, Coldmoon había vaciado hacía rato el segundo cargador de su Browning Hi-Power. Ahora estaba sin munición y el monstruo continuaba sembrando el caos, volando en círculos y descendiendo en picado para destruir todo lo que se moviera: gente, perros aterrados, palomas y coches. Casi toda la multitud había encontrado refugio, pero la criatura, aparentemente enfurecida hasta el punto de la locura, había empezado a atacar los edificios, embistiendo las fachadas con las garras y batiendo sus terribles alas: Wakinyan, el espíritu del trueno.

No había electricidad en ningún sitio, a excepción de los edificios equipados con generadores propios, y tan solo iluminaban aquella escena los incendios. La ciudad estaba convirtiéndose a gran velocidad en lo que Coldmoon había visto unos cuarenta minutos antes en las pantallas gigantes de Times Square: una ruina en llamas.

En el fondo sabía que no había forma de alterar el devenir del tiempo. Si de verdad había visto el futuro, todo lo que estaban haciendo en ese momento resultaría fútil. Como era habitual, Pendergast había desaparecido, probablemente en una maniobra desesperada, pero ni siquiera él podía cambiar lo que estaba predestinado. Aquella impotencia enfurecía a Coldmoon. ¿Dónde estaban la Guardia Nacional, el ejército y los SWAT? ¿Por qué tardaban tanto? Quizá fuera demasiado tarde para Savannah, pero la bestia que la estaba destruyendo seguía muy viva. Con universos alternativos o sin ellos, tenía que haber alguna forma de acabar con ella. Tenía que haberla.

Oyó disparos dirigidos al monstruo, al parecer provenientes de la calle Gaston. Debía de haber focos de resistencia, tal vez policías. Podía unirse a ellos y, si tenía suerte, quizá encontraría munición, así que echó a correr hacia allí esquivando los coches.

Al acercarse a la esquina de Whitaker y Gaston, vio a la comandante Delaplane con media docena de agentes. Se habían puesto a cubierto entre unos autocares destrozados y estaban disparando a la criatura encolerizada que volaba en círculos sobre ellos. Coldmoon fue corriendo y se agachó junto a Delaplane, que estaba hecha un desastre: cubierta de barro, con el uniforme desaliñado y sangrando por un tajo en el antebrazo izquierdo. A su lado había una porra extensible retorcida como una percha.

—¿Qué le ha pasado? —preguntó Coldmoon ladeando la cabeza hacia su antebrazo.

—Un choque.

—¿Se encuentra bien?

—Ahora que estoy de vuelta con nuestra munición sí.

Delaplane señaló un objeto cubierto con una lona cerca de la parte trasera del autocar. Coldmoon se agachó y fue rápidamente hacia él para llenar los dos cargadores con balas de 9 mm.

—¿Dónde coño está el ejército? —dijo al volver.

—El ejército somos nosotros.

—¿Y la Guardia Nacional?

Delaplane interrumpió la conversación para disparar y se agachó de nuevo.

—Están movilizándose. Dicen que no pueden pasar ni traer más helicópteros porque esa cosa ya ha destruido dos en pleno vuelo, así que vendrán todoterrenos blindados y tanques. Pero incluso ellos necesitan un camino despejado.

—¡Ya han pasado cuarenta minutos!

—Los cuarenta minutos más largos de la historia.

Reaccionando a los disparos, la criatura dio media vuelta y rasguñó el techo del autocar más cercano, lo cual sacudió el vehículo y dispersó metal y plástico por todas partes. Después viró de nuevo volando a baja altura, y de repente oyeron gritar a una agente que estaba agachada junto a ellos. La bestia se elevó, batiendo sus grandes alas mientras la agente chillaba y disparaba hasta que la atravesó con su trompa ensangrentada.

—¡Hijo de puta! —gritó Delaplane, que retrocedió para tener mejor trayectoria de disparo y vació su arma sobre la criatura en una muestra de valor rayana en la insensatez.

La bestia soltó el cadáver de la agente y descendió de nuevo, esta vez directamente hacia Delaplane. Coldmoon se agachó y preparó su arma, aunque sabía que no serviría de nada contra la criatura que se abalanzaba sobre la comandante con las garras extendidas. Estaba perdida, y Coldmoon soltó un grito de frustración, incapaz de apartar la mirada.

Entonces sucedió algo extraño. La cosa empezó a parpadear como si estuviera viéndola a través de la nieve de un televisor. Se oyó un fuerte chasquido eléctrico y de las alas de la bestia brotaron arcos de luz que colisionaron sobre su cabeza en un estallido de ionización. Abandonando su embestida, la criatura se elevó aparentemente confusa, alejándose cada vez más. Su brillo metálico se volvió más penetrante y lanzó un grito agónico. Después empezó a retorcerse y a dar sacudidas, su crepitante aura azul centelleando e intensificándose... y entonces pareció hacerse añicos en pleno vuelo. La carne se separó de los huesos y cayó formando serpentinas de luz, y el resto de su cuerpo se precipitó, primero despacio y después más rápido, mientras se descomponía hasta convertirse en una lluvia de huesos que aterrizaron sobre el césped del parque, huesos metálicos brillantes y un cráneo horrendo con las cuencas vacías y un tubo de alimentación también de metal. Los restos empezaron a humear sobre la hierba, e incluso entonces, los huesos parpadeaban, escupían chispas y acabaron reducidos a un polvo brillante antes de dejar de existir por completo. Un momento después no quedaba nada más que hierba chamuscada, humo y el hedor grasiento a goma quemada.

—¿Qué acabo de ver? —preguntó Delaplane mientras bajaba el arma.

—No tengo ni idea —repuso Coldmoon.

En un silencio absoluto, los agentes empezaron a salir de sus refugios, observando asombrados cómo se disipaba el humo.

—El hijo de puta acaba... —dijo Delaplane, que se quedó callada unos instantes.

En ese momento Coldmoon oyó un estruendo y apareció en la calle Gaston una enorme excavadora del ejército embistiendo coches humeantes. Cuando entró en el parque, iba seguida de una hilera de tanques y todoterrenos blindados llenos de soldados.

—Ahí llega la caballería —dijo Delaplane sarcástica—. Justo a tiempo.

75

«El sonido de la humanidad exaltada. Gente corriendo y gritando, derribándose o pisoteándose unos a otros. Caballos encabritados, soltándose de sus carruajes y arremetiendo contra la multitud apiñada. Autobuses atrapados en intersecciones, incapaces de moverse mientras la muchedumbre pasaba junto a ellos como *lemmings* enloquecidos. Fuertes explosiones, humo y, por encima del caos, a trescientos metros de los tejados de los edificios y las casas, apareció una forma alargada entre las nubes, como si su esbelta figura no tuviera fin, avanzando con un silencioso propósito…».

De súbito, Constance abrió los ojos. A su alrededor todo estaba oscuro. Cuando recobró la conciencia, se dio cuenta de que la visión no era un sueño, sino un recuerdo del día que vio el *Graf Zeppelin* emprender su viaje inaugural a través del Atlántico, sobrevolando Nueva York camino de Lakehurst, su lugar de destino. La multitud no gritaba de terror, sino que estaba lanzando vítores y encendiendo fuegos artificiales. Y ella no estaba en la cama, sino enterrada en los escombros de la que había sido la planta superior de la Casa Chandler.

Permaneció en la oscuridad unos momentos, dándose tiempo para recordar. Se había enfrentado a la criatura desde el balcón, el arma de Frost había fallado y, ya moribunda, la anciana le había susurrado algo. Entonces, la bestia había embestido el tejado del hotel, el techo cedió y todo quedó a oscuras. Al despertar del todo, reparó en que reinaba un silencio extraño.

Constance se incorporó al recordar las últimas palabras de Frost. Ante sus ojos veía puntos de luz. Con gran esfuerzo liberó sus brazos de un tronco roto que tenía encima de la pierna y se tocó cuidadosamente las costillas, los hombros y la columna vertebral. Le dolía todo, pero al parecer no tenía nada fracturado. Apartó más escombros y se levantó, tosiendo a causa de las nubes de polvo de ladrillo. Dio un paso titubeante y luego otro, abriéndose paso por una maraña de muebles, vigas y yeso. Una pared le bloqueaba el paso. Constance palpó hasta encontrar el pomo de una puerta, la entreabrió y, al ver una tenue luz roja al otro lado, siguió avanzando.

Pero no estaba en el descansillo de las estrechas escaleras, sino en un pasillo medio derruido e iluminado únicamente por las salidas de emergencia. Sus ojos se habían habituado a la oscuridad. Se encontraba en la cuarta planta del edificio, rodeada de escombros que habían caído desde arriba. Frost ya no estaba, y en varios sentidos. Pero, aun así, Constance sabía qué debía hacer. Enfiló el pasillo. Al llegar a la escalera, bajó al vestíbulo y después al sótano. ¿Cuánto rato había estado inconsciente? Afuera todo estaba en silencio; la bestia ya no gritaba.

Recorrió el pasillo del sótano, cruzó el vestidor y entró en la sala que alojaba la máquina. Para su sorpresa, tenía la luz encendida y estaba funcionando a su máxima potencia. La sala entera vibraba y el dial marcaba más allá del número II. Al contemplar el portal, vio que la imagen había cambiado. El futuro Times Square había desaparecido, reemplazado por un túnel de luz giratoria, y al fondo solo había una piscina turbia, como si recientemente hubiera sufrido una alteración.

Consultó su reloj. Habían transcurrido más de cuarenta y cinco minutos desde que vieron por primera vez la destrucción de Savannah a través del portal. No quedaba mucho tiempo, si es que quedaba alguno. Savannah ya se estaba convirtiendo en la ruina humeante que habían visto en las pantallas informativas.

Pero eso no le preocupaba. Ahora no. Miró fijamente el portal. La imagen que aparecía al fondo del túnel empezaba a aclararse. Y por fin vio de nuevo Times Square, lejano y atenuado.

Lo reconoció de inmediato, íntimamente, pero no era el Times Square del presente, sino su antecesor, Longacre Square. La amplia plaza estaba cubierta de adoquines sucios. En paralelo a las aceras había amarraderos de hierro para los carruajes tirados por caballos. No había automóviles. Policías con porras y cascos que parecían *pickelhauben* prusianos dirigían el tráfico de carrozas y carromatos.

Parecía la imagen de una bola de nieve, una visión de su infancia, de hacía mucho mucho tiempo.

Recordó de nuevo lo que le había dicho Frost cuando estaba moribunda.

«Pues claro...».

Estaba perdiendo el tiempo. Sin pensarlo dos veces, se zambulló en el portal.

76

Era como verse arrastrada por una ola. Sintió como si la zarandeasen, viendo pasar franjas claras y oscuras junto a ella, hasta que consiguió estabilizarse en una superficie esponjosa de luz. Se hallaba en las profundidades del túnel. Al final estaba el lugar de su infancia: no hacía unos minutos ni una hora, sino más de un siglo. Las paredes de los universos paralelos giraban sin cesar como hojas de un libro mágico, y cada página daba acceso a un mundo extraño de sorpresa o terror.

La bestia que estaba arrasando Savannah venía de uno de esos mundos. Pero ¿cuál? Constance observó mientras las capas giraban, se plegaban y se solapaban. Y entonces vio un insecto —una libélula con la cabeza deformada de un mosquito— saliendo de uno de los pliegues. Al reconocerlo, decidió entrar.

Tras un momento de confusión, se descubrió tumbada boca arriba y rodeada de una llanura de color blanco puro. Se puso de pie con gran esfuerzo y, por instinto, cogió el estilete. Entonces miró a su alrededor, todavía con dolor de cabeza, para contemplar aquel paisaje de otro mundo: la llanura brillante, las paredes negras de un cráter lejano, los dos soles y un cielo con una tonalidad entre rosa y negro.

Sus ojos se posaron en el extraño terreno blanco y pulverulento. En él vio una alteración, como un ángel desdibujado en la nieve y, más allá, unas huellas que se alejaban. Se agachó para examinarlas más de cerca. Se distinguían las huellas de una mano y unos zapatos. Era Pendergast.

Había ocurrido lo que se temía. Pendergast había llegado a la misma conclusión que ella y había cruzado el portal. A juzgar por el silencio que reinaba fuera del hotel, era posible que incluso lo hubiera conseguido. ¿Había desaparecido el monstruo? ¿Había logrado matarlo allí, en su propio universo?

Sea como fuere, las huellas solo iban en una dirección. No regresaban.

Empezó a seguirlas, con el corazón latiéndole con fuerza y el estilete en la mano. Avanzó tan rápido como pudo, ignorando el dolor y dando unos saltos que la baja gravedad permitían. Entonces vio una manada de criaturas que parecían hienas y tenían cabeza de insecto, pero estas huyeron inmediatamente al notar su presencia.

El rastro de Pendergast conducía a la base de una montaña formada por lava negra congelada. Justo antes de llegar, Constance oyó un rumor y notó que el suelo vibraba. De repente la superficie de la llanura se combó hacia arriba y se fracturó, y el aire se llenó de un polvo níveo.

Constance se detuvo.

Las grietas se ensancharon y apareció una cabeza: un cráneo reluciente de escarabajo con los ojos negros y unas mandíbulas largas y curvadas que rechinaban al moverse. El animal se la quedó mirando y al salir mostró un cuerpo grasiento con huevos adheridos en el vientre.

Constance no se movió.

La criatura salió totalmente del suelo, retorciéndose sobre sí misma y chasqueando sus mandíbulas peludas. Se acercó a ella con cautela, una bestia de casi dos metros de longitud, pero su intención era obvia: un depredador y su presa.

Aun así, Constance permaneció inmóvil. Pensó que dar un paso atrás, ceder aunque fuera solo un centímetro, sería mortal.

—¡Atrás! —gritó, empuñando el estilete.

La criatura se encogió, enroscándose aún más y mirándola con sus ojos de insecto.

Ella también la miró. Era imposible acercarse lo suficiente

para asestarle una puñalada. Cada mandíbula medía treinta centímetros y era capaz de aplastarla.

Constance volteó el cuchillo y, sosteniendo la hoja entre el pulgar y el índice, apuntó y lo arrojó lo más fuerte que pudo.

El estilete alcanzó a la criatura en el ojo izquierdo, que al instante se abrió con un sonido repugnante y empezó a expulsar gelatina verde. Con un siseo agudo y un repiqueteo frenético, la bestia clavó la cola en la llanura y desapareció en una nube de polvo blanco, dejando atrás un charco viscoso de gelatina y el cuchillo de Constance.

—Hijo de puta —murmuró esta mientras recogía el estilete y lo limpiaba.

Después fue a toda prisa hacia la base de la colina de lava y empezó a trepar. Al llegar a la cumbre y mirar al otro lado, vio algo extraño. Dentro de un nido de arena rojiza rodeado de lechos de lava había un enorme gusano blanco gimoteando, retorciéndose y moviendo su diminuta cabeza negra a un lado y otro. Debajo había un panal lleno de larvas, y la criatura estaba sangrando por una herida.

Parecía un disparo con orificios de entrada y salida.

Constance desvió la mirada hacia una escena de violencia situada a pocos centenares de metros. En una zona de basalto negro había una formación de conos de lava. Alrededor del cono más cercano al nido yacían media docena de criaturas como la que estaba destruyendo Savannah. Se hallaban en medio de charcos de sangre y carne, y sus cabezas de insecto estaban despedazadas. Una de las criaturas se hallaba apartada de las demás, tumbada en el lateral de un cono con las alas rotas y torcidas. Debajo había algo: un cuerpo humano.

Soltando un grito, Constance bajó la montaña a toda prisa, cayó y se rasguñó con la lava afilada. Al momento se levantó y siguió corriendo. Cuando llegó a la base del cono ensangrentado, fue hacia el lugar en cuestión.

La nauseabunda criatura había caído encima de Pendergast, que yacía inmóvil con los ojos entreabiertos.

—¡Aloysius! —gritó Constance ladeando la cabeza.

Le puso un dedo en el cuello, pero no notaba pulso, y la sangre había empapado las piedras que tenía debajo.

Tenía que quitarle a la bestia de encima, así que la agarró del hocico y del ala rota y tiró, pero apenas se movió.

Entonces cogió el ala con ambas manos y arrastró a la criatura montaña abajo para aprovechar la gravedad, pero solo pudo apartarla unos centímetros.

Constance se situó encima de la criatura y, tumbándose de costado sobre el afilado lecho de lava, apoyó los pies en el cuerpo y empujó con todas sus fuerzas.

Por fin, la bestia rodó ligeramente, y un segundo empujón la apartó del todo.

Tras levantarse el suelo, Constance se apresuró a examinar las lesiones de Pendergast. Tenía la parte izquierda del cuerpo cubierta de sangre y llevaba un rudimentario torniquete en el hombro, atado por debajo de la axila. El torniquete se había soltado y estaba perdiendo sangre, así que lo ató de nuevo y apoyó las manos en la herida profunda del hombro. Volvió a tocarle el cuello, intentando estabilizar la mano y calmarse, y le pareció detectar un pulso muy tenue.

Cogiéndolo de los brazos, consiguió sentarlo y, con un esfuerzo supremo, se lo echó por encima de los hombros y trató de levantarse. Al principio le pareció aterradoramente ligero, hasta que se dio cuenta de que ello obedecía a la baja gravedad y no a la pérdida de sangre.

Bajó el cono tambaleándose y echó a andar lo más rápido que pudo con Pendergast sobre los hombros y empapándole la ropa de sangre. Si sangraba, pensó Constance, su corazón debía de latir, aunque débilmente.

Aloysius Pendergast se sentía desconectado, incorpóreo. Había tenido una extraña visión de una llanura que se extendía hasta el infinito bajo un cielo alienígena. A veces parecía caminar por ella;

otras veces flotaba. Poco a poco recobró la conciencia y se dio cuenta de que la sensación respondía a que alguien lo llevaba a hombros. Después estaba caminando de nuevo, o eso parecía, y la voz de Constance le susurró con apremio mientras lo sostenía con el brazo. Luego notó una repentina sensación de caída, vio luces fulgurantes y sintió un cosquilleo que le erizó el vello de los brazos. Todo terminó de golpe cuando impactó contra una superficie dura. Notó que lo arrastraban en la oscuridad y oyó voces.

—¡Está a punto de desangrarse!

—¡Hipotenso! —gritó un hombre—. Pásame una hipodérmica y epinefrina. Tenemos que aumentar el volumen de sangre. Ponle una intravenosa con cero negativo y ábrela del todo.

Pendergast se sentía muy lejos de la actividad que lo rodeaba. Dos figuras difusas se materializaron en su campo de visión y notó que le cortaban la camisa y le hacían algo en el hombro. Detrás de ellos había otra forma, una mujer asustada y empapada de sangre, y tardó un momento en ver que era Constance, teñida de rojo de la cabeza a los pies. Pendergast intentó preguntarle si estaba herida, pero volvió a sumirse en la oscuridad.

—Señorita —dijo alguien con inquietud—, ¿usted también está herida?

—La sangre es suya, no mía —respondió ella bruscamente.

La oscuridad, una oscuridad interna, estaba creciendo de nuevo. Antes de que lo absorbiera por completo, oyó una última conversación.

—¿Sobrevivirá?

—Sí, todo irá bien.

77

En el complejo de oficinas del condado de Chatham, el agente Coldmoon estaba sentado a una mesa con cuatro personas más: la comandante Delaplane, los agentes Sheldrake y Pendergast y el doctor McDuffie. Su compañero había recuperado la complexión pálida habitual y, aparte del brazo en cabestrillo, ahora oculto bajo la americana, parecía el personaje enigmático de siempre. Pero Coldmoon sabía que aún se sentía muy débil y lo cerca que había estado de la muerte.

La sala de reuniones ocupaba una esquina de la sexta planta del edificio y contaba con grandes ventanales. Hacia el este, Coldmoon podía ver el sol matinal brillando sobre un paisaje de edificios industriales, barrios modestos y la I-16 en dirección a Macon. Pero las vistas hacia el sur no podían ser más distintas. Parecían las ruinas de una ciudad después de que la Luftwaffe la hubiera bombardeado durante la Segunda Guerra Mundial.

Había pasado una semana desde que el gigantesco *capúŋ*ka —no se le ocurría una palabra más adecuada para describirlo que «mosquito»— arrasó el centro de Savannah y murió repentinamente. Suponía que había muerto. Lo único que sabía con certeza era que había desaparecido en una explosión de humo y luz que habría enorgullecido al mismísimo David Copperfield, y que a su paso había dejado edificios derruidos, coches calcinados y víctimas.

La ausencia de restos de la criatura causante de la devastación hizo que la posterior investigación sobre el desastre fuera mucho más intensa y, en última instancia, inútil. Habían llegado a la ciudad un sinfín de unidades militares, policías de la científica con trajes NBQ, equipos del Departamento de Seguridad Nacional e incontables investigadores de agencias que Coldmoon no conocía ni quería conocer. Llegaron demasiado tarde para evitar la carnicería, pero estaban recabando gran cantidad de pruebas, incluyendo hierba quemada, ladrillos y cristales rotos, y todos los vídeos y fotografías de teléfonos móviles que encontraron. Extensas zonas de la ciudad seguían acordonadas. Furgonetas y caravanas con rótulos extraños o sin distintivos hacían las veces de pueblos improvisados con ruidosos generadores y luces intensas en las muchas plazas del área afectada.

Al principio se hicieron esfuerzos por contener y enmascarar lo sucedido, pero había demasiados teléfonos móviles, imágenes de informativos y testigos oculares de la bestia y su horror. Finalmente las autoridades emitieron un impreciso comunicado que mencionaba una «mutación única» y prometía «una investigación completa y exhaustiva» y la búsqueda de cualquier otra criatura anómala.

Entre los habitantes de Savannah, en cambio, la catástrofe había suscitado una respuesta distinta: todos se habían unido como nunca para reconstruir las zonas arrasadas. Al final el recuento de víctimas fue más bajo de lo que se creía en un principio. Casi todos los muertos eran miembros de la avanzadilla del senador Drayton, asistentes al mitin y turistas desafortunados que estaban en el lugar equivocado en el momento equivocado. Algunos de los habitantes más ricos estaban contribuyendo a financiar la reconstrucción, y eso —además de la ayuda humanitaria y el enraizado orgullo que sentían los residentes por su hermosa ciudad— no solo permitiría reparar las estructuras dañadas, sino también varios lugares históricos que hacía mucho tiempo que esperaban una restauración.

Nada de eso arrojaba luz sobre lo que de verdad había sucedido. Coldmoon sabía mucho más que la mayoría, pero, por orden de Pendergast, mantuvo la boca cerrada. Ambos habían sido sometidos a innumerables entrevistas y reuniones, de las cuales esta prometía ser la última.

Sus pensamientos se vieron interrumpidos por la comandante Delaplane, que cerró la carpeta que tenía sobre la mesa. Dicha carpeta contenía una lista con las preguntas habituales —¿cómo era la criatura?, ¿de dónde salió?, ¿qué fue de ella?—, que se había visto obligada a formular por última vez. Naturalmente nadie tenía ni idea, y Pendergast menos aún. Con cierto alivio, Delaplane dejó la carpeta a un lado.

—Bueno, pues ya está —dijo—. Siento haber tenido que repasar los mismos temas.

—No hay problema —respondió Pendergast con desgana.

Delaplane negó con la cabeza.

—Es increíble. Ha pasado una semana y siguen llegando informes. Esta misma mañana me he enterado de que el equipo que estaba rodando el documental había muerto en la que al parecer era la guarida de la criatura.

—Todos excepto la directora de fotografía —añadió Sheldrake—. Y estaba tan afectada que hasta ahora no ha empezado a explicar lo que pasó, y de una manera incoherente. Y dicen que ese periodista que encontraron con ella, Wellstone creo que se llama, se ha vuelto loco. —Consultó una libreta—. Catatonia acinética provocada por un trauma psicogénico.

—Lo que le sucedió a Felicity Frost fue especialmente trágico —prosiguió Delaplane, que se quedó mirando a Pendergast—. Usted llegó a conocerla, ¿verdad?

Pendergast negó con la cabeza.

—Esa fue Constance, mi tutelada.

Al oír su nombre, Coldmoon tuvo que reprimir una mueca involuntaria. En los últimos días, Constance había actuado de manera aún más extraña de lo habitual. ¿Era posible que cuando ellos se enfrentaron a la criatura en lo alto de la iglesia, la viera a ella en el ático del hotel disparando con una metralleta? Por supuesto que lo era; la había visto hacer cosas aún más raras. Era tan hermosa como loca. Y valiente. Ella fue la que salió en busca de Pendergast y lo sacó a rastras de la maldita máquina.

Se recordó a sí mismo que él no sabía nada de eso. Su labor en Savannah había concluido. Tenía el equipaje preparado en el hotel, que a falta de una reconstrucción, había sido estabilizado con gruesos puntales de acero y columnas de soporte. Volaría a Denver aquella tarde, y ningún poder de la Tierra le impediría embarcar en ese avión.

Ahora Delaplane parecía desconcertada, y Coldmoon, que volvió a centrarse en la conversación, oyó a Sheldrake felicitarla por el reconocimiento al valor que había recibido.

—Gracias, Benny —dijo—. Quién sabe, a lo mejor acaban ascendiéndome a jefa... dentro de veinte o treinta años.

—Puede que ocurra antes de lo que imagina —dijo Pendergast, que cambió de postura—. Ah, director adjunto Pickett. ¿Por qué no nos acompaña?

Al mirar hacia la salida, Coldmoon vio a Pickett apoyado en el marco de la puerta. No sabía cuánto tiempo llevaba allí, pero su presencia parecía la señal para poner fin a la reunión, porque todo el mundo empezó a recoger sus cosas, asintiendo y estrechando manos, y se dirigió a la puerta. Coldmoon se levantó para abandonar la sala, pero Pickett les indicó a él y a Pendergast que se quedaran, y los tres se situaron frente a la puerta en medio de un silencio incómodo.

Pickett volvió la cabeza para asegurarse de que los demás se habían ido y luego se aclaró la garganta.

—Tengo entendido que discutieron con el difunto senador Drayton por mí —dijo—. Tiene usted buen aspecto.

Pendergast asintió.

Pickett titubeó de nuevo y añadió con una expresión casi abochornada:

—Significa mucho para mí. En ambos casos.

—Yo le estoy igualmente agradecido por cómo protegió la investigación ante el senador —respondió Pendergast—. Lamento que haya afectado a su carrera.

—En realidad —dijo Pickett—, el senador Drayton no tuvo la oportunidad de cumplir sus amenazas. Era más fanfarrón que otra cosa.

«Así que finalmente recibirá el ascenso», pensó Coldmoon.

Se hizo el silencio, y Pickett lanzó a Pendergast una mirada sostenida y peculiar.

—Lo siento, pero tengo que preguntárselo una vez más —dijo—. Para que quede constancia de ello. ¿Lo entiende?

—Sí, lo entiendo.

Pickett respiró hondo.

—Entonces ¿no sabe de dónde salió la criatura?

—Ni la menor idea.

—¿Ni qué hacía aquí?

—En absoluto.

—¿Y no sabe qué le ocurrió?

—Me temo que no.

Pickett se volvió hacia Coldmoon.

—¿Y usted?

El agente se encogió de hombros.

—No, señor.

—En otras palabras —dijo Pickett—, saben ustedes tan poco como los demás.

—Me temo que este es un caso que no he logrado resolver —repuso Pendergast.

Pickett se puso colorado y, por un momento, a Coldmoon le pareció que iba a enfadarse, pero entonces esbozó una tenue sonrisa.

—Quizá sea mejor dejar las cosas como están.

—Es una decisión de lo más sabia —dijo Pendergast.

—Pero es una pena —añadió Pickett— que su magnífico historial y el de su compañero queden manchados por este fracaso.

Mierda. Coldmoon no había pensado en eso. No veía el momento de llegar a Denver y empezar con la rutina normal del FBI, investigando cosas corrientes como terrorismo, crimen organizado y asesinos en serie.

—Por otro lado —dijo Pickett—, resolver el secuestro de D. B. Cooper es un golpe tremendo. Creo que ha sido el caso sin resolver más largo del FBI. Sin duda, eso equilibrará las cosas en su expediente. —Respiró hondo—. Pero no acabo de entender cómo lo consiguieron en medio de todo esto.

—Casualidad —dijo Pendergast.

—En cuanto demos los últimos retoques a ese caso y lo cerremos, haremos el anuncio. Imagino… —Hizo una pausa—… que habrá una rueda de prensa y felicitaciones para ambos.

—Lo estamos deseando.

Coldmoon empezaba a sentirse mejor.

Pickett miró por la ventana en dirección al paisaje destruido.

—Este caso ha sido una locura. ¿Quién podía predecir algo así? —Volvió a escrutar a Pendergast—. Para que no me tomen por idiota, sé que saben mucho más sobre todo esto.

—Como usted decía, señor, es mejor dejar las cosas así.

—Lo cual me lleva a mi última pregunta. En su opinión, ¿hay motivos para preocuparse de que puedan aparecer otras amenazas de esta índole?

—Creo que puede quedarse tranquilo en ese sentido —dijo Pendergast arrastrando las palabras.

Después se quedó callado, pero lo que no dijo revelaba mucho.

—Pues eso es todo —dijo Pickett—. Gracias. ¿Puedo hacer algo por ustedes?

—Ahora puede dejar que el agente Coldmoon coja su vuelo a Denver —respondió Pendergast—. Y Constance y yo agradeceríamos mucho pasar esta noche en Nueva York.

—Hay una cosa… —dijo Pickett.

Coldmoon notó que se le ponía rígida la columna vertebral. Por unos terribles momentos pensó que iban a secuestrarlo otra vez, pero Pickett negó con la cabeza y dijo:

—Da igual.

Y, sin añadir nada más, se hizo a un lado y los dejó salir de la sala de reuniones y dirigirse a los ascensores.

78

Cuando abandonó Montgomery y dobló hacia el este por Taylor, Coldmoon casi tuvo que contenerse para no dejar atrás a Pendergast, que caminaba de manera inusualmente lenta y dolorosa. La reunión que más temía —la de Pickett— había ido mejor de lo esperado. Pickett era más inteligente de lo que él pensaba. Había recibido autorización para irse a Denver. Tenía las maletas hechas. Incluso había tomado la precaución de solicitar un Uber la noche anterior, aunque Pendergast le había ofrecido llevarlo en un coche del FBI. La verdad era que no quería que nadie se enterara de que iba a llegar al aeropuerto con tres horas de antelación. No podía arriesgarse a que lo arrastraran en el último momento en otro caso extravagante. Con Pendergast nunca se sabía.

Consultó su reloj de pulsera: todo según lo previsto. Iría al hotel, recogería sus maletas y Savannah y Pendergast pronto serían motas cada vez más pequeñas en el espejo retrovisor de su carrera.

Mientras caminaban, no pudo evitar fijarse en la actividad que se desarrollaba a su alrededor. Había camiones aparcados, algunos con montañas de escombros que estaban siendo retirados por la maquinaria pesada, mientras otros estaban descargando madera, ladrillos y materiales de construcción. Los ciudadanos de Savannah echaban una mano, recogiendo escombros y limpiando. Al parecer no habían recibido ninguna explicación sobre el ataque sufrido, más allá de una serie de absurdas teorías de la conspiración, pero habían decidido actuar lo antes posible.

Más adelante, Coldmoon divisó la antigua fachada de la Casa Chandler. Seguía teniendo un aspecto horroroso: rodeada de andamios, numerosas ventanas tapadas con tablones y la que fuera la planta superior cubierta por una superestructura de tuberías y plástico. La mayoría del personal había vuelto una vez que el edificio estuvo totalmente estabilizado para ayudar a dirigir las reformas.

Cuando cruzaron las puertas del vestíbulo, Coldmoon vio la plaza Chatham y las caravanas y barracas prefabricadas que él había bautizado como Fedville. Delante del hotel había un coche con un logotipo de Uber pegado a la ventanilla del conductor.

«Ha llegado pronto», pensó Coldmoon. «Buen presagio».

Al subir la amplia escalera principal, Pendergast se volvió hacia él.

—Veo que tiene pensado irse al aeropuerto de inmediato.

¿Es que a Pendergast no se le pasaba nada por alto?

—Sí, me pareció que sería buena idea ponerme en marcha.

—Teniendo en cuenta las experiencias pasadas, probablemente sea lo más inteligente.

Cuando llegaron al descansillo de la segunda planta, echaron a andar por el pasillo y se detuvieron frente a la suite de Pendergast.

—Pues vamos a despedirnos de Constance —dijo—. Ella y yo tenemos que darle una cosa.

—¿Nos llevará mucho tiempo?

—El que tarde en pasar de mi mano a la suya. —Pendergast esbozó una pequeña sonrisa—. Mi precipitado amigo, a mí me disgustan las despedidas sensibleras tanto como a usted. Será rápido e indoloro.

Coldmoon soltó un gruñido a modo de respuesta. Al fin y al cabo era lo que él quería. Aun así se dio cuenta de que había estado esperando la oportunidad de decir que no a una copa de coñac o una última conversación sincera. El disgusto trocó en curiosidad al pensar en el símbolo de gratitud que le entregaría Pendergast. Con suerte sería algo negociable en un banco.

La suite no había sufrido desperfectos y la luz del sol inundaba las habitaciones, espaciosas y ordenadas. Todas las puertas estaban abiertas y, cuando entró en el salón, Coldmoon vio los dos estudios con dormitorios privados. Sobre las camas estaban los equipajes, expresándose en el lenguaje universal de los viajeros que están a punto de irse. Pendergast desapareció, pero regresó al cabo de un momento.

—Qué curioso —dijo—. ¿Dónde está Constance?

—¿Haciendo la maleta? —aventuró Coldmoon.

Pendergast negó con la cabeza y fue a sus habitaciones. Cuando volvió, cogió el teléfono fijo.

—A lo mejor está dando un último paseo por la ciudad —dijo Coldmoon—. Por nostalgia.

Pendergast ignoró el comentario sarcástico mientras marcaba el número.

—Lleva unos días un poco rara.

Alguien atendió la llamada, aparentemente en recepción, y Pendergast hizo unas preguntas breves. Nadie había visto a Constance Greene. Si había salido del hotel mientras Pendergast no estaba, el portero lo sabría, ya que habían instaurado un sistema para verificar quién entraba y salía del edificio.

—Es de lo más curioso —dijo Pendergast al colgar. Luego volvió lentamente a las habitaciones de Constance y Coldmoon lo siguió.

—¿Qué planes tiene? —preguntó Coldmoon.

—Me llevo a Constance de vacaciones. Vacaciones de verdad, en esta ocasión.

Pendergast se detuvo en el estudio de la joven y miró a su alrededor. Todo estaba tan limpio y ordenado como cabía esperar.

—Le he preparado una sorpresa —continuó Pendergast al entrar en el dormitorio—. Nos vamos a Roma, donde el Vaticano ha accedido a abrirnos sus bibliotecas y catacumbas privadas. Debería ser…

Fuera, un reloj anunció las doce del mediodía y, de manera bastante abrupta, Pendergast dejó la frase a medias.

Coldmoon observó la habitación, preguntándose qué le había llamado la atención a su compañero. Las puertas del armario estaban abiertas y se veía un estante con ropa cara y elegante. Después se fijó en un pequeño escritorio situado junto a la cama, en el cual había un bolso negro y el móvil de Constance.

—No puede andar lejos —dijo—. Su teléfono está aquí.

Luego se volvió hacia la cama, sobre la cual había dos maletas de tela, ambas abiertas y vacías. Coldmoon se sorprendió cuando Pendergast cogió la bolsa de piel de cordero y volcó el contenido encima de la mesa. Entonces empezó a hurgar en los bolsillos.

—¿Qué pasa? —preguntó Coldmoon.

—No está aquí —murmuró Pendergast.

—¿El qué?

—Su estilete.

—¿Y?

—Nunca se separa de él. Nunca.

—¿Ni siquiera en la ducha? No me refiero a que usted... Mire, su móvil está aquí y no se iría sin él.

Haciendo caso omiso, Pendergast empezó a rebuscar entre la ropa y a abrir cajones con el brazo bueno.

Coldmoon consultó con disimulo su reloj. Aquello era una locura. Constance nunca se alejaba de Pendergast. Probablemente estaría en la biblioteca, perdida en algún libro.

Mientras buscaba alguna razón para excusarse, se detuvo de nuevo. Pendergast había ido hacia la cama y las maletas que había sobre ella. Entonces cogió la más grande y pasó la mano por la tapa, donde la cremallera se encontraba con el borde de piel meticulosamente cosido. Como por arte de magia, apareció una pequeña caja esmaltada en oro en un escondite de la tapa y Pendergast la abrió. La caja, forrada de un lujoso terciopelo púrpura, tenía varios compartimentos diminutos, pero estaba vacía.

Pendergast apartó la maleta y fue hacia la puerta.

—¡Espere! —exclamó Coldmoon—. Pendergast... Aloysius, ¿qué ocurre? ¡Tengo que irme!

Al ver que no respondía, salió detrás de él.

—¿Qué coño le pasa?

—Sus joyas —dijo Pendergast sin darse la vuelta.

—¿Qué?

—No están.

—A lo mejor se las han robado —dijo Coldmoon, aunque sabía que esa posibilidad era muy remota. Nadie podía adivinar que la tapa de aquella maleta ocultaba algo.

—¿Por qué son tan importantes las joyas? —preguntó Coldmoon.

—Para ella significan más que... Se ha dejado el teléfono móvil... Falta un vestido...

Moviéndose más rápido que antes, salió de la suite, recorrió el pasillo y bajó las escaleras.

Animado por una terrible premonición, Pendergast echó a correr peligrosamente rápido para una persona que había sufrido una lesión grave tan reciente. Persiguiéndolo, Coldmoon sintió la sombra de esa misma premonición cerniéndose sobre él, en especial cuando Pendergast llegó a la puerta del sótano, la abrió y desapareció escaleras abajo. Olvidándose del vuelo y del Uber que lo esperaba, su corazón se aceleró al darse cuenta de cuál era su destino.

Mientras cruzaba el oscuro sótano, Coldmoon empezó a oír un tictac errático. Más adelante se elevaba una humareda que olía a plástico fundido y cables quemados. Cuando salvaron los últimos obstáculos y entraron en la sala secreta que contenía la máquina, el hedor acre se volvió más intenso.

En la habitación hacía un calor asfixiante, y había demasiado humo para ver nada. Tosiendo, Coldmoon hizo lo posible por disipar los vapores. Cuando todo estuvo despejado, apareció el contorno de la máquina y un humo tiznado que ascendía desde las rejillas de los laterales. Las dos varas de acero que sobresalían de los paneles delanteros estaban quemadas y la pantalla de ordenador en blanco. Entonces reparó en que el tictac era el sonido de una máquina enfriándose después de haberse recalentado.

Coldmoon desvió la mirada hacia la rueda, que estaba girada al máximo: más allá de la primera marca, de la segunda e incluso del nivel que Ellerby había utilizado para invocar involuntariamente a la criatura. Alguien había programado la máquina a su máxima potencia, pero Coldmoon no sabía si era para inutilizarla o para que cumpliera su función por última vez. Habían rebasado con creces sus límites y ahora era poco más que un armazón.

Después de inspeccionarla unos instantes, Pendergast se acercó a la mesa y cogió un sobre impoluto sin nada escrito en él, lo abrió con una mano temblorosa, sacó una hoja y la leyó. Al cabo de un minuto extendió el brazo, y la carta, liberada por unos dedos sin energía, cayó al suelo.

—¿Pendergast? —dijo Coldmoon.

Su compañero no se movió ni reaccionó a su voz, así que Coldmoon se agachó a recoger la carta. Esta contenía un sucinto mensaje escrito con una elegante caligrafía femenina.

Vuelvo a salvar a mi hermana Mary. Mi lugar está con ella. Esta máquina me ha brindado esa posibilidad y la señorita Frost dejó claro por qué debía aprovecharla. En ella veo mi futuro solitario y sin amor, y no me gusta, así que regreso a mi pasado, al que debía ser mi destino. Haré con él lo que pueda, lo que tenga que hacer. Si no puedo tenerlo a usted como yo deseo, no puedo tenerlo en absoluto.

Adiós, Aloysius. Gracias por todo, especialmente por no salir tras de mí aunque fuera posible. No podría soportarlo. Estoy segura de que me entiende.

Le quiero,

CONSTANCE

79

Pasaban unos minutos de las diez de la mañana cuando el autocar procedente de Atlanta llegó a la terminal Greyhound en la avenida Oglethorpe Oeste. Los frenos hidráulicos emitieron un bufido y se abrió la puerta de metal reluciente. Uno tras otro, los pasajeros bajaron las escaleras, bañados por la intensa luz del sol. El último en apearse fue un anciano delgado que llevaba una maleta y un impermeable raídos. El hombre se detuvo a mitad de la escalera y se tapó los ojos con la mano.

—¡Por el amor de Cristo bendito! —dijo en un tono quejumbroso.

El conductor del autocar lo miró con una sonrisa afable. El anciano iba sentado detrás de él y habían hablado durante el viaje.

—¿Es la primera vez que viene a Savannah? —le preguntó.

—Es la primera vez que viajo al este del Mississippi —respondió el anciano.

—No me diga.

—Bueno, también es la primera vez que viajo al sur de la línea Mason-Dixon.

Al tiempo que entornaba los ojos, bajó los últimos peldaños y se despidió del conductor con la mano. Cuando el autocar se alejaba, el hombre dejó la maleta en el suelo, se quitó el chubasquero, lo dobló cuidadosamente y lo guardó. Después se enjugó la frente con el dorso de la mano y miró a su alrededor.

No sabía qué esperar de Savannah. Por un momento intentó compararla con los lugares que conocía —Yakima, Olympia, Seattle—, pero no había un marco de referencia aplicable. A lo lejos no se divisaban montañas. Todo era llano. Los edificios parecían viejos y decrépitos. El cielo no entrañaba la constante amenaza de lluvia con la que había vivido toda su vida. Por otro lado, había mucha agua, pero en forma de humedad. Jamás había imaginado que un lugar pudiera ser tan caluroso y húmedo a la vez.

Después de pedir indicaciones puso rumbo al este por Oglethorpe. Había mucho tráfico y las aceras estaban abarrotadas de turistas. Más de uno miró sorprendido al anciano con barba de Papá Noel, pero él no les prestaba atención. No era la primera vez que se lo quedaban mirando. Diez minutos después volvió a detenerse, se quitó la camisa de cuadros y la enrolló con cuidado dentro del chubasquero, que luego pasó por debajo del asa de la maleta. Ahora solo llevaba una camiseta y un mono descolorido, pero era un uniforme que parecía mezclarse mejor con los lugareños. El anciano abrió la cremallera de la maleta y sacó un sombrero de pescador arrugado y deforme, que estiró y masajeó hasta que pudo ponérselo. Era un Stetson que había utilizado durante cuarenta años para que la lluvia no le mojara la coronilla. A lo mejor ahora lo protegería de un golpe de calor.

El hombre giró hacia el sur por Barnard y recorrió una zona verde rodeada de edificios por todas partes. Aquello estaba mejor. Al fondo había una placa que indicaba que ese pequeño parque era la plaza Orleans. Más adelante, por encima de los tejados de la ciudad, muchos de ellos con andamios, vio nubes de polvo y oyó el ruido característico de las obras de construcción.

Aquella imagen y aquellos sonidos le encogieron la garganta.

Al vivir alejado de la civilización, no tenía por costumbre leer el periódico o ver los informativos. Lo que ocurría fuera de su propiedad no era asunto suyo, y estaba harto del martilleo constante de noticias deprimentes e irritantes sobre las cuales no podía hacer nada. Su viaje en autocar lo había llevado primero de Seattle a Chicago y luego de Chicago a Atlanta, y en la estación de Chicago había visto grandes titulares sobre el desastre de Savannah. Compró varios periódicos y leyó que la ciudad había sufrido un ataque con incendios y explosiones. Las noticias eran desconcertantes y había habido numerosas víctimas. Aquello acentuó su ansiedad, que ya era considerable. Pero lo reconfortaba saber que por encima de todo ella era una superviviente, una mujer formidable.

«Una mujer formidable y bastante solitaria», pensó.

Debería haber hecho aquello —ir a buscarla— años atrás. Pero aún había tiempo. Con palpitaciones, apretó el paso por la calle Barnard. Más adelante había grúas y andamios, además de las resistentes furgonetas y camionetas de los contratistas. El ruido de las obras era cada vez más fuerte y empezó a divisar escenas de considerable destrucción. En aquel lugar había sucedido algo extraño y devastador, con múltiples edificios maltrechos, árboles quemados y, aquí y allá, carrocerías de coche calcinadas.

Unas diez manzanas más adelante llegó a la plaza Chatham. Allí sacó del bolsillo un trozo de papel roto y manchado, lo desdobló y leyó una dirección. La Casa Chandler se encontraba al otro lado del parque, en la calle Gordon.

Pero cuando levantó la vista e identificó el edificio, lo invadió el desánimo. La larga y desvencijada estructura estaba rodeada de vallas de obra y andamios, y las ventanas del piso superior se hallaban tapadas con madera contrachapada. A través de un andamio pudo ver signos de un incendio y partes derrumbadas en la planta de arriba.

Agarrando con más firmeza la maleta, atravesó la plaza. Varios edificios de los otros tres lados también estaban siendo restaurados, pero el anciano los ignoró. Cruzó la calle Gordon y se detuvo delante de la fachada de ladrillo del hotel, apenas visible detrás de los andamios. En la puerta improvisada había un agente de policía custodiando el acceso principal del hotel y se dirigió hacia él.

—¿En qué puedo ayudarlo? —preguntó.

El hombre se quedó mirando la fachada sin decir nada.

—Señor, ¿puedo ayudarlo? —insistió el policía.

—Estoy buscando a la señorita Frost —dijo el hombre.

—¿La señorita Frost? ¿Se refiere a Felicity Frost?

El anciano asintió.

—Es la… propietaria de este edificio.

El policía digirió durante un momento la información.

—¿De qué la conoce?

—Soy… —El hombre empezó a toser y se aclaró la garganta—. Soy familiar suyo.

—Comprendo. —Tras una pausa, el agente añadió—: Señor, lamento informarlo de que Felicity Frost ha fallecido.

—¿Qué?

—Lo siento mucho —dijo el agente—. Murió en el desastre. Si pregunta en el ayuntamiento, podrán facilitarle más información —añadió mientras le indicaba amablemente dónde debía dirigirse.

El anciano se alejó, pero empezaba a sentirse débil, e incluso mareado, como si estuviera soñando. Entonces le cubrió los ojos un extraño velo de oscuridad y el médico que llevaba dentro le advirtió de un síncope provocado por una bajada repentina de tensión. Miró a su alrededor y vio una boca de riego a unos pasos, fue hacia ella y se sentó. A la sombra se estaba más fresco. Muerta. Su cerebro era incapaz de procesarlo.

Lo último que recordaba era que se había quitado el sombrero y se lo había puesto en el regazo.

Una mano estaba agarrándolo del hombro, agitándolo suavemente pero con firmeza, y había una voz, lejana al principio y luego más clara.

—¿Doctor? ¿Doctor Quincy?

El anciano levantó la cabeza y vio a una persona con una voz que le resultaba vagamente familiar.

Parpadeó varias veces para aclararse la vista. Tenía el sombrero en el regazo y la maleta entre las piernas, donde al parecer se le había caído.

Y entonces lo recordó todo.

Oyó la voz pronunciando su nombre una vez más, y en esta ocasión Quincy logró enfocar su vista. Era el agente del FBI que lo había visitado en Berry Patch. ¿Cómo se llamaba? ¿Coldmoon?

—Me duele el trasero —dijo.

—No me extraña —respondió el agente del FBI—. Creo que lleva una hora sentado en esa boca de riego.

Quincy bajó la mirada.

—Madre mía.

—Le vi hace quince minutos y pensé que era mejor dejarlo con sus pensamientos. Pero, vamos, levántese. Imagino que le vendrá bien comer algo.

—No tengo hambre.

—Pero no le dirá que no a un café.

El agente del FBI cogió la maleta, lo ayudó a ponerse de pie y echaron a andar por la acera.

Quincy apartó la mano que le ofrecía Coldmoon.

—¿Dónde está ese compañero suyo tan entrometido?

—Está ocupado.

—Pues me gustaría hablar con él. Quiero respuestas.

—Ahora mismo no habla con nadie, ni siquiera conmigo.

Cuando hubieron recorrido unas cuantas manzanas, la rigidez de las extremidades de Quincy se atenuó. Coldmoon lo hizo entrar en un restaurante. Detrás de la caja registradora había una camarera repasando las cuentas de aquella mañana. Al ver a Coldmoon frunció el ceño.

—¡Hay que tener jeta para volver aquí! —dijo fulminándolo con la mirada.

—Yo también me alegro de volver a verla —repuso Coldmoon plácidamente.

Aunque el restaurante estaba casi vacío, Quincy vio que los llevaba al fondo, a la mesa más cercana a los lavabos.

—Café, por favor, muñeca —dijo Coldmoon.

—No soy su «muñeca». Y no intente engatusarme. —La camarera se quedó mirando la camisa de Coldmoon, con sus botones de nácar en los bolsillos—. Bonita blusa. ¿También las hacen para hombre?

—No le cae usted muy bien —comentó Quincy cuando la camarera se fue.

—Por eso he venido.

Quincy se frotó la frente con desgana. Tendría que enfrentarse a aquella revelación en algún momento, pero ahora no. Dios, ahora no.

—¿Ve esa jarra de café recién hecho que hay ahí? —dijo Coldmoon—. ¿Y ahora ve esa otra, casi vacía y con quemaduras, que probablemente lleva ahí desde las seis de la mañana?

—Sí.

—Pues le aseguro que a mí me pondrá lo que queda en esa jarra y a usted le servirá de la otra.

Quincy miró a Coldmoon sin entender de qué hablaba.

—Era muy valiente. Debería sentirse orgulloso de ella. Luchó hasta el final.

—Cuéntemelo —se limitó a decir Quincy.

Coldmoon empezó a hablar y siguió haciéndolo mientras Quincy lo escuchaba. Era una historia asombrosa, extraña, enrevesada y en ocasiones increíble. Pero así era Alicia. Nada en ella era corriente. Le contó que se había creado una nueva identidad, que había comprado y restaurado el hotel, que había utilizado la máquina, lo que había ocurrido entre ella y Ellerby y la locura final. Algunas cosas eran tan extravagantes que le costaba creerlas, pero Coldmoon era un agente del FBI sensato y racional. Por alguna extraña razón, creía que Coldmoon sabía que él iría a buscarla y ya había pensado qué le diría.

Cuando, finalmente, acabó de contarle la historia, Quincy respiró hondo, como un astronauta probando la atmósfera de un mundo desconocido. Tardaría un tiempo en procesar todo aquello, en entenderlo, si es que lo hacía alguna vez. No obstante, tuvo la sensación de haberse quitado un peso invisible de encima.

—Hay algo más —dijo Coldmoon, que se puso a rebuscar en una pequeña mochila, sacó algo y se lo entregó a Quincy.

El viejo doctor cogió el delgado paquete envuelto en papel. Al desenvolverlo, le llegó a las fosas nasales un olor a humo. Dentro había un ejemplar de *Antología de Spoon River* con los bordes chamuscados. Pero ni siquiera las llamas podían ocultar los años de desgaste que la maltrecha portada y las páginas dobladas plasmaban tan claramente.

Sin decir nada, abrió el libro y vio la inscripción que él mismo había escrito hacía casi cincuenta años:

De Z.Q. a A.R.
Para mí, tú siempre serás «ese gran nómada social que acecha
en los confines de un orden dócil y asustado».
Berry Patch, 22/4/72

Al ver la inscripción, volvieron los recuerdos y lo embargó la emoción. Y, bajo las palabras desteñidas, vio unas mucho más recientes:

Antaño fui una nómada. Pero en estos muchos años errantes
siempre fuiste mi Estrella Polar.
«Tu firmeza cierra mi círculo
y me devuelve donde empecé».
—Alicia

Quincy se dio cuenta de que estaba agarrando el libro con tanta fuerza que le temblaban las manos, así que las relajó un poco y contuvo las lágrimas.

—Lo busqué —dijo Coldmoon.

—John Donne —dijo Quincy, mirando todavía la inscripción.

—Sí.

Ambos se quedaron en silencio y Quincy acarició suavemente el libro como si fuera una mano. Luego levantó la mirada.

—¿Cuándo podré ver a Pendergast?

—Lo siento, pero no podrá verlo.

Lo había dicho tras un momento de duda, y Quincy miró a Coldmoon más de cerca.

—Ocurre algo, ¿verdad? —dijo—. Le ha pasado algo.

—Los médicos son muy perspicaces —respondió Coldmoon.

Se hizo de nuevo el silencio cuando llegó la camarera para rellenarles las tazas. Quincy vio que, en efecto, le servía a Coldmoon de otra jarra y vaciaba los restos quemados en su taza.

—Llevaba razón con la camarera —dijo—. Eso tiene muy mala pinta.

—En absoluto. Por eso vengo aquí. Me reserva lo mejor para mí y yo le dejo la correspondiente propina. —Coldmoon bebió un sorbo y dejó la taza sobre la mesa con evidente satisfacción—. ¿Y ahora qué?

Quincy se encogió de hombros.

—Sabe Dios. La vida es extraña. Los años de soledad, la esperanza repentina y ahora esto. No lo sé. Supongo que nunca había pensado en ello. Más allá de venir aquí, quiero decir.

Coldmoon asintió.

—Mi pueblo tiene un dicho: «El viaje es el destino».

—Mentiroso. Eso lo escribió Ralph Waldo Emerson.

Hubo una breve pausa.

—Mierda —murmuró Coldmoon.

—Pero buen intento.

Coldmoon miró la hora.

—Tengo un poco de tiempo y nada que hacer esta noche. Vamos a buscarle una habitación de hotel y luego podemos tomar una cerveza.

—Tomémosla ahora. Fuera hay mucha humedad.

Coldmoon volvió a sonreír, una sonrisa leve pero auténtica.

—Sabía que bajo esa apariencia malhumorada había algo en usted que me gustaba.

Y, poniéndose en pie, apuró el café, dejó un billete de veinte encima de la mesa y siguió al anciano, que se dirigía lenta y dolorosamente a la salida.

80

El sol de la mañana, que se colaba a través de un delgado velo de polvo y humo de carbón, caía débilmente sobre la amplia avenida de la parte occidental de Manhattan. Pero era un sol diferente, y una ciudad distinta.

La amplia vía en la que Broadway cruzaba la Séptima Avenida era de tierra, y su accidentada superficie estaba tan compactada por infinidad de herraduras de caballos y carruajes que parecía casi tan impenetrable como el cemento, salvo por las zonas fangosas que bordeaban las líneas del tranvía y los amarraderos hundidos en estiércol.

La intersección se llamaba Longacre, y no sería conocida como Times Square hasta dentro de veinticinco años. Era el centro del «comercio de carromato», un distrito a las afueras de la ciudad en el que los caballos vivían en establos y en el que trabajaban los fabricantes de calesas.

Aquella mañana gélida, el amplio cruce de avenidas y calles estaba tranquilo, a excepción de algún que otro transeúnte o carruaje que pasaba por allí, y nadie prestó demasiada atención a la joven con el pelo negro y corto, enfundada en un vestido púrpura entornando los ojos y arrugando la nariz.

Constance Greene se detuvo a procesar la oleada inicial de sensaciones, procurando no dar indicios de la emoción que amenazaba con abrumarla. Las imágenes, los ruidos y los olores le trajeron miles de recuerdos de infancia, unos recuerdos tan lejanos que apenas sabía que estaban allí. El olor de la ciudad fue lo primero que la azotó de manera más visceral, una compleja mezcla de tierra, sudor, heces de caballo, humo de carbón, orina, cuero, carne frita y el hedor a amoniaco de la sosa cáustica. Luego estaban las cosas que antes daba por hechas, pero ahora resultaban extrañas: los postes de telégrafo siempre activos, las lámparas de gas en las esquinas, los numerosos carruajes aparcados en la acera o junto a ella y la suciedad omnipresente. Todo ello hablaba de una ciudad que estaba creciendo tan rápido que apenas podía seguir el ritmo. Solo hacía falta observar las señalizaciones apresuradas, los edificios de ladrillo y arenisca, que parecían chocar unos contra otros, y la mugre acumulada en la que nadie parecía reparar. Y lo más extraño de todo era la ausencia del ruido blanco del Manhattan moderno, los taxis haciendo sonar la bocina, el zumbido de compresores, turbinas y frigoríficos y el rumor subterráneo del metro. En su lugar imperaba una calma relativa: el chacoloteo de los caballos, los gritos y las risas, el chasquido de un látigo y, desde un salón cercano, las notas desafinadas y metálicas de un piano de pared. Se había acostumbrado tanto a ver los bulevares de Manhattan como cañones de acero verticales que le costaba procesar aquella escena, en la que los edificios más altos, hasta donde alcanzaba la vista, estaban bañados por el sol y no tenían más de tres o cuatro plantas.

Al cabo de unos minutos, Constance respiró hondo. Sabía dónde estaba. Ahora tenía que averiguar en qué época.

Mirando hacia el norte, se fijó en el terreno que acababan de excavar para construir en él el futuro American Horse Exchange. Después giró hacia el sur y observó los escaparates más cercanos: el New Washington Market, un comerciante de mármol de importación, Klein's Fat Men's Shop y un proveedor de rapé Gambetta. Constance fue hacia allí, procurando que sus pasos fueran tranquilos y desenfadados. Aunque el vestido que había cogido del armario era el más anticuado que tenía, estaba muy adelantado a la moda del momento y podía llamar la atención. Y hacía frío: no paraba de temblar. Pero ahora no podía hacer nada al respecto. Al menos, el atuendo parecía caro.

Pasó por delante de un restaurante execrable con una entrada descuidada y polvorienta donde por cinco centavos ofrecían estofado de rabo de buey, costillas de ternera o pies de cerdo con chucrut. Delante había un atareado repartidor de periódicos anunciando el titular del día. Constance pasó lentamente frente al chico, que le ofreció un ejemplar.

Ella negó con la cabeza y siguió caminando, no sin antes fijarse en la fecha: sábado 27 de noviembre de 1880.

Noviembre de 1880. Su hermana Mary tenía dieciocho años y vivía en una pensión para chicas en la calle Delancey después de matarse trabajando en Five Points Mission. Su hermano Joseph estaría cumpliendo condena en Blackwell's Island.

Y cierto médico había iniciado recientemente sus espantosos y homicidas experimentos.

Se le aceleró el pulso al imaginárselos vivos. Quizá llegaría a tiempo.

Pero quedaban dos asuntos más inmediatos. Apretó el paso por la Séptima Avenida y pasó frente a un prestamista de la calle 45ª que se anunciaba como Broadway Curiosity Shop y no solo ofrecía «100.000 herramientas para todos los oficios», sino también la compra, venta o intercambio de diamantes o joyas. Frente a la tienda había varias vitrinas de cristal con ruedas y base de madera que contenían rifles, escopetas, primitivas cámaras estenopeicas, relojes y otros objetos representativos de los artículos que había dentro. Constance dudó, pero siguió adelante. No era el tipo de establecimiento que andaba buscando.

Encontró ese lugar doce manzanas más al sur, en una zona más acomodada de la ciudad cerca de Herald Square: un lujoso joyero especializado en diamantes. Allí, el tráfico y el gentío eran más densos. Una vez dentro, se dirigió al mostrador más cercano.

Al otro lado había un vendedor joven, con las mangas de la camisa blanca remangadas y sujetas con brazaletes negros y un visor de cuero que le tapaba una tez pecosa. Miró a Constance de arriba abajo con una expresión un tanto confusa mientras ella intentaba ubicarse a sí misma y a su inusual vestido en el entorno social de la época.

—¿Puedo ayudarla, señorita? —preguntó él, recalcando un poco la última palabra.

—Me gustaría ver al encargado —respondió Constance.

Al muchacho lo descolocó su franqueza, pero intentó disimularlo.

—¿Y de qué quiere hablar con él?

—De una transacción que le resultará muy beneficiosa y requiere a alguien con más autoridad que usted.

Aquella respuesta, aún más directa y enunciada con imperiosa claridad, le resultó aún más sorprendente. El joven titubeó, pero fue a la trastienda. Momentos después apareció un hombre de unos cincuenta años con el pelo blanco como la nieve. Su semblante era amigable, aunque prudente. Constance supuso que había visto a bastantes estafadores y ladrones. Llevaba una lupa de joyero colgada del cuello.

—¿En qué puedo ayudarla? —preguntó en un tono neutro, aunque más accesible que el de su empleado.

Constance se metió la mano en el bolsillo del vestido, donde notó el peso tranquilizador de su estilete, y sacó una bolsita de fieltro.

—Estoy interesada en vender un diamante —dijo.

—Muy bien —respondió el hombre, que depositó una bandeja de terciopelo sobre el mostrador—. Echemos un…

De repente se quedó callado cuando Constance volteó la bolsa y dejó caer el diamante sobre el terciopelo. Era de un color bermellón sumamente inusual.

Utilizando unas pinzas de goma, el hombre lo cogió para examinarlo con la lupa. A continuación se hizo un largo silencio y volvió a dejarlo encima de la bandeja con una mirada de desconfianza.

—¿De dónde ha sacado esto, joven?

—Es una herencia familiar —repuso Constance con una altanería que lo retaba a acusarla de robo.

El hombre se quedó callado y una vez más los miró a ella y al diamante.

Molesta, Constance cogió la joya de color bermellón.

—¿Alguna vez ha visto una piedra de esta coloración?

—No —respondió el hombre.

—¿Y ha oído hablar de alguna?

—Los diamantes rojos son los más raros —dijo él.

—Si alguien hubiera robado una piedra así, sería noticia, ¿verdad? La piedra ha pertenecido a mi familia durante generaciones. Quiero venderla de manera discreta y anónima. ¿Cree que puede ocuparse de ello, señor?

Varias emociones enfrentadas acudieron al rostro del joyero.

—Señorita, yo…

—Además de su color único, verá que no solo es auténtica, sino de una claridad excepcional, con un peso de algo más de tres quilates y medio. Observe también el corte impecable y radiante.

Acercándose la lupa al ojo, el hombre examinó con sumo cuidado la piedra una vez más. Constance contó los minutos mientras la analizaba desde todos los ángulos, la pesaba e incluso la hundía en aceite. Finalmente bajó la lupa.

—Quinientos dólares —dijo.

Constance lo miró a los ojos.

—No crea que puede aprovecharse de mí por ser mujer. Esa piedra es única y vale mucho más.

El hombre vaciló.

—Setecientos.

Constance extendió la mano para que le devolviera la piedra.

—Ochocientos cincuenta dólares —propuso el hombre—. No puedo ofrecerle más porque, sinceramente, son todos los fondos de los que dispongo. —Hizo una pausa—. Como desea conservar el anonimato, debo señalar que estoy corriendo un riesgo.

Constance calculó la envergadura de aquella cifra en 1880. Los trabajadores ganaban menos de dos dólares al día y una buena casa costaba mil quinientos. Aunque era mucho menos de lo que valía, por el momento serviría.

—De acuerdo —dijo.

Constance esperó mientras el hombre iba a la trastienda. Oyó una conversación en voz baja y, tras meter la mano en el bolsillo para agarrar el estilete, se cercioró de que tenía vía libre hacia la puerta.

Pero el encargado apareció un minuto después. Sin mediar palabra, dejó un fajo de billetes encima de la bandeja y volcó una pequeña bolsa de monedas de oro de veinte dólares sobre el terciopelo para que las contara. Constance asintió, y el hombre metió los billetes en un sobre y las monedas en su bolsa. La joven guardó ambas cosas en el bolsillo del vestido, le dio las gracias y salió a la avenida.

Una manzana más adelante encontró una costurera que, además de vestidos a medida, vendía conjuntos *prêt-à-porter*. Una hora después salió a la calle acompañada de un empleado de la tienda cargado con un sombrerero y dos bolsas grandes. En lugar del conjunto púrpura, Constance lucía un elegante vestido de seda azul con polisón y volantes, un sombrero a juego y una gruesa chaqueta Eton. Al dirigirse con brío hacia la acera, las miradas que despertaba eran más de admiración que de curiosidad. Constance se detuvo mientras el empleado paraba un cabriolé.

Cuando el chófer se disponía a bajar del asiento, Constance abrió la puerta y, apoyando un zapato con botones en el estribo, subió con facilidad al compartimento.

El chófer arqueó las cejas y volvió a sentarse mientras el empleado de la tienda metía las bolsas y el sombrerero en el taxi.

—¿Dónde vamos, señorita? —preguntó, tirando de las riendas.

—Al hotel Quinta Avenida —dijo Constance mientras le tendía un billete de un dólar.

—Sí, señorita —respondió el chófer, que se guardó el billete en el bolsillo y, sin añadir nada más, azuzó al caballo.

Momentos después el taxi se perdió en la marea del tráfico de mediodía.

NOTA DE LOS AUTORES

La historia de Dan Cooper (alias D. B. Cooper) relatada en los primeros capítulos es verídica y se presenta aquí con unas pocas variaciones que exige la historia a la que precede. En el momento en que escribimos estas líneas, ni Dan Cooper ni sus restos han sido identificados satisfactoriamente.

A los autores les gustaría disculparse por las acciones y la naturaleza desagradable del senador Drayton, que es un personaje totalmente ficticio. Dicha persona no ha supuesto nunca una vergüenza para el hermoso y distinguido estado de Georgia. Asimismo, Armand Cobb es fruto de la imaginación de los autores y no está basado en ninguna persona que trabaje o haya trabajado en la Casa Owens-Thomas.

Y, puestos a disculparnos, mil perdones a Savannah, que ambos consideramos una de las ciudades más fascinantes, acogedoras, amables e incesantemente misteriosas que hemos visitado, por las atenciones a las que la somete esta novela. Animamos a todos los lectores interesados en lugares cautivadores e históricos a visitar Savannah, donde estamos convencidos de que los mosquitos que encontrarán, de haberlos, serán de un tamaño normal.